Liane Wilmes
Erst der Regen verzaubert das Licht

atb aufbau taschenbuch

LIANE WILMES

ERST DER Regen VERZAUBERT DAS Licht

ROMAN

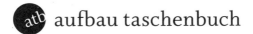
aufbau taschenbuch

MIX
Papier aus verantwor-
tungsvollen Quellen
FSC® C083411

ISBN 978-3-7466-3839-3

Aufbau Taschenbuch ist eine Marke der Aufbau Verlage GmbH & Co. KG

1. Auflage 2022
© Aufbau Verlage GmbH & Co. KG, Berlin 2022
Satz LVD GmbH, Berlin
Druck und Binden CPI books GmbH, Leck, Germany
Printed in Germany

www.aufbau-verlage.de

Prolog
Nizza, August 1989

Ich wünschte, es wäre gestern. Nur dass ich schon den Verstand von heute hätte. Denn dann hätte ich alles anders gemacht.

Mir war klar, dass ich nicht perfekt war. Ich beging Fehler, sogar mehrmals, nur um sicherzugehen. Schließlich kam das Leben nicht mit Anleitung. Ich traf falsche Entscheidungen und ließ mich von meinen Gefühlen mitreißen. Manchmal war ich verrückt. Als ich jetzt aber auf dem Weg zurück zum Hotel am Lido entlangschlenderte, für Außenstehende eine vollkommen gewöhnliche Touristin, die roten Sandalen in der Hand und die Knöchel im noch morgenkühlen Sand, erschauderte ich bei dem Gedanken daran, dass ich für den wohl größten Fehler von allen vielleicht für den Rest meines Lebens zahlen müsste.

Dabei sollte ich so glücklich sein.

Ich hatte schon immer fest daran geglaubt, dass es sie gab, diese eine, wahre Liebe, die trotz allem, was einem die Realität gerade so abverlangte, ein Leben lang funktionierte und sogar über den Tod hinaus existierte.

Dass zwei Menschen, die zusammengehörten, sich fanden. Auch wenn sie sich nicht gesucht hatten. Egal, wie lange es dauerte.

Nun wusste ich endlich, ich hatte ihn gefunden. Auch wenn uns gerade Welten trennten. Egal, wie viel dagegensprach.

Routiniert wich ich einer Welle aus, die nach meinen Füßen lechzte. Um diese Zeit waren die blauen Liegestühle noch leer, und ich war froh über die Ruhe am Strand. Nicht mehr lange und die ersten Urlauber würden mit bunten Handtüchern, Luftmatratzen und randvoll gefüllten Picknickkörben hier einfallen und den Sand und das Meer für sich beanspruchen. Doch dann würde ich schon mit Bine in dem spartanischen Frühstücksraum unseres billigen Hotels sitzen, Croissants essen, Café au Lait trinken und ihr alles erzählen, was in der vergangenen Nacht vorgefallen war.

Sie würde mich zerfleischen.

Und ich würde zu ihr sagen: »Manchmal muss man erst den falschen Weg gehen, um den richtigen zu finden. Denn ein Körnchen Liebe ist mehr wert als eine ganze Kiesgrube Vernunft.«

Vor zwölf Monaten

Als wäre das hier ein Bruce-Springsteen-Konzert und keine Beerdigung. Jeder Platz war besetzt, und trotzdem drängten immer mehr Menschen durch die weit geöffneten Türen ins Innere der hübschen, weiß getünchten Kapelle.

Das Wetter war dem Anlass entsprechend stürmisch, grau und viel zu kalt für diese Jahreszeit. Selbst die Vögel hatten aufgehört zu zwitschern, zum Verstummen gebracht von hängenden Köpfen, Tränen und allzu blendend weißen Regenschirmen. Auf dem kopfsteingepflasterten Platz vor der Kirche fröstelte ich in meinem dünnen hellen Trenchcoat und hakte mich bei Paul unter, dankbar, dass er bei mir war. In den vergangenen fünf Tagen war er mir nicht von der Seite gewichen, als ich wie in Trance Sarg, Friedhof und Kirche ausgewählt, den Ablauf der Trauerfeier organisiert, Blumenschmuck bestellt und ein Restaurant für den Trauerkaffee reserviert hatte. Dabei hatte ich nichts lieber gewollt, als regungslos aus dem Schlafzimmerfenster zu starren und mich meinen Erinnerungen hinzugeben. Ich betrachtete Pauls feines Profil, das dem seines Vaters so ähnlich war. Für die Beerdigung war er extra zum Friseur gegangen, um seine dichten dunkelblonden Haare stutzen zu lassen.

»Himmel, wo kommen all die Leute her? Pius hat sich wirklich viele Freunde gemacht«, bemerkte meine alte

Freundin Bine und strich fürsorglich einen imaginären Krümel von meinem Ärmel. »Habt ihr gerade Martha Weiler gesehen? Und ist das da vorne nicht Hans-Georg Michel? Ich liebe seine florale Kunst, vielleicht sollte ich ihn um ein Autogramm bitten. Natürlich nicht heute«, fügte sie hastig hinzu, nachdem sie Pauls strafenden Blick aufgefangen hatte.

»Das Autogramm kann ich dir besorgen.« Nervös blickte ich auf meine schmale Armbanduhr – das letzte Weihnachtsgeschenk von Pius – und seufzte schwer. Theodor und seine Familie sollten längst hier sein.

»Wenn du alle dreißig Sekunden auf die Uhr starrst, kann sein Flieger trotzdem nicht die Schallmauer durchbrechen. Wir sollten wirklich langsam anfangen, Mama«, tadelte mich Paul.

»Nur noch fünf Minuten.«

Mein Sohn tätschelte sanft meinen Arm – seine liebenswürdige Art, die Augen zu verdrehen. Auch das hatte er mit seinem Vater gemeinsam.

»Ich werde noch mal versuchen, ihn anzurufen«, erklärte Bine zuvorkommend und zog ihr Handy aus der kleinen Handtasche.

Ich hörte das Auto, bevor ich es sah. Ein hellgelbes Taxi kam direkt vor dem schmalen schmiedeeisernen Tor des Friedhofsgeländes mit quietschenden Reifen zum Stehen, die Beifahrertür wurde aufgerissen, und ich wusste, dass er da war. Mit einem Lächeln auf dem Gesicht ließ Bine ihr Telefon zurück in die Tasche gleiten.

»Mein Junge«, flüsterte ich und konnte nicht verhindern, dass mir schon wieder die Tränen in die Augen stiegen und mir die Sicht verschleierten. Dabei hatte ich gedacht, ich hätte keine mehr übrig. Mein jüngerer Sohn, groß, bärtig und braun gebrannt, kam uns mit großen Schritten entgegengeeilt und schlang seine langen Arme um Paul und mich. Minutenlang standen wir so da, ohne ein Wort zu sagen. Froh, mit diesem qualvollen schwarzen Loch, das Pius' Tod in unser aller Leben hinterlassen hatte, nicht allein zu sein. Erst als Pauls Frau Sandra sich in ihrer typischen Manier leise räusperte, erinnerte ich mich an Theodors Familie, seine australische Frau Kimberley und ihren sechsjährigen Sohn Aaron, und löste mich von meinen Kindern. Ich drückte meine wunderschöne, hellblonde Schwiegertochter an mich, die wie immer, wenn sie die angeheiratete Verwandtschaft in Deutschland besuchte, eine dicke Wolljacke trug, und wandte mich meinem ältesten Enkel zu. Und erstarrte.

Seit mehr als drei Jahren hatte ich den australischen Teil meiner Familie nicht mehr zu Gesicht bekommen. Vor zwei Jahren hatte Theodor uns alleine in Deutschland besuchen müssen, nachdem Aaron kurz vor dem Abflug krank wurde. Letztes Jahr hatten Pius und ich gemeinsam nach Australien reisen wollen, doch dann war Pius' Diagnose dazwischengekommen. Und nun, da ich mein Enkelkind endlich wiedersah, fühlte es sich an, als hätte ich einen heftigen Schlag gegen den Brustkorb bekommen, der gleichzeitig Atmung und Herzschlag zum Erliegen brachte. Ich rang nach Luft und hoffte, dass der Eisklumpen in meiner Brust nicht der Vorbote eines Herzinfarkts war.

»Oma, unser Flugzeug hatte Verspätung. Papa hat dem Taxifahrer hundert Euro gegeben, damit er die Verkehrsregeln bricht. Wir wollten doch unbedingt dabei sein, wenn Opa begraben wird.«

Ich konnte nicht aufhören, ihn anzustarren. Aaron sah aus wie *er*. Nicht nur irgendwie ähnlich, wie es bei wildfremden Menschen vorkommen konnte, sondern er war ihm wie aus dem Gesicht geschnitten. Die gleichen prominenten hellblauen Augen, die gleichen geschwungenen dichten Augenbrauen, die gleichen vollen Lippen mit dem definierten Amorbogen. Der gleiche spitzbübische Gesichtsausdruck. Warum hatte das noch nie jemand bemerkt?

Es war, als wäre ich eingefroren, während alles um mich herum zu rotieren begann, immer schneller und schneller. Ich geriet ins Wanken und streckte die Hand nach einer Stütze aus. Ich erwischte Theos Schulter.

»Bist du okay, Mama?« Ich nahm seine Stimme wie durch Watte wahr. »Du bist so weiß wie die Trauerkleider, die Papa sich gewünscht hat.«

Ich konnte nicht antworten, sondern klammerte mich weiterhin an meinem Sohn fest, während nun auch der Rest der Familie beunruhigt auf mich einredete. Irgendjemand reichte mir eine kleine Flasche Wasser.

Fieberhaft versuchte ich, meine konfusen Gedanken zu ordnen. Mit mäßigem Erfolg. »Es ist nur die Anspannung«, brachte ich schließlich mühsam hervor. »Wir sollten langsam hineingehen, der Pfarrer und die Gäste warten schon.«

Mit noch immer bleischweren Beinen und wild pochendem Herzen schaffte ich es irgendwie, untergehakt bei meinen Söhnen und dicht gefolgt von meinen Schwiegertöchtern, Aaron und seinen beiden kleinen Cousinen, Bine und Pius' großem Bruder Markus, durch den Mittelgang der Kirche bis zur ersten Reihe. Dort ließ ich mich schwer atmend auf meinen Platz sinken. Im Hintergrund ertönten leise die Klänge von Billie Idols »Eyes Without A Face«. Unserem Lied.

Der Anblick von Pius' verziertem Eichensarg ließ mein Herz erneut stillstehen. Die Gedanken an Aaron und die Vergangenheit vermischten sich mit einer überwältigenden Trauer, die mich wie eine Glaskuppel von der übrigen Welt abschirmte. Das Gefühl des Verlassenseins schlug mir mit einer solchen Wucht entgegen, dass ich es wie einen Schmerz unter meiner Haut pulsieren fühlte. Theodor nahm meine zitternde Hand und drückte sie fest, während der Pfarrer Worte des Mitgefühls und Trosts mit Zeilen aus der Bibel verband.

Nach dem Trauergottesdienst kam mir der Weg zum Friedhof endlos lang vor. Nichts an seinem Tod war richtig. Dass er, der Sportler und Gemüseapostel, mit nur siebenundsechzig Jahren hatte sterben müssen, war absurd und sinnlos. Die Endgültigkeit seines Todes erschlug mich beinahe und trieb mich fort von allem, was ich bisher gekannt hatte.

Wie betäubt stand ich an Pius' frisch ausgehobenem Grab. Durch den Regen der vergangenen Tage war der Boden hier schlammig, doch ich nahm kaum wahr, dass meine Absätze im Matsch versanken. Ich hielt mich krampfhaft an einem kleinen Strauß gelber Freesien fest, seinen Lieblingsblumen, als ich gedämpft die Worte des Pfarrers wahrnahm: »Die beiden Söhne des Verstorbenen möchten noch einige Worte an Sie richten.«

Die beiden Söhne. Ich schluckte schwer und gab vermutlich einen gequälten Laut von mir, denn Bine hielt mich am Arm fest und raunte mir ins Ohr: »Sie wollen Pius mit ihrer Rede würdigen und dir damit Trost spenden.«

Paul hielt einen kleinen Spickzettel in der Hand, Theo stand ohne Hilfsmittel an seiner Seite. »Liebe Mama, liebe Trauergäste«, begann Paul. »Der Tod ist gewiss, die Stunde ungewiss«, wusste schon Matthias Claudius. Diese Stunde ist jetzt gekommen, viel zu früh, und wir müssen Abschied nehmen von einem Mann, dessen Verlust nicht nur seine geliebte Frau und uns als seine Söhne mit größtem Schmerz erfüllt, sondern euch alle hier. Denn unser Vater war ein besonderer Mensch: engagiert, gerecht, voller Liebe, loyal und zu jedermann freundlich, sogar zu der schlecht gelaunten Kassiererin. Er gab immer sein Bestes und verlangte das auch von anderen.«

Ich blickte auf meine beiden so hübschen, so unterschiedlichen Kinder. Dass mich meine Vergangenheit ausgerechnet am Grab meines Mannes einholen würde, der fast vierzig Jahre lang mein Gefährte, mein Seelenpartner, mein Kavalier und Verbündeter gewesen war, ließ den tonnenschweren Klumpen von Trauer, Angst und Unsicherheit, der seit Pius' Tod meine Eingeweide zersetzte, nur noch schwerer wiegen. Denn Schuldgefühle waren besonders gewichtig.

Verstohlen wischte ich meine tränennassen Wangen mit dem Ärmel trocken, als Paul ein wenig stockend fortfuhr: »Selbst als diese gnadenlose Krankheit kam, die uns nie auch nur den Hauch einer Chance gelassen hat, konnte er der Welt noch etwas Positives abgewinnen. Er schenkte uns Mut und Kraft, als es eigentlich umgekehrt hätte sein müssen. Jeden Tag sagte er unserer Mutter, wie sehr er sie liebte und wie glücklich er sich schätzte, sie ein ganzes Leben an seiner Seite zu haben. Bis zum letzten Tag.«

Ein ganzes Leben an seiner Seite. Ich musste mich schwer auf Bine stützen, denn meine Beine drohten unter mir nachzugeben.

Theodor nickte seinem Bruder zu und übernahm mit seiner tiefen Stimme das Wort: »Unser Vater hinterlässt eine betäubende Leere – aber noch viel mehr als das. Er hinterlässt ein Lebenswerk. Sein Herz schlug für die Kunst, so wie meins und das seiner Frau, und dafür hat er sein ganzes Leben lang hart gearbeitet. Sein Andenken, die Galerie, die er mit meiner Mutter aufgebaut hat und der beide gemeinsam zu großem Erfolg verholfen haben, wird in seinem Sinn fortgeführt. Wir alle können versuchen, seinen Traum weiterzuleben. Indem wir das Leben, die Liebe, die Familie und die Kunst wertschätzen, ehrlich sind, uns gegenseitig unterstützen und das Beste aus uns herausholen.«

Paul und Theo warfen jeder eine einzelne gelbe Freesie auf den Sarg. »Auf Wiedersehen, Papa. Deine Stunde ist gewiss. Gewiss ist aber auch, dass wir uns irgendwann wiedersehen werden.«

Als ich hinter meinen Söhnen an den Sarg meines Mannes trat, um Blumen und Erde in sein Grab fallen zu lassen, überrollte mich ein Schmerz, der alles übertraf, was ich bisher erlebt hatte. Ich war verzweifelt und gebrochen. Ich war ohnmächtig und voll peinigender Schuldgefühle.

»Verzeih mir, mein Geliebter. Ich werde dich immer lieben und jeden Tag vermissen. Nichts von dem, was in der Vergangenheit passiert ist, kann daran jemals etwas ändern«, flüsterte ich.

Meine Tränen liefen mir unablässig über die Wangen,

als die anderen Trauernden sich aufreihten, um meinen Söhnen und mir zu kondolieren.

»Paul und ich werden dich unterstützen, Mama«, flüsterte Theo mir ins Ohr.

»Ich weiß.« Ich griff nach seiner Hand und hielt sie fest.

»Ich meine wirklich unterstützen. Wir wollen dir helfen, die Galerie weiterzuführen. Ist das in Ordnung? Papa hätte es so gewollt.«

Das Sprechen fiel mir schwer. »Mehr als in Ordnung, mein Junge. Aber wie soll das funktionieren? Du lebst am anderen Ende der Welt, und Paul wurde gerade zum Abteilungsleiter befördert.«

»Paul wird sich von seinem Job vorläufig beurlauben lassen, und Kimberley und ich haben entschieden, mit Aaron zurück nach Deutschland zu kommen.«

»Ihr kehrt zurück?« Ich konnte meine Emotionen nicht mehr länger kontrollieren. Ein Hoffnungsschimmer machte sich in mir breit und gleichzeitig eine würgende Angst.

In dem Moment fiel mir eine vollkommen aufgelöste Nachbarin um den Hals – die, von der Pius vermutet hatte, dass sie immer heimlich in unserem WLAN mitsurfte.

»Wir reden später, Mama. Du bist nicht allein. Und das letzte Wort in dieser Sache hast du.«

Die Welt würde künftig eine andere sein. Und das lag nicht nur daran, dass Pius nicht mehr an meiner Seite war. Sondern auch daran, dass ich den anderen nicht mehr länger etwas vorspielen konnte. Ich weiß, dass die Zeit gekommen war, ihnen die Wahrheit über die Geschichte unserer Familie zu erzählen. Ich wusste nur nicht wie. Wie sollte ich ihnen erklären, dass ich ihnen mehr als dreißig Jahre lang etwas vorgemacht hatte? Ich konnte es mir nicht einmal selbst erklären.

Und doch blieb mir keine andere Wahl.

»Ich glaube, ich habe am Sonntag auf der Beerdigung sogar Banksy gesehen. Er saß in der hinteren Reihe und trug einen Miami-Vice-Anzug im Stil der Achtziger.« Bine, die in der angrenzenden Küche am Herd stand und in einem Eintopf rührte, den irgendwelche zuvorkommenden Nachbarn vorbeigebracht hatten, wurde nicht müde in ihren Versuchen, die gedrückte Stimmung ein wenig aufzulockern.

»Niemand weiß, wie Banksy aussieht. Vielleicht ist es ja sogar eine Frau«, konterte Sandra, die noch nie einen Sinn für Humor oder gar Ironie erkennen lassen hatte.

Theo, Paul und ihre Familien hatten sich in meinem grünen Wintergarten mit Blick auf die Seeve versammelt, der früher mein unangefochtener Lieblingsort gewesen war, mir heute, ebenso wie das restliche Haus, aber überdimensional groß, altersschwach und trostlos erschien. Meine Söhne und Schwiegertöchter hatten es sich auf die Fahnen geschrieben, nach mir zu sehen, sicherzustellen, dass ich jeden Tag etwas aß, und mit mir »über die Zukunft zu sprechen«. Ich wusste, sie machten sich Sorgen und wollten mich nicht aus den Augen lassen, dabei wünschte ich mir nichts sehnlicher, als auf Pius' Seite des Bettes die Decke über meinen Kopf zu ziehen, seinen Geruch aufzusaugen und mich meiner rabenschwarzen, alles andere in den Schatten stellenden Verzweiflung hinzugeben. Erst recht mochte ich nicht an die Zukunft denken, eine Zukunft ohne meinen Mann – und das nicht nur, weil der irritierende Anblick von Aaron mich davon abhielt.

Doch Theo und Kimberley konnten nur noch bis Ende der Woche in Deutschland bleiben, daher drängten meine Söhne auf eine schnelle Planung.

»Vielleicht sollte ich mit den Kindern auf den Spielplatz gehen«, schlug Sandra vor. »Dann könnt ihr in Ruhe reden.«

»Ich mag sowieso keinen Eintopf«, schimpfte Milla, Pauls Dreijährige, und ihre fünfjährige Schwester Ellie kam ihr zu Hilfe: »Kriegen wir dann stattdessen ein Eis? Mit zwei Kugeln?«

»Eis? Dann komme ich auch mit.« Aaron stürmte hinter seinen beiden Cousinen her in den Flur, und Sandra und Kimberley folgten ihren Kindern in gemäßigterem Tempo.

Ich presste das Einmachglas mit den vielen zusammengerollten Zetteln darin so fest an meine Brust, dass die Fingerknöchel weiß hervortraten. Botschaften, Zitate und kleine Liebesnachrichten von Pius, die er in den vergangenen Wochen für mich geschrieben hatte. Eine Botschaft für jeden Tag des ersten Jahres, angefangen am Tag seines Todes. Heute Morgen nach dem Aufstehen war ich in Tränen zerflossen, als ich eines der kleinen Blätter ausrollte und ein Zitat von Antoine de Saint-Exupéry fand: *Und wenn du dich getröstet hast, wirst du froh darüber sein, mich gekannt zu haben.*

»Morgen werden wir uns ganz in der Nähe ein paar Häuser und Grundschulen ansehen«, riss mich Theo aus meinen Gedanken.

Ich schluckte schwer. »Ich freue mich, wenn ihr zurückkommt. Aber ihr müsst das nicht tun. Pius und ich wollten immer, dass ihr eure Leben genau so lebt, wie ihr es euch wünscht.«

»Das wissen wir«, antwortete Paul für seinen Bruder. »Aber genau das, was wir wollen, ist, dass wir jetzt alle zusammenhalten. Als Familie. Die Galerie ist euer Lebenswerk, ihr habt mehr als dreißig Jahre harte Arbeit und euer ganzes Herzblut hineingesteckt.«

Ehe mir eine passende Antwort einfiel, sprang Theodor ihm bei: »Als ich vor vier Wochen aus Australien kam, um mich von Papa zu verabschieden, sagte er zu mir: ›Ich hoffe, dass Mama es alleine schafft.‹ Er hat mich nicht um Hilfe gebeten, denn genau wie du wollte er nicht, dass Paul und ich Opfer erbringen und unserem Leben eine Wendung geben, die wir in Wahrheit gar nicht anstreben. Aber welches Opfer sollte es schon sein, in eine erfolgreiche Galerie einzusteigen, die sich inzwischen im ganzen Land einen Namen gemacht hat? Ich weiß, dass Papa sich das gewünscht hätte.«

»Wir haben uns das lange überlegt, Mama. Theo ist der talentierteste Künstler, den ich kenne. Er hat schon einige hervorragende Ideen, die Galerie langfristig um eine Kunsthalle, eine Malschule, Ateliers für Artists in Residence und verschiedene Symposien zu erweitern. Und ich als Betriebsökonom kann Papas kaufmännischen Part übernehmen. Ein richtiges Familienunternehmen, Papa wäre begeistert.« So leidenschaftlich hatte ich den ständig beherrschten und besonnenen Paul zuletzt bei der Geburt seiner jüngeren Tochter erlebt.

Ich gab mir alle Mühe, ruhig zu bleiben, doch mein Herz krampfte sich zusammen. Die Liebe und die Kraft, die meine Söhne mir gaben, verstärkten meine Schuldgefühle nur noch weiter. Ebenso wie der Anblick von Aaron. Seit der Beerdigung vor vier Tagen hatte ich mich Nacht für Nacht hellwach von einer Seite auf die andere gewälzt und mir erfolglos den Kopf darüber zerbrochen, wie ich meiner Familie am besten erklären sollte, dass alles, woran sie glaubten, eine Lüge war. Auch wenn ich meine Familie nur schützen wollte – eine Lüge blieb eine Lüge. Aber ich konnte nicht länger nichts sagen, sonst würde ich nie wieder schlafen können. Und ich war es leid.

»Kommt, lasst uns zum Boot fahren. Wie früher. Dort können wir in Ruhe über alles reden«, schlug ich vor, das Einmachglas noch immer fest an mich gedrückt, gerade als Bine uns zum Essen rief.

»Jetzt? Die anderen werden bald wieder hier sein. Außerdem ist es heute ein bisschen kalt zum Segeln.« Paul klang irritiert.

»Außerdem komme ich um vor Hunger«, fügte Theo lapidar hinzu.

»Wir haben sicher noch ein paar Vorräte auf dem Schiff. Bitte, tut mir den Gefallen.« Ich versuchte mit aller Kraft, mir meine Verzweiflung nicht anmerken zu lassen.

Natürlich konnten sie es mir nicht abschlagen. Während Bine die Gelegenheit nutzte, um nach Tagen endlich mal wieder in ihre Hamburger Wohnung zu fahren und dort nachzusehen, ob die wissbegierige Nachbarin wieder ihre Post geöffnet hatte, stiegen wir zu dritt in Pauls Volvo und fuhren die gut zwanzig Kilometer von Seevetal zum Elbdeich nach Drage, wo seit Jahren Pius' und mein Segelboot vor Anker lag.

Es war noch immer kalt und stürmisch, und ein leichter

Nieselregen hatte eingesetzt, als wir über die Reling an Bord gingen, und die hübsche kleine, weiß angestrichene Segeljacht aus Eichenholz, die Pius mir zu unserem zwanzigsten Hochzeitstag geschenkt hatte, schaukelte kräftig. Keiner von uns machte Anstalten, die Leinen zu lösen, stattdessen marschierten wir schnurstracks in die bescheidene und feucht-kühle, aber wohnliche Kajüte. Theo machte sich sofort daran, die Schränke nach etwas Essbarem zu durchforsten, während Paul in der Kochnische Kaffee kochte und ich mich in der gemütlichen Sitzecke niederließ. Pius und ich hatten das Segeln und dieses Boot geliebt. Für uns hatte es nichts Schöneres gegeben, als den Wind in den Haaren zu fühlen, während wir mit Regen oder Sonne im Gesicht in voller Fahrt durch die Wogen preschten. Im Sommer hatten wir früher mitunter Wochen am Stück auf dem Wasser verbracht. Doch jetzt war ich seit fast einem Jahr nicht hier gewesen, und es roch muffig und staubig.

»Das meiste muss erst gekocht werden oder ist seit Ewigkeiten abgelaufen, ich konnte nur Pumpernickel und ein paar Nüsse auftreiben. Ich rufe einen Lieferdienst an – was haltet ihr von Italienisch?«, fragte Theo und ließ sich neben mir auf ein blau-weißes Kissen fallen.

Paul brachte drei dampfend heiße Tassen an den Tisch und begann: »Lieber Chinesisch, hier gibt es doch diesen tollen Laden direkt um die Ecke. Aber um noch mal auf die Galerie zu sprechen zu kommen –«

»Ich bin euch so dankbar, dass ihr mir helfen wollt, Papas und mein Lebenswerk weiterzuführen«, unterbrach ich ihn mit schweißnassen Händen. »Und ich liebe euch beide sehr. Doch ich weiß nicht, ob ihr genauso denkt und mich unterstützen würdet, wenn ihr wüsstet, was vor mehr als dreißig Jahren geschehen ist. Wenn ihr wüsstet, was ich getan habe.«

Theo, der gerade den Pumpernickel auf Spuren von Schimmel untersuchte, hielt mitten in der Bewegung inne. »Was meinst du, Mama?« Er klang irritiert. »Was soll denn damals passiert sein?«

Ich schaffte es, meiner Stimme mehr Gelassenheit zu verleihen, als ich fühlte. Tausend Dinge schossen mir auf einmal durch den Kopf. »Etwas, was mich nicht mehr loslässt. Viele Jahre lang hatte ich das Gefühl, durch ein Labyrinth zu irren, ohne den Ausgang zu finden. Und als Aaron gestern auf der Beerdigung aufgetaucht ist –«

»Was hat denn Aaron damit zu tun?« Theodor starrte mich entgeistert an. »Wovon redest du?«

Zurückgelehnt in die bunten, weichen Kissen, mit angezogenen Beinen, nahm ich einen viel zu großen Schluck von meinem Kaffee und verbrannte mir schmerzhaft die Zunge. Verzweifelt rang ich nach Worten, während meine beiden Söhne mich erwartungsvoll und gleichzeitig verständnislos anblickten.

»Das ist eine sehr lange Geschichte. Sie beginnt an einem Strand in Nizza und geht damit weiter, dass Bine zehn Jahre später ihren neuen Freund mit zu unserer Gartenparty brachte.«

Kapitel 2
Juni 1999

Zum dritten Mal innerhalb der letzten halben Stunde blickte ich demonstrativ auf die große Kirchturmuhr, die ich aus dem Schaufenster der Galerie sehen konnte. Manche Künstler waren wirklich hartnäckig. Schon viertel vor fünf.

Ich entschied mich, die Sache abzukürzen. »Ich fürchte, Ihr Stil passt wirklich nicht in unser Programm«, unterbrach ich die allzu ausschweifenden Ausführungen meines Gegenübers. Ebenso gut hätte ich sagen können: »Ernsthaft? Schwarze Zombies in Schottenkaro, das hätten ja meine beiden Grundschulkinder kreativer hinbekommen.«

Der junge Mann, ein vollbärtiger Hüne im Grunge-Look, der mich schon seit einer gefühlten Ewigkeit voller Inbrunst von seiner enormen Begabung und der Verkaufsträchtigkeit seiner potthässlichen kleinformatigen Bilder zu überzeugen versuchte, wirkte aufrichtig entrüstet. »Sie haben schon so viele namenlose Talente unter Ihre Fittiche genommen. David Bauer und Gesine Holbig zum Beispiel sind durch Ihre Galerie erst so richtig erfolgreich geworden. Frau Lohse, Sie haben sich weit über die Stadtgrenzen hinaus für Ihren erstklassigen Kunstverstand einen Namen gemacht.«

Deswegen kommt es ja auch nicht infrage, dass wir dieses haarsträubende Gekleckse bei uns ausstellen, dachte ich im Stillen. Man braucht schon ein bisschen Talent, um als Künstler Erfolg zu haben.

Mittlerweile kostete es mich einiges an Mühe, mein Pokerface zu bewahren. »Vielen Dank. Trotzdem kann ich Ihnen leider keine Ausstellungsfläche anbieten.«

Langsam nahm er zur Kenntnis, dass es mir ernst war. Mit finsterer Miene sammelte er seine vollgeschmierten Blätter ein und schob sie in die schmuddelige Mappe zurück. »Wenn ich erst mal berühmt bin, werden Sie voll Gram an diesen Tag zurückdenken.«

»Dieses Risiko werde ich wohl eingehen müssen«, entgegnete ich, während er geknickt zur Tür schlurfte.

Fünf Uhr. In zwei Stunden würden die ersten Gäste anrollen, und ich musste noch ein paar Dips und Salate zusammenrühren, Lampions aufhängen und Schwimmkerzen im Teich verteilen. Abgesehen davon sah ich aus wie eine Vogelscheuche. Hastig suchte ich im angrenzenden kleinen Büro meine Siebensachen zusammen und verabschiedete mich von meiner Assistentin Julia.

»Ich freue mich schon auf Pius' legendären Schichtsalat heute Abend«, rief sie hinter mir her.

Auf dem Weg zu meinem kleinen roten VW hörte ich die Nachrichten auf meiner Mailbox ab. Zuerst schallte mir die aufgeregte Stimme meiner Freundin Bine entgegen: »Heute Abend wirst du ihn endlich kennenlernen. Er wollte eigentlich nicht, er meint, es sei noch zu früh, meine Freunde zu treffen, aber als ich ihm erzählt habe, wer ihr seid, dass ihr eine grandiose Galerie betreibt und Kunst liebt, ist er wohl doch neugierig geworden. Ich bin gespannt, was du von ihm hältst. Ich glaube, du wirst ihn lieben.«

Ich musste lächeln. So viele Jahre war Bine freiwilliger

Dauer-Single gewesen, denn an allen Männern, die ihr über den Weg liefen, hatte sie schon nach kurzer Zeit etwas auszusetzen – zum Beispiel, dass sie das R rollten oder eine Vorliebe für allzu scharfes Essen hatten. Doch bei diesem Mann, dem sie vor ein paar Wochen nachts in einer Bar begegnet war, war es endlich anders. Sie war Feuer und Flamme und schwärmte wie ein Teenager von seiner unglaublichen Ausstrahlung, seinem Talent, Sex-Appeal und Charme. Insgeheim hörte sie schon die Hochzeitsglocken läuten, und ich war überglücklich für sie.

Als Nächstes erkannte ich die helle Stimme von Theodor, meinem siebenjährigen Sohn, auf der Mailbox: »Mama, weißt du was? Egal, was Frau Benson dir erzählt, es war alles ganz anders. Dieser blöde Jonas hat angefangen. Und übrigens, ich habe eine Eins für mein Frühlingsplakat bekommen.« Ich seufzte. Frau Benson war seine Lehrerin, eine etwas humorlose Alleinstehende kurz vor der Rente. Theo war, ganz im Gegensatz zu seinem zwei Jahre älteren Bruder Paul, ein eher mittelmäßiger Schüler – und das lag nicht etwa an seinen intellektuellen Fähigkeiten, sondern an seiner Unlust, seine kostbare Zeit mit Multiplikation und Verben zu vergeuden, wenn er stattdessen den ganzen Tag lang Tiere streicheln, klettern, schwimmen und sich die Seele aus dem Leib rennen konnte. Nur zum Malen und Zeichnen konnte er für einen längeren Zeitraum still sitzen. Er ließ sich leicht provozieren und hielt sich nicht zurück, wenn es darum ging, seine Meinung mit dem Einsatz von Fäusten zu unterstreichen. Die Vorstellung, zum zweiten Mal in diesem Halbjahr in der Schule antanzen zu müssen, und das so kurz vor den Sommerferien, war alles andere als erbaulich.

Zuletzt hatte mir noch der Klempner aufs Band gesprochen, um mir mitzuteilen, dass er heute nun doch keine Zeit finden würde, sich mit dem verstopften Abflussrohr in unserem Badezimmer zu befassen. Nächste Woche würde erheblich besser in seinen Terminkalender passen, und das auch nur, wenn wir in der Zwischenzeit die Rechnung vom letzten Mal beglichen hätten.

Vierzig Minuten später stand ich auf der Kiesauffahrt unseres zweihundert Jahre alten Landhauses. Wie ich dieses Haus liebte: die symmetrische Fachwerkarchitektur über zwei Ebenen, die gemütlichen Gauben, die uralten Holzsprossenfenster, von Geißblatt und wildem Wein umrankt. Aber vor allem liebte ich den weitläufigen Garten mit seinen gewaltigen uralten Bäumen, dem selbst gebauten blauen Teepavillon am kleinen Schwimmteich und dem Blick auf die Seeve.

Als Pius und ich dieses Anwesen vor knapp sieben Jahren, nicht sehr lange nach Theodors Geburt, entdeckt hatten, war es Liebe auf den ersten Blick. Wir hatten mit unserer Galerie in der Hamburger Neustadt gerade erst Fuß gefasst, und ich wusste, dass wir es uns nie und nimmer leisten konnten – und das, obwohl die Holzdielen morsch, das Dach marode und die Leitungen so verkalkt waren, dass kaum Wasser aus dem Hahn kam, die Küche und Bäder keinen Tag jünger aussahen als das Haus selbst und in den Kinderzimmern der Putz von den Wänden bröckelte. Hinter dem Mauerwein wollten wir gar nicht erst nachsehen. Wer wusste schon, was sich dort alles verbarg?

Als Pius aber sah, wie sehr ich dieses Haus wollte, setzte er alle Hebel in Bewegung, nahm eine Hypothek auf die

Galerie auf und lieh sich viel zu viel Geld von der Bank. Und obwohl das Haus eigentlich zu weit außerhalb lag, kauften wir die Katze im Sack und haben es seither nie bereut. Außer vielleicht, wenn im Winter mal wieder die Heizung streikte. Oder an dem Tag, als es plötzlich durch die Decke regnete. Oder als die Stromleitung durchbrannte und wir zwei Tage im Dunkeln saßen. Doch meistens nahmen wir die Rückschläge mit Humor: Wir schliefen dann wahlweise alle vier eng zusammengekuschelt unter einem Berg von Decken vor dem Kamin im Wohnzimmer, verteilten Eimer auf dem Dachboden oder erzählten im Schein von Kerzen und Taschenlampen gruselige Geschichten.

Lange Zeit war ich mir vorgekommen wie eine Hochseiltänzerin ohne Sicherheitsseil und hatte in der Angst gelebt, dass wir die Raten für das Haus und die ständig anfallenden Reparaturen nicht würden zahlen können. Doch die Zeit und Energie, die wir in unsere Galerie steckten, ich immer auf der Suche nach vielversprechenden neuen Künstlern und Pius als Verkäufer und Organisator von Ausstellungen, zahlte sich langsam aus. Nur gelegentlich überkam mich noch die Angst vor möglichen Rückschlägen oder Engpässen.

Wenn ich in meinem alten Schaukelstuhl in dem zugigen großen Wintergarten saß und Künstler-Portfolios durchforstete, zu meinen Füßen Theo, der ein Bild von einem Hirschkäfer oder einer Baumrinde malte, oder Paul, der ausrechnete, wie teuer uns ein neues Dach zu stehen kommen würde, hielt ich manchmal inne, blickte auf die ringsum wachsenden hohen Bäume, die mir das beruhigende Gefühl gaben, auf einer Waldlichtung zu leben, und war dankbar und glücklich für all das, was Pius und ich in den letzten Jahren gemeinsam zustande gebracht hatten. Dann fragte ich mich hin und wieder, ob ich all das Glück überhaupt verdient hatte.

Ich war optimistisch, dass Pius den Garten schon partytauglich gemacht, den Rasen gemäht, Tische aufgestellt und Mückenfackeln verteilt hatte. Schon in der Diele kam er mir entgegen, bereits umgezogen, in dunkler Jeans und kariertem Flanellhemd, dessen Knöpfe seit einigen Jahren ein wenig spannten, und bei seinem Anblick machte mein Herz – trotz aller verbliebener Irritation über die Zombiebilder, Frau Benson und den fehlenden Klempner – auch nach all der Zeit noch einen Satz. Er umschloss mich mit seinen langen Armen, ich presste mich an seine Brust und atmete seinen sauberen, vertrauten Duft ein.

»Mach dir keine Sorgen, Sonnenschein, ich habe schon mit Theos Lehrerin gesprochen und die Sache aus der Welt geschafft. Und ich habe den Klempner angerufen: Er wird direkt am Montagmorgen auf der Matte stehen, und bis dahin benutzen wir einfach das Gästebad. Seine letzte Rechnung habe ich gerade bezahlt«, fügte er hinzu und beantwortete damit meine ungestellte Frage.

Ich gab ihm einen Kuss auf diese weichen, vertrauten Lippen. »Du weißt immer genau, was du sagen musst«, grinste ich. Mit nur wenigen Worten hatte er jede Verstimmung weggewischt. Er kannte mich so gut.

»Außerdem habe ich die Lampions aufgehängt und Schichtsalat und Mettigel vorbereitet«, murmelte er in meinen Scheitel. »Erzähl mir nicht, das würde dich nicht insgeheim beeindrucken.«

Lachend löste ich mich aus seiner Umarmung. »Wenn

du mir jetzt noch sagst, du hättest an den Wodka für den Wackelpudding gedacht, hast du drei Wünsche frei.«

In dem Moment ertönte vor dem Haus ein Hupen, und einen Moment später jagte Theo die Treppe hinunter, mit vom Rennen roten Wangen und verschwitzten Haaren und wie immer seinem Hamster Eddie in der Hand. Ihm folgte langsamer Paul, schwer beladen mit zwei großen Rucksäcken.

»Bis morgen, Mama«, sagte er und gab mir einen Kuss. »Tschüs, Papa.«

»Wir bleiben so lange auf, wie wir wollen, dürfen wir?«, rief Theo, und weg waren sie, auf dem Weg zu ihren Klassenkameraden, bei denen sie heute übernachten wollten. So unterschiedlich und doch ein unschlagbares Team.

»Der Wodka steht im Kühlschrank. Und ich weiß auch schon, was ich mir als Erstes wünsche«, meinte Pius und grinste breit.

Als ich eine Stunde später frisch geduscht, in einem weit ausgestellten dunkelgrünen Pannesamtkleid, das meine in den letzten Jahren unerfreulicherweise etwas aus der Form geratenen Oberschenkel perfekt kaschierte, und geschmückt mit einer dezenten Smaragdkette, einem Erbstück meiner Mutter, das ich nur für besondere Gelegenheiten hervorholte, auf die noch immer vom Sonnenlicht erfüllte Terrasse trat, tummelten sich schon die ersten Gäste auf unserer berühmt-berüchtigten alljährlichen Mittsommer-Gartenparty.

Ich blieb einen Moment in der Tür stehen und ergötzte mich an dem idyllischen Anblick. Pius und ich hatten ganze Arbeit geleistet: Auf den Holzbohlen der Terrasse und der angrenzenden Rasenfläche hatten wir im Eiltempo kleine Tische aufgestellt, herausgeputzt durch bunte Sommerblumen in ebenso bunten Vasen, und die Schubkarre hatten wir bis obenhin mit Eiswürfeln gefüllt und Flaschen darauf geschichtet. Auf dem Teich trieben hundert neonfarbene Schwimmkerzen und Gartenfackeln, Lampions und Teelichter in Weckgläsern warteten auf ihren Einsatz nach Sonnenuntergang. Für den unwahrscheinlichen Fall, dass es regnete, hatte Pius zusammen mit seinem Bruder Markus ein großes Zelt aufgebaut.

An dem mittlerweile schon recht üppigen Mitbring-Büfett entdeckte ich meinen Vater, in einer Hand ein Glas Rotwein, in der anderen einen selbst mitgebrachten Ziegenkäse-Serrano-Spieß, seine Spezialität. Ich war froh, dass er gekommen war. Nach dem viel zu frühen Tod meiner Mutter hat er sich mehr und mehr in sein Schneckenhaus zurückgezogen und mich und andere aus seinem Leben ausgeschlossen. Es zehrte an mir, dabei zuzusehen, dass er einen ständigen Groll zu hegen schien und voll Bitterkeit war.

Auf dem Weg zu ihm begrüßte ich ein paar Gäste, Freunde, Bekannte, Künstler, Kollegen und Nachbarn, die allesamt schon in bester Feierlaune waren. Einer drückte mir ein Glas mit rotem Wackelpudding und Wodka in die Hand, gerade als ich an Pius vorbeikam, der mit einem potenziellen neuen Kunden, dem Chef einer Luxushotelkette, plauderte. »Herr Blum interessiert sich für die Moliets«, erklärte er feierlich und zwinkerte mir zu.

»Das ist eine Party, keine Auktion«, tadelte ich lachend, freute mich insgeheim jedoch irrsinnig. Die Moliets waren im Moment unsere kostspieligsten Gemälde, und ihr Verkauf würde ein kleines Vermögen bringen, das wir gerade gut gebrauchen könnten.

Als ich meinen Vater, groß, schlank und mit einem Anflug von Grau in seinen blonden Haaren, erreichte, wirkte er beinahe überrascht, mich zu sehen. »Lilith«, begrüßte er mich etwas steif und steckte sich einen Cracker mit Salami in den Mund. »Wie hübsch du aussiehst.« Konzentriert starrte er auf meine Kette.

»Danke. Schön, dass du da bist, Papa. Amüsierst du dich?« Ich stellte mein Jelly-Shot-Glas auf einem kleinen Tisch ab und nahm seine Hände fest in meine.

Er nickte abwesend. Das konnte alles bedeuten. »Ich bin froh, dass es euch gut geht«, murmelte er gleichermaßen gedankenverloren.

»Wie läuft's mit deinem Badminton-Kurs?«, fragte ich, um ein Gespräch in Gang zu bringen.

»Hab aufgehört. Zu wenig frische Luft. Stattdessen gehe ich jetzt Fliegenfischen.«

Ich verkniff mir jeden Kommentar. In den letzten Jahren war mein Vater ständig mit neuen Hobbys angekommen – Golf, Schach, Seniorenfußball, Tai-Chi –, aber an allem gab es schon nach kurzer Zeit etwas auszusetzen. Zu spießig, zu langweilig, die Teamkollegen zu vergreist.

»Fliegenfischen wäre bestimmt auch was für die Jungs. Vielleicht nimmst du die beiden mal mit? Sie fragen schon nach dir.«

»Ja, das mach ich.« Er schien noch etwas hinzufügen zu wollen, überlegte es sich dann aber doch anders. Stattdessen füllte er seinen Teller mit ein paar Blätterteigtaschen, die die unverwechselbare Handschrift meiner Assistentin

Julia trugen, und schien mich schon wieder vergessen zu haben, als er sich einer Nachbarin zuwandte und mit ihr ein Gespräch über bunt getönte Sonnenbrillen anfing, die jetzt offensichtlich jeder trug, der etwas auf sich hielt.

Ich schloss einen Moment die Augen und dachte an die Zeit zurück, als meine Mutter noch lebte. Mein Vater war geschwätzig wie eine Elster gewesen und aus dem Grinsen gar nicht mehr herausgekommen.

Ich schluckte, riss mich dann aber energisch zusammen. »Soll ich dir noch was zu trinken holen, Papa?«

»Danke, ein Glas Eistee wäre schön. Ich muss noch fahren.«

Wie so häufig zwang ich mich, die Ablehnung meines Vaters nicht auf meine Person zu beziehen, schüttelte meine tizianroten Haare, die heute ausnahmsweise mal nicht in einem praktischen Zopf gefangen waren, sondern dank Föhn und Glanzspray – einem Luxus, für den im Alltag keine Zeit blieb – in langen Wellen meinen Rücken hinunterflossen, und legte die paar Schritte zum langen Getränketisch zurück, an dem mittlerweile reger Betrieb herrschte. Ich begrüßte die Neuankömmlinge und schwatzte mit meiner Lieblingskünstlerin Gigi Mauer, heute modisch mit Bauchtasche und weißem Lippenstift, die gerade auf ihre erste große Ausstellung hinarbeitete, bis ich mich schließlich mit einem Glas Eistee in der einen und einem Grenadine Cosmo in der anderen Hand wieder auf den Weg zu meinem Vater machen wollte.

Ich drehte mich um.

Es war eine mächtige Faust, die sich um meine Brust legte und sie mit aller Kraft zusammenpresste. Ich hörte einen gedämpften, nicht deutbaren Laut, fast schon ein

Wimmern, und wusste, dass er von mir kam. Doch ich konnte nichts dagegen tun.

Er war es.

Beide Gläser fielen mir aus der Hand, Pfirsich-Eistee, Wodka und Granatapfelsaft spritzten auf mein Kleid, Scherben verteilten sich auf dem Rasen. Ich kümmerte mich nicht darum.

Ich konnte dabei zusehen, wie sein Gesicht jegliche Farbe verlor. Er war kreideweiß, wächsern und wie eingefroren, seine Augen waren unnatürlich weit aufgerissen, und dennoch hätte er genau so, wie er war, beim Covershooting für *Men's Health* eine prächtige Figur abgegeben. Er war kräftiger geworden, muskulöser, seine dunkelbraunen Haare waren kürzer, doch noch immer rettungslos zerzaust, und sein Gesicht mit den prominenten hellblauen Augen, den dichten, geschwungenen Augenbrauen mit der kleinen l-förmigen Narbe, den markanten Wangenknochen und den vollen Lippen war mir sofort wieder vertraut. *Diese Augen.* Als wäre es gestern gewesen. Ich schaffte es nicht, meinen Blick abzuwenden.

Was zum Teufel tat er hier?

»Ich sehe, ihr habt euch schon miteinander bekannt gemacht.« Bine, von oben bis unten im blauen Denim-Look und dank Plateau-Sneakern noch größer, als sie ohnehin schon war, tauchte mit einem Pappteller Schichtsalat in der Hand hinter ihm auf, gab mir einen schmatzenden Kuss auf die Wange und schlang stolz ihren freien Arm um seine schmale Taille. Besitzergreifend, schoss es mir durch den Kopf, und sofort schalt ich mich für diesen hässlichen Gedanken.

»Haben wir nicht«, presste ich hervor. Wenn jetzt Pius vorbeikäme, wäre ich verloren.

Bine schien unser seltsames Verhalten gar nicht zu bemerken. »Lilith, das ist Alexander. Alexander, das ist meine Freundin Lilith. Lilith ist erfolgreiche Galeristin und Alexander der talentierteste Künstler, den ich kenne. Da sollte es doch ein Leichtes sein, das eine oder andere gemeinsame Interesse festzustellen, nicht wahr?«

Ich brachte kein Wort hervor, und auch Alex blieb stumm. Offensichtlich war er ebenso überrumpelt und erschüttert wie ich. Ich hatte ganz vergessen, wie groß er war. Wenn ich so dicht vor ihm stand, reichte ich ihm gerade mal bis zum Kinn.

Zum Glück kreuzte in diesem Moment mein Vater neben uns auf und lenkte die allgemeine Aufmerksamkeit auf sich, bevor irgendjemand doch noch auf die Idee kommen konnte, unser allzu merkwürdiges Auftreten zu hinterfragen. Anscheinend war das Thema Sonnenbrillen erschöpft.

»Kind, ich dachte, du holst was zu trinken. Oh, hallo Sabine, schön, dich mal wiederzusehen.« Sein Blick fiel auf die Scherben im Gras. »Was ist denn hier passiert?«

Endlich fand ich meine Sprache wieder, auch wenn meine Stimme selbst für meine eigenen Ohren ungewöhnlich schrill, fast schon hysterisch klang. »Ein kleiner Unfall, nichts weiter. Ich hole besser schnell etwas, um das Chaos zu beseitigen, bevor sich noch jemand verletzt.«

Wie ein hilfloses Reh vor dem Jäger floh ich, ohne nach rechts oder links zu blicken, ins Haus. Das Letzte, was ich hörte, war die frohlockende Stimme von Bine. »Ludwig, ich möchte dir gern jemanden vorstellen.«

Ich rannte die Treppe hinauf ins Badezimmer, das an unser Schlafzimmer grenzte. Zitternd schloss ich die Tür ab und ließ mich auf den Rand der uralten, frei stehenden Metallbadewanne sinken. Mein Herz hämmerte, als hätte ich versucht, Dieter Baumann beim 5.000-Meter-Lauf abzuhängen. Ich umfasste krampfhaft meinen Körper, um mein zerbrechendes Inneres zusammenzuhalten.

Wie konnte das sein? Was wollte er hier? Konnte es einen solchen Zufall wirklich geben, dass Bine von drei Milliarden Männern auf dieser Erde ausgerechnet ihm begegnete und sich in ihn verliebte? Und er? Liebte er sie auch?

Was sollte ich Bine nur sagen? Was sollte ich Pius sagen? Wie sollte ich Alex nach allem, was geschehen war, gegenübertreten, ohne die anderen mit der Nase darauf zu stoßen, dass etwas nicht stimmte? Langsam rutschte ich auf die kalten, gesprungenen Steinfliesen hinunter und vergrub mein Gesicht in den Händen.

Mehr als eine Stunde versteckte ich mich mit noch immer wild pochendem Herzen im Badezimmer, bis schließlich jemand mit Nachdruck an die Tür klopfte. »Lilith, bist du dadrin? Ist alles in Ordnung? Ich suche dich schon die ganze Zeit.«

Pius' sanfte Stimme schaffte es irgendwie, mich ein bisschen zur Ruhe kommen zu lassen. In diesem Moment traf ich eine Entscheidung: Ich würde mir nichts anmerken lassen. Ich würde Alex, so gut es ging, aus dem Weg gehen, denn ich musste meine Familie schützen, um jeden Preis. Niemals durfte ich zulassen, dass sie auseinanderbrach. Dass mein Mann oder meine Kinder unter der falschen

Entscheidung litten, die ich einst getroffen hatte. Auch wenn das bedeutete, dass ich lügen musste. Aufs Neue.

»Was war denn los?«, fragte Pius, als ich die Tür öffnete, und sah mich voller Sorge an. Wie sehr ich diese freundlichen honigbraunen Augen liebte.

Ich brachte ein halbherziges Lächeln zustande. »Tut mir leid, dass ich einfach verschwunden bin, ohne etwas zu sagen. Ich habe eine dieser scharfen Wasabi-Nüsse in den Hals bekommen, es war grauenhaft. Aber keine Sorge, jetzt ist wieder alles in Ordnung.«

»Warum hast du mich nicht geholt?« Behutsam legte er seinen Arm um meine Schultern, und eng aneinandergeschmiegt gingen wir ins Erdgeschoss hinunter. Ich lehnte mich gegen ihn und schöpfte Kraft aus der Berührung.

Draußen war die Gartenparty in vollem Gange. Es wurde langsam dämmrig, und die vielen Kerzen und bunten Lichterketten, die in den Baumkronen hingen, verbreiteten ein romantisches Licht. Pius hatte offenbar in der Zwischenzeit die Boxen der Musikanlage auf die Terrasse geschleppt, und gerade dröhnte die Stimme von Alanis Morissette über den Rasen. Pius' älterer Bruder Markus, ein mit seinen vielen Tattoos und seiner typischen schwarzen Lederkluft zwar ein etwas furchterregend aussehender, aber lammfrommer Hüne, fing uns ab, sobald wir auf die Terrasse hinaustraten. »Da bist du ja wieder, Lilith. Wir waren kurz davor, dich als vermisst zu melden. Hast du etwa diese Jelly Shots getrunken? Ich hätte dir vorher sagen können, dass das nicht gut geht.« Gutmütig drückte er meinen Arm. »Pius wollte sich gerade meine neue Yamaha angucken, als er bemerkt hat, dass du verschwunden bist. Aber das können wir ja jetzt nachholen.« Und weg waren sie.

Die letzten Töne von »Ironic« verklangen, und nach einem alles andere als fließenden Übergang begann Whigfield, sich mit einem ohrenbetäubenden »Dee dee na na na« auf Samstagnacht zu freuen. Anscheinend hatte Julia das ehrenhafte Amt der DJane übernommen.

Unauffällig hielt ich nach Alex Ausschau, um notfalls in die entgegengesetzten Richtung zu verschwinden, wie ich mir einredete. Ich kam mir vor wie ein Teenager.

»Endlich, Lilith. Wo warst du denn bloß?« Wie aus dem Nichts war Bine neben mir aufgetaucht, in der Hand zwei Proseccogläser. Eins davon hielt sie mir unter die Nase. Ich wiederholte meine etwas lahme Geschichte mit der Wasabi-Nuss, ehe sie die Frage stellte, die ihr ganz offensichtlich am meisten unter den Nägeln brannte: »Wie findest du ihn?«

»Er ist ... nett.« Mit schweißnassen Händen stürzte ich den Prosecco in einem Zug hinunter und schüttelte mich. Es gab nicht viele Tage, an denen ich mir einen Reim auf den Reiz von Alkohol machen konnte.

»Nett? Er ist phantastisch! Hast du nicht diese Augen gesehen? Und erst die Lippen! Du hast ja gar keine Ahnung, wie wundervoll er küssen kann.« So gefühlsduselig kannte ich die toughe Bine gar nicht. Mir drehte sich der Magen um.

»Natürlich habe ich keine Ahnung.«

Ich klang wohl ein bisschen hitzköpfig, denn Bine blickte mich überrascht an. Sachte legte sie mir die Hand auf den Arm. »Stimmt etwas nicht? Du warst vorhin schon so seltsam.«

Dann hatte sie also doch etwas bemerkt. Natürlich hatte sie das, schließlich war sie seit der Studienzeit meine liebste

Freundin und kannte mich in- und auswendig. Auch sie musste ich mit allen Mitteln vor der Vergangenheit beschützen. Ich überlegte fieberhaft, wie ich ihr mein Verhalten erklären könnte, als etwas ihre Aufmerksamkeit erregte.

»Sieh mal, die beiden scheinen sich gut zu verstehen.« Sie zeigte Richtung Schwimmteich.

Ich erstarrte.

Pius und Markus, offenbar schon fertig mit der Feuerstuhl-Besichtigungstour, standen wild gestikulierend mit Alex unter der großen Rotbuche, prosteten sich mit ihren Bierflaschen zu und hatten allem Anschein nach mächtig Spaß.

»Das ist ja großartig. Dann steht einem Doppeldate mit meinen Lieblingsmenschen nichts mehr im Weg.« Bine war entzückt.

»Ja, wirklich großartig«, erwiderte ich lahm.

»Komm, darauf trinken wir noch einen Prosecco.«

Den konnte ich jetzt gut gebrauchen.

Ich lag schon im Bett, als Pius in T-Shirt und Boxershorts ins Schlafzimmer kam. Es war fast vier Uhr morgens, und wir hatten erst vor einer Dreiviertelstunde die letzten Besucher verabschiedet. Bine und Alex waren schon gegen Mitternacht aufgebrochen. Ich hatte mich gezwungen, seinem stechenden Blick nicht auszuweichen und ihm höflich, aber distanziert auf Wiedersehen zu sagen. Als wäre zwischen uns nie etwas geschehen, was mich beinahe um den Verstand gebracht hätte.

Es war hilfreich gewesen, den ganzen Abend in Bewegung zu bleiben. Ich hatte geredet, gelacht und getanzt, bis meine Haare an den Wangen klebten. Denn solange ich nicht zur Ruhe kam, musste ich nicht darüber nachdenken, wie ich mich und mein Leben in Sicherheit bringen konnte.

»Was für ein gelungener Abend«, murmelte Pius müde und legte sich neben mich unter die Bettdecke mit den blauen und grünen Ornamenten. Bei der Inneneinrichtung hatte ich von Anfang an das Zepter übernommen, und er hatte sich nie über zu viele Farben, Bilder, Stoffe, Spiegel oder Kissen beschwert. »Aber wie oft hat Julia eigentlich diesen schauderhaften Lou-Bega-Song gespielt?«

Ich grinste. »Ich glaube, sie wird morgen nicht aus dem Bett kommen – höchstens um sich eine Saftschorle mit Aspirin zu mischen.«

»Nicht nur Julia.«

Ich legte mein Buch zur Seite, als er seinen Arm nach mir ausstreckte, und kuschelte mich eng an ihn, mein Ohr an meiner Lieblingsstelle in der kleinen Mulde unter seinem Schlüsselbein. Die letzten zwanzig Minuten hatte ich mich am laufenden Band dabei ertappt, abwechselnd denselben Satz immer und immer wieder zu lesen und ins Leere zu starren.

Die offenen Fenster ließen einen kühlen Wind und das Licht des Mondes ins Zimmer. Lange Zeit schwiegen wir, in der vertrauten Nähe des anderen schwelgend. Ich dachte schon, er wäre eingeschlafen, als er plötzlich leise erklärte: »Der Blum hat sich gegen die Moliets entschieden. Sie waren ihm zu teuer. Die Märker gibt er wohl lieber für vergoldete Wasserhähne aus.«

»Das macht nichts«, versuchte ich ihn zu trösten, obwohl ich wusste, dass es spätestens bei der nächsten horrenden Heizungsabrechnung doch etwas machte. »Der hat doch nicht die leiseste Ahnung von Kunst.«

»Es gibt da noch was anderes.« Ich kannte diese Stimmlage, sie hatte nichts Gutes zu bedeuten. Ohne meine Reaktion abzuwarten, fuhr er eilig fort: »Der Dachdecker sagt, wir können das Dach nicht länger wie einen Flickenteppich reparieren. Es muss endlich neu gedeckt werden. Und am besten lassen wir auch gleich noch den Dachstuhl erneuern, bevor er über unseren Köpfen zusammenbricht.«

Ich sog scharf die Luft ein. »Himmel! Seit wann weißt du davon?«

»Seit gestern. Ich wollte dir die Party nicht verderben.«

»Und was ist mit den Rohren?«

»Laut Klempner müssen die Dinger komplett ausgetauscht werden.« Mit seinem freien Arm streichelte er sanft meinen Rücken. »Aber mach dir keine Sorgen, Lilith, wir schaffen das. Bisher haben wir doch immer alles in den Griff gekriegt. Wir brauchen nur mal wieder einen Verkaufserfolg.«

Ich presste mich enger an ihn und fühlte mich, als könnte allein unser Wir-Gefühl die neuen Dachpfannen bezahlen. Langsam entspannte ich mich wieder – bis ich ihn sagen hörte: »Ich finde ihn nett, Bines neuen Freund. Sie ist sicher, du würdest seine Bilder lieben.«

Ich weiß nicht, ob mein Blut tatsächlich anfing, wärmer zu werden, oder ob es sich nur so anfühlte. Unwillkürlich rückte ich ein paar Zentimeter von Pius ab, als er hinzufügte: »Ich habe ihn gefragt, ob er uns mal ein paar seiner Bilder zeigen kann. Erstklassige verkaufsträchtige Ware könnten wir im Moment nun wirklich gut gebrauchen.« Er grinste und drehte mir sein Gesicht zu.

»Nein!«, entfuhr es mir heftiger als beabsichtigt.

»Was? Warum nicht? Was ist los, Lilith?« Er war perplex. Verständlicherweise.

Ich hätte es ihm sagen können. Aber ich tat es nicht. »Weil ich Privates und Geschäftliches nur ungern vermischen will. Du weißt doch, Bine gehört praktisch zur Familie. Und was ist, wenn die Bilder nun doch nicht so gut sind? Sich nicht verkaufen lassen?«

»Ich will sie mir ja nur mal ansehen. Wenn sie nicht in unser Programm passen, sagen wir genau das.«

»Was hat dieser Alexander denn gesagt? Will er überhaupt bei uns ausstellen?« Unmöglich konnte ich mit ihm zusammenarbeiten. Wie sollte das funktionieren?

»Ich musste ihn schon ein bisschen überreden. Vielleicht lag es daran, dass er unsere Galerie nicht kennt. Anscheinend hat er bis vor ein paar Monaten in London gelebt, aber wenn ich es richtig verstanden habe, sind seine Werke international anerkannt und ziemlich gefragt. Letzteres hat Bine mir erzählt.« Er lachte und drückte mich fester an sich. »So vernarrt habe ich sie noch nie gesehen.«

»Außer vielleicht damals bei diesem Klempner, der ihr nach dem Sex immer Rilke-Gedichte vorgelesen hat. Erinnerst du dich?«

»Du meinst den, den sie abgeschossen hat, weil er sich als abergläubisch herausgestellt hat? Der sie dazu bringen wollte, sich noch mal hinzulegen und einen neuen Versuch zu starten, wenn sie mit dem linken Fuß zuerst aufgestanden war? Aber er hätte uns bestimmt einen guten Preis für unsere Rohre gemacht.«

Ich musste lachen, wurde aber sofort wieder ernst. Schließlich war diese ganze Sache mit Alexander alles andere als erheiternd. Wie beiläufig startete ich einen neuen

Versuch. »Wenn Alexander wirklich so erfolgreich wäre, hätten wir doch längst von ihm gehört.«

»Bine hat erzählt, dass er unter einem Pseudonym arbeitet, weil er seine Privatsphäre schützen will. Deswegen kennen wir ihn nicht. Aber seine Werke kennen wir bestimmt.«

Ich schluckte und schwieg.

»Übrigens haben wir heute sturmfrei«, murmelte Pius in mein Ohr und fuhr spielerisch mit der Hand unter mein Shirt. »Und außerdem habe ich noch drei Wünsche frei, oder hast du das schon vergessen?«

Mein Körper reagierte von ganz allein auf seine Berührung. Vielleicht sogar etwas heftiger als sonst. Ich bog mich ihm entgegen, als er mir mit geschickter Hand Hemd und Höschen abstreifte und sich auf mich rollte.

Anschließend lag ich bebend in seinen Armen und versuchte mit aller Kraft, an den Mann neben mir und nicht an meinen Urlaub an der Côte d'Azur vor zehn Jahren zu denken.

August 1989

Die Möwe hatte ganze Arbeit geleistet – Bines schrill gelbes bauchfreies Top war von oben bis unten mit Vogelkacke beschmiert.

Sie war außer sich. »Mist! So kann ich doch unmöglich mit Jean-Luc in diesen Gourmettempel. Ich muss noch mal ins Hotel zurück.« Angewidert riss sie sich das verschmutzte Lycrastück vom Leib, bis sie, nur noch von einer geometrisch gemusterten Radlerhose und einem knappen pinken Bikinioberteil verhüllt, vor mir im weißen Sand stand.

»Das geht nicht, Bine, das dauert doch viel zu lange. Bis du zurück bist, ist er längst über alle Berge, weil er davon ausgehen muss, du hättest ihn versetzt. Nimm mein Kleid, ich hab heute Abend ohnehin nichts Besseres vor.« Ich wollte an unserem vorletzten Abend in Nizza am Strand entlang bis zum Colline du Château spazieren, dann an der Promenade des Anglais eine Pissaladière essen und früh ins Hotel am anderen Ende der Stadt zurückkehren, um für unsere Tour durch die Matisse- und Chagall-Museen am nächsten Tag fit zu sein.

»Danke für das Angebot, Lilith, aber selbst wenn ich mich nicht den gesamten Urlaub über mit Croissants, Cidre-Gelee, Quiche Lorraine und Mousse au Chocolat vollgestopft hätte, würde ich im Leben nicht in deine Puppenklamotten passen.«

Sie hatte natürlich recht, ich war viel kleiner und schmaler als sie. Aber sie hatte sich schon den ganzen Tag auf dieses Date mit dem charmanten, braun gebrannten Surflehrer gefreut und wirkte so niedergeschlagen, dass ich vorschlug: »Weißt du was? Ich besorge dir in der Galeries Lafayette dieses schulterfreie neongrüne Oberteil, das dir gestern beim Schaufensterbummel zu teuer war.«

Ihre Miene hellte sich auf. »Lilith, du bist wirklich ein Engel. Du hast recht, was soll der Geiz?« Ohne Zeit zu vergeuden, drückte sie mir ihr pink geblümtes Portemonnaie in die Hand. »Größe 40.«

»Ich weiß. In einer Viertelstunde bin ich zurück.« Ich rannte los, über die Rue Desboutin, an der Fontaine du Soleil vorbei bis zum Kaufhaus auf der Place Masséna, durchforstete hektisch die Kleiderständer, bis ich Bines Wunschshirt gefunden hatte, und trat in der Kassenschlange unruhig von einem Fuß auf den anderen.

Dreizehn Minuten später stand ich wieder auf der Straße, zufrieden eine weiße Papiertüte schwenkend. Nach einem flüchtigen Blick auf die Uhr entschied ich mich, die Abkürzung über einen dieser langen Hinterhöfe zu nehmen, und bog in eine schmale Gasse ein. Ich tauchte unter kreuz und quer aufgehängten Wäscheleinen hindurch, als mir aus heiterem Himmel eine junge Mutter mit ihrem von oben bis unten in Hellblau gekleideten Kleinkind auf dem Arm den Weg versperrte und freundlich nach der kürzesten Route zum Hafen fragte.

Ich wusste, dass Bine gerade nervös den Strand auf und ab lief, doch ich wollte nicht unhöflich sein. Also rief ich mir den Stadtplan ins Gedächtnis und wollte gerade anfangen, in möglichst wenigen Worten den richtigen Weg zu beschreiben, als ich aus dem Augenwinkel etwas Neonpinkes mit orangenen Blumen ausmachte. Bines Portemonnaie. Ein junger Mann in grünem Hemd, fast noch ein Junge, fegte los durch einen engen, von hohen Mauern eingefassten Gang. Die Mutter lief mit dem Kind in die entgegengesetzte Richtung davon.

»Halt! Stopp! Diebstahl!« Ich schauderte vor Schreck, erinnerte mich daran, wo ich mich befand, und brüllte, diesmal noch gellender: »*Arrêtez le voleur! Aidez-moi!*«

Noch immer schreiend, jagte ich dem Jungen hinterher. Viel zu langsam, sein Vorsprung wurde immer größer. Ich verlor meine linke Sandale, hielt jedoch nicht inne. Die konnte ich mir später immer noch zurückholen, das Portemonnaie mit Bines Ausweis, Führerschein, gesamtem Bargeld und allen Traveler's Checks aber nicht. Japsend und keuchend rannte ich um die Ecke und prallte um ein Haar mit einer winzigen uralten Frau mit Gehhilfe zusammen. Ich sah gerade noch, wie der Dieb etwa fünfzig Meter vor mir die Straße überquerte, entschuldigte mich hastig bei der Frau und nahm die Verfolgung wieder auf, als mich plötzlich von hinten jemand überholte. Ein Mann, groß, breitschultrig und in dunkelblauem T-Shirt, lief leichtfüßig an mir vorbei auf die andere Straßenseite. In der Hand hielt er meinen roten Schuh.

Vor Verblüffung blieb ich stehen. Wer klaute denn bitte eine einzelne Damensandale? Keuchend beobachtete ich den dunkelhaarigen Schuhdieb, der mit langen Schritten über den Asphalt flog. In kürzester Zeit hatte er den Portemonnaiedieb eingeholt und – ich schnappte nach Luft – ihn fest am Kragen gepackt und gegen den abblätternden grauen Putz einer Hauswand gedrückt. Der Junge hob in abwehrender Geste seine Hände in die Luft.

Der Schuhdieb war also gar kein Dieb, sondern mein heldenhafter Retter in der Not. Die Szene nicht aus den Augen lassend, joggte ich langsam über die Straße und konnte gerade noch ausmachen, wie mein Helfer den Dieb leicht schüttelte, intensiv auf ihn einsprach und ihm schließlich etwas leuchtend Pinkes aus der Tasche zog. Mit gesenktem Kopf und hängenden Schultern verschwand der Junge um die Hausecke.

Mein Retter wandte sich zu mir um, und zum ersten Mal konnte ich ihn wirklich in Augenschein nehmen. Er war groß, mindestens einen Kopf größer als ich, und muskulös. Er hatte dunkelbraune zerzauste Haare und volle Lippen mit einem stark ausgeprägten Amorbogen. Aber am auffälligsten waren seine hellblauen funkelnden Augen unter endlos langen, schwarzen Wimpern, die einen starken Kontrast zu seiner gebräunten Haut mit dem dunklen Bartschatten an seinem markanten Kinn bildeten. Direkt über der linken Augenbraue erkannte ich eine kleine weiße, l-förmige Narbe. Er war ohne Zweifel der schönste Mann, der mir je begegnet war.

Ich wusste gleich, dass etwas Besonderes im Gang war. Ich konnte förmlich fühlen, wie mein Adrenalin in die Höhe preschte. Mein Herz schlug immer schneller und schneller, alles in meinem Magen begann sich zu drehen, und mir wurde schwindelig.

Ich hatte nie an Liebe auf den ersten Blick geglaubt. *Liebe* war ein viel zu großes Wort für einen hormonellen Rausch wie diesen. Aber dieses eigenartige Gefühl in meinem Bauch, meinem ganzen Körper machte mich reichlich nervös. Man darf sich nicht verlieben, wenn man in Kürze jemand anders heiraten will.

Lange Zeit sagte keiner ein Wort, sondern wir starrten uns nur schweigend an.

»Hübsche Farbe«, murmelte er schließlich in akzentfreiem Deutsch und hielt Bines Geldbörse hoch. Er musste an meinem Gebrüll erkannt haben, woher ich kam. Seine Hände waren groß, mit langen, feingliedrigen Fingern.

»Das ist nicht meins«, erwiderte ich defensiv. Er irritierte mich ungemein.

»Das hätte ich jetzt auch gesagt – oder habe ich dem armen Jungen etwa die falsche Beute abgenommen?« Er lächelte und präsentierte eine gerade schneeweiße Zahnreihe.

»Nein, wirklich. Das Portemonnaie gehört … Mist!« Endlich war mir Bine wieder eingefallen.

»Was ist los?«

»Ich muss zum Strand. Meine Freundin wartet dort auf mich. Vielen Dank für deine Hilfe!« Ich schnappte mir die Geldbörse aus seiner Hand und wandte mich zum Gehen, erleichtert, nicht länger in diese beinahe unnatürlich blauen Augen sehen zu müssen.

»Vielleicht solltest du vorher die hier anziehen«, rief er hinter mir her und hatte mich in wenigen Schritten eingeholt. Ich hielt die Luft an, als er vor mir in die Knie ging, meinen linken Knöchel umfasste und mir gekonnt in meine Sandale half.

»Da ist ja weniger Leder dran als an meinem Uhrenarmband«, feixte er und schenkte mir ein spitzbübisches Lächeln, das ein umwerfendes Grübchen in seiner linken Wange hinterließ. In der rechten nicht. Ich musste meinen Blick abwenden.

»Danke noch mal. Für den Schuh und das Portemonnaie. Du hast meinen Tag gerettet.« Hastig ging ich weiter. Ich wusste, ich hätte ihn zu einem Kaffee einladen oder mich sonst irgendwie erkenntlich zeigen sollen, und tatsächlich hätte ich den Abschied nur allzu gern noch ein wenig hinausgezögert. Doch ich war wild entschlossen, diese aufwühlende Begegnung schnellstmöglich hinter mir zu lassen. Der Gedanke an Pius trieb mir die Schamröte ins Gesicht.

»Jederzeit wieder. Aber damit es dazu nicht kommen muss, werde ich dich besser zu deiner Freundin begleiten.« Mühelos hielt mein Retter Schritt.

Ich rannte jetzt beinahe. »Das ist wirklich nicht nötig, da vorne ist es schon.« Erleichtert registrierte ich, dass Bine sich nicht von der Stelle gerührt hatte. Im Bikinioberteil saß sie auf einem Stein und schaute scheinbar versonnen den türkisfarbenen Wellen zu. Nur der wiederholte Blick auf ihre Armbanduhr verriet ihre Nervosität. Ich drehte mich ein letztes Mal zu dem mutigen Unbekannten um und reichte ihm meine Hand. »Vielen Dank. Aber jetzt hast du sicherlich etwas Besseres zu tun.«

»Eigentlich nicht«, murmelte er grinsend. Er hielt meine Hand einen Atemzug zu lange fest. Mit ambivalenten Gefühlen ging ich weiter, während er sich ungerührt mit verschränkten Armen gegen einen Betonpfeiler lehnte. Ich wusste, er würde jeden meiner Schritte mit diesen durchdringenden hellblauen Augen verfolgen, und mir wurde gleichzeitig heiß und kalt.

Bine sprang auf, sobald sie mich entdeckte. Ihre XXL-Creolen klirrten.

»Tut mir leid, dass es so lange gedauert hat«, entschuldigte ich mich. Es kam mir wie eine Ewigkeit vor, seit ich sie hier zurückgelassen hatte.

»So lange war es gar nicht. Vielen Dank, was sollte ich nur ohne dich tun!« Eifrig nahm sie die weiße Papiertüte mit dem Einkauf und ihre Geldbörse entgegen. Die Geschichte mit dem Diebstahl würde ich ihr morgen in aller Ruhe erzählen. In Windeseile streifte sie sich ihr neues giftgrünes Oberteil über, prüfte in einem winzigen Taschenspiegel ihr mit lila Lidschatten geschminktes Gesicht und warf die dunkelblonde toupierte Lockenmähne zurück. Sie sah hinreißend aus.

»Viel Vergnügen dabei, Jean-Luc den Kopf zu verdrehen.«

»Warte nicht auf mich, liebste Lilith, es kann heute Abend später werden. Aber keine Sorge, für unser Date mit Chagall und Matisse morgen werde ich pünktlich zurück sein«, rief sie lachend, drückte mir einen Kuss auf die Wange und war verschwunden.

Ohne in seine Richtung blicken zu müssen, fühlte ich, dass mein Retter mich noch immer beobachtete. Äußerlich ruhig, winkte ich ihm ein letztes Mal kurz zu und lief in die entgegengesetzte Richtung davon.

In dieser Nacht konnte ich lange nicht einschlafen. Nach einem kilometerweiten Spaziergang, der seinen Zweck, mich müde zu machen, um Längen verfehlt hatte, streckte ich mich auf meinem viel zu weichen Hotelbett aus, lauschte hellwach dem Brummen der Klimaanlage, den Nachtschwärmern und Motorengeräuschen hinter den geöffneten Fenstern und versuchte, das Konzept Ehe zu entwirren. Was es bedeutete, sein ganzes Leben mit nur einer Person zu verbringen – und dabei glücklich zu sein.

Pius war mir vor fünf Jahren in meinem ersten Semester an der Uni Hamburg begegnet, als meine Kommilitonin Bine ihn mir auf einer Party als ihren ehemaligen Nachbarn und Sohn ihrer Patentante vorstellte. Er war zehn Jahre älter als ich und hatte gerade einen Job als Berater in einer Wirtschaftsprüfungsgesellschaft in der Stadt angetreten. Von Anfang an habe ich mich an seiner Seite sicher, unbefangen und geborgen gefühlt. Ich konnte ganz ich selbst sein, und er wurde schnell zu meinem Geliebten, meinem besten Freund, meiner Heimat. Da war es nur eine logische Schlussfolgerung, dass wir begannen, gemeinsame Pläne zu schmieden, erst privat und schließlich auch beruflich. Im September würden wir heiraten und, sobald wir eine passende Location gefunden und ein bisschen Geld beiseitegelegt hatten, unseren gemeinsamen Traum verwirklichen, eine Kunstgalerie zu eröffnen.

Ich hatte immer gewusst, dass die Ehe keine Poesie war, keine immerwährenden Flitterwochen, keine endlosen Küsse im Sommerregen. Es bedeutete, auch zehntausend ganz normale Freitagabende, mit grauen Haaren und krummem Rücken, miteinander zu verbringen. Ich wusste auch, wir würden hart daran arbeiten müssen, diese Freitagabende mit möglichst viel Glück zu füllen.

Aber plötzlich wollte ich Küsse im Sommerregen. Ich wollte Poesie. Ich sehnte mich nach Abenteuer und Nervenkitzel und erschrak selbst vor dieser abrupten Wahrheit. Zum tausendsten Mal seit unserer Begegnung sah ich diese hellblauen Augen mit den dichten schwarzen Wimpern vor mir, die mich so durchdringend angestarrt hatten.

Mein letzter Gedanke, bevor ich in einen unruhigen

Schlaf driftete, war: *Ich kenne noch nicht einmal seinen Namen.* Ich war gleichzeitig verzweifelt und erleichtert, meinen Retter niemals wiederzusehen.

✶

»Und du bist mir wirklich nicht böse?« Bine sah angemessen zerknirscht aus. Wir waren gerade aus dem Musée National Message Biblique Marc Chagall in die sengende südfranzösische Nachmittagssonne getreten, und sie lehnte sich gegen die hellgraue Betonmauer und rieb sich die Waden, während ich durstig eine kleine Wasserflasche leerte.

»Mach dir keine Sorgen, geh ruhig ein Eis essen«, beruhigte ich sie. »Ich weiß, dass dieser Museumsmarathon für dich eine Tortur ist. Vor allem nach der letzten Nacht. Aber ich will unbedingt noch das Musée Matisse besuchen, bevor es für die Renovierung vielleicht jahrelang geschlossen wird.«

»In Ordnung. Dann treffen wir uns um sieben zum Austernschlürfen an der Place Garibaldi, vergiss das nicht. Ich hab noch nie Austern probiert, das können wir uns nicht entgehen lassen.«

»Und bring ruhig deinen Jean-Luc mit, schließlich ist heute unser letzter Abend in Nizza.« Ehe sie um die Hausecke verschwinden konnte, rief ich mit Blick auf mein verwaschenes ärmelloses Pink-Floyd-Shirt und den neongrünen Minirock hinter ihr her: »Ich will mich vorher noch umziehen, mach dir also keine Sorgen, wenn ich später komme.«

Heute Morgen beim verspäteten Frühstück hatte ich Bine die Geschichte mit dem Diebstahl und dem unbekannten Retter erzählt. Ich hatte auch den Versuch unternommen, ihr mein Gefühlschaos begreiflich zu machen, aber ich hatte nicht die richtigen Worte gefunden. Schließlich wusste ich, dass Pius ihr so nahestand, dass sie mich einfach nicht verstehen wollte.

»Fast jeder fragt sich doch vor der Hochzeit, ob er das Richtige tut. Kalte Füße sind ganz normal, glaub mir, Lilith. Dein attraktiver Retter ist nicht der Mann, der deine Welt zur schönsten macht. Denn das ist Pius.«

»Du hast recht.« Außerdem spielte die ganze Sache ohnehin keine Rolle mehr – ich würde in ein paar Wochen heiraten und den faszinierenden Franzosen nie wiedersehen.

Seufzend steckte ich die leere Flasche zurück in meinen Rucksack und machte mich, ständig im kühleren Schatten Zuflucht suchend, auf den Weg zur Arènes de Cimiez. Gerade wollte ich den Boulevard de Cimiez verlassen, als ich jemanden lautstark meinen Namen rufen hörte. Ich wandte mich um – und war so perplex, dass ich abrupt stehen blieb, denn am Steuer eines uralten, leicht zerbeulten roten Ford-Mustang-Cabrios sah ich *ihn*. Und sofort war er wieder da, dieser Cocktailrausch aus Hormonen, der all meine Sinne vernebelte – anders konnte ich mir die gewaltige Welle von Euphorie und Erleichterung nicht erklären, die mich bei seinem Anblick erfasste und erbarmungslos mitriss.

Ohne auf das wilde Gehupe der nachfolgenden Autos zu achten, trat er das Bremspedal bis zum Bodenblech durch, riss die Fahrertür auf und legte in schnellen Schritten die wenigen Meter zwischen uns zurück. Er trug eine abgeschnittene gebleichte Jeans und ein hellblaues Shirt, das genau den Ton seiner Augen widerspiegelte. Viel zu dicht vor mir blieb er stehen.

»Lilith«, sagte er, und seine Stimme war so sanft, dass meine Knie weich wurden wie bei einem hoffnungslos verknallten Teenager.

»Woher kennst du meinen Namen?«, stammelte ich einfallslos.

»Ich habe gehört, wie deine Freundin dich so nannte. Lilith, wie die sinnliche, selbständige erste Frau Adams, die sich seiner Herrschaft entzieht und resistent gegen den Teufel ist.«

Ich wusste nicht, was ich sagen sollte. Ich wollte gehen und gleichzeitig bleiben. Die Schlange hinter seinem Wagen wurde immer länger und das Hupkonzert immer lauter, ebenso wie die widerstreitenden Gefühle, die mich folterten, aber er ließ sich nicht ablenken.

»Wohin gehst du?«, fragte er grinsend.

»Ins Matisse-Museum«, erwiderte ich automatisch und hätte mir am liebsten auf die Zunge gebissen.

»Das trifft sich gut, da wollte ich auch gerade hin. Warte einen Moment, ich bin gleich zurück.« Er zeigte sein spitzbübisches Lächeln, das mich schon bei unserer ersten Begegnung regelrecht hypnotisiert hatte. Ich wusste, dass es mir gefährlich werden konnte. Alles an diesem Mann konnte mir gefährlich werden.

Ich wollte davonlaufen, mich und meine tadellose Zukunft in Sicherheit bringen, doch gerade dieser Hauch von Gefahr schien mich daran zu hindern. Folgsam wie ein Labrador blieb ich wie angewurzelt auf dem Bürgersteig stehen und beobachtete mit wild pochendem Herzen, wie er sich lässig in sein Cabrio schwang, ohne die Tür zu öffnen, mit quietschenden Reifen anfuhr und kurze Zeit später Sand und Staub aufwirbelte, als er auf dem kleinen Platz neben dem Amphitheater zum Halten kam. Dann stand er plötzlich wieder neben mir. Ich hatte mich nicht von der Stelle gerührt.

»Ich heiße übrigens Alex«, sagte er beiläufig, als wir nebeneinander durch die üppigen Gärten von Cimiez zum Eingang des Museums schlenderten, das in einer alten, rot angestrichenen genuesischen Villa untergebracht war.

Natürlich bezweifelte ich, dass er wirklich vorgehabt hatte, die Ausstellung zu besuchen – viel wahrscheinlicher war doch, dass er mich, die ahnungslose, naive Touristin, nur anbaggern und abschleppen wollte. Der bloße Gedanke versetzte meine Magennerven in Schwingungen.

»*Bonjour Monsieur Favre. Comment allez-vouz?*«, fragte in dem Moment der weißbärtige Mann, der hinter dem Tresen geduldig darauf wartete, dass wir unsere Geldbörsen hervorkramten.

Alex ließ sich in eine kurze Unterhaltung verwickeln, und mir drängte sich die Erkenntnis auf, dass er regelmäßig hierherkam – und offensichtlich doch kein Interesse am Anbaggern und Abschleppen hatte. Mit heißen Wangen wollte ich dem Kassierer einen Schein übergeben, doch der winkte ab.

»*Votre ami a déjà payé.*«

»*Il n'est pas mon ami*«, widersprach ich einfältig. An Alex gewandt, murmelte ich ein unverbindliches »Danke«, bevor ich betont lässig, ohne auf ihn zu warten, in den ersten Ausstellungsraum schlenderte.

Ich war gerade dabei, die Skizzen einiger früher Porträts zu studieren, als plötzlich jemand dicht hinter mir sagte:

»Er war süchtig nach immer neuen Gesichtern, die er entschlüsselte und akribisch erforschte.« Ich drehte mich nicht um, doch ich spürte, dass er so nah hinter mir stand, dass mein schwingender Rock ein raschelndes Geräusch verursachte, als er seine Jeans streifte. Fast wie eine Berührung, schoss es mir durch den Kopf, doch ich verdrängte diesen Gedanken mit aller Kraft.

Scheinbar unbeeindruckt von meinem Schweigen, fuhr Alex fort: »Es war ihm nicht genug, seine Modelle rein sinnlich-naturalistisch abzubilden, stattdessen konzentrierte er sich immer mehr auf das Wesentliche und fand so den Weg zu einer immer stärker werdenden Abstraktion. Genau genommen war er ein intellektueller Maler.«

Er zeigte auf eine Zeichnung von einer jungen Frau mit mandelförmigen Augen und schweren Lidern. »Das ist seine Tochter Marguerite. Schon als Kind spielte und malte sie den ganzen Tag über in Matisses Studio, später wurde sie seine Assistentin und war weiterhin permanent präsent. Trotz aller Abstraktion besteht zwischen den Bildern und Fotos eine frappierende Ähnlichkeit.«

Ich sah kaum das Bild, sondern nur die deutlich erkennbaren Venen an Alex' muskulösem Unterarm. Von mir selbst irritiert, zwang ich mich, meinen Blick abzuwenden und seinen Worten zu folgen, als wir langsam weitergingen. Wir schauten uns Matisses Skizzen, Gemälde, Gouachen, Gravuren und Skulpturen an, und zu jedem Stück wusste Alex eine interessante Geschichte oder etwas über den Hintergrund zu erzählen. Er ließ sich über die Sprache der Farben aus, erörterte Matisses Widerstand gegen die abstrakte Kunst, verglich ihn mit Picasso und Cézanne, redete über mönchische Strenge und

Selbstkasteiung. Einiges davon wusste ich schon, anderes war mir vollkommen neu.

»Wie kommt es, dass du das alles weißt?«, fragte ich, als wir zwei Stunden später wieder zwischen den schwer tragenden Olivenbäumen im Garten von Cimiez standen. Selten war der Besuch eines Kunstmuseums mitreißender gewesen, und das lag nicht nur an Alex' bemerkenswerter Sachkenntnis. Gerade hatte er eine kleine Anekdote über einen von Matisses bekanntesten Papierschnitten beendet, der im New Yorker Museum of Modern Art unbemerkt wochenlang falsch herum an der Wand gehangen hatte.

»Ich interessiere mich einfach dafür«, antwortete er schlicht und winkte zum Abschied dem weißbärtigen Ticketverkäufer zu.

»Ich interessiere mich auch für Kunst, ich habe sogar Kunstgeschichte studiert, und trotzdem weiß ich nicht, dass in den Siebzigern ein hundertneunzig Kilometer langer Krater auf der Südhalbkugel des Merkurs nach Matisse benannt wurde.«

»Kunst ist mein Leben«, erklärte er kurz und bündig. »War es schon immer. Na ja, zumindest fast immer.«

Mittlerweile waren wir bei seinem Auto angekommen und in irgendeinem verborgenen Winkel meines Gehirns war ich mir klar darüber, dass ich mich schleunigst verabschieden sollte, damit mein Herz endlich wieder eine normalere Gangart einschlagen und mein Gewissen drei Kreuze machen konnte.

»Matisses Meisterwerk ist die Rosenkranzkapelle in Vence«, verkündete er gerade. Er machte eine kurze Pause und fuhr dann ohne Umschweife fort: »Wenn du willst, zeige ich sie dir.« Sein breites Lächeln verstärkte mein drängendes Bedürfnis, umgehend Reißaus zu nehmen und dieses Intermezzo, das mich viel zu sehr aus dem Konzept gebracht hatte, schnell hinter mir zu lassen. Ich hatte schon viel zu viel Zeit mit ihm verbracht.

»In Ordnung«, hörte ich mich zu meiner Überraschung sagen, und die Erleichterung stand ihm ins Gesicht geschrieben, als er mir kavaliersmäßig die leicht ramponierte Beifahrertür aufhielt.

Laut und deutlich konnte ich die Stimme meiner Mutter hören, als wir über die Promenade des Anglais aus der Stadt hinausfuhren: Welche Frau mit einem gesunden Selbsterhaltungstrieb steigt denn zu einem Wildfremden ins Auto? Und welche Frau, die sich in weniger als einem Monat von ihrer großen Liebe zum Altar führen lassen will, geht mit einem fremden Mann mit, der ihr ganz offensichtlich den Kopf verdreht hat?

»Warum sprichst du eigentlich so gut Deutsch?«, fragte ich, um die ungebetene Stimme zu übertönen. Wir fuhren jetzt mit Vollgas die Küstenstraße entlang, zwischen dem tiefblauen, in der Nachmittagssonne glitzernden Mittelmeer auf der einen und hübschen terrakottafarbenen Häusern, die sich inmitten grüner Olivenhaine an die provenzalischen Berghänge schmiegten, auf der anderen Seite.

»Ich bin in einem winzigen Städtchen in der Nähe von Köln aufgewachsen. Zumindest teilweise, mit zwölf sind wir nach Paris gezogen. Gerade rechtzeitig für Studentenunruhen, Straßenschlachten und einen wochenlangen Generalstreik.« Er zeigte erneut sein spitzbübisches Lächeln, das mir mittlerweile merkwürdig vertraut vorkam. »Und ich als Provinzbengel mittendrin. Meine Mutter hat sich vor Angst fast in die Hosen gemacht.«

Ich lehnte mich auf dem hellbraunen, ziemlich zerschlissenen Ledersitz zurück und versuchte, mich zu entspannen, während der Fahrtwind erbarmungslos meine langen roten Haare zerzauste. »Woher kommen deine Eltern? Dein Vorname klingt deutsch, dein Nachname französisch, und du sprichst beide Sprachen akzentfrei«, setzte ich das Verhör fort.

Diese Frage hatte er wahrscheinlich nicht zum ersten Mal gehört. »Meine Mutter ist Französin, mein Vater ist Schweizer, geboren bin ich in Amsterdam.«

Seine Stimme war tief und seltsam fesselnd, und ich versuchte, mich ganz auf den Inhalt seiner Worte zu konzentrieren und nicht von dem attraktiven Klang ablenken zu lassen. Er schob eine Kassette in den Rekorder, und Freddie Mercury und David Bowie begannen, über permanenten Druck zu singen und darüber, dass Liebe ein Ausweg sein kann.

»Und jetzt lebst du in Nizza«, stellte ich fest, nur um etwas zu sagen.

»Nur noch bis Ende des Jahres. Dann ziehe ich weiter nach Westberlin.«

Westberlin ist näher an Hamburg, schoss es mir durch den Kopf, und schnell verwarf ich den Gedanken wieder. »Warum Berlin?«

»Weil dort alles ein bisschen anders ist. Niemand stellt Fragen, keiner diktiert Bedingungen.«

»Und welche Fragen sollen dir nicht gestellt werden?«

Ohne es zu wollen, musterte ich Alex unauffällig von der Seite, bis er meinen Blick schließlich doch bemerkte. Er sah zu mir herüber und ich stellte befangen fest, dass das Blau seiner Augen fast unwirklich leuchtete. Sein Blick war so eindringlich, dass ich mir einbildete, ihn auf der Haut zu fühlen. Mir kam gar nicht in den Sinn, dass wir einen Verkehrsunfall provozieren könnten, weil er bei halsbrecherischem Tempo nicht länger auf die Straße sah, denn mein Gehirn war viel zu sehr mit der Vorstellung beschäftigt, dass ich nur meine Hand auszustrecken brauchte, um ihn zu berühren. Entsetzt über mich selbst, wandte ich den Blick ab und starrte aus dem Fenster. Ohne hingucken zu müssen, spürte ich, dass er lächelte. Dieses Lächeln, das ihm ein Grübchen in die von einem Bartschatten verdunkelte linke Wange zauberte.

»Mir fällt auf, dass wir die ganze Zeit nur über mich sprechen«, stellte er fest, ohne auf meine Frage einzugehen, als wir in Cagnes-sur-Mer die Küstenstraße verließen und in Richtung Hinterland abbogen. Die Landschaft wurde jetzt bergiger und kontrastreicher, wir kamen an mehreren kleinen Bergdörfern, grünen Weinbergen und kargen Felsformationen vorbei.

»Bisher hast du aber ziemlich wenig Nennenswertes über dich preisgegeben«, konterte ich und konzentrierte mich auf einen kleinen weißen Fleck auf der Windschutzscheibe, um nicht wieder dabei ertappt zu werden, ihn wie eine Irre anzustarren.

»Was willst du wissen?«

Alles. Gibt es jemanden, der auf dich wartet? Was sind deine Träume und Visionen? Glaubst du an Liebe auf den ersten Blick? »Was machst du am liebsten?«, fragte ich lahm.

»Malen«, antwortete er schlicht und lächelte.

»Du malst?« Daher sein ausgeprägtes Interesse für Kunst. Und sein umfangreiches Wissen. »Welche Richtung?«

»Ich fürchte, ich falle ein bisschen aus dem Rahmen des Üblichen heraus. Am ehesten kann man meine Bilder vielleicht der Klassischen Moderne zuordnen – mit realistischen Tendenzen und leichten Einschlägen von zeitgenössischem Expressionismus. Ich mag aber auch die Autonomie des Abstrakten.« Er lachte.

Ich war perplex. Genau die Art von Kunst, die ich liebte. Konnte es einen solchen Zufall wirklich geben? Zu gern wollte ich ein paar seiner Werke in Augenschein nehmen, denn plötzlich war es ungemein wichtig für mich, zu wissen, ob er Talent hatte.

»Wie bist du zum Malen gekommen?«

»Schon als kleiner Junge habe ich lieber Farben gemischt, als mit den Nachbarsjungen Fußball zu spielen. Irgendwann habe ich für einige Zeit damit aufgehört. Aber dann –« Er stockte, und ich musterte ihn neugierig. »Es hilft mir«, brummte er schließlich und wich einem mutigen Schaf aus, das seine beiden Lämmer auf die andere Straßenseite führen wollte.

»Wobei?« Ich biss mir auf die Zunge. Wie kam ich dazu, einem Wildfremden derart persönliche Fragen zu stellen?

»Wie Matisse glaube ich an die Malerei als ›Quelle ungetrübter Freude‹«, antwortete er nach einer Pause. »Aber jetzt genug von mir. Da vorne ist es schon.«

Anmutig auf einem Hügel gelegen, zeigte sich in einiger Entfernung ein kleines weißes Gebäude. Das Dach zierten ein blau-weißes Zickzackmuster und ein Kreuz mit einer Glocke darauf, ansonsten wirkte der Bau auf den ersten Blick eher unspektakulär. Alex hielt auf einem kleinen Sandplatz an, stieg aus und lief in wenigen Schritten um den Wagen herum, um mir ritterlich die Tür aufzuhalten.

»Von außen ist sie ziemlich unscheinbar. Die ganze Schönheit zeigt sich erst im Inneren, du wirst sehen.« Ich brauchte einen Moment, um zu verstehen, dass er die Kapelle meinte. Nebeneinander spazierten wir den schmalen Sandweg hinauf, während Alex sich über die Liebe zum Detail, die Wandmalereien, die emotionale und intellektuelle Tiefe von Matisses letzter Arbeit, seinem letzten Hurra ausließ. Sein Enthusiasmus rührte mich. »Es ist unkonventionell und atemberaubend«, schloss er.

Sobald wir die Kapelle betreten und den kleinen Vorraum durchquert hatten, erkannte ich, dass er recht hatte. Obwohl ich nicht religiös war und für manch anderen Künstler mehr übrighatte als für Henri Matisse, war es spektakulär in seiner Einfachheit. Der kleine Raum mit den blendend weiß getünchten Wänden und dem glänzenden weißen Marmorboden wurde durch das abendliche Sonnenlicht, das durch die blauen, grünen und gelben Buntglasfenster hereinflutete, zum Leuchten gebracht, so dass es beinahe mystisch aussah. Das Spiel der regenbogenartigen Farbstrahlen und der schwarzen Linien der Strichzeichnungen auf den Wandfliesen ließen den Raum trotz seiner geringen Proportionen unendlich wirken.

Ich merkte erst, dass ich mitten in der Eingangstür wie angewurzelt stehen geblieben war, als sich rechts und links von mir ein weißhaariges einheimisches Ehepaar vorbeidrängelte, das über die lästigen Touristen vermutlich nur den Kopf schütteln konnte. Ein flüchtiger Seitenblick zu Alex verriet mir, dass er über meine Reaktion hocherfreut war.

Ich weiß nicht, was es war, die Klarheit der Formen und Farben, die enorme Harmonie dieser ungewöhnlichen Kapelle oder die schlichte Schönheit des um fünfundvierzig Grad gedrehten Altars, der Messgewänder, Leuchter, Möbel und Keramikfliesen, die Alex mir mit leiser Stimme auseinanderlegte, doch plötzlich durchströmten mich eine unerwartete Ruhe und ein Frieden, der alle anderen Gefühle ausblendete. Inmitten dieses einzigartig einfachen kleinen Raums waren meine innere Unruhe, die Aufregung, die mich seit der aufwühlenden Begegnung mit Alex fest im Griff hatte, und die Schuldgefühle wegen meiner bevorstehenden Hochzeit wie weggeblasen – oder zumindest vorübergehend auf tonlos geschaltet. Stattdessen rief ich mir die einfache Gewissheit ins Gedächtnis, dass ich selbst Herrin meines Schicksals und meiner Entscheidungen war.

Erst als die Kapelle für die Nacht ihre Tore schloss, ließen wir uns widerwillig hinauswerfen. »Danke, dass du mich hierhergebracht hast. Es ist ein magischer Ort«, murmelte ich. Wir waren auf der Terrasse des angeschlossenen Klosters stehen geblieben, von einem spektakulären Ausblick auf Vence und das dahinterliegende Tal, das in ein rötliches Licht getaucht wurde, am Weitergehen gehindert.

»Es ist ein Ort der Liebe«, erwiderte Alex und fügte hinzu: »Er hat die Kapelle für seine ergebene Krankenschwester gebaut, die sein Modell wurde und am Ende eine dominikanische Nonne. Er wollte ihr zeigen, wie sehr er sie wertschätzte.« Sein sonnenwarmer Arm streifte meine Schulter, als er sich zu mir umdrehte. »Wir müssen irgendwann noch mal zusammen herkommen. Der Lichteinfall beschert einem zu jeder Tageszeit andere Eindrücke.«

»Ja, das müssen wir«, flüsterte ich abwesend. Er stand dicht vor mir und starrte mich intensiv mit seinen hellblauen Augen an. Sein Blick verdunkelte sich, als er sacht seine Finger mit meinen verhakte, und plötzlich hämmerte mein Herz im Stakkato gegen meine Rippen. Doch ich wusste, dass nicht die Berührung es war, die mich so beunruhigte, sondern einfach diese sonderbare Gesamtsituation.

»Mein Gott, die Austern!«, entfuhr es mir unvermittelt und viel zu laut.

»Welche Austern?« Unwillkürlich wich er einen Schritt zurück.

»Wie spät ist es?«, fragte ich und löste meine Finger aus seinen.

»Gleich acht Uhr.«

»Verdammt, wir müssen sofort zurück! Bine wartet schon seit fast einer Stunde an der Place Garibaldi auf mich. Wie konnte ich das nur vergessen?« Doch natürlich wusste ich, wie das hatte passieren können.

Hektisch lief ich vor ihm her zum Auto, noch immer von diesem intensiven Augenkontakt aus der Fassung gebracht. Alex folgte mir langsamer, ruhiger, ernüchtert.

Schon zum hundertsten Mal in den letzten Stunden ermahnte ich mich selbst, dass ich eine unverwüstliche Vorstellung von der Zukunft hatte und davon, was ich vom Leben wollte. Das konnte ich doch nicht einfach riskieren, nur weil plötzlich irgendein interessanter Mann am Horizont auftauchte.

Aber Alex war nicht irgendein Mann.

Die Rückfahrt verbrachten wir in Schweigen gehüllt. Nach einem kurzen Seitenblick in meine Richtung hatte er, ohne die Augen von der Straße zu nehmen, seine abgenutzte hellbraune Lederjacke von der Rückbank nach vorne gezogen und mir in die Hand gedrückt. Dankbar wickelte ich mich darin ein, denn durch den Fahrtwind war mir in meinem dünnen Shirt und dem kurzen Rock mittlerweile empfindlich kalt geworden. Dabei gab ich mir alle Mühe, dem Geruch, der von dem schmalen Kragen in meine Nase strömte, keine allzu große Beachtung zu schenken. Es roch irgendwie herb, zitronig und unwahrscheinlich sexy.

»So wie der Weg ins Herz eines Mannes über den Magen führt, führt der Weg ins Herz einer Frau über die Nase«, hatte Bine einst gesagt und damit eine Rechtfertigung dafür gefunden, schon wieder einen neuen Mann nach nur wenigen Wochen abserviert zu haben – diesmal, weil er nach Vanille roch, »wie ein Mädchen«. Damals hatte ich zu ihr gesagt, dass ich viel lieber einen Mann hätte, der gut kochen konnte.

Die Sonne stand schon tief am Himmel, als wir über die Küstenstraße Richtung Norden bretterten, und das Mittelmeer sah aus wie glühende Lava. Es herrschte kaum Verkehr, und obwohl ich es genau genommen ziemlich eilig hatte, waren wir viel zu schnell wieder in Nizza.

In einer kleinen Seitenstraße in der Nähe der Place Garibaldi brachte Alex seinen Wagen zum Stehen. Es war mittlerweile fast halb neun, und mir war klar, dass die Erfolgsaussicht, Bine in dem kleinen Restaurant noch anzutreffen, sehr gering war.

Als hätte er meine Gedanken gelesen, verkündete Alex wie selbstverständlich: »Ich begleite dich. Falls deine Freundin nicht mehr da ist, kann ich dich zu eurem Hotel zurückbringen.« Ich versuchte, mir meine Freude, den Abschied noch ein wenig hinauszögern zu können, nicht allzu sehr anmerken zu lassen, als wir nebeneinander durch die belebten abendlichen Straßen schlenderten.

Wie erwartet, war von Bine in dem Restaurant, in dem wir uns verabredet hatten, weit und breit keine Spur. Der Garçon, ein kleiner, untersetzter Mann, unter dessen grauer Baskenmütze ebenso graue Haarbüschel hervorguckten, konnte sich aber an eine »*belle gosse*« mit blonder Lockenmähne aus Deutschland erinnern, die Austern und Mousse au Chocolat bestellt und den Laden anschließend in Begleitung eines jungen Franzosen verlassen hatte. Etwa zwanzig Minuten wäre das her.

»Mist.« Ich war ratlos. Zumindest wusste ich, dass Bine in guter Gesellschaft war und sich offensichtlich keine Sorgen über mein Fernbleiben machte – schließlich kam es nicht das erste Mal vor, dass ich eine Verabredung verschwitzt hatte, weil ich die Zeit vergessen hatte oder im Hotel eingeschlafen war.

»Soll ich dich zu eurem Hotel bringen?«

»Da ist sie nicht.« Sie würde erst morgen früh, pünktlich zur Abfahrt zum Flughafen, bleich und übernächtigt, aber hochzufrieden, bei uns auftauchen, wahllos ihre Klamotten in den Koffer werfen und dabei gleichzeitig ihre Zähne putzen und ihren Pass hervorkramen.

Ohne uns auf ein bestimmtes Ziel zu verständigen, waren Alex und ich losgeschlendert, an alten pastellfarbenen Bürgerhäusern vorbei, durch schmale Gassen, in denen die voll besetzten Tische und Stühle der Restaurants, Bars und Bistros auf den Bürgersteigen kaum ein Durchkommen boten, bis er plötzlich vor einem kleinen, unscheinbar aussehenden Restaurant stehen blieb. »Hier gibt es die beste Bouillabaisse von ganz Nizza. Du hast sicher einen Bärenhunger.«

»Nicht wirklich.« Merkwürdig, dabei hatte ich seit heute Mittag nichts mehr gegessen. Ich wusste, dass es eine schlechte Idee war, mit ihm essen zu gehen, und trotzdem ließ ich es zu, dass er meine Hand nahm und mich zu einem leeren Tisch am Rande des Bürgersteigs lotste. Widerwillig nahm ich zur Kenntnis, dass so gut wie jede Frau im Umkreis, egal, ob jung oder alt, sich den Kopf verrenkte, um ihm hinterherzuglotzen.

»Was ist Bouillabaisse?«, fragte ich, als wir an dem uralten dunkelbraunen Holztisch saßen und ich meine Hand zurückgezogen hatte.

»Ein typisch provenzalisches Fischgericht. Der Koch, der gleichzeitig der Besitzer ist, hat ein Rezept erfunden, das mit Seeteufeln, Roten und Braunen Drachenköpfen, Knurrhähnen und Miesmuscheln zu tun hat. Die genaue Zubereitung will er mir allerdings auf Teufel komm raus nicht verraten.«

»Eigentlich bin ich eher der Fischstäbchen-Typ«, grinste ich. Ich war skeptisch, aber neugierig, und als nach kurzer Zeit der Garçon, fast noch ein Junge, vor uns stand und Alex wie einen alten Bekannten begrüßte, bestellte ich voller Zuversicht dieses seltsame Gericht. Alex orderte eine Flasche trockenen Weißwein dazu.

»Du bist dran«, sagte er, als wir wieder allein waren, und fixierte mich erneut mit diesem intensiven Blick, der mein Herz zu Höchstleistungen antrieb.

Fragend runzelte ich die Stirn.

»Im Auto habe ich die Fragen beantwortet, jetzt musst du mir was von dir erzählen.«

»Von mir gibt es wirklich nicht viel zu berichten«, wehrte ich ab.

Ungläubig zog er eine Augenbraue hoch. Als hätte ich nichts gesagt, feuerte er grinsend eine ganze Salve an Fragen ab wie ein Maschinengewehr: »Woher kommst du? Was führt dich in die Provence? Womit verbringst du deine Zeit? Was wolltest du als Kind immer werden?«

Ich konnte nicht anders, ich musste zurückgrinsen. »Ich bin in der Nähe von Lübeck aufgewachsen, lebe aber jetzt in Hamburg. Meine Freundin Bine hat mich an die Côte d'Azur gelockt –« Ich stockte. Beinahe wäre mir herausgerutscht, dass wir mit diesem Urlaub so eine Art ausgedehnten Junggesellinnenabschied feiern wollten. Hastig wechselte ich das Thema. »Seit meinem Abschluss vor einem Jahr bin ich wissenschaftliche Mitarbeiterin in einem ziemlich großen Hamburger Kunstauktionshaus, aber über kurz oder lang möchte ich mich unbedingt mit einer eigenen Galerie selbständig machen.«

»Mutig, als junge Frau so ganz allein«, bemerkte er anerkennend.

Ich reagierte nicht. Ich verachtete mich selbst dafür, dass ich ihm um keinen Preis auf die Nase binden wollte, dass ich die Galerie, meine Zukunft nicht allein plante. Dass ich verlobt war.

»Das ist es auch, was ich als Kind schon wollte, um noch deine letzte Frage zu beantworten; für eigene Kunst hat mein Talent nämlich nie ausgereicht. Aber nun genug von mir«, sagte ich schließlich nach einer kleinen Pause und hörte selbst, dass ich ein bisschen abweisend klang.

»Welche Fragen sollen *dir* nicht gestellt werden?« Stirnrunzelnd blickte er mich an, und erneut brachten mich seine viel zu blauen Augen aus dem Gleichgewicht.

Zum Glück wählte der Kellner genau diesen Moment, um uns unsere dampfend heißen Fischgerichte zu bringen. Die Suppe und die Fischstücke waren getrennt angerichtet und sahen ein bisschen sonderbar aus, doch der Duft ließ mir das Wasser im Mund zusammenlaufen. Und tatsächlich, es schmeckte genauso gut, wie es roch.

»Wegen dir werde ich nie wieder Fischstäbchen essen können«, seufzte ich.

Alex machte ein zerknirschtes Gesicht und sah dabei so überzeugend aus, dass ich lachen musste. »Dann muss ich wohl mal für dich kochen. Meine selbst gemachten Tintenfischstäbchen überzeugen selbst Meeresfrüchtemuffel, wurde mir glaubhaft gemacht.«

»Hört sich gut an.« Ich versuchte, nicht allzu beeindruckt zu klingen, und forschte lieber nicht nach, für wen er denn im Allgemeinen seine extravaganten Gerichte kochte, sondern schob mir stattdessen eine kleine Miesmuschel in den Mund.

Alex machte es einem leicht, sich zu unterhalten. Wir sprachen über Reisen, James Bond und das Erste, was wir morgens nach dem Aufstehen taten. Gerade stießen wir mit einem Chablis an, als er leise verkündete: »Es ist übrigens kein Zufall, dass wir uns heute getroffen haben.«

»Was meinst du?« Redete er von Schicksal? Von Vorsehung? Höherer Gewalt, Fügung, Bestimmung? Meine Hände wurden schweißnass.

»Ich habe gestern gehört, wie deine Freundin von einer Verabredung mit Chagall und Matisse gesprochen hat. Da lag die Vermutung nahe, dass ihr die Museen besichtigen wolltet. Ich bin dreimal am Matisse-Museum vorbeigefahren, bis ich dich endlich gefunden habe.«

Ich hatte gerade eine Scheibe Baguette in meine Suppe getunkt und hielt mitten in der Bewegung inne. Er hatte mich wiedersehen wollen! Das war fast noch besser als Schicksal.

Der Gedanke ließ mich zusammenzucken. »Warum hast du das getan?«, fragte ich einfältig.

Anstatt mir eine Antwort zu geben, murmelte er, ohne mich dabei aus den Augen zu lassen: »Hast du dich schon mal Hals über Kopf verliebt?«

Ich schluckte und starrte ihn an, der Arm auf halbem Weg zu meinem Mund eingefroren, so dass die Fischsuppe vom Brot direkt auf mein Shirt tropfte. Ich überlegte noch immer fieberhaft, wie ich reagieren sollte, als er fortfuhr: »Ich würde dir gern etwas zeigen.«

Ich trank mein Weinglas in einem Zug leer, nickte stumm und sah ebenso stumm dabei zu, wie er den Garçon heranwinkte, einige Worte mit ihm wechselte und ihm ein paar Scheine reichte. Er griff nach meiner Hand, als wir aufstanden, und ich ließ es geschehen.

»Es ist nicht weit«, versicherte er mir, als wir durch die engen Gassen der Altstadt liefen, in denen die Zeit seit Jahrhunderten stillzustehen schien. Ich wusste, der Augenblick zu gehen, bevor ich es nicht mehr konnte, war vorbei. Wahrscheinlich war er schon vorbei gewesen, als ich zu ihm ins Auto gestiegen war.

Wenige Minuten später blieb Alex vor einem schmalen, gelb gestrichenen Haus stehen, das durch seinen abbröckelnden Putz, die im Erdgeschoss vergitterten Fenster und die über die Balkonbrüstungen zum Trocknen aufgehängten Bettlaken, die in vorsintflutlicher Zeit vielleicht einmal weiß gewesen sein mochten, einen etwas heruntergekommenen Eindruck erweckte. Verstärkt wurde dieser Eindruck im modrig riechenden, düsteren Treppenhaus. Während ich hinter ihm her bis in den vierten Stock hinaufkletterte, setzte ich alles daran, nicht ununterbrochen auf seine muskulösen Schultern, die nackten Waden und den knackigen Hintern zu glotzen, der in der gut sitzenden Jeans deutlich erkennbar war. Auf welches halsbrecherische Spiel hatte ich mich hier bloß eingelassen?, schoss es mir durch den Kopf, als Alex eine dunkelbraune Wohnungstür aufschloss.

Und plötzlich waren wir in einer ganz anderen Welt. Ich trat in einen riesigen, strahlend weiß getünchten Raum, der offensichtlich über die gesamte Länge und Breite des Hauses reichte. An zwei Seiten reihten sich bodentiefe Fenster aneinander, die anderen beiden Wände waren über und über mit bemalten Leinwänden bedeckt. In der Mitte des Raums standen sich zwei große Sofas gegenüber, in einer Ecke, neben einer winzigen Tür, vermutlich dem Badezimmer, waren eine kleine Küchenzeile und ein massiver Tisch mit sechs Stühlen untergebracht, daneben führte eine schmale Wendeltreppe zu einer Galerie unterm Dach. Alles war ein bisschen unaufgeräumt, vor allem aber war die Wohnung behaglich und stilsicher.

Mir fielen fast die Augen aus dem Kopf. Die Gemälde, groß und klein, farbig und schwarz-weiß, raubten mir den Atem. Sie waren emotional und leidenschaftlich, ausdrucksvoll und provokant, avantgardistisch und experimentierfreudig, sozialkritisch und protestierend, manche realistisch, andere verzerrt. Ich entdeckte Gegenständliches und Hyperreales, Landschaften, Porträts, Stillleben.

Jetzt hatte ich meine Antwort: Er besaß mehr Talent, als ich jemals für möglich gehalten hatte.

Mir kam erst zu Bewusstsein, dass ich wie angewurzelt stehen geblieben war, als ich Alex mit gedämpfter Stimme sagen hörte: »Ich möchte dir etwas zeigen und gern deine Meinung dazu hören.« Plötzlich war er nicht mehr das große, selbstbewusste Mannsbild, sondern ein kleiner Junge, der um Anerkennung kämpfte.

Er nahm meinen Ellbogen und führte mich zu einer großen Staffelei am anderen Ende des Raums, auf der ein Gemälde stand, an dem er offenbar zuletzt gearbeitet hatte. Ich konnte die frische Farbe riechen, und auf den weiß lackierten Holzdielen unter der Staffelei lag ein heruntergefallener Pinsel.

Der Anblick des Bildes schnürte mir die Kehle zu, und ich presste die Hand vor den Mund. Es war eine Frau zu sehen, mit tizianroten Haaren, leuchtender Haut und Sommersprossen, einer leicht schiefen Nase und geschwungenen Lippen. Am auffälligsten aber waren die Augen, groß und grün und glänzend, die eine geradezu magische Wirkung hatten. Sie blickten den Maler nicht direkt an, sondern sahen an ihm vorbei in eine unbestimmte Ferne.

Er hatte mich gemalt, nur viel hübscher. Ich erkannte die Träger meines gelben Sommerkleids, das ich am Tag zuvor getragen hatte. Er musste die ganze Nacht daran gearbeitet haben. Wie hatte er es bloß geschafft, sich bei unserer ersten flüchtigen Begegnung jedes Detail meines Gesichts einzuprägen?

»Es ist wunderschön«, flüsterte ich schließlich mit erstickter Stimme.

»Du bist wunderschön«, entgegnete er rau.

Er stand jetzt so dicht vor mir, dass sein Oberschenkel meine Hüfte streifte, und mein Herz raste und stolperte wie verrückt, als ich meinen Blick hob und sah, wie intensiv er mich betrachtete. Konzentriert und eindringlich. Ich fühlte, wie mir schwindelig wurde – vom Chablis, vom Verlangen und von der nackten Angst, einen Fehler zu begehen, den ich für den Rest meines Lebens bereuen würde.

Unverwandt erwiderte ich seinen Blick. Von Sekunde zu Sekunde wurde die Luft zwischen uns schwerer, als wäre sie aufgeladen. Wieso hatte er nur diese Wirkung auf mich? Wie schaffte er es, dass mir unter seinem stechenden Blick gleichzeitig heiß und kalt wurde, ganz ohne dass er mich berührte? Und warum berührte er mich eigentlich nicht?

»Lilith«, murmelte er heiser. Endlich hob er seine Hand und legte sie an meine Wange.

Seine Pupillen verdunkelten sich, so dass sie fast schwarz aussahen, als er seine Finger in meinen Nacken gleiten ließ. Langsam senkte er seinen Kopf.

Und plötzlich wurde alles andere belanglos, verflüchtigte sich zu nebensächlichen Randerscheinungen. Sobald seine Lippen meine berührten, war jede Angst und Schuld vergessen. Mein Kopf unternahm einen letzten Versuch, Bedenken zu äußern und Fragen zu stellen, doch mein Herz ließ es nicht zu. Stattdessen fingen winzige Glücksblasen an, sich einen Weg durch meinen Körper bis zu meinem Gehirn zu bahnen. Es gab nur noch ihn und mich.

Seine Küsse wurden stürmischer, forschender, und ich erwiderte sie mit einer Leidenschaft, die ich noch nie erlebt hatte. Er drückte mich an die Wand und schob seine

Hände unter mein T-Shirt, um es aus dem Bund meines Rocks zu zerren. Wie von allein drängten meine Finger unter sein Hemd, fuhren die Linie seiner Wirbelsäule entlang bis nach vorn zu seiner harten, glatten Brust. Muskulös, aber nicht übertrieben.

Er ließ mich los, jedoch nur, um mit einem Ruck erst sein eigenes und anschließend mein Shirt über den Kopf zu ziehen. Schwer atmend hielt er einen Moment inne und starrte mich an, bevor er sich wieder über mich beugte. Ich fühlte mich, als würde er mit den Berührungen seiner Lippen, seiner Zunge, seiner Hände einen Flächenbrand auf meiner Haut in Gang setzen. Plötzlich umfasste er mich, hob mich mit Schwung hoch und legte mich auf eines der Sofas. Ohne den Blick von der dünnen Linie dunkler Haare abzuwenden, die sich von seinem Bauchnabel nach unten zog, öffnete ich seinen Gürtel und fummelte ungeduldig an seinem Reißverschluss herum, während er meinen Rock nach oben schob.

Und dann zog ich ihn auf mich, damit ich es mir nicht doch im letzten Moment noch anders überlegte. Er drängte sich zwischen meine Schenkel, und alles andere war vergessen.

Ich erwachte von einem Sonnenstrahl, der durch das breite Dachfenster erbarmungslos direkt in mein Gesicht fiel. Im ersten Moment wusste ich nicht, wo ich war – ich lag auf einer ungewohnt harten Matratze, die schwarz-weiß gestreifte Bettwäsche war mir fremd, es roch nach Ölfarbe –, doch als es mir wieder einfiel, war ich wie schockgefrostet. Langsam, wie in Zeitlupe, drehte ich mich um.

Ich hatte es nicht geträumt. Er war schon wach und blickte mich an, den Ellbogen angewinkelt, den Kopf auf die Hand gestützt. Ein Bartschatten umspielte sein Kinn, der jeden Landstreicher in Ehrfurcht erstarren ließe und ihn nur noch attraktiver machte. Wieder fühlte ich dieses seltsame Prickeln.

Der Ausdruck in seinen hellblauen Augen schnürte mir die Kehle zu. »Ich liebe dich«, flüsterte er. Wie aus dem Nichts.

Ich konnte förmlich fühlen, wie der Adrenalinpegel in meinem Blut in ungesunde Höhen schoss. Meine Kopfhaut begann zu kribbeln, mein Puls raste, meine Hände wurden schweißnass. »Aber ... warum sagst du so was? Das ist ... unmöglich.«

»Es ist die Wahrheit«, antwortete er ruhig.

»Wie kannst du mich lieben? Du weißt nichts von mir, wir kennen uns erst seit ein paar Stunden.« Meine Stimme klang schrill und atemlos.

»Ich weiß nicht, warum, du bist nicht mal mein Typ, rothaarig, klein, blass und so mager, dass ich Angst haben muss, dass die nächste Böe dich von mir fortweht. Aber ich weiß, dass es so ist. Dass ich dich liebe.«

Er liebte mich.

Ich wusste nicht, wohin mit meinen Gefühlen. Der Gedanke, dass die letzte Nacht, die Nacht aller Nächte, und alles, was zwischen uns vorgefallen war, irgendwann nichts weiter wäre als eine flüchtige Begebenheit, ein Intermezzo mit dem schalen Nachgeschmack von Betrug und Täuschung, schien mir plötzlich unerträglich. Ich merkte erst, dass ich die Finger zu Fäusten geballt hatte, als mir meine Nägel schmerzhaft in die Handflächen schnitten. Doch der Schmerz genügte nicht, um die Wahrheit zu überdecken. Diese einfache Wahrheit, die ich mir selbst nicht hatte eingestehen wollen. Ich zuckte zusammen. Denn wie aus dem Nichts hatten meine Knie zu zittern begonnen, richtig zu schlottern, als würde um mich herum die Erde beben. Ein Erdbeben, das aus meinem tiefsten Inneren kam, weil es mir jetzt wie Schuppen von den Augen fiel: Ich hatte mich verliebt. In einen Mann, der nicht mein eigener war.

»Ich liebe dich auch«, flüsterte ich so leise, dass ich es selbst kaum hörte. Ich blickte in seine Augen, diese tiefen hellblauen Teiche, und konnte direkt in seine Seele sehen. »Dabei bist du eigentlich auch nicht mein Typ, dazu bist du viel zu makellos.«

Die Erleichterung in seinem Gesicht brach mir das Herz. Das Sprechen fiel mir schwer und ich konnte mich nicht rühren, doch mir blieb keine Wahl. »Aber es gibt jemanden in meinem Leben«, sagte ich heiser und kämpfte mit aller Macht gegen die rabenschwarze Verzweiflung an, die mich zu ersticken drohte. »Seit fünf Jahren. Und wir sind verlobt.«

Er sah mich an, als hätte ich ihm ein Messer in den Rücken gestoßen. Zu meinem eigenen Entsetzen brach ich in Tränen aus. »Es tut mir so leid. Ich hasse mich selbst für das, was ich getan habe.« Meine Stimme klang anders als sonst, irgendwie klein und zerbrechlich.

»Tu das nicht, Lilith.« Wie durch einen Nebel registrierte ich, wie er seine Arme um mich legte und mich an seine Brust zog. Ich fühlte mein Herz schmerzhaft schneller schlagen, als ich feststellte, dass er vor Anspannung zitterte. Wir umklammerten uns, pressten uns fest aneinander, mit wild klopfenden Herzen und geschlossenen Augen. Erst Minuten später löste ich mich aus seinen Armen und blickte ihn an. Er sah aus, als wollte er jedes Detail meines Gesichts in sich aufsaugen, um es für immer im Gedächtnis zu bewahren.

»Ich kann ihn nicht heiraten. Jetzt nicht mehr.«
»Lilith –«
»Ich werde ihm alles erklären und zu dir zurückkommen.«
»Bitte, du darfst –«
»Ich verspreche es.«

Ich beugte mich über ihn und hoffte mit jeder Faser meines Herzens, dass ich die richtige Entscheidung getroffen hatte.

Kapitel 4
Juli 1999

»Alex ist so cool.« Theo war dabei, Algen aus dem Schwimmteich zu keschern, damit die Frösche sich nicht länger vor ihm verstecken konnten, als er so ganz nebenbei mein Blut zum Gefrieren brachte. »Hast du gesehen, wie weit er einen Kirschkern spucken kann?«

Ich hatte es mir mit einem Glas alkoholfreier Beerenbowle auf meinem Lieblingsplatz bequem gemacht, einer alten hölzernen Bank im Schatten der großen Rotbuche, und gerade mit aller Kraft versucht, das unerfreuliche Telefonat mit meinem Vater an diesem Morgen aus meinem Kopf zu verdrängen. Auf meine vorsichtige Frage, ob ich ihm nicht irgendwie dabei helfen könnte, dass er sich beinahe acht Jahre nach dem Tod meiner Mutter wieder dem Leben zuwandte, hatte er mir in rüdem Tonfall unmissverständlich zu verstehen gegeben, dass mich das nichts anginge und ich mich aus seinem Leben heraushalten sollte. Ich hatte das Thema fallengelassen, aber schwer geseufzt bei dem Gedanken, dass er weiterhin jeden Morgen in seinem düsteren Esszimmer sitzen, die Zeitung ausschütteln, schwermütig auf den leeren Stuhl neben sich starren und das Leben an sich vorbeiziehen lassen würde.

Und nun das.

»Das habe ich nicht gesehen, nein«, antwortete ich, bemüht, meine Irritation zu verbergen. »Aber sag mal, Theo, wann hat Alex es dir denn gezeigt?«

»Er hat mir seinen Trick verraten. Willst du ihn wissen?«, plapperte er quirlig weiter, ohne auf meine Frage einzugehen. Mit seinen vielen dunklen Haarwirbeln und Wellen sah er mal wieder aus, als hätte er in eine Steckdose gefasst. »Ich kenne auch seinen Trick, wie man am besten einen Krebs anfasst, einen richtig großen, ohne gezwickt zu werden. Und er hat mir beigebracht, wie man auf den Händen läuft. Drei Schritte schaffe ich schon.« Er ließ den Kescher fallen, um mir seine neue Fertigkeit direkt an Ort und Stelle zu präsentieren. Zum Glück war er besonnen genug, vorher seinen Hamster Eddie aus der einen und seinen geliebten Game Boy Pocket aus der anderen Tasche seiner kurzen Cargohose aus dunkelbraunem Cord zu ziehen und mir zur Beaufsichtigung zu überlassen. »Das Geheimnis ist, die Zehenspitzen in den Himmel zu strecken, sagt Alex, so baut man ganz von allein haufenweise Körperspannung auf. Siehst du? Paul schafft nur einen Schritt.«

Paul, der sich neben mir auf einem Liegestuhl ausgestreckt und seine Nase in einen dicken Wälzer über irgendwelche unerklärlichen technischen Errungenschaften der Neuzeit vertieft hatte, sah mit hochgezogenen Augenbrauen von seinem Buch auf. Zum Glück machte es ihm mittlerweile meistens nicht mehr viel aus, auf einigen Gebieten lausiger zu sein als sein kleiner Bruder. »Na und? Wenn Alex das nächste Mal mit uns übt, bringe ich auch drei zustande.«

»Ich kann es dir auch zeigen.«

»Lieber nicht.«

»Es ist babyleicht.«

»Von wegen!«

»Doch, ehrlich!«

Ein wenig ungeduldig unterbrach ich ihren Wortwechsel, gerade als Theo zum Beweis einen neuen enthusiastischen Handstandversuch starten wollte. »Wann war Alex denn hier?«

»Als du in diesem Atelier in Lüneburg warst. Papa und Alex hatten etwas zu besprechen.«

Etwas zu besprechen? Pius und Alex? »Worum ging es denn dabei?« Und warum hat mir keiner davon erzählt? Ich konnte nicht verhindern, dass meine Stimme einen leicht hysterischen Unterton bekam.

»Das soll eine Überraschung sein«, klärte mich Paul seelenruhig auf.

»Was denn für eine Überraschung?«

Theo verdrehte die Augen. »Das ist es doch gerade, Mama. Wenn wir es dir erzählen würden, wäre es keine Überraschung mehr.«

Bevor ich Einspruch erheben konnte, tauchte Pius wieder auf, im Schlepptau den Dachdecker, einen glatzköpfigen Koloss mit dicken Brillengläsern, den er gerade über unseren Dachboden geführt hatte. Der ganz in Schwarz gekleidete Handwerker, der sich als Herr Heller vorgestellt hatte, nahm auf einem ausgeblichenen Gartenstuhl Platz, während Pius sich seufzend neben mir auf die Bank sinken ließ. Mit wild pochendem Herzen versuchte ich fieberhaft, in seinen Augen ein Anzeichen dafür zu erkennen, ob er nach der Gartenparty irgendwie erfahren hatte oder einen Verdacht hegte, dass Alex und ich uns schon mal begegnet waren, oder schlimmer noch: was in Nizza passiert war. Doch er sah mich an wie immer – voller Hingabe. Aber von welcher Überraschung hatten die Kinder gesprochen?

»Beim nächsten Sturm wird das Dach davonwehen wie Wäsche von der Leine«, holte Herr Heller mich mit emotionsloser Stimme ins Hier und Jetzt zurück.

Ich verschluckte mich fast an meiner Bowle. Natürlich übertrieb er. Oder? Ich fing Pauls alarmierten Blick auf, während sich Theo den Hamster aus meiner Hand geschnappt und unbeirrt wieder ans Keschern gemacht hatte, und lächelte ihm beruhigend zu.

Pius runzelte die Stirn und murmelte in meine Richtung: »Ich weiß jetzt, was er meint.« An den Handwerker gewandt, fügte er hinzu: »Wir werden das Dach erneuern lassen.«

»Wie viel wird das denn kosten?«, fragte ich argwöhnisch und hielt den Atem an.

Herr Heller nannte eine Summe, die so unerhört hoch war, dass ich mich wieder verschluckte, diesmal richtig. Dabei landete ein Teil meiner Bowle auf meinem Spaghettiträgerkleid, das ich über Jeans und weißem T-Shirt trug. Pius nahm mir das Glas aus der Hand und rieb mir über den Rücken.

»Es ist ein ziemlich großes Dach«, erklärte Herr Heller und strich sich zufrieden über seinen Schmerbauch. »Und wenn Sie es so ließen, würden bald die Primeln auf Ihrem Wohnzimmerboden wachsen, fleißig gegossen durch das Regenwasser, das durch die Decke kommt.«

»Wie lauschig«, feixte ich. Herr Heller sah mich besorgt an.

Lächelnd griff Pius nach meiner Hand und drückte sie. »Sie liebt es, dass das Haus so gar nicht ins 21. Jahrhundert passen wird.«

Er hatte recht, ich liebte es, doch langsam musste ich mich schon ziemlich ins Zeug legen, um die Romantik unserer Wohnsituation weiterhin aufrechterhalten zu können. Ich war ja nicht blind. Das Dach war undicht. Überall klapperte es, und die Rohre ächzten die ganze Nacht hindurch. Aber ich wusste, dass Pius und ich gemeinsam eine Lösung finden würden.

Pius begann, mit dem Dachdecker über Aufschnüren, Dachhaut, Konterlattung und Pfetten zu fachsimpeln, und ich lehnte mich zurück, nahm einen tiefen Schluck aus meinem Glas, das ich Pius wieder aus der Hand genommen hatte, und klinkte mich geistig aus. Stattdessen dachte ich erneut an meinen Vater, der mir fehlte, obwohl er mittlerweile kaum dreißig Kilometer von uns entfernt lebte. Erst als der Handwerker sich verabschiedete und Pius ebenfalls aufstand, um ihn zum Parkplatz zu begleiten, blickte ich auf – und zuckte zusammen, als ich direkt in die hellblauen Augen von Alex sah, der gerade zwischen den Bäumen aufgetaucht war.

»Endlich!« Theo ließ Kescher und Eimer fallen und rannte ihm übermütig entgegen, und selbst Paul legte grinsend sein Buch zur Seite und gesellte sich mit ein wenig gemäßigteren Schritten zu seinem Bruder und dem Neuankömmling.

Ich hielt den Atem an, als Pius Alex freundschaftlich auf die Schulter klopfte. »Bin gleich wieder da«, erklärte er und verschwand mit dem Dachdecker hinter der Hausecke. Herr Heller warf zum Abschied einen wehmütigen Blick auf die weiße Papiertüte, die Alex in der Hand hielt und auf der das Logo einer Konditorei prangte.

Meine Hände waren schweißnass. Offensichtlich war ich die Einzige, die Alex' plötzliches Erscheinen unvorbereitet getroffen hatte. Zum Glück gaben sich die Jungs alle

Mühe, mit lautem Geschwätz und großen Gesten seine Aufmerksamkeit auf sich zu lenken, und verschafften mir damit einen unbeobachteten Moment, in dem ich mich sammeln und meiner Miene einen, wie ich hoffte, überzeugenden Ausdruck von Normalität verpassen konnte.

Seit unserer Mittsommerparty vor zwei Wochen war ich ihm nur einmal begegnet. Bine hatte ihn eines verregneten Nachmittags mit in die Galerie geschleppt, um ihm »den Traum aller Künstler, den kreativsten Fleck der Neustadt« zu zeigen, und ich wäre bei seinem ein wenig befangenen, aber durch und durch ansehnlichen Anblick fast an dem Karottenstift erstickt, der Teil meines neuesten Diätplans war. Ich hatte gehustet und gestottert, mein Kopf war karmesinrot angelaufen, und alles in allem war ich mir vorgekommen wie eine allzu leichtsinnige Falschmünzerin, die eine berechtigte Angst davor hatte, auf frischer Tat ertappt zu werden. Ich wusste, Bine konnte nicht mehr viel länger die Augen davor verschließen, dass ich bei unseren Begegnungen neuerdings ein bisschen neben der Spur war, von Pius ganz zu schweigen, also musste ich mich zwingen, die Vergangenheit hinter mir zu lassen. Denn sonst würde sie mir und meiner Familie die Zukunft vermasseln.

»Hallo, Lilith«, riss Alex mich mit rauer Stimme aus meinen Gedanken.

»Alex«, stammelte ich. Ich hoffte, er bemerkte das winzige Zittern in meiner Stimme nicht. Die Vergangenheit hinter mir lassen – das war leichter gesagt als getan.

Ich senkte den Blick, als ich merkte, dass er mich ein bisschen zu lange anstarrte. Doch bevor es peinlich werden konnte, erlöste Theo uns. »Was ist das eigentlich in deiner Tüte?«

Alex lachte leise – das Geräusch jagte mir aus irgendeinem Grund einen Schauer über den Rücken – und leerte die Tüte mit Nussschnecken in einer Schale aus, die auf dem kleinen hölzernen Gartentisch stand und bis vor Kurzem noch randvoll mit Erdbeeren gefüllt gewesen war. Jungen im Grundschulalter waren einfach unersättlich. Paul nahm sich die größte Nussschnecke, überlegte es sich dann doch anders und überließ sie Theo. Der biss, ohne zu zögern, genießerisch hinein.

»Kannst du uns nun eigentlich mit diesem Dings helfen?« Kleine Gebäckkrümel sprühten aus Theos Mund.

»Mit dem Seil«, half Paul kauend aus.

Alex blickte kurz in meine Richtung, senkte die Stimme und fragte: »Liegt denn eine Einwilligung vor?«

Ich lehnte mich gegen mein bunt gestreiftes Polster und gaukelte Desinteresse vor, obwohl ich unbedingt wissen wollte, wovon die drei sprachen. Zu beobachten, mit welch unverhohlener Bewunderung meine Söhne Alex ansahen, schnürte mir die Kehle zu.

»Papa hat es erlaubt.«

»Dann los, gehen wir es an, Männer.« Ich sah das Funkeln in Alex' Augen und musste den Blick abwenden. »Fehlt nur noch das Tau.«

Wie aufs Stichwort tauchte in diesem Moment Pius hinter der Hausecke auf, in der Hand ein dickes Seil schwenkend, das Theo ohne viel Federlesens an sich nahm. Weil er für den schweren Strang beide Hände brauchte, übergab er Alex seinen Hamster – etwas, was er bei Fremden sonst nie tat. Ich schluckte schwer.

Pius küsste mich flüchtig auf den Mund, murmelte etwas von einer Seilvorrichtung in der kleinen Kastanie, zu der die Jungs ihn überredet hatten, um sich daran in den Schwimmteich schwingen zu können, und wollte den anderen folgen, die schon auf der gegenüberliegenden Seite des Teichs angekommen waren, doch ich hielt ihn leicht am Arm fest. Fragend blickte er mich an.

Es gab so viel, was ich wissen wollte, was ich zu sagen hatte, aber ich hatte keine Ahnung, wo ich anfangen sollte. »Was sollen wir jetzt tun? Bei dem Dachdecker hörte es sich an, als wäre unser Haus nicht sehr weit davon entfernt, eine Ruine zu werden«, wisperte ich schließlich lahm.

»Mach dir keine Sorgen, Sonnenschein, wir haben doch schon ganz andere Sachen zusammen durchgestanden. Erinnerst du dich nicht mehr an unseren Campingurlaub in den Bergen, als wir schon am zweiten Tag zu der Erkenntnis kamen, dass uns die nötige Souveränität und Instinktsicherheit für das primitive Dasein abgeht?« Er zog mich in seine Arme und grinste schief.

Ich fand, es war gerade kein guter Zeitpunkt für Scherze. »Es hat gestürmt und gehagelt, und wir waren zu viert mit einem Zweimannzelt unterwegs.«

»Oder weißt du noch das Drama, als wir beide gleichzeitig feststellen mussten, dass wir praktisch über Nacht so viel zugelegt hatten, dass die Lieblingsjeans kniff?« Liebevoll strich er mir über die Hüfte.

»Das war nicht über Nacht, sondern über die Weihnachtstage. Und erinnere mich bitte nicht daran.«

»Und jetzt sieh uns an, gesund und munter und glücklich. Wir lassen uns von nichts und niemandem unterkriegen. Auch nicht davon, dass das Paillettenkleid, das du dir letztes Jahr für die Silvesterparty gekauft hast, einen Tag später für den halben Preis im Schaufenster hing.«

»Pius, jetzt bleib doch mal ernst. Bist du sicher, dass wir uns das alles leisten können? Das neue Dach, die Klempnerarbeiten –«

Sein Grinsen wurde noch breiter. Anstatt mir eine Antwort zu geben, sagte er: »Darf ich vorstellen: Noel Nice!« Mit dem Arm zeigte er in Alex' Richtung.

»Wovon redest du?«

Sein Grinsen war in ein heiteres Lachen übergegangen. Und ich fiel aus allen Wolken. Noel Nice. Alex war Noel Nice. Warum war ich da nicht selbst draufgekommen? Noëlle war der Name seiner Mutter. Und Nice … wie Nizza. Mein Herz konnte sich gar nicht mehr wieder beruhigen.

Darum war ich in der Vergangenheit nie auf eins seiner Werke gestoßen. Ich hatte in Kunsthallen oder auf Auktionen immer fieberhaft nach dem Namen »Alexander Favre« gefahndet.

»Weißt du, was das bedeutet, Schatz?«

Ich sah es in Pius' Augen: Er war der Ansicht, die Lösung für all unsere Schwierigkeiten gefunden zu haben. Alex, der geheime französische Künstler, von dem gerade alle Welt sprach, exklusiv in unserer Galerie. Der erfolgreiche öffentlichkeitsscheue Maler, den noch niemand je zu Gesicht bekommen hatte. Die Bilder würden uns aus den Händen gerissen, und wir könnten unser angeschlagenes Heim auf Vordermann bringen.

Das also sollte die Überraschung sein, von der die Kinder gesprochen hatten. Ich musste mir schnell eine plausible Ausflucht einfallen lassen, um Pius von dieser fixen Idee abzubringen – denn sonst fingen unsere Schwierigkeiten gerade erst an.

Kapitel 5
August 1989

Ich wünschte, das Gespräch wäre schon vorbei.

Die gesamte Taxifahrt vom Flughafen bis zu unserer gemieteten Zweieinhalbzimmerwohnung im Dachgeschoss eines alten Rotklinkerbaus in Ottensen hatte ich an einer Ansprache gefeilt, doch ich fand einfach nicht die passenden Worte für etwas, das ich nicht mal mir selbst erklären konnte.

Ich wusste, Pius und ich waren so unterschiedlich wie Feuer und Wasser. Pius war gewissenhaft, ergeben und vernünftig, zumindest meistens, und er besaß die Fähigkeit, jeder Situation die Schärfe zu nehmen, während ich, wenn die Pferde mit mir durchgingen, mitunter kopflos und unbesonnen handelte und mich damit schon oft in eine missliche Lage manövriert hatte.

Pius sagte dann immer, dass wir uns perfekt ausglichen.

Und es stimmte, seit unserer ersten Begegnung vor fünf Jahren hatte ich mich bei ihm sicher und aufgehoben gefühlt, und ich hatte die romantische Vorstellung genossen, schon in so jungen Jahren eine langfristige Bindung einzugehen. Denn ich hatte immer gewusst, dass die eine, die wahre Liebe tatsächlich existierte. Ich war nicht allein erwachsen geworden, sondern mit ihm zusammen. Und während wir erwachsen wurden, hatten wir gemeinsame Vorstellungen und Interessen herausgebildet, hatten gemeinsam entschieden, in Hamburg zu bleiben, mit welchen billigen Möbeln wir unser winziges Schlafzimmer füllten, wohin unser Urlaub gehen sollte, was wir zum Abendessen bestellen wollten.

Er hatte mich ein wenig gezähmt und ich ihn ein wenig enthemmt, und es hatte sich richtig angefühlt.

Und das sollte nun alles vorbei sein. Weil ich eine andere, eine möglicherweise größere Liebe gefunden hatte. Noch nie in meinem Leben hatte ich mich so schäbig gefühlt. Und gleichzeitig noch nie zuvor von solch überbordendem Glück erfüllt.

Ich wusste sofort, dass er nicht zu Hause war, als ich mit zitternden Händen und heftig pochendem Herzen die Tür aufschloss. »Pius?«, rief ich dennoch. Es klang kurzatmig, so als hätte ich vom Flughafen bis zu unserer Wohnung einen Sprint eingelegt. Der Puls hämmerte in meinen Ohren wie ein Presslufthammer.

Auf dem Küchentisch stieß ich auf einen hellblauen Zettel: *Musste geschäftlich nach Köln, bin am Donnerstag zurück. Kann es kaum erwarten, dich zu sehen. Ich liebe dich.*

Drei Tage Galgenfrist. Sofort fiel ein Teil der Anspannung von mir ab. Ich stellte mich unter die Dusche, bis das gesamte heiße Wasser aufgebraucht war, und sehnte mich danach, mit Alex sprechen zu können. Doch er hatte in seiner kleinen Wohnung in Nizza kein Telefon, und ich hatte ihm aus Angst, dass Pius abheben würde, nicht erlaubt, mich anzurufen. Zuerst musste ich die ganze qualvolle Angelegenheit mit Pius klären, mir vorübergehend eine eigene kleine Wohnung mieten und mich auf einen Umzug nach Berlin in drei Monaten vorbereiten. Ich hatte versprochen, Alex zu schreiben, sobald ich eine eigene Adresse hatte, um mit ihm alles Weitere zu vereinbaren.

Ich fühlte mich schrecklich einsam. Die nächsten beiden Tage verbrachte ich damit, geistesabwesend aus dem Fenster zu starren – wahlweise bei der Arbeit oder zu Hause –, oder endlose Wiederholungen von »Alf« und »Dallas« anzuschauen. Ich vergaß zu essen und fand keinen Schlaf. Ich versuchte, mir auszumalen, wie es wäre, in Pius' ungläubige, grenzenlos enttäuschte Augen zu blicken oder unseren Eltern zu eröffnen, dass wir die Hochzeit abblasen würden, aber ich schaffte es nicht. Es war zu unvorstellbar.

Am Donnerstagmorgen um kurz nach halb neun klingelte es an der Wohnungstür.

»Warum meldest du dich denn nicht? Wie hat er es aufgenommen? Gott, Lilith, ich glaube, ich stehe immer noch unter Schock.« Bine hielt mir ein riesengroßes Schokoladencroissant unter die Nase und blickte mich erwartungsvoll an. »Essen hält Leib und Seele zusammen«, sagte sie immer.

»Er ist nicht da«, murmelte ich und wickelte mich enger in meinen Bademantel.

»Was? Wo ist er denn?« Aufgeregt folgte sie mir ins Wohnzimmer und fläzte sich auf das breite dunkelgrüne Samtsofa, das ich kurz nach unserem Einzug vor einem Jahr in einem Secondhandladen entdeckt hatte. Ich ließ mich auf einen altersschwachen Schaukelstuhl sinken.

»Geschäftsreise.«

»Du hast es ihm also noch nicht gesagt? Bin ich froh! Das ist ein Zeichen, Lilith. Ein Zeichen dafür, es dir noch mal zu überlegen!« Ihre Augen funkelten, während sie ein zweites Croissant, das in eine kleine fettverschmierte Papiertüte eingewickelt und offenbar für Pius bestimmt gewesen war, auf dem rot lackierten Beistelltisch deponierte.

Das Thema hatten wir schon im Flugzeug hinlänglich durchgekaut. Natürlich war sie nicht glücklich darüber, dass ihre beiden besten Freunde künftig getrennte Wege gehen würden. Ich sparte mir eine Antwort und drehte stattdessen mein Croissant in den Händen hin und her. Es erschien mir ziemlich unappetitlich.

»Wie siehst du überhaupt aus?«, fragte Bine plötzlich, als würde sie erst jetzt mein aschfahles Gesicht, die stumpfen Haare und das pinke Nachthemd unter dem verschlissenen Bademantel wahrnehmen. »Bist du krank?«

»Ich fühle mich seit ein paar Tagen ein bisschen elend. Wahrscheinlich irgendein Magen-Darm-Infekt. Für heute habe ich mich krankgemeldet.« Ich legte das Croissant auf den Tisch und griff stattdessen nach meinem Kamillentee – der dritten Tasse heute.

Bine sah mich lange an. »Musst du dich übergeben?«

»Ein-, zweimal, ja. Abscheulich!«

»Fühlst du dich müde und schlapp?«

»So sehr, dass ich morgens kaum aus dem Bett komme. Aber so ist das eben, wenn man sich ein Virus aufgehalst –«

»Wann hattest du zuletzt deine Tage?« Bines Augen wurden immer runder. Sie lehnte sich so weit nach vorne, dass sie beinahe vom Sofa kippte.

»Was?« Ich erstarrte. »Warum?«

»Bitte, denk nach, Lilith!«

»Ich weiß es nicht. Ich glaube, das war an unserem fünften Jahrestag, als wir an der Ostsee waren und ich nicht ins Wasser gehen konnte.«

Eine bedeutungsvolle Pause entstand. Das war Ende Juni gewesen. Vor beinahe zwei Monaten.

»Aber ich weiß es nicht genau«, fügte ich matt hinzu.

»Du bist schwanger«, stellte Bine nüchtern fest, während sie sich mein Croissant vom Tisch schnappte und herzhaft hineinbiss. »Achte Woche, schätze ich. Es ist also von Pius.« Sie konnte die Erleichterung in ihrer Stimme nicht verbergen.

Ich schwieg, fassungslos und bestürzt. Natürlich wollte ich Kinder haben – irgendwann. Pius und ich hatten schon mehrfach darüber gesprochen. Aber mit fünfundzwanzig fühlte ich mich zu jung, um eine Familie zu gründen. Und viel schlimmer, ich war im Begriff, den Vater des Kindes zu verlassen.

»Das ist nicht sicher«, flüsterte ich mit erstickter Stimme.

Bine griff nach meiner Hand. »Rühr dich nicht vom Fleck, ich rufe schnell im Büro an und sage Bescheid, dass ich heute später komme. Dann gehe ich in die Apotheke, da gibt es doch jetzt diese Schwangerschaftstests für zu Hause.«

Ich rührte mich nicht vom Fleck. Selbst wenn ich gewollt hätte, ich konnte mich nicht bewegen. Wie festgewurzelt saß ich auf meinem Schaukelstuhl.

»Ich beeil mich. Versprich mir, dass du dich in der Zwischenzeit nicht aus dem Fenster stürzt.«

»Keine Sorge. Ich war gerade erst beim Friseur, das hat mich fünfunddreißig Mark gekostet. Wäre doch Verschwendung.« Ich versuchte mich an einem Lächeln, das mir offensichtlich nicht ganz glückte.

»Hab keine Angst, Lilith. Es wird alles gut werden, das verspreche ich dir.«

Die Teetasse wie einen Anker fest umklammernd, wartete ich auf Bines Rückkehr. Ich blendete alle Gedanken aus.

✳

Zwei Streifen.

Ich würde ein Baby bekommen. Von Pius.

Wie hätte ich jetzt noch gehen können?

»Lilith, du wirst Mama!« Bine dachte offenbar dasselbe und kriegte sich gar nicht mehr wieder ein. »Du und Pius, ihr werdet die besten Eltern sein. Ich sehe euch schon vor mir, wie ihr mit eurem Baby die Welt erkundet. Du wirst so glücklich sein und alles andere zurücklassen.«

»Aber das geht nicht. Das kann nicht sein.« Von einer bleischweren Müdigkeit überrollt, ließ ich mich langsam aufs Bett sinken.

Doch Bine war nicht zu bremsen. »Natürlich helfe ich euch, wo immer ich kann. Windeln wechseln und Möhren pürieren sollte nicht so schwierig sein. Ich verspreche dir, Lilith, wenn das Kind erst mal da ist –«

»Ein Kind?« Wir hatten gar nicht mitbekommen, dass sich die Tür zum Schlafzimmer geöffnet hatte. Vor uns, mit verschwitzten Haaren und einer schwarzen Reisetasche über der Schulter, stand Pius und musterte uns überrascht. Dann fiel sein Blick auf den schmalen Teststreifen in meiner Hand.

»Ein Kind«, wiederholte er mit rauer Stimme. Ich wünschte, ich hätte die Fähigkeit, mich zu entmaterialisieren, als ich sah, wie seine Augen vor Glück anfingen zu leuchten. Mit wenigen Schritten war er bei mir, hob mich hoch und wirbelte mich herum. »Lilith, du machst mich zum glücklichsten Mann der Welt. Ein Baby!«

»Ja, wer hätte das gedacht?«, flüsterte ich.

»Wir brauchen einen Kinderwagen, einen Namen, ein Kinderzimmer. Am besten, wir ziehen um. Ein Haus im Grünen wäre doch schön, dann kann unser Baby von Anfang an frische Luft atmen.« Selbst als Markus letztes Jahr mit seinem Motorrad einen Baum gerammt hatte, hatte ich den sonst so ruhigen und gelassenen Pius nicht derart aufgeregt erlebt. Mich überrollte ein Gefühl der Verbundenheit mit ihm, das ich schon verloren geglaubt hatte. Wäre ich nicht so ungeheuer erschöpft und schuldbeladen gewesen, hätten seine Emotionen mich vermutlich noch viel tiefer bewegt.

»Das klingt gut.« Meine Stimme hörte sich genauso matt an, wie ich mich fühlte.

»Bin ich froh, dass wir in dreieinhalb Wochen ohnehin heiraten wollten – du weißt ja, was meine Mutter von unehelichen Kindern hält.« Pius lachte gelöst, legte seine Hände auf meinen Bauch und gab mir einen langen Kuss. »Ich liebe dich, Lilith.«

Ich blickte in sein Gesicht und wunderte mich, dass seine honigbraunen Augen vor mir verschwammen. Erst als die Tränen an meinem Hals hinuntertropften und einen nassen Fleck in meinem Ausschnitt hinterließen, wurde mir klar, dass ich begonnen hatte zu weinen.

Kapitel 6
Juli 1999

«Lilith, du weißt, wie es momentan bei uns aussieht.« Pius setzte sich neben mich auf die Bank und biss, sichtlich irritiert von meinen Einwänden, in eine von Alex' Nussschnecken.

Er hatte recht, natürlich wusste ich es. Es war ruhiger geworden, die Leute hatten weniger Geld übrig für schöne Dinge. Schon seit Monaten verkauften wir nur noch selten eines der ausgestellten Bilder. Vor allem die teuren blieben hängen.

Aber noch bekamen wir es hin.

Als hätte er meine Gedanken gehört, setzte Pius hinzu: »Dir ist doch klar, dass wir buchstäblich einpacken können, wenn jetzt noch irgendwelche unvorhergesehenen Ereignisse eintreten.«

Ich blickte zur Kastanie hinüber, in dessen höchsten Gipfeln Alex gerade dabei war, geräuschvoll angefeuert von meinen Söhnen, das Tau um einen Ast zu schlingen. »Es ist nur ein Haus, Pius. Wie brauchen es nicht. Wir könnten umziehen.«

Verständnislos sah er mich an. »Lilith, du liebst dieses Haus. Wir alle tun das. Was ist denn in letzter Zeit los mit dir? Warum sträubst du dich so gegen die Chance unseres Lebens?«

Ich wich seinem Blick aus.

»Warum sollten wir uns die Gelegenheit entgehen lassen, auf die wir seit so langer Zeit warten?« Pius war zusehends aufgebracht. Wer konnte es ihm verübeln?

»Weil diese Gelegenheit unser Ende sein kann, und das könnte ich nicht ertragen«, wollte ich schreien. Stattdessen versuchte ich es mit einer anderen Taktik. »Woher sollten wir denn das Geld für eine so große Ausstellung nehmen? Willst du eine Bank überfallen? Wir können schließlich nicht einfach ein paar seiner Bilder in unserer Galerie aufhängen. Wir brauchen einen extravaganten Katalog, Werbung, eine aufsehenerregende Vernissage, wir müssen die Gemälde versichern –«

»Wir können eine weitere Hypothek auf unser Haus aufnehmen.«

»Pius –«

»Mir ist klar, dass wir das eigentlich nicht tun wollten, aber ich denke, in diesem Fall wird es sich auszahlen.«

Resigniert griff ich nach dem letzten Strohhalm. »Wer weiß, ob er überhaupt mit uns zusammenarbeiten will. Noel Nice ist so erfolgreich, dass er sich seine Geschäftspartner mittlerweile vermutlich auf der ganzen Welt aussuchen kann.«

»Also daher weht der Wind. Aber ich kann dich beruhigen, denn er hat schon zugestimmt.« Pius konnte sich ein Grinsen nicht verkneifen. »Und er hat auch zugestimmt, persönlich bei der Ausstellungseröffnung zu erscheinen, zum ersten Mal überhaupt. Das wird ein gigantisches Medienereignis. Damit können wir uns die Werbemaßnahmen fast komplett sparen. Was die Ausgaben deutlich reduziert.« Sein Grinsen wurde immer breiter.

»Du hast ihn schon gefragt? Ohne vorher mit mir darüber zu reden?« Ich konnte nicht verhindern, dass meine

Stimme einen leicht hysterischen Unterton annahm. Ich musste mich zusammenreißen.

Doch das fiel mir immer schwerer. Ich wäre schließlich diejenige, die eng mit Alex zusammenarbeiten müsste. Pius kümmerte sich für gewöhnlich um Finanzen, Logistik, Versicherungen und Verkäufe, rührte die Werbetrommel und informierte die Medien, während ich gemeinsam mit dem Künstler passende Bilder auswählte, ein Motto festlegte, den Ausstellungskatalog und ein Künstlerporträt erstellte, eventuell eine passende Location suchte und die Vernissage und die Finissage organisierte.

Pius griff nach meiner Hand. »Es sollte eine Überraschung sein, Lilith! Nie hätte ich für möglich gehalten, dass du dich dagegen sträuben würdest. Ich dachte, du würdest vor Freude an die Decke gehen.«

Ich drückte seine Hand so fest, dass ich einen roten Abdruck hinterließ.

»Willst du mir nicht endlich sagen, was los ist?« Die Wärme und Zärtlichkeit in seiner Stimme ließen mich zusammenzucken. Ich hatte diesen wunderbaren Mann gar nicht verdient.

Am liebsten hätte ich ihm gesagt, dass er mich nicht so ansehen sollte, dass er mir nicht vertrauen durfte. Dass ich eine erbärmliche Lügnerin war. »Sei nicht so töricht und leichtgläubig«, wollte ich brüllen. Stattdessen gab ich mich geschlagen. Ich begrub meinen Widerstand und damit den letzten Rest Ehrgefühl, den ich noch besaß, und murmelte: »Du hast recht, Pius. Natürlich machen wir diese Ausstellung. Ich weiß auch nicht, was da gerade in mich gefahren ist.« Was blieb mir anderes übrig, wenn ich keinen Verdacht erwecken wollte? Wenn ihm nicht ohnehin schon längst Zweifel gekommen waren. Außerdem konnten wir die Provision aus den Verkäufen wirklich dringend gebrauchen.

Pius zog mich in seine Arme. »Was für ein glücklicher Zufall, dass Bine ausgerechnet mit einem der erfolgreichsten Künstler der Gegenwart angebandelt hat. Und dann ist es auch noch ein so netter Kerl. Ist das nicht unglaublich, Schatz? Ich verspreche dir, alles wird gut werden.«

Ich schluckte. Wie eine Ertrinkende presste ich mich an ihn und sog seinen Duft ein. »Ein Pferd bekommt Theo trotzdem nicht zum Geburtstag.«

Pius lachte. »Darauf stoßen wir an. Ich hole uns schnell eine Flasche Champagner, die anderen kommen sicher gleich wieder zurück.« Er gab mir einen langen Kuss, bevor er mit langen Schritten davoneilte.

Ich blickte auf und erkannte, dass Alex, Theo und Paul tatsächlich feixend und mit beschwingten Schritten in meine Richtung liefen. Das Seil schwang hinter ihnen über der Wasseroberfläche hin und her. Kurz bevor sie meine Bank erreichten, wich Theo plötzlich vom Kurs ab und sauste los, hinter einem Eichhörnchen her, und Paul schüttelte verständnislos den Kopf. »Ein Eichhörnchen! Man könnte glauben, er hätte einen Drachen entdeckt, dabei sieht er diese kleinen Viecher jeden Tag.« Er zuckte mit den Schultern und nahm sich eine zweite Nussschnecke. »Dann bringe ich ihm eben seine Badehose mit.«

Und ehe ich es mich versah, war ich mit Alex allein. Er ließ sich auf Pauls Liegestuhl nieder und sah mich unverwandt an.

Ich gab mein Bestes, möglichst gleichgültig und unbeteiligt auszusehen, aber bei seinem Anblick fiel es mir alles andere als leicht. Ich fixierte einen Punkt hinter seiner rechten Schulter und fragte: »Warum willst du es riskieren, wochenlang mit mir zu arbeiten?« Ich konnte nicht verhindern, dass es wie ein Vorwurf klang.

»Ich will es eben. Mit dir oder gar nicht.« Seine blauen Augen funkelten.

»Alex, wir wissen doch beide, wohin das führen würde.« Haarsträubende Szenen mit Selbstvorwürfen und Tränen und vor allem der nagenden Angst, nach all den Jahren doch noch aufzufliegen.

»Nein, das weiß ich nicht. Wohin denn?«

Ich schwieg. Ich konnte nicht sprechen.

Alex blickte sich um, um sicherzugehen, dass niemand in Hörweite war, ehe er sich räusperte und leise sagte: »Lilith, fragst du dich nicht auch manchmal, was gewesen wäre, wenn wir –«

»Nein!«, schnitt ich ihm scharf das Wort ab. Mein Herz hämmerte wie verrückt gegen meine Rippen. »Das ist alles Schnee von gestern.« Ich konnte einfach nicht darüber nachdenken, was aus Alex und mir geworden wäre, wenn wir uns nicht unter diesen Umständen begegnet wären. Wenn wir hätten zusammenbleiben können. Diese ganzen Was-wäre-wenn-Gedanken brachten niemanden weiter. Wir hatten schließlich keine Beziehung geführt, nicht mal eine richtige Affäre gehabt. Alles, was zwischen uns gewesen war, waren ein paar Stunden gestohlene Zeit.

Das zumindest versuchte ich mir einzureden.

»Bitte, hör auf damit«, fügte ich ein wenig versöhnlicher hinzu.

Er klang resigniert, als er sagte: »Wie du meinst. Dann wirst du, was unser Arbeitsverhältnis betrifft, wohl einfach die kühle, professionelle Kunstexpertin sein und ich der schwierige, anmaßende Maler, der dir so richtig auf den Zeiger geht.«

Das war auch meine Hoffnung, an der ich mich energisch festklammerte. Ich wünschte mir nichts sehnlicher, als dass er mir auf den Zeiger ging.

Am Rand meines Gesichtsfelds nahm ich wahr, dass sich Pius, Paul und Theo alle gleichzeitig aus verschiedenen Richtungen näherten: Pius, schwer beladen mit einem großen Tablett, Paul mit ein paar Handtüchern über dem Arm, Theo mit leeren Händen.

»Wenn es das ist, was du willst, Lilith. Also sind du und ich ... Wir –« Er brach ab, als er bemerkte, dass die anderen jetzt nur noch wenige Meter von uns entfernt waren.

Hektisch zischte ich: »Alex, tu das nicht. Es gibt kein Wir. Hat es nie gegeben.«

Außer in dieser einen Nacht an der Côte d'Azur vor zehn Jahren. Und dann noch mal eineinhalb Jahre später, an einem kalten, verregneten Tag in Berlin.

Kapitel 7
März 1991

Natürlich war ich neugierig. Wie es ihm ergangen war, wie er aussah, wie er es aufgefasst hatte, dass ich spurlos aus seinem Leben verschwunden war und mich nicht mehr gemeldet hatte – obwohl ich es versprochen hatte. Ob er glücklich war, ob es jemanden in seinem Leben gab, was aus ihm geworden war und wie sich seine Kunst entwickelt hatte.

Aber natürlich war es viel mehr als nur meine Neugier, die mich an diesem eisigen, verregneten Morgen Anfang März in den Zug nach Berlin steigen ließ.

Ich hatte so oft an ihn gedacht. Beinahe täglich, musste ich zugeben. Ich konnte einfach nicht damit aufhören, obwohl ich mit aller Kraft dagegen ankämpfte. Eigentlich hätte es mir nicht schwerfallen dürfen, denn ich hatte so viel um die Ohren, dass mir kaum Zeit blieb, Luft zu holen. Neben meiner Arbeit hatten Pius und ich endlich damit begonnen, nach passenden Locations und Finanzierungsmöglichkeiten für unsere lang ersehnte Galerie Ausschau zu halten, wofür am laufenden Band neue Entscheidungen notwendig waren, und außerdem hatte ich ein Kleinkind zu Hause, das rund um die Uhr meine Aufmerksamkeit forderte.

Und trotzdem kreisten meine Gedanken ständig um ihn.

Während sich die Bahn durch den tristen Spätwintertag Richtung Osten dahinschlängelte – viel zu langsam, wie ich fand, jetzt, da ich mich einmal zu diesem Schritt entschlossen hatte –, vorbei an unbestellten Feldern, ausgeblichenen Wiesen, grauen Dörfern und trostlosen Bahnhöfen, verging ich fast vor Scham wegen der Lüge, die ich Pius aufgetischt hatte, um mich für den Tag davonzuschleichen. Ich hatte ihm weisgemacht, einem vielversprechenden Künstler in seinem Atelier in Brandenburg einen Besuch abstatten zu wollen, nun, da es keine Grenze gab, um mich zu vergewissern, ob seine Werke sich für die Gründung unserer künftigen Galerie – eines leeren Industriegebäudes im Schanzenviertel, das wir aktuell im Auge hatten – eigneten. Pius bot sogar an, mich zum Hauptbahnhof zu fahren, damit ich nicht in strömendem Regen zur Station laufen musste, doch ich hatte mit glühenden Wangen darauf bestanden, die U-Bahn zu nehmen.

Aber natürlich war das nichts im Vergleich zu der Lüge, mit der wir jeden Tag lebten.

Es gab Zeiten, da brachten mich die Schuldgefühle beinahe um den Verstand. Doch ich hatte noch immer keine Lösung parat, war noch nicht schlauer geworden oder weiser. Ich wusste nur, dass ich es keinen Tag länger aushielt, ohne das, was in Nizza zwischen Alex und mir geschehen war, zumindest zu versuchen zu klären.

Man ist die Summe aller Entscheidungen, die man im Laufe seines Lebens getroffen hat. Mit knapp siebenundzwanzig Jahren wollte ich endlich sicher sein, dass ich die Summe der richtigen Entscheidungen war – und dass ich nicht eine Reihe von Gelegenheiten verpasst und die falsche Wahl getroffen hatte.

Ich war zwei Nächte zuvor schweißgebadet mit der Gewissheit aufgewacht, dass ich dem Druck nicht mehr länger standhalten konnte. Plötzlich hatte ich gefürchtet, dass das, was in meinem Leben nach Freiheit und freiem Ermessen aussah, nichts anderes war als Angst. Die Angst davor, über meine Wahl und mein Glück nachzudenken. Oder davor, mein Glück wieder zu verlieren. Am nächsten Morgen war ich zum Bahnhof gefahren und hatte mir mit zitternden Händen ein Ticket gekauft.

Natürlich wusste ich, dass es damals in Südfrankreich nicht einfach nur meine Hormone waren, die verrücktgespielt hatten. Es war viel mehr als das. Ich hatte ihn geliebt. Doch mir war auch klar, dass diese Liebe mich nicht beschützt hätte. Ganz im Gegenteil, ich war durch sie verletzbar und von Schmerz erfüllt.

Es war ein einziges Drama.

Und nun war ich auf dem Weg zu dem Mann, der mir dieses Drama eingebrockt hatte. Ich musste ihn wiedersehen, um ihm zu erklären, was den Ausschlag für meine Entscheidung gegeben hatte, und um dabei etwas über mich selbst zu erfahren. Nur so konnte ich hoffentlich endlich mit der Geschichte abschließen.

Nach einer endlosen Zugfahrt stand ich ohne Gepäck und Orientierung am tristen, grauen Berliner Hauptbahnhof und sagte mir zum bestimmt hundertsten Mal in den vergangenen zwei Stunden, dass es noch nicht zu spät zum Umkehren war.

Doch ich kehrte nicht um. Ich fragte mich äußerlich ruhig zum Taxistand durch.

Ich hatte Alex' Adresse nicht, nur die seines Freundes, eines anderen französischstämmigen Künstlers, bei dem er vor eineinhalb Jahren hatte unterkommen wollen, bis er eine eigene Bleibe gefunden hatte. In der Hoffnung, dass dieser mir weiterhelfen können würde und Alex es sich nicht noch mal anders überlegt hatte und tatsächlich nach Berlin gezogen war, nannte ich dem Taxifahrer, einem gut gelaunten gesprächigen Südländer, aus dem Kopf die Anschrift in Charlottenburg.

Ich war zum ersten Mal seit der Wende in Berlin. Ich hatte davon gehört, dass die Stadt seit dem Mauerfall zu einer riesigen Baustelle mutiert war, vielleicht um die Mauerbrache, den sichtbaren Riss, mit der neuesten Architektur zu überdecken, und erwartete, unterwegs sandgefüllte Gräben, Kräne, Baugruben, Wasserleitungen und Chaos zu sehen, doch alles, was ich erspähte, waren lange Häuserschluchten, leere Plätze, Graffitis, Trabis und bröckelnder Putz. Doch irgendwie lag ein Gefühl von kreativem Aufbruch in der Luft, und ich bekam eine Vorstellung davon, warum es Alex hierhergezogen hatte.

Seufzend lehnte ich mich in meinem etwas ramponierten Sitz zurück, blendete den Singsang des Fahrers und Sinéad O'Connors Stimme im Radio aus und stellte mir mit rasendem Puls vor, wie ich Alex gegenübertreten würde. Was sollte ich sagen? Wie würde er reagieren? Was hatte ich mir eigentlich dabei gedacht, herzukommen und alles durcheinanderzubringen?

Kaum zehn Minuten später stand ich vor einem vierstöckigen schmucken, nicht mehr ganz weißen Gebäude in der Leibnizstraße, ohne dass ich zu einem Ergebnis gelangt wäre. Ich fühlte mich vollkommen unvorbereitet. Kurz dachte ich daran, wieder ins Taxi zu steigen und nach Hause zu fahren, wo mich die Sicherheit und Geborgenheit meiner Familie erwartet hätte, doch ich konnte es nicht. Nicht jetzt, so kurz vorm Ziel. Außerdem war das Taxi bereits hinter der nächsten Straßenecke verschwunden.

Es hatte aufgehört zu regnen, doch der Himmel hing noch immer voll dichter grauer Wolken. Ein unkontrolliertes Zittern schüttelte meinen Körper, so dass ich ins Stolpern geriet, als ich die wenigen Stufen bis zur Haustür hinaufstieg. Nervös ging ich die Namensschilder durch, auf der Suche nach einem »Clément Roussel« – und erlitt beinahe einen Schwächeanfall, als ich stattdessen »A. Favre« las.

Alex wohnte hier. Offenbar hatte er die Wohnung von seinem Freund übernommen – und blätterte in diesem Augenblick vielleicht nichtsahnend nur wenige Meter von mir entfernt auf der anderen Seite der Mauer in der Zeitung. Sollte es wirklich so einfach sein, ihn zu finden?

Ich brauchte mehrere Anläufe, bis mein bebender Finger den Klingelknopf traf. Nichts geschah. Ich klingelte noch mal. Minutenlang stand ich wie festgenagelt auf dem schmuddeligen Schuhabstreifer und überlegte fieberhaft, was ich als Nächstes tun sollte.

Er war nicht da. Es war alles umsonst gewesen. Die Enttäuschung rollte wie ein Tsunami über mich hinweg, und ich war drauf und dran, auf offener Straße in Tränen auszubrechen.

Oder aber es war ein Zeichen. Dafür, unverrichteter Dinge zu Pius und unserem kleinen Sohn zurückzukehren und die Vergangenheit endgültig zu begraben.

Doch ich konnte nicht gehen. Nicht so kurz vor dem Ziel. Mit bleischweren Gliedern ließ ich mich auf die untere Treppenstufe sinken und vergrub den Kopf in den

Händen. Ich würde warten. Irgendwann setzte der Regen wieder ein. Es nieselte nur, doch nach einer Weile war mein Jeansmantel völlig durchnässt. Meine Finger waren so eisig, dass ich sie kaum noch spürte, meine Beine wurden langsam taub, meine Nase begann zu laufen, doch ich fand kein Taschentuch. Also beschloss ich, mir in einem nahe gelegenen Café die Zeit zu vertreiben und in genau einer Stunde noch mal wiederzukommen. Wenn er dann noch immer nicht zu Hause wäre, würde ich nach Hamburg zurückfahren. Und versuchen, so zu tun, als wäre nichts geschehen.

Ich wandte mich zum Gehen – und plötzlich sah ich ihn mit langen Schritten um die Ecke biegen, meinen Geliebten, meinen Ritter in einer Rüstung, meinen Vagabunden, meinen Seelenverwandten. Er sah vertraut aus und doch anders. Er trug einen Bart, und auch die Haare waren länger geworden. Sein Hemd war voller Farbflecken, seine Jeans zerrissen. Selbst seine glänzenden hellblauen Augen wirkten wilder, aber immer noch wie ein Magnet auf mich. Als er mich entdeckte, blieb er abrupt stehen, und das Lächeln, das gerade noch seine Lippen umspielt hatte, verschwand aus seinem Gesicht. Er starrte mich an, stumm, aschfahl und mit unbeweglicher Miene. Als hätte er einen Geist gesehen.

Mein Herz schlug mir bis zum Hals, meine Kopfhaut kribbelte, bis sie sich beinahe taub anfühlte, mein Mund wurde staubtrocken, meine Handflächen waren schweißnass. Nie hätte ich erwartet, dass der Anblick eines anderen Menschen eine solche Wirkung auf mich haben könnte.

Erst jetzt bemerkte ich neben ihm eine üppige, bildhübsche Brünette in einem dunkelgrünen Tellerrock im Stil der Fünfziger und mit blutrotem Lippenstift. Ihr Blick schweifte ein wenig ruhelos zwischen ihm und mir hin und her.

»Alex?«, fragte sie schrill und ließ dabei eine perlweiße Zahnreihe aufblitzen.

»Ich ruf dich später an«, brummte er kaum hörbar und ließ sie einfach stehen.

In wenigen Schritten war er bei mir und packte mich mit festem Griff am Ellbogen. Mit seiner freien Hand schloss er die Tür auf, dann schob er mich unsanft in den Hausflur und die Treppenstufen bis in den dritten Stock hinauf. Erst in dem kleinen, grün gestrichenen Flur seiner Wohnung machte er Anstalten, seinen Griff zu lockern.

»Wer war das?«, fragte ich, obwohl ich eigentlich etwas ganz anderes hatte sagen wollen, und ich konnte nicht verhindern, dass meine Stimme ein wenig gepresst klang. Anklagend. Eifersüchtig. Ich wusste, ich hatte kein Recht dazu.

»Niemand«, wehrte er ungeduldig ab. Er ließ meinen Arm los, trat ein paar Schritte zurück und blickte mich starr an.

»Alex –«

»Was tust du hier?« Unwirsch schleuderte er seine nasse Lederjacke in eine Ecke. Seine Schlüssel landeten mit einem Knall auf einer alten grauen Holzkommode. Er war außer sich.

Wie sollte ich es ihm erklären? Wie konnte ich ihm dieses schreckliche Gefühl begreiflich machen, dass ich mir seit unserer Nacht in Nizza viel zu oft vorkam wie einer dieser unbeseelten Aufziehroboter, die immer weiter- und weitergingen, ohne Ziel und eigenen Willen und ohne anhalten zu können?

»Es tut mir leid.« Ich legte die Hand über meine Augen. Wie hatte ich nur außer Acht lassen können, was ich ihm antat? Erst verschwand ich mehr als eineinhalb Jahre von der Bildfläche, ohne mich darum zu scheren, dass er rasend vor Trauer und Sorge sein könnte, dann platzte ich aus heiterem Himmel in sein Leben und setzte darauf, dass er mich mit offenen Armen empfing?

»Was tut dir leid? Dass du gekommen bist?« Er klang schroff.

»Das nicht«, wisperte ich. Ich hob den Kopf und schaute in seine Augen auf der Suche nach einer Regung oder einer Gefühlsäußerung. Sein Blick verdunkelte sich. Ob vor Verlangen oder Abscheu konnte ich nicht sagen.

»Alex«, wiederholte ich hilflos.

Lange Zeit starrten wir uns schweigend an. »Der Schmerz wollte einfach nicht nachlassen«, flüsterte ich schließlich. Und dann fand ich, wonach ich gesucht hatte. Etwas, was mir so verheißungsvoll erschien, dass mich wieder diese vertraute Schwäche überkam, die ich schon bei unserer ersten Begegnung, seinem ersten Blick gefühlt hatte.

Ohne dass ich etwas dagegen tun konnte, füllten sich meine Augen mit Tränen. Ich musste ihm endlich erklären, was damals passiert ist, warum ich nicht zu ihm zurückgekommen bin. Das war ich ihm schuldig. Also holte ich tief Luft und setzte an, etwas zu sagen, als er völlig unvermittelt seine Hand auf meinen Nacken legte und mich schwer ausatmend an sich zog. Es war wie ein Stromschlag.

Und plötzlich, wie aus dem Nichts, änderte sich die Atmosphäre zwischen uns, und ich wusste, er musste sie auch spüren, diese Chemie, die jede Rechtfertigung überflüssig machte und jedem Vorwurf den Wind aus den Segeln nahm. Es war wie damals in Nizza, und jeder Kummer und Schmerz verebbte. Vorsichtig hob ich meine Hand und legte sie langsam auf seine Brust. Ich konnte sein Herz spüren und war erleichtert, dass es nicht weniger raste als meins.

Ich hatte komplett vergessen, was ich sagen wollte. Ich umklammerte ihn mit meinen Armen, presste mich wie eine Ertrinkende an ihn und vergrub meine Nase in der kleinen Kuhle unter seinem Schlüsselbein, saugte seinen Geruch auf wie eine Biene den Nektar.

Ich wollte nichts sehnlicher, als ihm nah zu sein. So nah, dass ich es mühelos schaffte, den Rest einfach auszublenden. Als er mich küsste, hitzig und atemlos, erinnerte mich irgendwo im Hinterkopf eine leise Stimme daran, dass ich gerade dabei war, meinen Fuß erneut auf unerlaubtes Gebiet zu setzen, doch ich war ganz und gar unfähig, etwas dagegen zu unternehmen. Offensichtlich war ich dazu verdammt, denselben Fehler immer und immer wieder zu begehen.

Er presste mich gegen die kühle Wand, drängte seinen Oberschenkel zwischen meine Beine und begann, mir zwischen fieberhaften Küssen keuchend den durchnässten Mantel und das Samtshirt vom Leib zu reißen. Seine Hände waren warm und auf eine unbestimmte Art vertraut. Ich zerrte an seinem Hemd und machte mich ungeduldig an den Knöpfen seiner Jeans zu schaffen. Das alles fühlte sich viel zu natürlich an. Doch ich konnte jetzt nicht darüber nachdenken, denn ich wusste, ich würde wahnsinnig werden, wenn wir jetzt aufhörten. Ich dachte nur noch daran, diese weichen, fordernden Lippen zu küssen, alles andere war zur Nebensache geworden.

Der letzte Rest meiner Kontrolle schmolz dahin wie Eis in der Sonne, als er mich mit Schwung hochhob, in sein Schlafzimmer trug und dort mit gierigem Blick aufs Bett warf. Ich krallte meine Finger in seine heiße Haut und schloss die Augen.

Es war dämmrig im Zimmer, die Sonne hatte es bisher nicht geschafft, die dicke Wolkendecke zu durchbrechen, und der Regen prasselte in einem unaufhörlichen Rhythmus gegen die Scheiben. Erhitzt lag ich auf dem schweren hellen Teppich in Alex' Wohnzimmer und rang nach Atem, umgeben von einem ausladenden weichen Ledersofa, schrill bunten, extravaganten Sesseln, minimalistischen Möbeln aus rohem Beton und rauem Stahlblech, Unterhaltungselektronik, deren Namen ich nicht einmal ahnte, und unzähligen phantastischen Bildern – wenn auch nicht seinen eigenen, wenn ich mich nicht irrte. Sein Faible für das Visuelle war in jeder Ecke seiner Wohnung unverkennbar.

Alex saß mir gegenüber auf einem kleinen Sessel, musterte mich konzentriert und ließ nebenbei einen Bleistift über einen großen Skizzenblock fliegen. Sein Atelier, so hatte er mir erklärt, hatte er gemeinsam mit einer Handvoll anderer Künstler nur ein paar Straßen weiter in einem alten Fabrikgebäude eingerichtet.

Ich legte den Kopf in den Nacken und betrachtete sein beängstigend makelloses Gesicht. Aufmerksam erwiderte er meinen Blick mit Pupillen, die so geweitet waren, dass die hellblaue Iris beinahe schwarz aussah. Langsam streckte er seine freie Hand aus, griff nach einer Locke meiner roten Haare und wickelte die Strähne spielerisch um seine Finger. Dabei streifte er sanft meine Wange. Beinahe konnte ich mir einreden, dass es immer so zwischen uns bleiben würde.

Aber nur beinahe.

Das Herz schlug mir bis zum Hals – und das nicht nur, weil ich gerade am eigenen Leib erfahren hatte, was ein multipler Orgasmus war, sondern vor allem wegen des brennenden Gefühls der Scham, das mich mit Wucht überrollte. Schon wieder war ich in diese folgenschwere Falle getappt. Das erste Mal im Schlafzimmer war im Eifer des Gefechts passiert. Wie aber sollte ich die beiden anderen Male in der Küche und im Wohnzimmer vor mir selbst erklären? Mit meinen verfluchten weiblichen Hormonen?

Ruhelos ließ ich meinen Blick im Zimmer umherschweifen. Dabei blieb mein Auge an einem gerahmten Bild haften, das neben der Tür an der Wand lehnte und eine anmutige schwarzhaarige Frau mit runden blauen Augen und geschwungenen Lippen zeigte, die in einem altmodischen gestreiften Badeanzug auf einem Surfbrett stand. Sie war eine Schönheit. Irritiert registrierte ich, dass ich diese Frau schon mal gesehen hatte – damals, auf einem Bild in seiner Dachgeschosswohnung in Nizza. Dieses Gesicht hätte ich überall wiedererkannt.

Sie musste etwas Besonderes sein, denn ansonsten schien

Alex in seiner Wohnung keinem anderen seiner eigenen Gemälde einen Platz zugestanden zu haben.

»Wer ist die Frau?«, hörte ich mich fragen, bevor ich mir auf die Zunge beißen konnte. Ich war mir nicht sicher, ob meine Stimme so neutral und unbeteiligt klang, wie sie sollte.

Er folgte meinem Blick. »Das ist meine Mutter«, erwiderte er schlicht.

»Oh! Wie schön sie ist. Steht ihr euch nahe?« Diesmal war ich mir sicher, dass es Erleichterung war, die deutlich herauszuhören war. Vielleicht sollte ich besser mal den Mund halten.

Alex lehnte sich seufzend in seinem Sessel zurück. Seine Miene war nur schwer zu deuten, doch ich erkannte, dass ich einen Nerv getroffen hatte. »Vielleicht erzähle ich dir von ihr, wenn wir hier fertig sind. Falls du lange genug stillhalten kannst.«

Folgsam nahm ich wieder meine Position auf dem Teppich ein und drapierte die dünne rote Baumwolldecke so über meinem Körper, dass meine intimsten Stellen verhüllt waren.

Alex beim Zeichnen zuzusehen war besser, als die Sammlung Centre Pompidou im vergangenen Jahr in den Deichtorhallen zu besuchen. Konzentriert legte er den Kopf etwas schräg, kniff ein wenig die Augen zusammen und lächelte sein schiefes, spitzbübisches Lächeln. Er versank ganz und gar in seiner Arbeit, so dass er alles um sich herum zu vergessen schien.

Ich zwang mich, den Blick abzuwenden und mich zusammenzureißen. Schließlich musste ich meine Aufmerksamkeit endlich darauf richten, ein klärendes Gespräch einzuleiten. Denn wir würden nicht viel länger umhinkommen, darüber zu sprechen, was damals nach meiner Abreise aus Nizza passiert ist. Ich wusste nur noch nicht, wo ich anfangen sollte.

Während ich fieberhaft nach den richtigen Worten suchte, erregte unvermittelt ein anderes Bild meine Aufmerksamkeit, das zwischen zwei weißen Sprossenfenstern an einer ozeanblau gestrichenen Wand hing. Es war das Bild, das er vorletzten Sommer von mir gemalt hatte. Überwältigt starrte ich auf mein unschuldiges, nichtsahnendes Gesicht. Sofort füllten sich meine Augen mit Tränen.

Es gab also noch ein eigenes Bild, das es in seine Wohnung geschafft hatte. »Du hast es nicht im Paillon versenkt«, brachte ich mühsam hervor.

»Glaub mir, das wollte ich. Aber ich konnte es nicht.« Seine Stimme klang wie ein verrostetes Reibeisen.

»Verzeih mir, Alex. Ich wollte dich nicht verletzen.«

»Aber das hast du.« Er setzte den Stift ab. »Und ich weiß noch nicht mal, warum. Bitte erklär es mir, Lilith.«

Seine hellblauen Augen glühten in der Dämmerung.

Meine Nackenhärchen richteten sich auf. Ich starrte auf das Bild, unfähig, die Worte in meinem Kopf zu sinnvollen Sätzen zusammenzufügen. Schließlich holte ich tief Luft und flüsterte mit erstickter Stimme: »Ich habe ein Kind.« Ich konnte geradezu dabei zusehen, wie sein Gesicht jegliche Farbe verlor. Nervös fuhr ich fort: »Ich war schon schwanger, als wir uns in Nizza begegnet sind, aber ich wusste nichts davon.«

»Du hast eine Familie.« Er klang ungläubig, erschüttert. Wie erstarrt saß er auf seinem Sessel und sah dabei so verloren aus wie ein kleines Kind, das sich im Wald verirrt hat.

Der Anblick ging mir durch Mark und Bein. Meine Augen brannten, und eine Träne stahl sich heimlich meine Wange hinab. »Ich wollte es dir erklären, Alex. Bitte, glaub mir, ich wollte nichts mehr, als zu dir zurückzukommen. Aber als ich das mit dem Baby herausfand, konnte ich es nicht mehr. Ich konnte dem Kind nicht den Vater nehmen. Und dem Vater nicht das Kind.«

Er rieb sich mit den Händen über die Augen. Ich konnte ihn kaum verstehen, als er gedämpft sagte: »Ich wusste, es wäre zu schön, um wahr zu sein. Dass du zurückgekommen bist.«

»Alex, ich –«

»Warum bist du hier?« Sein Blick brannte wie ein Sonnenbrand auf meiner Haut. »An der Situation hat sich doch nichts geändert. Du hast immer noch eine Familie, die du nicht zerstören willst.«

»Aber ich wollte es dir erklären«, wiederholte ich leise. Ich wickelte die Decke enger um meinen Körper und kniete mich neben seinen Sessel. »Und ich musste dich sehen. Du hast mir so sehr gefehlt.«

»Wann fährst du zurück?« Seine Stimme war kaum mehr als ein Flüstern.

»Heute Abend.« Entsetzt stellte ich fest, dass ich am ganzen Körper zitterte.

»Dann ist es heute das letzte Mal.« Seine Worte trafen mich wie Pfeile. Doch ich wusste, dass er recht hatte. Wir würden uns nicht mehr wiedersehen.

Plötzlich war es totenstill im Raum. Sogar der Regen hatte aufgehört, gegen die Scheiben zu schlagen. Ein

Klumpen eiskalter Angst machte sich breit, wo gerade noch mein Herz war. Auch Alex verharrte wie erstarrt in seiner Position.

Es war wie eine Erlösung, als ich seine Hand auf meiner Schulter spürte. Er sank neben mir auf den Boden und presste mich mit einer Heftigkeit an sich, dass ich nach Luft schnappte wie eine Ertrinkende.

»Ruf ihn an«, flüsterte er in mein Ohr. »Sag ihm, dass er dich erst morgen zurückhaben kann.«

»Ja«, presste ich hervor, ohne nachzudenken.

Er ließ mich los, stand auf und zerrte ein dunkelgrünes Telefon von einer kleinen Truhe herunter. Dann verschwand er im Badezimmer. Wenige Sekunden später hörte ich das Prasseln der Dusche.

Ich zog meine Kleider an, bevor ich Pius anrief. Alles andere hätte sich noch schäbiger angefühlt. Meine Hände zitterten so stark, dass ich nur mit Mühe die richtigen Zahlen auf der Wählscheibe traf. Endlich hörte ich ein Freizeichen. Mein Herz überschlug sich, während ich voller Anspannung wartete.

Mein Blick fiel auf den Skizzenblock, den Alex auf dem Sessel liegen gelassen hatte. Trotz der Baumwolldecke, die ich vorhin um meinen Körper geschlungen hatte, war ich auf dem Bild splitterfasernackt. Und wieder stimmte jedes winzige Detail bis hin zu dem kleinen herzförmigen Leberfleck über meinem linken Hüftknochen oder zu den Wimpern, die am Ansatz heller waren, im Schwung dunkler und zu den Spitzen hin schließlich wieder heller wurden.

Das Bild war absolut unglaublich. Man konnte förmlich spüren, dass er für seine Kunst alle Sinne benutzte. Irgendwie gelang es ihm, sein ausgeprägtes Auge für Feinheiten mit einer unvergleichlichen Präzision und vor allem mit haufenweise Gefühl aufs Papier zu übertragen. Noch nie war ich einem talentierteren Maler begegnet. Ich wusste, er würde es mal weit bringen.

»Hallo?«

Ich zuckte zusammen und ließ beinahe den Telefonhörer fallen, als Pius' vertraute Stimme wie aus weiter Ferne an mein Ohr drang. Im Hintergrund hörte ich die holprigen Töne eines Xylophons und das Gebrabbel eines Kleinkindes, so dass vor meinem geistigen Auge wie von selbst der wohlbekannte Anblick von Paul auftauchte, der auf dem Küchenfußboden saß und mit großer Begeisterung auf sein Lieblingsinstrument eindrosch.

»Ich bin es.« Meine Stimme hörte sich unnatürlich hoch und irgendwie brüchig an. Ich hoffte, er würde es nicht bemerken.

»Schatz! Wo bist du? Wir haben gerade von dir gesprochen.« Pius klang abgelenkt, so als würde er nebenbei noch drei andere Dinge erledigen. Er war einer der wenigen multitaskingfähigen Männer, die ich kannte.

»›Wir‹?«

»Paul hat gerade ›Mama‹ gesagt. Er hat nach dir gerufen.« Der väterliche Stolz in seiner Stimme war unverkennbar.

»Er hat ›Mama‹ gesagt?« Zum ersten Mal. Und ich war nicht dabei.

Wir wurden von einem durchdringenden Heulen unterbrochen. Ein Knistern und Rauschen, und das lauter werdende Gejammer verrieten mir, dass Pius am Telefonkabel zog, um Paul auf den Arm nehmen zu können. Prompt ließ das Geschrei etwas nach.

»Das Kabel ist viel zu kurz«, brummte er.

»Was ist los bei euch?« Ich hörte an seiner kehligen Stimme, dass etwas nicht stimmte.

»Paul hat Fieber. Aber mach dir keine Sorgen. Solange er noch Musik machen kann, wird es schon nicht so schlimm sein.«

»Er ist krank?« Mein Sohn bekam Fieber, während ich weg war und meine Familie sich selbst überließ. Sollte das ein Zeichen sein? Ich schauderte, und mein Herz schlug zweihundertmal in der Minute.

»Ehrlich, ich habe alles im Griff. Aber wie war das noch mal genau mit den Wadenwickeln?« Pius versuchte sich an einem Lachen, doch es misslang.

»Ich bin so schnell ich kann zu Hause.« Meine Stimme brach. »Und für den Notfall hängt die Nummer von Doktor Marquardt am Kühlschrank.«

»Was ist mit dir, Lilith? Du klingst, als würdest du weinen. Nein, Paul, das Kabel kann man nicht essen!«

»Nein, wirklich, es ist alles okay. Ich bin nur ein bisschen müde.«

»Dann komm bald zurück, ich päpple dich schon wieder auf. Wie ist es denn bei dem Maler?«

»Der Maler?« Blankes Entsetzen schnürte mir die Kehle zu. Ich hatte so viel zu verlieren. So viel mehr als damals an der Côte d'Azur.

»In dem Atelier in Brandenburg.«

»Ach, der Maler. Ja, also, nein, ich weiß es nicht.«

»Bist du sicher, dass alles in Ordnung ist?« Seine Worte gingen fast in Pauls mittlerweile wieder crescendoartig anschwellendem Geheul unter.

»Mach dir keine Sorgen, Pius. Ich bin bald zurück.«

»Dann kannst du mir alles erzählen. Ich liebe dich, Lilith. Und ich freue mich auf dich.«

»Ich liebe dich auch.«

Umständlich und wie betäubt legte ich den Hörer auf die Gabel. Ich blickte auf und sah direkt in Alex' weit aufgerissene Augen. Wie lange hatte er schon zugehört? Er sah genauso verloren aus, wie ich mich fühlte.

»Bleib bei mir«, flüsterte er.

»Ich kann nicht.«

Er ließ sich mitsamt dem Handtuch, das er sich um die Hüften geschlungen hatte, aufs Sofa fallen, vergrub sein Gesicht in den großen, feingliedrigen Händen und stieß einen gequälten Seufzer aus. »Ich weiß.«

Irgendwie hatte ich es geschafft, mit meinem Besuch die ganze Situation nur noch aussichtsloser zu machen. Mein Puls begann zu rasen, ein Schweißfilm bedeckte mein Gesicht, mein ganzer Körper bebte, und ich hatte Schwierigkeiten zu atmen.

Sosehr ich es mir auch wünschte, ich konnte ihn nicht einfach in den Arm nehmen, seine Hand halten oder ihm sagen, was er mir bedeutete. Jetzt nicht mehr. Stattdessen blieb ich wie festgenagelt stehen und starrte an ihm vorbei, unfähig, ihm in die Augen zu sehen. Ich fühlte mich wie ein Ungeheuer, und je länger ich einfach untätig dastand, desto schlimmer wurde es. Mir fiel nichts ein, was ich hätte sagen können.

Die Tränen liefen jetzt in Sturzbächen meine Wangen hinunter. Auch Alex hatte Tränen in den Augen.

Ich konnte nichts tun, um den Schmerz zu lindern – weder seinen noch meinen. Also nahm ich meine Tasche und ging. »Ich werde dich nie vergessen«, flüsterte ich schluchzend und so leise, dass ich nicht sicher war, ob er mich verstanden hatte.

»Lilith!«, rief er, als ich wie in Trance den Treppenabsatz im Hausflur erreicht hatte, und die Verzweiflung in seiner Stimme machte das Ziehen und Brennen in meiner Brust nur noch qualvoller. Ich wagte es nicht, mich noch mal umzudrehen.

Ich konnte förmlich hören, wie mein Herz zerbrach. Es war ein reißendes, klirrendes Geräusch. Wir hatten einen Pakt mit dem Teufel geschlossen und mussten nun den Preis dafür zahlen.

Irgendwie brachte ich es fertig, ohne größere Zwischenfälle zum Bahnhof zu gelangen und in den richtigen Zug einzusteigen. Ich fand einen Fensterplatz, lehnte meinen Kopf an die kühle, verschmierte Scheibe und schloss die Augen, als die Bahn sich langsam in Bewegung setzte. Zwischen Nauen und Friesack hörten meine Hände endlich auf zu zittern.

Seit unserer ersten Begegnung vor eineinhalb Jahren hatte ich das Gefühl, einen großen Fehler begangen zu haben. Und dass ich alles dafür tun musste, diese Dummheit auszubügeln. Irgendwo kurz vor Ludwigslust wurde mir bewusst, dass ich insgeheim gehofft hatte, mir würde am heutigen Tag klarer werden, welcher Fehler das war – dass ich mich überhaupt auf Alex eingelassen hatte und ihn seither nicht vergessen konnte oder dass ich trotz der äußeren Umstände nicht zu ihm zurückgekehrt war.

Doch mir war überhaupt nichts klarer geworden. Ich wusste nur, dass ich alles daransetzen musste, meine Familie zu schützen.

Als der Zug in den Hamburger Hauptbahnhof einfuhr, kam mir in den Sinn, dass Alex mir immer noch nicht die Geschichte von seiner Mutter und davon, wie er zur Malerei kam, erzählt hatte. Und dass ich sie nun nie hören würde. Der Gedanke trieb mir erneut die Tränen in die Augen.

Kapitel 8
August 1999

Mitten in der Nacht wachte ich mit einem erstickten Schrei auf. Schon wieder.

Ich hatte abermals von diesem gesichtslosen Monster geträumt, das mich erbarmungslos verfolgte. Ich war gerannt, so schnell ich nur konnte, doch ich schaffte es einfach nicht, ihm zu entkommen. Das Monster war mir so dicht auf den Fersen, dass ich seinen rasselnden Atem hören konnte. Um mich herum herrschte schwärzeste Dunkelheit, und ich spürte eine höllische Angst.

Morgen würde die Arbeit mit Alex beginnen.

Wir würden zu seinem Haus in der Holsteinischen Schweiz fahren, weil er dort viele seiner Bilder für die Ausstellung deponiert hatte. Nur er und ich. Ich hatte keine Vorstellung, was mich erwartete. Mein jämmerlicher Versuch, Bine dazu zu bewegen, uns zu begleiten, war kläglich gescheitert.

»Ich würde nichts lieber tun, aber du weißt doch, dass ich mit meinem Chef nach London fliegen muss, um diese Übernahme abzuwenden. Ich rede seit Wochen von nichts anderem.« Das stimmte nicht. Sie redete seit Wochen von kaum etwas anderem als Alex.

Wir hatten uns in der Mittagspause getroffen, um am Jungfernstieg im Schlussverkauf unserem Schuhtick zu frönen, und sie war gerade dabei, grandiose scharlachrote Sandalen anzuprobieren. Fragend hatte sie eine Augenbraue gehoben. »Aber ihr werdet mich für euren Katalog und die Bildauswahl wohl kaum brauchen. Oder ist irgendwas?«

»Natürlich nicht.« Was hätte ich schon sagen sollen? ›Weil alles besser ist, als mit ihm allein zu sein, denn dein Alexander ist mein Alex von damals, der, von dem ich dir nächtelang vorgejammert habe, wie sehr ich mich nach ihm verzehre?‹ Lieber nicht. Dann also ohne Anstandswauwau.

Stattdessen hatte ich mich zu einem Lächeln gezwungen und gesagt: »Ich dachte nur, wir machen uns ein paar schöne Tage am See.«

»Zum Entspannen wirst du wahrscheinlich eh nicht viel Zeit haben.« Sie stellte die Schuhe ins Regal zurück und suchte ein größeres Paar heraus.

»Du hast recht.« Zum Glück. Ich würde den ganzen Tag damit beschäftigt sein, Gemälde durchzugehen, ein Motto und einen roten Faden für die Ausstellung zu finden und Informationen für einen Katalog zu sammeln. Doch Alex würde mir von morgens bis abends über die Schulter schauen. Unwillkürlich schüttelte ich mich.

»Kein Grund, so ein Gesicht zu machen, Lilith. Das Wichtigste ist doch, dass es mit der Ausstellung geklappt hat.«

»Stimmt, die Galerie kann ein bisschen Profit wirklich gut gebrauchen.« Seufzend ließ ich mich neben sie auf einen gepolsterten Stuhl fallen.

»Deswegen habe ich Alexander auch ermuntert, euch zu helfen, weil es sonst immer weiter durchs Dach regnet. Schade, diese Sandalen gibt es mal wieder nur in Puppengrößen. Alexander würde sie lieben. Aber nimm du sie doch.«

»Du hast *was*?«

Also daher wehte der Wind. Alex hatte für sich behalten, warum er das Risiko eingehen wollte, so eng mit mir zusammenzuarbeiten, weil er zu rücksichtsvoll war, mich darauf hinzuweisen, dass er es nur aus Mitleid tat. Wie demütigend! Doch mir war klar, dass es überflüssig war, auch nur einen Gedanken daran zu verschwenden. Ich würde die ganze Sache nur überstehen, wenn ich mein Denken und Handeln einzig auf die Arbeit richtete.

Ich kaufte die roten Keilsandalen und ein großes Eis mit Streuseln und marschierte im Stechschritt zur Galerie zurück.

Fast erwartete ich, auf der Einfahrt das zerbeulte rote Ford-Mustang-Cabrio aus Nizza zu sehen, doch als es pünktlich um neun Uhr an der Haustür klingelte, erspähte ich durch das Fenster einen großen alten Mercedes-Geländewagen.

Ich musste mich von niemandem mehr verabschieden – Pius war schon zur Arbeit gefahren, und die Kinder drückten nach sechs Wochen Ferien zähneknirschend wieder die Schulbank –, also nahm ich meine kleine Reisetasche, atmete noch einmal tief durch und öffnete schwungvoll die Tür.

»Guten Morgen, Lilith.« Wenn mich nicht alles täuschte, leuchteten seine Augen noch blauer und seine Zähne noch weißer als sonst.

»Guten Morgen.«

»Hübsche Schuhe.«

Schnell wandte ich den Blick ab und schritt in meinen

roten Sandalen betont lässig an ihm vorbei zur Beifahrertür. Energisch riss ich am Griff, doch die Tür bewegte sich keinen Millimeter.

Natürlich konnte Alex sich ein Grinsen nicht verkneifen, als er in einer einzigen flüssigen Bewegung erst die Tür öffnete und mir anschließend die Tasche aus der Hand nahm. Ich erkannte das seltsam vertraute Grübchen in seiner linken Wange.

»Die Tür klemmt manchmal. Ist das alles?«, fragte er, als er mein Gepäck im Kofferraum verstaute.

»Ich hatte nicht vor, den Aufenthalt mehr als notwendig in die Länge zu ziehen.« Ich hatte Kleidung für drei Tage eingepackt und war wild entschlossen, rechtzeitig mit meiner Arbeit fertig zu werden, um am Donnerstag mit Pius und den Jungs zu frühstücken.

Ich war ebenfalls wild entschlossen, Berufliches und Privates strikt voneinander zu trennen. Ich würde ungeheuer professionell meinen Job erledigen, jedem Rückfall und jeder Versuchung entschieden widerstehen und meine Familie, meine Freundin und mein halbwegs gesichertes Leben schützen.

Auf der Fahrt redeten wir nur wenig. Es fühlte sich irgendwie unwirklich an, neben ihm im Auto zu sitzen, während er über die A1 Richtung Norden raste. Hin und wieder spürte ich seinen Blick wie Ameisen auf meiner Haut. Kurz hinter Hamburg rief meine Assistentin Julia an, um mit mir ein paar organisatorische Dinge für die Vernissage im Dezember abzusprechen.

»Ist das jetzt schon der Notfall-Anruf? ›Oh, Paul wurde vom Auto angefahren, Theo hat die Windpocken, und das Haus brennt, ich muss schnell nach Hause‹?«

Demonstrativ ignorierte ich Alex' Gewitzel. Stattdessen tippte ich wie eine Irre auf meinem Handy herum und gab mir alle Mühe, einen geschäftigen Eindruck zu erwecken. Dabei versuchte ich vergeblich, das Getöse von den Beastie Boys (oder waren es Run-DMC?) aus den Lautsprechern zu ignorieren. Ich hatte gar nicht gewusst, dass er eine Schwäche für Hip-Hop und Rap hatte.

»Wie wäre es mit richtiger Musik?«

»Was denn, gefällt es dir nicht?«

Nach einer Viertelstunde nahm ich entnervt die CD aus dem Spieler, stopfte sie in ihre Hülle und warf sie auf die Rücksitzbank. Alex warf mir einen verärgerten Blick zu.

»Du bekommst rote Flecken am Hals, wenn du dich aufregst«, bemerkte ich ungerührt. Den Rest der Zeit starrte ich aus dem Fenster.

Nördlich von Lübeck bogen wir endlich von der Autobahn ab. Alex lenkte den schweren Wagen vorbei an gemähten gelben Kornfeldern und saftig grünen Wiesen, auf denen Kühe und Ponys und Schafe grasten, idyllischen Dörfern mit reetgedeckten Fachwerkhäusern, kleinen Mischwäldern und dunkelblauen Seen, die immer wieder am Horizont auftauchten und in der Sonne glitzerten. Die Straßen wurden immer kleiner, bis wir schließlich vorbei an Streuobstwiesen und Pferdeweiden über einen staubigen unbefestigten Weg holperten. Eine nennenswerte Federung schien der Wagen nicht zu besitzen.

Vor einem schweren Eisentor, das in eine hohe, über und über mit Efeu berankte Mauer eingelassen war, kam der Wagen endlich zum Stehen. Ich erkannte eine nicht gerade unauffällig angebrachte Kamera, die ihre Linse auf uns gerichtet hatte. Alex tippte eine Nummer in ein schmales Tastenfeld, und das Tor schwang stockend auf.

»Gegen dein Ferienhäuschen ist Fort Knox ja der reinste Kindergarten«, murmelte ich und Alex lachte. Das Geräusch jagte mir einen Schauer über den Rücken.

Wir durchquerten eine kurze Allee aus Schneeball-Ahorn und bogen um eine Kurve. Mir stockte der Atem.

Von wegen Ferienhäuschen. Vor uns, eingebettet in einen sattgrünen parkähnlichen Garten, erhob sich ein skulpturales elegantes Bauwerk aus Glas und weißem Beton, das in der Sonne beinahe blendete. Organische Formen passten sich asymmetrisch in zwei versetzten Ebenen dem Grundstück an, das zu einem kleinen See hin abfiel. Ein Turm erinnerte an ein provenzalisches Taubenhaus. Es war überwältigend.

Auf einem runden Kiesplatz hielt Alex an. Vor uns parkte bereits ein roter Golf.

»Aitana ist schon da.« Alex klang zufrieden. Als er meinen fragenden Blick registrierte, erklärte er: »Meine Haushälterin. Ein absoluter Engel.«

Vor Erleichterung, nicht wie erwartet mit ihm allein sein zu müssen, hüpfte ich beschwingt aus dem Auto. Vor meinem geistigen Auge tauchte eine füllige, gebeugte Spanierin in ihren Sechzigern mit wadenlanger Kittelschürze und gütigem Gesicht auf, die nie ohne Kartoffelschäler oder Scheuerlappen anzutreffen war. Umso erstaunter war ich, als eine rassige Schönheit Mitte zwanzig aus der zweiflügeligen schwarzen Haustür stürzte, die ihre üppigen Formen mit abgeschnittener Jeans und Tanktop dekorierte.

Sie begrüßte Alex vielleicht ein bisschen zu überschwänglich. Als ihr Blick schließlich auf mich fiel, stockte sie kurz und riss verblüfft die Augen auf. Oder hatte ich mir das nur eingebildet? Meinen freundlichen Gruß erwiderte sie lediglich mit einem knappen Kopfnicken, bevor sie sich tatkräftig eine von Alex' Taschen aus dem Kofferraum schnappte und mit wiegenden Hüften vor uns her über einen langen Kiesweg zum Haus schritt. Dabei berichtete sie ihm enthusiastisch von einem neuen Rezept für einen warmen Schokolade-Kürbis-Kuchen mit Whiskey, den sie heute Morgen erfunden hatte und der im Backofen wartete, von dem plätschernden Spülkasten im Dachgeschoss, den sie gerade selbst repariert hatte, damit für so eine »Kleinigkeit« nicht extra jemand kommen musste, und von irgendeinem Brennnesselsud, den sie gleich ansetzen wollte, um chemiefrei gegen die grünen Blattläuse in den Johannisbeersträuchern vorzugehen.

Diese Frau war ein Phänomen.

Leider schien diese Einschätzung jedoch nicht auf Gegenseitigkeit zu beruhen. Wir waren jetzt bei der Haustür angekommen, und Aitana würdigte mich keines Blickes, während sie Alex ein paar Vorschläge fürs heutige Mittagessen machte.

Er grinste sein spitzbübisches Grinsen. »Lilith kann Garnelen nicht ausstehen. Also vielleicht lieber deine Ziegenkäse-Pfifferling-Terrine, gegen die hat ihr empfindlicher Magen bestimmt nichts einzuwenden.«

Es war Aitana anzusehen, dass sie mit sich kämpfte. Schnaubend und ohne weiteren Kommentar ließ sie uns stehen und verschwand im Haus. Wahrscheinlich um die Garnelen zu köpfen.

Ich weiß nicht, was mich mehr verwunderte: dass Alex nach all den Jahren nicht vergessen hatte, dass ich nach dem Genuss von Garnelenspießen mal eine ganze Nacht lang über der Kloschüssel verbracht hatte oder dass seine Haushälterin mir gegenüber offensichtlich starke Vorbehalte hatte, obwohl wir uns noch nie zuvor begegnet waren.

Ich kam nicht dazu, weiter darüber nachzudenken, denn inzwischen war ich hinter den anderen in die großzügige Diele getreten – und es verschlug mir den Atem.

Die großen, hellen Räume, die sich zu beiden Seiten des offenen Eingangsbereichs erstreckten, waren kreisförmig oder elliptisch geformt. Der größte Blickfang aber war die Rückwand des Hauses, die fast komplett aus Glas bestand und einen unglaublichen Ausblick über den Garten mit seinen weitläufigen Rasenflächen, Blütensträuchern, großzügigen Inselbeeten, hohen alten Bäumen und verschiedensten Sitzgelegenheiten bot. Ein schmaler Weg schlängelte sich an mehreren steinernen Statuen vorbei zum See hinunter, der erheblich größer war, als ich zunächst angenommen hatte, und in dessen Mitte eine flache, lang gezogene Insel lag. An einem Steg war ein kleines weißes Ruderboot befestigt, das auf dem tiefblauen Wasser schaukelte. Dahinter erstreckten sich Wälder, Wiesen und Felder. Nachbarn schien es nicht zu geben.

Kein Wunder, dass Alex sein Atelier lieber hier als in der Stadt eingerichtet hatte.

»Komm, ich zeig dir dein Zimmer«, hörte ich seine dunkle Stimme sagen.

Nur mit Mühe konnte ich meinen Blick von einem kleinen gelben Strand abwenden, der offenbar ebenfalls zum Grundstück gehörte. Ich griff nach meiner Tasche und folgte Alex durch ein offenes Wohnzimmer und einen großzügigen Essbereich, der wie ein ellipsenförmiger Erker in eine Terrasse aus massiven Holzbohlen überging, einen geschwungenen Gang entlang bis zu einer breiten, frei stehenden Treppe aus Beton.

Nebenher warf ich neugierige Blicke in alle Räume, an denen wir vorüberkamen, aber sein Atelier konnte ich nicht entdecken. Stattdessen erspähte ich eine blank gewienerte Küche, in der Aitana gerade leise fluchend dabei war, Pfannen und Tiegel aus den Schränken zu zerren, und hinter einem runden Durchgang eine imposante Bibliothek, die die Trinity College Library in Dublin vor Neid erblassen ließe und mit ihren roten Wänden und meterhohen dunklen Regalen so gar nicht zum Rest des Hauses passen wollte. Dank seiner eifrigen Haushälterin war alles um Längen aufgeräumter und untadeliger als in seinen Wohnungen in Nizza und Berlin.

Überall an den Wänden hingen die besten zeitgenössischen Kunstwerke, ein großer roter Kussmund mit Zigarette im Mundwinkel von Tom Wesselmann neben einem grellbunten naiven Vogelbild von Karel Appel, dem gegenüber eine abstrakte Komposition in Rot- und Blautönen von Adolf Hölzel an der Wand prangte. Eine mannshohe Skulptur aus Treibholz und Stein, die neben dem Treppenabsatz stand, erinnerte entfernt an Constantin Brâncuși.

Nur von Noel Nice war kein einziges Werk vertreten.

Ich wartete, bis wir in der oberen Etage angekommen waren, bevor ich fragte: »Warum hängt in diesem Haus keins deiner eigenen Bilder?«

Er lächelte. »Oh, das tun sie; wegen der Bilder sind wir doch überhaupt hier. Sie hängen nur nicht dort, wo ich sie ständig zu Gesicht kriege, sonst komme ich ja nie von der Arbeit los.«

»Du hast recht, wegen der Bilder sind wir hier. Dann lass uns doch am besten direkt mit der Arbeit anfangen.« Umso schneller war ich hier fertig und konnte zu meiner Familie zurückkehren.

»Du kannst es wohl kaum erwarten.« Er stieß eine halbrunde Tür zu meiner Linken auf. »Hier ist dein Zimmer. Ich hol dich in einer Viertelstunde ab und bring dich ins Atelier.«

Der Raum war klein und von einer irgendwie klösterlichen Einfachheit, doch hell und freundlich, und er bot einen phänomenalen Blick über den glitzernden See. Angrenzend lag ein bezauberndes Badezimmer mit einer runden Badewanne mitten im Raum und bunten Bildern aus winzigen Mosaikfliesen an den Wänden.

Er klopfte an die Tür, kurz nachdem ich damit fertig geworden war, meine Siebensachen auf dem dicken Teppichboden auszubreiten. Eilig schnappte ich mir mein Notebook, eine neue Diskette, Notizbuch, Fotoapparat und ein paar Filmrollen und folgte Alex schweigend den breiten Flur entlang bis zu einer weiteren geschwungenen offenen Betontreppe, die in den Turm hinaufzuführen schien, der mir schon von außen aufgefallen war.

Am oberen Treppenabsatz blieb er vor einer schmalen Tür stehen und vergrub die Hände in den Hosentaschen. Er blickte mir etwas zu lange in die Augen. »Mein Allerheiligstes. Für gewöhnlich geht da niemand rein außer mir und hin und wieder einem Modell. Auch Aitana darf nur hinein, wenn es schon so staubig ist, dass das Licht verfälscht wird.«

Ein wenig unruhig trat ich von einem Fuß auf den anderen. Hinter dieser unauffälligen weißen Tür verbarg sich der mysteriöse, magische Ort, an dem er seine brillanten Kunstwerke schuf.

»Wenn du schon einen Blick hineinwerfen darfst, denke ich, wäre es nicht zu viel verlangt, wenn du im Gegenzug für mich sitzen würdest.« Seine Mundwinkel verzogen sich zu seinem typischen spitzbübischen Lächeln.

»Du stellst meine Geduld auf die Probe, Alex.« Ich verdrehte demonstrativ die Augen.

Sein Grinsen wurde noch breiter, doch folgsam öffnete er die Tür und trat zur Seite.

Der Raum war riesig und schien irgendwie über der Erde zu schweben. Die Ost- und Westseite waren komplett verglast, so dass die Aussicht von hier oben die aus den unteren Etagen noch übertraf. Mehrere Dachfenster konnten nach Bedarf und Tageszeit von Plissees abgedunkelt werden. Die späte Vormittagssonne hinterließ goldene Streifen auf dem ehemals vermutlich hellgrauen Betonboden, der mittlerweile allerdings unter unzähligen Schichten grellbunter Farbspritzer nahezu verschwand. In einer Ecke standen zwei leicht ramponierte Holzstühle, in einer anderen ein uraltes, abgewetztes Ledersofa im Chesterfield-Stil. Ein Regal brach beinahe unter der Last von Bildbänden und Büchern zusammen, ein riesiger schwarzer Tisch quoll über von Tuben, Töpfchen, Pinseln, Stiften, Messern, Spachteln, Terpentin, Mischpaletten und anderen Utensilien, die ein Maler brauchte. Mannshohe Boxen legten die Vermutung nahe, dass laute Musik eine relevante Inspirationsquelle darstellte.

An jeder verfügbaren Mauerfläche hingen oder lehnten spektakuläre Gemälde unterschiedlicher Ausmaße, von Kleinformaten bis zu riesigen Leinwänden, die an speziellen Keilrahmen befestigt waren. Auf mehreren Staffeleien warteten halb fertige Bilder darauf, vollendet zu werden.

Die kreative Atmosphäre war fast mit den Händen greifbar.

Jetzt wusste ich auch, wozu die hohen Mauern, das Tor und die Überwachungskamera gut waren. Die Gemälde waren viel glanzvoller, funkelnder, schillernder als alle Goldreserven in Fort Knox zusammen. Hatte ich seine Malerei schon bei unserer ersten Begegnung in Nizza für beispiellos gehalten, so hatte Alex sie in den letzten Jahren auf ein ganz neues, bisher ungekanntes Level gebracht.

Mir wurde erst bewusst, dass ich wie angewurzelt im steinernen Türbogen stehen geblieben war, als er sich unüberhörbar hinter mir räusperte. Wie in Trance betrat ich sein Atelier, nur um zwei Meter weiter vor einer großen Leinwand mit einer überraschend einfachen Komposition erneut innezuhalten.

»Mein Gott, die ›Aphrodite in Blau‹. Ich dachte, das Bild hängt im Guggenheim Museum in Bilbao. Das ist mindestens zweihunderttausend wert.«

»Wie anstößig«, lachte er und zeigte seine unanständig weißen Zähne. Ich musste den Blick abwenden.

»Einfach unglaublich, wie die Realität abgebildet und die Wirkung des Lichts auf die unterschiedlichen Oberflächen dargestellt wurde. Dabei sieht es so einfach aus«, murmelte ich wie zu mir selbst.

»Der Trick ist, in mehreren dünnen Schichten langsam trocknende Ölfarbe aufzutragen. So kann man jederzeit ausbessern, korrigieren und kleine Details ergänzen«, erklärte er nüchtern.

»Eine solche Dimension von Kreativität und handwerklichem Können sind wohl kaum mit ein bisschen langsam trocknender Farbe zu erklären«, wollte ich entgegnen, biss mir aber gerade noch rechtzeitig auf die Zunge. Zu viele Komplimente würden die ganze Sache nur unnötig verkomplizieren. Also schwieg ich mich über die außergewöhnliche Leuchtkraft und Tiefenwirkung des Gemäldes, die mich und die Kritiker rund um den Globus inspirierten, lieber aus.

Stattdessen rückte ich auf dem Tisch ein Weinglas mit angetrocknetem Rotweinrest und ein paar Farbtöpfe zur Seite, um Platz für meine mitgebrachten Arbeitsutensilien zu schaffen. Ich schob eine Diskette in mein Notebook, legte eine Filmrolle in die Kamera und sah Alex herausfordernd an.

»Okay, bringen wir es hinter uns. Am besten gehen wir zuerst die Bilder durch, die du für die Ausstellung im Sinn hast. Wir brauchen ein passendes Thema und einen roten Faden.« Das war die Crux meines Jobs. Mitunter dauerte es Wochen, die richtigen Werke auszuwählen und eine Verbindung zu finden, die das Ganze zusammenfasste. Bei der herausforderndsten Exposition meines Lebens und der bisher größten und aufwändigsten Präsentation in der Geschichte unserer Galerie wollte ich das in kaum mehr als zwei Tagen schaffen. Pius hatte mich für vollkommen verrückt erklärt, doch ich wusste, je länger ich gemeinsam mit Alex in diesem Haus bliebe, desto mehr würde mich das Ganze aus der Bahn werfen. Unwillkürlich entfuhr mir ein Seufzer.

Alex fixierte mich mit diesen unnatürlich blauen Augen, bevor er mir nonchalant den Weg zur fensterlosen Nordseite des Ateliers wies, wo einige große und kleinere Leinwände die Mauer schmückten. »Der Rest steht unten in einem Lagerraum.«

Viele dieser Gemälde hatte ich noch nie zu Gesicht bekommen, und sie waren einfach unglaublich. Farbgewaltige, expressive, energiegeladene Kunst – ausgefallen und teilweise abstrakt, doch immer mit einem erkennbaren Motiv, das scheinbar mühelos die Vorstellungskraft des Betrachters beflügelte. Ich machte leicht bekleidete, tanzende Frauenkörper aus, kleine Kinder, die auf einer Brücke mit bunter Kreide Bilder kritzelten, einige Chamäleons, die auf einer Palme saßen und aufs Meer hinausblickten.

Besonders hatte es mir ein junges Paar in inniger Umarmung angetan, von denen eine physische Präsenz ausging, die mir den Atem raubte. Das Kleid der Frau barg hundert Nuancen zwischen Karmesinrot und Purpur, von denen ich die meisten noch nie zuvor gesehen hatte. Dass dieses besondere Bild von Alex stammte, machte es nur umso bezaubernder, auch wenn ich mir diesen Gedanken kaum eingestehen wollte.

Lange Zeit sagte niemand ein Wort. Als ich mich schließlich zu ihm umdrehte, ergriffen und tief bewegt, bemerkte ich, dass er mich mit halb geschlossenen Augen musterte.

»Und wenn wir hier fertig sind, sprechen wir darüber, wann und wo du für mich Modell sitzen wirst«, sagte er mit heiserer Stimme.

»Träum weiter«, erwiderte ich betont munter und gab

vor, mich brennend für die Farbnasen, Tropfen und feinen Rinnsale auf einem der Gemälde zu interessieren. Ich spürte seine Blicke, die sich noch immer in meinen Rücken bohrten, und schlug demonstrativ meinen Block auf, um mir Notizen zu machen. »Dreißig bis fünfunddreißig Werke sollten es sein, abhängig von der Größe«, verkündete ich und sah nicht noch mal in seine Richtung. Ich hoffte, er hatte das leichte Zittern in meiner Stimme nicht bemerkt.

Selten versetzte mich meine Arbeit in eine solche Hochstimmung wie an diesem Tag. Es gelang mir irgendwie, Alex' Nähe zu tolerieren, denn seine Gemälde waren allesamt elektrisierend, und ich wusste, jedes einzelne würde uns bei der Schau aus den Händen gerissen werden. Er war tatsächlich ein Ausnahmekünstler.

Ich fotografierte, kritzelte Metadaten in mein Notizbuch, bis meine Hand vom vielen Schreiben wehtat, überprüfte, ob hier und da noch ein Varnish notwendig war, ob alle Bilder signiert waren und die passenden Hängevorrichtungen für unsere Ausstellungsräume besaßen.

Erst auf den zweiten Blick entdeckte ich in vielen seiner Gemälde sowohl im Atelier als auch im Lagerraum subtile Botschaften, die bei einer flüchtigen Betrachtung verborgen blieben. Die malenden Kinder erweckten ein Gefühl von naivem Frohsinn, bis man in die traurigen Augen des etwas abseits stehenden Mädchens am Bildrand blickte, das mit seiner Kreide gerade einen wild um sich schießenden Panzer zeichnete. Die ineinander verschlungenen Liebenden, mein Favorit, waren nicht einfach ein Liebespaar, sondern der kohlrabenschwarze Mann und die blütenweiße Frau setzten mit ihrer jugendlichen Leidenschaft ein

Zeichen gegen die abwegige Angst vor dem Fremden. Die Chamäleons auf der Palme strahlten die perfekte tropische Idylle aus, solange man nicht die Skyline von Sydney am unteren Bildrand entdeckte, die nur noch in Teilen aus dem Wasser ragte. Alex' kritische Kommentare zu Themen wie Krieg, Rassismus und Klimawandel, über den spätestens seit dem zweiten Sachstandsbericht des IPCC immer mal wieder in den Medien berichtet wurde, waren so klug verpackt, dass sie der Ästhetik der Gemälde keinen Abbruch taten. Alle Bilder trafen punktgenau den Nerv der Zeit.

Am späten Nachmittag ließ Alex mich alleine, um sich im See ein wenig abzukühlen, und ich zwang mich, nicht aus dem Fenster zu blicken, sondern auf dem Boden sitzen zu bleiben und weiter an meiner Liste mit Bildtiteln, Jahr, Größe, Material und vorläufigen Preisen zu arbeiten. Fast war ich erleichtert, zumindest für ein paar Augenblicke, damit aufhören zu können, ihm Munterkeit, Aufgeräumtheit und vor allem Gleichgültigkeit vorspielen zu müssen.

Als er zurückkam, hielt er ein Tablett mit dampfenden Tellern und Bechern in den Händen, doch obwohl ich seit dem Frühstück nichts mehr gegessen hatte, verspürte ich keinen Hunger.

»Garnelen?«, fragte ich argwöhnisch und nahm die Kaffeetasse entgegen, die er mir reichte, darauf bedacht, seine Hand nicht zu berühren.

»Terrine und hochprozentiger Schokokuchen«, lachte er. Aber auch er ließ seinen Teller unberührt stehen.

»Was hat sie gegen mich?« Noch brennender interessierte mich die Frage, ob er jemals etwas mit diesem Salma-

Hayek-Verschnitt gehabt hatte, aber dazu fehlte mir natürlich der Mumm.

Sein Blick war nicht zu deuten. Er nahm einen großen Schluck kochend heißen Kaffee und beugte sich wieder über einen Stapel Echtheitszertifikate, die er vor der Unterbrechung mit dem Prägesiegel des Ateliers versehen hatte. »Sie hat nichts gegen dich. Sie ist nur ein bisschen irritiert.«

»Aber warum? Sie hat mich doch noch nie gesehen.«

»Sie hat dich schon gesehen, auch wenn ihr euch noch nie begegnet seid«, sagte er reserviert und ich konnte ihm ansehen, dass er das Thema damit am liebsten abgeschlossen hätte.

Doch ich ließ mich nicht beirren. »Was meinst du? Wo? Wann?«

Er seufzte tief und rieb sich mit seiner freien Hand über die Augen. »Es gibt ein paar Bilder.«

»Was für Bilder?« Ich hätte nicht fragen müssen, denn ich kannte die Antwort längst.

»Von dir.«

»Ich will sie sehen«, platzte es aus mir heraus. Dabei war ich mir gar nicht sicher, ob ich das tatsächlich wollte.

Plötzlich sah er wahnsinnig müde aus. Er schien mit sich zu kämpfen, doch dann stand er wortlos auf und bedeutete mir, ihm zu folgen.

Ich spürte meinen Herzschlag im Hals und im Bauch, als wir die Wendeltreppe hinabstiegen. Im Erdgeschoss war Aitana gerade dabei, riesige Kopfhörer auf den Ohren und einen Discman an den Gürtel geklemmt, einen Staubwedel zu schwingen. Dabei wiegte sie formvollendet die Hüften und sang fürchterlich schief mit, einen dieser Sommerhits mit spanischem Text, den ich nicht verstand. Sie zuckte sichtbar zusammen, als wir an ihr vorbei in den hinteren Teil des weitläufigen Hauses marschierten. Ohne mich aus den Augen zu lassen, öffnete Alex eine schmale, unscheinbare Tür.

Der Raum war klein und fast leer, nur in einer Ecke standen ein paar Regale mit Werkzeugen und alten Büchern, in einer anderen machte ich ein Bügelbrett aus. An den weißen Wänden lehnten mehrere große und kleinere Leinwände. Meine Hände begannen zu zittern, und meine Kopfhaut wurde taub, als ich erkannte, dass mir von jedem Gemälde mein Gesicht entgegenblickte. Auf manchen Bildern war ich ganz zu sehen, auf anderen nur mein Oberkörper oder mein Kopf. Auf manchen war ich bekleidet, auf anderen nicht.

»War ... Hat Bine das gesehen?«, fragte ich, obwohl mir tausend wichtigere Fragen unter den Nägeln brannten.

»Bine war noch nicht hier.«

Vor dem Bild, dessen Skizze Alex damals in Berlin von mir angefertigt hatte, blieb ich mit rasendem Puls stehen. Ich lag nackt auf dem Teppich in seiner Wohnung, mit einer Haut wie Porzellan und Augen, die vor Verlangen glühten.

Ich versuchte mit aller Kraft, mich zu beherrschen und ruhig zu atmen, doch ohne etwas dagegen tun zu können, entfuhr mir ein leiser, dumpf tönender Laut, eine Mischung aus Stöhnen und Wimmern, als die Erinnerungen an diesen stürmischen Tag vor fast achteinhalb Jahren über mich hinwegrollten. Fast konnte ich den Regen an die Scheibe prasseln hören und die Hitze seines Körpers spüren.

Um meine Gedankengänge zu unterbinden, fragte ich stockend: »Aber warum kann Aitana mich nicht ausstehen? So hässlich sind die Bilder nun auch wieder nicht.« Das stimmte nicht. Die Gemälde waren unglaublich, tausendmal schöner und ausdrucksvoller als das Original.

Geflissentlich ignorierte er meine Bemerkung und erklärte leise: »Ich habe mich immer ziemlich bedeckt gehalten, was den Ursprung der Gemälde betrifft, aber Aitana hat sich über die Jahre zusammengereimt, dass ich deinetwegen eine ziemlich schwere Zeit hatte. In einem schwachen Moment habe ich ihr dann die ganze Geschichte bestätigt.«

Er hatte eine schwere Zeit! Was sollte ich denn sagen?

Bevor mir eine passende Erwiderung einfiel, zeigte er auf das Berlinbild und fuhr fort: »Dieses hier hängt normalerweise im Atelier, der Rest ist in diesem Zimmer eingelagert. Ich habe das Bild weggeräumt, bevor du kamst, aber jetzt denke ich, du kannst es ruhig wissen.« Er stand so dicht hinter mir, dass ich seinen warmen Atem auf meiner Kopfhaut fühlen konnte. Eine unerklärliche Hitze hüllte meinen Nacken ein und breitete sich im ganzen Körper aus. Mein Herz fühlte sich an, als würde es jeden Moment aus meiner Brust springen. Unwillkürlich trat ich einen Schritt zur Seite.

»Was wissen?«

»Dass ich kurz davor war, den Verstand zu verlieren, nach diesem Tag in Berlin. Kennst du dieses berühmte Zitat von Carrie Fisher: ›Take your broken heart, make it into art‹? Diese Bilder zu malen, dir so nah sein zu können und doch die Distanz zu erkennen, hat mich gerettet.«

Ich konnte mich nicht rühren. Ich konnte nicht sprechen. Ohne es zu wollen, dachte ich: Zehn Bilder und schon war er über mich hinweg? Dann hatte er es erheblich leichter gehabt als ich.

Als hätte er meine Gedanken gelesen, murmelte er: »Der Skizzenblock ist voll.«

Die Anstrengung, die nötig war, meinen Blick von seinem Gesicht abzuwenden, erfüllte mich mit Selbstverachtung. Ich hätte hundert Blöcke gebraucht, tausend Leinwände. Mich verfolgte der Tag in Berlin bis heute. Vor allem wegen der Furcht einflößenden Nachwehen, die er mir und meiner Familie beschert hatte.

Kapitel 9
November 1991

Es war wie ein Dolchstoß mitten ins Herz.

»Alex? Der hat sich schon seit März nicht mehr hier blicken lassen. Hat uns noch für ein paar Monate die Miete dagelassen, seine Pinsel und Bilder eingesammelt und ist in einer Nacht-und-Nebel-Aktion verschwunden. Deswegen konntest du ihn auch nicht mehr in seiner Wohnung aufspüren.«

»Weißt du, wohin er –« Meine Stimme brach.

»Er sagte, er wollte nach Nizza. Und dann nach Kanada. Oder war es Panama?«

Haltsuchend griff ich nach der Tischkante und hätte dabei um ein Haar den kleinen Alabasterblock von der Arbeitsplatte gestoßen, aus dem Alex' Atelierpartner, ein baumlanger Rotschopf im gestreiften Tracksuit, gerade mühsam mit Fäustel, Klüpfel und viel Geduld eine üppige Frauenbüste formte. Alex' *ehemaliger* Atelierpartner. Behutsam schob er das teure Stück aus meiner Reichweite.

Ich stützte mich mit beiden Händen ab und gab mir alle Mühe, ruhig zu atmen. Alex war nicht hier. Er hatte seine Wohnung und sein Atelier aufgegeben und war abgehauen. Ich war umsonst nach Berlin gekommen, hatte umsonst in eisiger Kälte zwei Stunden lang jede Straße im Umkreis seiner Wohnung in Charlottenburg auf der Suche nach seinem Atelier abgeklappert – nachdem ich den ersten Schock verarbeitet hatte, dass sein Name nicht mehr auf dem Klingelschild seines Wohnhauses stand –, hatte mir umsonst zurechtgelegt, was ich bei unserer Begegnung sagen würde. Ich war hungrig und durchgefroren und verzweifelt. Alles umsonst.

»Tut mir leid, Mädchen.« Vielsagend rückte der Rotschopf seine altmodische Brille zurecht und blickte auf meinen geschwollenen Bauch. »Aber ich glaube nicht, dass er noch mal zurückkommt.«

Ich wollte noch etwas sagen, doch mir fiel nichts ein. Wie ferngesteuert drehte ich mich um und wankte mit schweren Schritten auf den Ausgang zu. Ich wusste nicht, was ich als Nächstes tun sollte. Wie sollte ich ihn am anderen Ende der Welt finden?

»Wie, sagtest du, war dein Name? Falls Alex sich doch mal aus dem Exil melden sollte?«, rief er neugierig hinter mir her.

Ich ging, ohne noch mal zurückzublicken.

Auf der Straße schlug mir an diesem stürmischen Nachmittag Anfang November ein bitterkalter Wind entgegen, doch ich spürte ihn nicht. Ohnmächtig vor Enttäuschung und wie betäubt trat ich meinen Rückzug nach Hamburg an. Dabei gab mir jedermann den Vortritt, überließ mir sein Taxi, bot mir seinen Sitzplatz in der Bahn an. Das waren die Vorteile einer weit vorangeschrittenen und damit unübersehbaren Schwangerschaft. Es gab aber auch gewaltige Nachteile – vor allem, wenn man nicht wusste, wer der Vater des Kindes war.

So wie in meinem Fall.

Als ich mich wie ein Walross die steilen Treppenstufen zu unserer mittlerweile viel zu klein gewordenen Dachgeschosswohnung in Ottensen hinaufschleppte, jagte und stolperte mein Herz in halsbrecherischem Tempo. In wenigen Augenblicken stand mir die wahrscheinlich qualvollste Unterredung meines Lebens bevor. Denn auch wenn ich Alex heute fatalerweise nicht mehr angetroffen hatte, so blieb doch immer noch Pius, dem ich endlich sagen musste, dass das Baby, auf das er sich mit Leib und Seele freute, vielleicht nicht seins war. Das war ich uns allen schuldig, obwohl ich mir kurz vor unserer Hochzeit geschworen hatte, ihm nie wieder die Wahrheit zu beichten. Damals war aber auch noch kein potenzielles Kuckuckskind im Spiel gewesen.

Danach würde nichts mehr so sein, wie es war.

Ich fühlte meinen Puls im Hals und sogar in den Ohren, als ich vor der Wohnungstür, keuchend und nach Atem ringend, nach meinem Schlüssel suchte. Im Wohnzimmer begann das Telefon zu klingeln. Ich krempelte die Taschen meiner Collegejacke um und kramte fahrig in meinem dunkelroten Eastpak-Rucksack, während es klingelte und klingelte. Niemand hob ab. Als ich den Schlüssel schließlich in der Gesäßtasche meiner Jeanslatzhose fand und mit staubtrockener Kehle in den kleinen Flur stolperte, hörte das Klingeln abrupt auf.

Es war fast neun Uhr abends, doch die Wohnung war leer. Vielleicht hatte Paul mal wieder Probleme einzuschlafen, und Pius war mit ihm in den nahe gelegenen Fischers Park spaziert. Ich schenkte mir gerade ein großes Glas Wasser ein, als das Telefon wieder anfing zu klingeln, diesmal mit einer scheinbar noch größeren Vehemenz.

»Lilith? Endlich erreiche ich dich. Mein Gott, ich versuche es schon seit Stunden.« Bines Stimme klang ungewöhnlich schrill und überschlug sich beinahe.

»Er war nicht da. Er ist in Kanada. Oder Panama.« Ich lehnte meinen Kopf gegen die kühle Fensterscheibe und starrte mit Tränen in den Augen auf die noch immer belebte Straße hinunter. Es hatte mich immer gestört, dass es in der Stadt wegen der vielen Autos, Leuchtreklamen und Straßenlaternen nie ganz dunkel wurde. Wie aus dem Nichts kam mir ein Bild von Alex in den Sinn, der jetzt vielleicht irgendwo in Amerika in völliger Abgeschiedenheit den Sternenhimmel betrachtete. Oder war es dort gerade nicht helllichter Tag?

»Lilith, hör mir zu! Es ist was mit Theda.«

»Mit Mama? Was ist mit ihr?« Es hatte angefangen zu regnen, und der Wind blies noch kräftiger. Warum sollte Pius bei diesem Wetter mit dem Kinderwagen durch den Park spazieren?

»Sie hatte einen Herzinfarkt.«

»Was? Was ist mit ihr?«, wiederholte ich begriffsstutzig. Bine musste etwas falsch verstanden haben. Meine Mutter wurde niemals krank, sie bekam noch nicht einmal eine Erkältung.

»Sie liegt in der Uniklinik. Pius und Ludwig sind schon den ganzen Tag bei ihr. Du musst sofort hinfahren. Ich kümmere mich um Paul, solange es notwendig ist.«

»Das kann nicht sein. Ich hab sie gestern noch getroffen, sie hat bunte Macarons gegessen und mir ihre Lebensweisheiten aufoktroyiert, und nachher rufe ich sie an und dann –«

»Sie ist heute Morgen auf dem Dachboden zusammengebrochen. Ludwig hat sie gefunden und sofort den Notarzt gerufen.«

Eine eisige Faust legte sich um mein Herz. »Aber … Wie geht es ihr?«, presste ich hervor.

»Es sieht nicht sehr gut aus. Bitte, beeil dich.«

Es fühlte sich an, als steckte ein riesiger Eiswürfel in meinem Hals fest, als ich den Telefonhörer fallen ließ und blindlings zur Tür stürzte. Wie immer, wenn man eins brauchte, war weit und breit kein Taxi zu sehen, also rannte ich, so schnell es mein schwerer Bauch zuließ, mit wild pochendem Herzen zur U-Bahn-Station. Trotz der eisigen Temperaturen und obwohl ich meine Jacke vergessen hatte, traten mir Schweißperlen auf die Stirn.

Auf der quälend langsamen Fahrt ins Krankenhaus dachte ich an mein letztes Treffen mit meiner Mutter in einem kleinen französischen Café in Winterhude, einen Tag vor meiner Abreise nach Berlin. Kaum zu glauben, dass das wirklich erst gestern gewesen sein sollte. Meine Mutter hatte ganz anders gewirkt als sonst, irgendwie rastlos und durcheinander, so als würde sie auf glühenden Kohlen sitzen. »Natürlich ist alles in Butter, mein Schatz«, hatte sie gesagt und eine ihrer perfekt nachgezogenen Augenbrauen gehoben. »Was sollte denn nicht in Ordnung sein? Mach dir nur keine Sorgen. Sich zu sorgen ist die Aufgabe der Eltern, nicht der Kinder.« Und ich war so sehr mit mir selbst beschäftigt gewesen, dass ich diese Antwort hingenommen und nicht weiter nachgehakt hatte. Die Erinnerung trieb mir die Schamröte ins Gesicht.

Im Krankenhaus roch es nach Desinfektionsmitteln und Beklommenheit. Die kugelrunde Dame am Empfang bewegte sich viel zu behäbig. Mit ihren feisten Fingern klickte sie im Zeitlupentempo auf ihrer monströsen Computertastatur herum, während sie immer wieder besorgte Blicke auf meine Körpermitte warf, als wäre es ihre größte

Kümmernis, dass ich ihren friedlichen Feierabend mit einer Sturzgeburt an Ort und Stelle verderben könnte.

»Machen Sie schon, sonst stirbt sie«, brüllte ich irrational, nur um hastig ein kleinlautes »Bitte« hinzuzufügen.

Endlich stand ich auf der richtigen Station vor dem richtigen Zimmer. Ich holte tief Luft und öffnete die Tür.

Das Erste, was ich wahrnahm, war, dass der Geruch nach Desinfektionsmitteln und Angst hier sogar noch stärker war. Das Zweite war die so fragil wirkende Gestalt, die mit geschlossenen Augen in einem schmalen weißen Bett neben dem Fenster lag. Sie war gespickt mit dünnen Kunststoffschläuchen, eine Nasensonde lieferte Sauerstoff, und ringsum piepten Monitore. Es war Furcht einflößend, meine energische, aktive, tatkräftige Mutter so hilflos zu sehen.

Vorsichtig nahm ich ihre schmale Hand in meine, erschrocken darüber, wie kalt und kraftlos sie sich anfühlte. Hatte ich mich vorher schon mutlos und verlassen gefühlt, war das nichts im Vergleich zu der Angst und ohnmächtigen Verzweiflung, die mich jetzt erfassten. Während ich völlig sinnwidrig durch die windgepeitschten Straßen Berlins gehastet war, auf der Suche nach etwas, was es längst nicht mehr gab, kämpfte meine Mutter um ihr Leben.

Erst als er seinen Arm um meine Schultern legte und mich tröstend an sich drückte, bemerkte ich Pius. Er fragte nicht, wo ich den ganzen Tag über gesteckt hatte. Es war nicht wichtig.

»Wo ist Papa?«, wollte ich wissen.

»Er holt Kaffee. Er wird gleich wieder hier sein.«

In dem Moment tauchte mein Vater in der Tür auf,

aschfahl und ausgezehrt, in jeder Hand einen weißen Styroporbecher. Seit unserer letzten Begegnung vor ein paar Tagen war er um Jahre gealtert. Die Erleichterung war ihm anzusehen, als er mich entdeckte, doch gleichzeitig spiegelte sein Gesicht noch etwas anderes wider, das ich nur schwer deuten konnte. Schuld, schoss es mir unvermittelt durch den Kopf. Aber das war natürlich Quatsch. Welchen Grund sollte mein Vater haben, schuldig auszusehen?

Es wurde eine lange Nacht. Pius und ich versuchten vergeblich, es uns auf den harten Besucherstühlen bequem zu machen, ich notdürftig zugedeckt mit seiner Jacke, während mein Vater sich aufs Bett stützte und Mamas Hand hielt. Er bewegte die Lippen, als würde er beten. Wir redeten nicht viel.

Alle Gedanken, die mir eben noch so wichtig erschienen – Alex, die ungeklärte Vaterschaft, meine Schuldgefühle, die bevorstehende Auseinandersetzung mit Pius –, waren wie weggefegt. Stattdessen kamen mir Bilder und Erinnerungen an meine leidenschaftliche, kompromisslose Mutter in den Sinn, die mich als Kind nie herumkommandiert hatte und immer die schönste von allen Müttern am Schultor gewesen war.

»Was wollte sie überhaupt auf dem Dachboden?«, fragte ich niemanden im Besonderen. »Sie hasst die Spinnweben und das Gerümpel da oben.« Keiner gab eine Antwort.

Gegen zwei Uhr morgens ging mein Vater nach Hause, weil ihm seit seinem Bandscheibenvorfall vor einem Jahr vom langen Sitzen immer der Rücken wehtat. Er hatte vor, sich ein paar Stunden auszuruhen, bevor er am nächsten Morgen erst Paul von Bine abholen und anschließend zurück ins Krankenhaus kommen wollte. Pius wich die ganze Nacht nicht von Mamas und meiner Seite.

Gegen drei Uhr fiel auch ich in einen unruhigen Schlaf, die Hand meiner Mutter fest in meiner. Als ich gegen vier Uhr wieder aufwachte, mit steifem Nacken, eingeschlafenen Beinen und rasenden Kopfschmerzen, war sie tot.

Ich hörte kein Piepen von Maschinen mehr, sondern das Stimmengewirr von Ärzten und Schwestern. Alle Schläuche waren verschwunden, und Mama lag vollkommen reglos mit geschlossenen Augen da. Pius kniete vor meinem Stuhl nieder und zog mich mit einer energischen Bewegung in seine Arme. Mein Kopf drohte zu zerspringen. Doch selbst wenn die Kopfschmerzen um ein Zehnfaches zunehmen würden, wären sie immer noch harmlos im Vergleich zu den Höllenqualen, die mein auseinanderbrechendes Herz mir zufügte.

Ich wollte schreien, doch kein Laut kam über meine Lippen. Ich wollte aufstehen, sank jedoch kraftlos wieder auf den harten Stuhl zurück, als ein reißender Schmerz meinen Unterleib durchbohrte. Im nächsten Moment fühlte ich, wie sich eine warme Feuchtigkeit zwischen meinen Beinen ausbreitete. Entsetzt blickte ich nach unten. Überall war Blut.

»Das Baby«, rief Pius erregt.

Ich fühlte mich irgendwie benommen, so als wäre ich betrunken. »Aber es ist zu früh. Es soll erst in fünf Wochen kommen.«

»Mach dir keine Sorgen, Lilith. Ich bin bei dir.« Pius winkte hektisch einen Arzt herbei.

»Du verstehst nicht, Pius. Wir müssen vorher noch so

viel klären.« Verzweifelt krallte ich mich an seinem Arm fest.

»Dafür ist später immer noch Zeit, Sonnenschein. Es wird alles gut werden. Ich liebe dich.«

✣

Als ich aufwachte, lag ich in einem schmalen Bett, ganz ähnlich dem, das meine Mutter vorhin noch eingenommen hatte. Der Gedanke an Mama schnürte mir die Kehle zu und verursachte ein Brennen und Glühen in meiner Brust. Mein ganzer Körper schmerzte.

Ein leises quietschendes Geräusch ließ mich zusammenzucken. Direkt neben dem Bett, auf einem dieser unbequemen Besucherstühle, saß Pius und starrte entrückt auf ein winziges schlafendes Bündel in seinen Armen.

Der Anblick ging mir durch Mark und Bein. Wie aus dem Nichts tauchte eine Erinnerung vor mir auf. »Dich bedrückt doch etwas, Lilith«, hatte meine Mutter bei einer unserer letzten Begegnungen gesagt, als wir Kaffee trinkend auf einer Parkbank saßen und ich geistesabwesend die heilen und glücklichen Familien beim Picknick oder Ballspiel beäugte. »Sag schon, Schatz, vielleicht fällt uns zusammen eine Lösung ein.«

Ich wollte ihr von Alex erzählen, und fast hätte ich es getan, doch dann seufzte sie, als ahnte sie, wo meine Stimmung herrührte, und sagte: »Hat es mit Pius zu tun? In jeder Beziehung gibt es Höhen und Tiefen, aber wahre Liebesgeschichten hören nie auf. Weißt du eigentlich, wie sehr ich euch immer bewundert habe für all das, was ihr zusammen erreicht habt?« Sie hatte ihre warme Hand auf meinen dicken Bauch gelegt, und ich konnte es ihr nicht mehr sagen.

Und jetzt war es zu spät.

Pius blickte auf und erkannte, dass ich aufgewacht war.

»Es ist ein Junge«, flüsterte er mit heiserer Stimme und legte mir das Baby behutsam auf die Brust. »Und er ist vollkommen.«

Das Baby hatte einen feuchten dunklen Haarschopf, ein winziges Gesicht, runzlige Hände und roch unvergleichlich nach Karamell und Zuckerwatte. Ich konnte gar nicht genug von ihm bekommen. »Genau dich hat mein Herz gebraucht«, murmelte ich in seine flaumigen Haare.

»Jetzt sind wir endlich zu viert«, sagte Pius leise, und seine Stimme bebte vor Rührung. »Ich bin so stolz auf dich, Lilith.«

Ich sah in seine feuchtglänzenden honigbraunen Augen, und mein Herz machte einen Hüpfer.

»Ich finde, er sollte Theodor heißen«, fuhr er fort. »Nach seiner Oma.«

Theda war die Kurzform für Theodora. Sofort traten mir Tränen in die Augen. Eigentlich hatten wir geplant, einen Jungen Per oder Piet zu nennen. Auf einen Mädchennamen hatten wir uns noch nicht einigen können.

»Theodor ist perfekt«, flüsterte ich ergriffen. Pius beugte sich zu mir hinunter und gab mir einen langen Kuss.

In diesem Moment wurde die Tür aufgerissen, und Paul stürmte ins Zimmer, dicht gefolgt von Bine. »Baby da«, krähte er aufgeregt und kletterte neben mir aufs Bett. Er lehnte seinen dunkelblonden Kopf an meine Schulter und beobachtete eine Weile seinen schlafenden Bruder, bevor er, nebenher ein Schlaflied summend, vorsichtig begann, mit seinen dicken kleinen Fingern das samtweiche Babyohr zu streicheln.

»Er ist wunderschön.« Bine, die hinter Paul mit einem üppigen Blumenstrauß in der einen und einem Karton meiner heiß geliebten Koala-Kekse in der anderen Hand ans Bett getreten war, küsste meinen Scheitel. »Jetzt ist eure Familie vollkommen.« Unbemerkt warf sie mir einen bedeutungsschweren Blick zu.

»Bleib hier!«, hatte sie mir eindringlich geraten, als ihr zu Ohren gekommen war, dass ich ein zweites Mal nach Berlin fahren wollte. »Setz nicht alles aufs Spiel, Lilith.«

»Ich muss«, hatte ich geantwortet und dabei abwesend ein verschnörkeltes *A* auf einen Notizzettel gemalt. »Alles andere wäre nicht fair.«

Entsetzt hatte Bine das Blatt an sich gerissen und zerknüllt. »Dann besorge ich schon mal eine Vorratspackung Taschentücher.«

Jetzt verriet ihr Blick, was sie dachte, aber ich wusste, sie würde sich ein »Ich habe es dir doch gesagt« verkneifen. Auch wenn es ihr schwerfiel.

Pius drückte meine Hand so fest, dass es beinahe wehtat. Der selige Ausdruck in seinen Augen machte mir die Entscheidung leichter. Ich würde es ihm nicht sagen. Ich würde ihm und meinen Söhnen nicht das Herz brechen.

Kurz musste ich daran denken, wie ich Alex an jenem Tag in Berlin erklärt hatte, warum ich nach der gemeinsamen Zeit in Nizza nicht zu ihm zurückgekehrt war. »Ich konnte dem Kind nicht den Vater nehmen. Und dem Vater nicht das Kind«, hatte ich gesagt, doch jetzt kämpfte ich den Gedanken mit aller Macht nieder.

Denn Alex war fort, und ich konnte nicht zulassen, dass

Paul und das hilflose wunderschöne Geschöpf in meinen Armen ohne Vater aufwuchsen und dass alles, was wir uns in den letzten Jahren gemeinsam aufgebaut hatten, auseinanderbrach und zu Staub zerfiel. Denn ein zweites Mal würde Pius mir niemals verzeihen. Ich wusste, die Wahrheit hätte auch meiner Mutter das Herz gebrochen.

Und ich wusste, irgendwann würde der Augenblick kommen, an dem ich den Schmerz und die Schuld ertragen könnte. Meine unerschütterliche Liebe zu Pius würde mir dabei helfen.

Vor zwölf Monaten

Es war totenstill auf dem Boot, selbst der prasselnde Regen hatte aufgehört. Inzwischen war es dämmrig geworden, doch keiner dachte daran, das Licht anzuschalten.

Ich hielte meine mittlerweile eiskalte Kaffeetasse noch immer fest umklammert, so dass meine Knöchel weiß hervortraten, und brachte mir einen Tag in Erinnerung, als Pius, Paul und Theo vor vielen Jahren mit dem winzigen Vorgänger dieses Boots zum Angeln rausgefahren waren. Hinterher hatte keiner gewusst, wie es passiert war, aber in einem unbeobachteten Moment war Theos Hamster Eddie über Bord gegangen, und Pius hatte sich bei der halsbrecherischen Rettungsaktion eine Gehirnerschütterung zugezogen. Theo hatte anschließend voller Stolz jedem, der es hören wollte, im Detail die beispiellose Heldentat seines Vaters geschildert.

Ich hob den Blick und sah meine Söhne an. Obwohl ich gewusst hatte, was für ein emotionales Erdbeben ich mit meiner Geschichte auslösen würde, traf mich der Anblick ihrer Gesichter, der grenzenlose Schmerz, die entsetzliche Enttäuschung und die unermessliche Betroffenheit darin bis ins Mark.

»Ich bin froh, dass Papa das nicht mehr erleben musste.« Paul schluckte so heftig, dass ich seinen Adamsapfel hüpfen sah. Die Erbitterung in seiner Stimme jagte mir einen eisigen Schauer über den Rücken. »Wie konntest du das tun, Mama?«

Etwas in mir zog sich zusammen. »Ich habe Alex geliebt.«

»Und Papa nicht?« Paul sah aus, als würde er jeden Moment einen Nervenzusammenbruch erleiden.

»Doch, Papa mindestens genauso sehr. Er war die Liebe meines Lebens. Mit ihm war es anders.« Ich nahm eine Scheibe Pumpernickel, die unberührt in der Packung liegen geblieben war, und zerkrümelte sie nervös auf dem Tisch. An einen Lieferdienst dachte keiner mehr – der Hunger war uns vergangen. »Ich kann verstehen, wie ihr euch fühlt. Dass ihr wütend und verzweifelt seid. Aber glaubt mir bitte, das Letzte, das ich wollte, war, euch wehzutun.«

»Wütend und verzweifelt ist gar kein Ausdruck. Und dann auch noch ausgerechnet mit Alexander Favre? Mein Gott, Papa hat ihm vertraut. Er würde sich im Grab umdrehen.« So außer sich hatte ich meinen ältesten Sohn noch nie erlebt, aber ich konnte es ihm nicht verdenken.

»Ich weiß, dass ich einen riesengroßen Fehler gemacht habe. Dass ich euer Vertrauen missbraucht habe, obwohl ich euch so sehr liebe.«

Paul machte eine abwehrende Handbewegung. Theo rieb sich die Schläfen, als hätte er starke Kopfschmerzen. Sein normalerweise so sonnengebräuntes Gesicht hatte jegliche Farbe verloren.

»Ihr hattet so viel zusammen, du und Papa«, bemerkte Paul schließlich.

»Das hatten wir. Das Haus, unsere Freunde, die Galerie, aber allem voran euch beide.«

»Wie konntest du es uns dann verheimlichen?«

»Ich hatte einfach rasende Angst davor, dass unsere Familie auseinanderbricht.«

»Und jetzt hast du keine Angst mehr?«

»Doch, mehr denn je. Aber als ich auf der Beerdigung Aaron sah, wurde mir klar, dass ihr endlich erfahren müsst, was damals passiert ist. Was eure Geschichte ist. Ihr solltet es wissen, bevor ihr euch dazu entschlossen hättet, euer ganzes Leben auf den Kopf zu stellen, um mir mit der Galerie zu helfen.«

Theo schwieg noch immer.

»Theo, bitte rede mit mir. Was geht in deinem Kopf vor? Wie fühlst du dich? Glaubst du –«

»Mama, du redest wie eine verdammte Psychologin. *Was denkst du gerade? Wie fühlst du dich dabei?* Wie soll es ihm schon gehen? Zum Teufel, sein ganzes Leben ist eine einzige Lüge.« Paul, der einzige Erwachsene, den ich kannte, der für gewöhnlich niemals fluchte, hatte sichtlich Mühe, sich wieder unter Kontrolle zu bringen.

Bevor ich etwas erwidern konnte, sagte Theo plötzlich kaum vernehmbar, so als würde er mit sich selbst reden: »Ich erinnere mich daran, wie ich neben Papa im ungemähten Gras neben dem Schwimmteich lag und er mich so stürmisch durchgekitzelt hat, dass ich mich übergeben musste. Ich weiß noch, dass ich meine geringelte Lieblingshose eingesaut habe, die grün-gelbe, aber dass es mir nichts ausgemacht hat, weil ich so glücklich war. Ich war vielleicht sechs oder sieben.« Ich legte meine Hand auf seinen Arm, doch er zog ihn weg und durchbohrte mich mit seinen Blicken. »Papa war alles, was ich versuche zu sein. Und jetzt sagst du mir, dass der Mann, den ich mein ganzes Leben lang für meinen Vater gehalten habe, vielleicht gar nicht mein Vater war. Dass er gar nicht Aarons Opa war.« Ich konnte seine Worte kaum verstehen, weil er so leise sprach.

»Pius war dein richtiger Vater, ob nun biologisch oder nicht. Daran darfst du niemals zweifeln, Theo. Er war der Erste, der dich nach deiner Geburt im Arm gehalten hat, er hat dir Hühnersuppe gekocht, als du krank warst, er hat dir alles beigebracht, was er wusste –« Meine Stimme brach. Ich konnte nichts dagegen tun, meine Augen füllten sich schon wieder mit Tränen. Verzweifelt vermisste ich den Mann, mit dem ich die letzten vier Jahrzehnte geteilt hatte. Pius war ein Teil von mir, der beste und der schlechteste. Ich hatte mit ihm Kinder großgezogen und mich mit ihm durchs Leben gekämpft. Ich hatte alles mit ihm geteilt, Erfolge und Verluste, Glück und Schmerz, Feiertage und Alltage.

Lange Zeit sagte keiner ein Wort. Das Boot schaukelte sanft in den Wellen. Eine eigenartige Mattigkeit hatte von mir Besitz ergriffen. Fast fühlte es sich an, als hätte ich meine gesamte Energie damit vergeudet, mich an etwas zu erinnern, das mir die Seele gestohlen hatte.

»Und Bine? Was ist mit Bine?«, riss mich Theos Stimme schließlich aus meinen Gedanken. Er musste es nicht aussprechen, ich wusste auch so, was er meinte. Bine hatte ebenfalls ein Recht darauf, zu erfahren, dass ich ihr den einzigen Mann streitig gemacht hatte, den sie jemals wirklich geliebt hatte. Dass sie ohne mich vielleicht nicht kinderlos geendet wäre.

»Ich werde mit Bine reden«, versprach ich müde. Und schon wieder hasste ich mich für das, was ich getan hatte. »Aber zuerst wollte ich euch alles erklären.«

Theodor vergrub seufzend seinen Kopf in den Händen, während Paul abrupt aufstand. »Ich denke, Theo und ich müssen die ganze Sache erst mal ein bisschen sacken lassen.« Er klang genauso aufgewühlt, wie ich mich fühlte.

»Aber die Geschichte ist noch nicht vorbei.« Ich versuchte, mir meine tiefe Verzweiflung nicht anmerken zu lassen.

»Vielleicht können wir morgen oder übermorgen weiterreden. Obwohl ich mir gerade gar nicht im Klaren darüber bin, ob ich noch mehr hören will.«

Auch Theo erhob sich schwerfällig von seinem Platz. »Komm, Mama, wir bringen dich jetzt nach Hause.«

Doch die Aussicht, ganz allein in mein großes leeres Haus zurückzukehren, schnürte mir die Kehle zu. »Ich komme nicht mit«, hörte ich mich sagen. »Ich bleibe heute Nacht auf dem Boot. Morgen früh kann ich mir ein Taxi rufen, das mich zurückbringt.«

»Mama –«

»Wirklich, macht euch keine Sorgen. Ich möchte noch bleiben.«

Sie zögerten. Und dann gingen sie.

Ich blieb allein in der Dämmerung zurück und versuchte, meinen rasenden Herzschlag zu ignorieren. Obwohl ich erleichtert war, nach all der Zeit endlich die Wahrheit ausgesprochen zu haben, war ich doch auch niedergeschmettert, meine Kinder so erschüttert sehen zu müssen. Gleichzeitig hatte ich höllische Angst, dass sie meine Geschichte nun nie zu Ende hören würden und unsere Familie daran zerbräche.

Bei der Vorstellung begann mein Herz noch schneller zu rasen, wie ein Drucklufthammer. Also versuchte ich, alle Gedanken aus meinem Kopf zu verbannen, während ich regungslos auf meiner Bank verharrte und dem leisen Ticken der blauen Wanduhr lauschte.

Irgendwann stieß ich mit dem Handgelenk gegen etwas Kaltes, Hartes. Das Marmeladenglas mit Pius' Botschaften darin. Und obwohl ich heute Morgen schon eine der Nachrichten verschlungen hatte, fischte ich noch einen weiteren Zettel heraus. Morgen würde ich dafür aussetzen. Behutsam knipste ich die Lampe neben dem Tisch an und rollte das kleine weiße Blatt aus. Es war ein Zitat von Carl Gustav Jung: *Auch das glücklichste Leben ist nicht ohne ein gewisses Maß an Dunkelheit denkbar. Und das Wort ›Glück‹ würde seine Bedeutung verlieren, hätte es nicht seinen Widerpart in der Traurigkeit.*

Ich starrte so lange auf den Zettel, bis mir ein Tränenschleier die Sicht versperrte. Wie aus dem Nichts kam mir ein Satz in den Sinn, den Bine gestern zu mir gesagt hatte: »Ich weiß, du kannst es dir noch nicht vorstellen, aber ich verspreche dir eins: Es wird wieder schön, Lilith. Wenn auch anders. Denn erst Sonne und Regen gemeinsam können einen Regenbogen bilden.« Und sie hatte recht: Ich konnte es mir nicht vorstellen.

Ich wusste, es war höchste Zeit, dass ich endlich zur Ruhe kam, denn die letzten Tage waren endlos lang und kräftezehrend gewesen. Also zwang ich mich aufzustehen und schleppte mich in die kleine, abgetrennte Schlafkabine im Bootsrumpf. Langsam, wie in Trance, streifte ich meine Kleider ab, rollte mich auf der viel zu weichen Matratze in der kleinen Doppelkoje zusammen und zog mir die staubig riechende Decke bis unters Kinn.

Ich konzentrierte mich auf das Geräusch des Windes und des Regens, der mittlerweile wieder eingesetzt hatte und hart gegen die Bullaugen peitschte. Mir war klar, dass ich keinen Schlaf finden würde. In den aufreibenden Tagen seit Pius' Tod konnte ich nicht schlafen. Besonders jämmerlich fühlte ich mich im Dunkeln. Also ließ ich das kleine Licht auf dem Nachttisch brennen. Doch heute flößte mir die Dunkelheit schon Furcht ein, sobald ich die Augen schloss.

Irgendwann in der Morgendämmerung musste ich schließlich doch eingeschlafen sein, und vielleicht war es unvermeidlich, dass ich in dieser Nacht von Alex träumte. Ich hatte schon eine ganze Weile nicht mehr von ihm geträumt, doch heute fühlte es sich wieder an wie damals, nachdem er verschwunden war und ich ihn Nacht für Nacht vor mir sah und seine Stimme hörte, so klar und deutlich, als wäre er tatsächlich bei mir.

Als ich wach wurde, schien die Sonne hell und freundlich durch das kleine Oberlicht auf meine gestreifte Bettdecke. Ein Poltern und Rascheln im Küchenbereich ließen mich zusammenfahren. Einbrecher? Aber was sollte es hier zu holen geben? Im nächsten Moment nahm ich leises Gemurmel wahr. Mit wild pochendem Herzen blickte ich mich suchend nach meinem Handy und Pius' altem Baseballschläger um, als ich plötzlich die Worte »Sie mag doch keine Sahne im Kaffee« ausmachte.

Paul und Theo waren zurückgekommen! Sie waren tatsächlich wieder da. Die Erleichterung trieb mir von Neuem die Tränen in die Augen.

Zehn Minuten später saß ich mit meinen Söhnen an Deck in der Sonne, die heute wärmer schien als seit Monaten, eine Tasse Kaffee mit Milch in der einen und ein Croissant mit Erdbeermarmelade in der anderen Hand.

»Ich bin so froh, dass ihr zurück seid«, flüsterte ich, im Innersten bewegt.

Theo fixierte mich mit seinen dunklen Augen. »Du wolltest wissen, was wir empfinden. Es fühlt sich an, als wüssten wir nicht viel voneinander. Und das ist kein schönes Gefühl. Deswegen sind wir zurück. Wir wollen den Rest deiner Geschichte hören.«

»Sandra und Kim haben uns darin bestärkt. Es geht hier ja um uns alle, die ganze Familie«, ergänzte Paul und schenkte sich ein großes Glas Orangensaft ein.

»Du hast recht, es geht um die ganze Familie. Darum bin ich auch so dankbar, dass ihr da seid und mir zuhört. Wo waren wir stehen geblieben?«

»Am See. Du und Alex seid dabei, die Ausstellung vorzubereiten. Noch Jahre später hat Papa von dieser unvergesslichen Schau gesprochen.«

Ich nahm einen kleinen Schluck Kaffee und schloss die Augen. »Richtig, am See. Alex und ich hatten alle Hände voll zu tun, denn die Schau sollte zu einem fulminanten persönlichen Statement werden. Und obendrein hoffte ich, dass mich die viele Arbeit davon abhielt, wieder in die alte Falle zu tappen.«

»Zum dritten Mal«, bemerkte Theo trocken.

»Ich kann nicht glauben, dass Papa in all den Jahren nie etwas geahnt hat.« Paul biss nachdenklich in sein Brötchen.

»Das hat er. Ich habe es ihm sogar gesagt, nach dem ersten Mal, ganz am Anfang. Kurz vor unserer Hochzeit.«

Kapitel 11
Mai 1992

Wir hatten den Wonnemonat Mai mit seiner ganzen Frühlingspalette, den milden Temperaturen und dem Meer von blühenden Blumen für eine perfekte Kulisse gehalten, um unsere Galerieeröffnung zu feiern. Doch auf Sonnenschein und Vogelgesang konnten wir an diesem Sonntag lange warten. Schon den ganzen Vormittag hatte das Wetter Kapriolen geschlagen, mit pechschwarzen Gewitterwolken, orkanartigen Böen und beinahe winterlichen Temperaturen, während Pius und ich wie die aufgescheuchten Hühner durch die Räume hetzten und letzte Vorbereitungen trafen.

Aber selbst Platzregen und der unvorhergesehene Temperatursturz konnten die ungeheure Freude darüber, dass wir es tatsächlich fertiggebracht hatten, unsere Vision von einer eigenen Galerie in die Tat umzusetzen, nachdem wir so viele Rückschläge hatten hinnehmen müssen, nicht trüben. Mit stolzgeschwellter Brust standen wir am frühen Nachmittag, weniger als zwei Stunden bevor die ersten Gäste eintreffen sollten, Hand in Hand und mit vor Aufregung wild klopfenden Herzen neben der gläsernen Eingangstür und begutachteten unser Werk.

Es war überwältigend, noch schöner als in meiner Vorstellung. In einem weitläufigen, mit wenigen schmalen Leichtbauwänden gegliederten Raum hingen an strahlend weiß getünchten Wänden großformatige, farbgewaltige

Gemälde zweier noch unentdeckter talentierter Künstler, die wir unter Vertrag genommen hatten. Auf dem blank polierten dunklen Holzfußboden und in modernen Glasvitrinen hatten wir einzelne Skulpturen aus Stein, Stahl oder Keramik platziert. Neben dem Verkaufstresen gab es eine gemütliche Sitzecke, und für die heutige Vernissage hatten wir einen langen weißen Tisch aufgebaut, der unter der Last von Gläsern und Getränken, die wir im Großhandel besorgt hatten, fast zusammenbrach. Ein Mikrophon für die Eröffnungsrede lag bereit, ebenso wie Pressemappen für die Medienvertreter und Infoflyer für die Besucher.

»Wir haben es geschafft«, erklärte ich feierlich und lehnte mich eng an Pius' Schulter.

»Weil wir so ein unschlagbares Team sind«, lachte er. Ich quietschte, als er mich unversehens packte und durch die Luft wirbelte.

»Und weil wir so gutmütige Adjutanten hatten, die jederzeit mit angepackt haben«, japste ich atemlos und stimmte in sein gelöstes Lachen ein. Es war ein befreiendes Gefühl, dass die Plackerei nach drei langen Monaten der schweißtreibenden Vorbereitung auf den heutigen Tag endlich ein Ende haben sollte. Und das war auch Pius' Bruder Markus, Bine, Pius' Eltern und meinem Vater zu verdanken, die uns allesamt tatkräftig unterstützt haben, nachdem wir durch Zufall von einem Tag auf den anderen an diese perfekten, aber noch ziemlich heruntergekommenen Räumlichkeiten in belebter, zentrumsnaher Lage gekommen waren.

»Ob die Elektriker und Trockenbauer meinen Vater als sonderlich gutmütig im Gedächtnis behalten haben, wage ich zu bezweifeln. Die sind vor Entsetzen zu Salzsäulen erstarrt, sobald er zur Tür hereinkam.«

Ich grinste bei der Erinnerung. »Walter hat seine Aufgabe, den Handwerkern hin und wieder auf die Finger zu schauen, eben sehr ernst genommen. Und ohne ihn hätten wir jetzt im ganzen Laden nur eine einzige Steckdose.«

»Und ohne Bine und meine Mutter würde Paul jetzt noch etwas anderes essen als Frufoo-Ufos oder diesen Mini-Babybel.« Pius hielt mich noch immer fest.

»Omas und Patentanten dürfen Kinder nach Strich und Faden verwöhnen, das weiß doch jeder.« Liebevoll strich ich ihm die Haare aus der Stirn. »Und jetzt, da wir wieder mehr Zeit für die Jungs haben, wird es uns bestimmt auch gelingen, wieder zu Karottensticks und Vollkornbrot zurückzukehren.« Bine und Pius' Mutter Elsa hatten sich damit abgewechselt, sich um Paul und Theodor zu kümmern, während ich alte Kontakte zur Kunstszene aufgefrischt, neue geknüpft und mich fieberhaft auf die Suche nach geeigneten Künstlern für die Vernissage gemacht hatte. Mein Vater hatte uns leihweise eine stattliche Summe zur Verfügung gestellt. Derweil hatte Pius mit Markus' Hilfe Spachtel und Pinsel geschwungen, wenn er sich nicht gerade um Werbung und Pressearbeit gekümmert hat – schließlich sollte man auch von der Eröffnung unserer Galerie Wind bekommen, denn der Kunstmarkt war mittlerweile hart umkämpft.

Widerwillig ließ Pius mich los. »Komm, darauf stoßen wir an! Darauf, dass wir ab sofort wieder etwas mehr Zeit zusammen haben.« Er zog eine der Sektflaschen aus dem Kühler und öffnete sie mit einem leisen Plopp, während ich zwei Gläser vom Tisch nahm.

Lächelnd erhob Pius sein Glas. »Auf uns und unsere Familie – Bine eingeschlossen! Und darauf, dass du Theo nicht mehr stillst und wieder Sekt trinken darfst.«

»Auf die Kunst und die Lohse Art Gallery! Und darauf, dass ich nach so vielen Monaten der Abstinenz nicht nach einem halben Glas Schaumwein den Text der Eröffnungsrede vergesse oder Probleme mit der Motorik bekomme.«

»Auf die Liebe und das Leben und immerwährendes Glück.« Er beugte sich zu mir hinunter und gab mir einen langen Kuss.

Drei Stunden später war die Eröffnungsfeier in vollem Gang und der weitläufige Raum mit Stimmengewirr und lautem Gelächter erfüllt. Im Eingang häuften sich die Regenschirme, denn es waren viel mehr Besucher gekommen, als wir uns erhofft hatten. Pressevertreter, Künstler, Kunsthändler, Sammler und Freunde. Ich war erleichtert, dass Pius' und meine Rede trotz meiner Aufregung mit tosendem Beifall aufgenommen worden war, und noch erleichterter, dass mittlerweile an ein paar der Bilder und Skulpturen rote Punkte klebten zum Zeichen dafür, dass sie den Besitzer gewechselt hatten.

Gerade verabschiedete ich mich von dem wohlwollenden Kulturkorrespondenten einer großen Hamburger Tageszeitung, als Bine mit zwei bis zum Rand gefüllten Proseccogläsern neben mir auftauchte.

»Ich freue mich schon heute auf all die Ausstellungen, Schauen und Veranstaltungen, die noch kommen«, sagte sie feierlich und prostete mir zu.

Vorsichtig nippte ich an meinem Glas. Tatsächlich hatten die paar Schlucke Sekt, die ich heute getrunken hatte, schon ausgereicht, um mich in eine rosarote Wattewolke einzuhüllen. Vielleicht war mein breites Dauergrinsen aber auch auf all das Serotonin und Dopamin zurückzuführen, das mein Gehirn durchströmte. »Dafür müssen wir uns erst mal langfristig am Markt etablieren«, meinte ich.

»Bei deinem künstlerischen Gespür und Pius' bemerkenswertem Geschäftssinn die leichteste Übung«, entgegnete Bine. »Zusammen seid ihr ein unschlagbares Team.«

»Das Gleiche hat Pius heute auch schon gesagt«, lachte ich und blickte in Richtung Tresen, wo er gerade in eine intensive Unterhaltung mit einem bekannten Kunstsammler vertieft war. Gemeinsam beobachteten Bine und ich, wie Pius ein breites Grinsen aufsetzte, bevor er dem Sammler herzlich die Hand schüttelte. Ich wusste, gleich würde er einen neuen roten Klebepunkt aus seiner Tasche ziehen.

»Es läuft«, stellte Bine zufrieden fest und prostete mir zu. »Ich freue mich so für euch.« Ihre Augen glänzten. Ich wusste, für sie waren meine Erfolge ebenso bedeutend wie ihre eigenen.

»Ich könnte kaum glücklicher sein«, sagte ich jetzt und meinte es auch so. Der einzige Wermutstropfen war, dass meine Mutter nicht hier sein konnte, doch ich tröstete mich mit der Gewissheit, dass die Galerie genau nach ihrem Geschmack und sie wahnsinnig stolz auf uns wäre. Ich atmete ein paarmal tief durch und nahm einen großen Schluck von meinem Prosecco.

Bine legte ihren freien Arm um meine Schultern. »Und stell dir mal vor, Lilith, dieses Glück hättest du beinahe aufs Spiel gesetzt. Gott sei Dank hat Pius sich von der Sache nicht beirren lassen.«

Ich wusste sofort, was sie meinte. Bei der Erinnerung an diese ungewöhnlich warme Septembernacht vor zweieinhalb Jahren lief mir ein kalter Schauer über den Rücken. Bine war von Anfang an dagegen gewesen, dass ich Pius von Nizza und dem Intermezzo mit Alex, wie sie es nannte, erzählte.

»Du bist nicht die erste Braut, die so kurz vor der Hochzeit kalte Füße bekommt und sich einredet, sich in einen anderen verknallt zu haben«, hatte sie erklärt. »Bitte, Lilith, tu jetzt nichts Unüberlegtes. Pius und du, ihr seid für mich als ewiger Single der Beweis, dass es die eine, die wahre große Liebe tatsächlich gibt. Dass es sich lohnt, nicht aufzugeben. Wirf das nicht weg für einen Typen, den du gar nicht kennst.«

Doch kurz vor der Hochzeit war es einfach aus mir herausgeplatzt. Das Aufgebot war bestellt gewesen, die Location gefunden, das Brautkleid und die Ringe ausgewählt, die Einladungskarten verschickt, die Mütter vor Aufregung ganz aus dem Häuschen, doch an jenem Abend sechs Tage vor der Trauung hatte ich Pius die herbste Enttäuschung, die einschneidendste Erschütterung seines Lebens beschert. Und das alles nur, weil ich endlich ehrlich sein wollte. Weil ich es ihm nicht nicht sagen konnte, bevor er mich heiratete. Und weil er mich während eines Spaziergangs auf eine Parkbank gezogen, seine Hand auf meinen noch flachen Bauch gelegt und gesagt hatte: »Lilith, ich verspreche dir, dass ich dich und unser Baby lieben werde, solange ich lebe. Mein Herz schlägt nur wegen euch.«

»Übst du gerade dein Eheversprechen?«, hatte ich gefragt und mir verstohlen eine kleine Träne aus dem Augenwinkel gewischt.

»Für das Eheversprechen hebe ich mir den richtig hochtönenden Sermon auf. Ich will dir nur sagen, dass du für immer meine beste Freundin und meine einzig wahre Liebe sein wirst und dass du mir vertrauen kannst, genauso wie ich dir vertraue.«

Obwohl ich mir geschworen hatte, es nicht zu tun, hatte dieser einfache Satz – und die nahende Hochzeit und wahrscheinlich vor allem meine Schwangerschaftshormone – ausgereicht, um es ihm zu sagen, stockend und unter Tränen. Dass ich in Nizza jemanden getroffen und die Nacht mit ihm verbracht hatte. Dass es etwas bedeutet hatte, mehr als nur Schmetterlinge oder Küsse im Regen. Ich hatte mir auf die Zunge gebissen, bevor mir noch etwas von meinen Plänen, dem anderen Mann nach Berlin zu folgen, herausrutschen konnte, als ich den Ausdruck in seinen Augen gesehen hatte. Dieser qualvolle, herzzerreißende Anblick hatte sich für immer in mein Gedächtnis gebrannt.

Bines Stimme holte mich in die Gegenwart zurück. »Tut mir leid, ich wollte dich nicht daran erinnern. Erst recht nicht heute.« Sie schien mir anzumerken, was in mir vorging.

»Mach dir keine Sorgen, es geht mir gut.« Ich zwang mich zu einem Lächeln und war erstaunt, wie leicht es mir fiel. Dabei konnte ich beinahe den Hibiskus riechen, der im September im Fischers Park blühte, und Pius vor mir sehen, der auf dieser Bank gesessen und dessen ganzer Körper pure Verzweiflung ausgestrahlt hatte – dieselbe

Verzweiflung, die auch meine Eingeweide durchdrungen hatte.

»Bist du sicher?«, fragte Bine ein bisschen nervös. »Ich muss jetzt leider Elsa mit den Kindern ablösen. Sie sitzt bestimmt schon auf heißen Kohlen, weil sie auch unbedingt bei eurer Eröffnung dabei sein will. Und ich glaube, die aufstrebende Galeristin sollte sich langsam mal wieder unters Volk mischen. Auf dich wartet noch eine Menge Hände, die geschüttelt werden wollen, und massenhaft kreative Gespräche. Wir sehen uns morgen.« Bine küsste mich auf die Wange und winkte zum Abschied Pius zu, der gerade zusammen mit Markus und einem unserer Künstler in lautes Gelächter ausbrach. Er zwinkerte mir zu, und mein Herz machte einen Hüpfer. Ich hoffte, wir hatten die Geschichte mit Alex inzwischen längst hinter uns gelassen, obwohl ich insgeheim noch immer an ihn und alles, was mich mit ihm verband, dachte. Ich dachte aber auch an diesen qualvollen Augenblick, als Pius sich schwerfällig wie ein alter, gebrochener Mann von der Bank erhoben und mich allein in der Dunkelheit zurückgelassen hatte. Der Gedanke, ihn zu verlieren, hatte eine lähmendere Panik in mir ausgelöst, als ich je zuvor erlebt hatte. Ich hatte mich mit rasendem Puls auf der harten Sitzfläche zusammengerollt, die Hände auf meinen Bauch gelegt und nach Kräften versucht, mich ausschließlich auf meinen stoßweisen, abgeflachten Atem zu konzentrieren.

Pius blickte noch immer grinsend zu mir hinüber. Langsam, ohne ihn aus den Augen zu lassen, schlenderte ich auf ihn zu, und es war, als gäbe es nur ihn und mich in diesem Raum. Ich war die Einzige, die bemerkte, dass meine Knie zitterten, als ich mich bei ihm unterhakte. Während ich abwesend seiner Geschichte über ein haarsträubend kostspieliges Bild lauschte, das aussah wie eine Salamipizza, aber ein fliegendes Pferd darstellen sollte, wanderten meine Gedanken zu den drei furchterregenden Tagen nach meinem Geständnis, in denen er bei Markus untergeschlüpft war und ich nicht gewusst hatte, ob er zu mir zurückkommen würde oder wir die Hochzeit und unsere ganze Zukunft abblasen mussten. Als er dann wieder vor mir stand, an einem nebligen Mittwochmorgen, blass und mit dunklen Schatten unter den Augen, hatte er gesagt: »Ich will, dass unsere Ehe für immer hält. Dass wir eine richtige Familie sind. Versprich mir, dass ich dir vertrauen kann!« Und ich war vor Erleichterung zusammengesackt und hatte minutenlang nicht aufhören können, hysterisch zu schluchzen.

Seither war so viel passiert, das sein Vertrauen in mich unwiderruflich zerstören würde. Ich war zu Alex nach Berlin gereist und konnte nicht ausschließen, dass er der Vater meines jüngeren Sohnes war. Kurz vor Theos Geburt war ich – wieder gefährlich vollgepumpt mit Hormonen – drauf und dran gewesen, ihm alles zu erzählen.

Ich lehnte mich gegen Pius' starke Schulter, blickte mich im Raum um, dachte an unsere Kinder und war heilfroh, es nicht getan zu haben. Nie wieder wollte ich diesen Ausdruck in seinen honigbraunen Augen heraufbeschwören. Sacht verschränkte ich meine Finger mit seinen und dankte dem Himmel, dass ich nicht erneut in Versuchung geraten würde und die Geschichte mit Alex für immer der Vergangenheit angehörte.

Kapitel 12
August 1999

Plötzlich wusste ich es. »*Turbulenzen*. So soll die Ausstellung heißen.«

Alex legte den Kopf schief und schaute mich nachdenklich an. Wir saßen auf der hölzernen Terrasse, umgeben von eingetopften Hanf- und Kanarischen Dattelpalmen, und aßen selbst gebackenes französisches Weißbrot zum Frühstück, das Aitana uns, ohne eine Miene zu verziehen, serviert hatte. Es war erst neun Uhr morgens und schon glühend heiß.

»Denk doch mal nach, Alex. Du setzt dich in deinen Bildern mit sozial- und gesellschaftspolitischen Themen auseinander und jedes einzelne von ihnen löst bei genauerer Betrachtung einen Sturm im Herzen aus. Genau das ist der rote Faden, den wir suchen.« Vor Aufregung verschüttete ich einen Teil meines Café au Lait auf mein dunkelgrünes T-Shirt.

Noch immer starrte Alex mich mit seinen hellblauen Augen an, während ich wie ein begossener Pudel mit einer Serviette an dem nassen bräunlichen Fleck herumtupfte und damit alles nur noch verschlimmerte. Mit seinem allzu vertrauten spitzbübischen Grinsen sagte er: »Ich wusste gar nicht, dass das, was ich tue, einen Sturm in deinem Herzen auslöst. Aber ich bin einverstanden, *Turbulenzen* gefällt mir.«

Entschlossen ignorierte ich seine Bemerkung, konnte

nach der Episode mit meinen Bildern gestern Nachmittag aber nichts dagegen ausrichten, dass mein Gesicht rot wurde wie ein Radieschen. »Gut. Gerade in der heutigen Zeit ist es enorm wichtig, das politische Potenzial von Kunst auch zu nutzen.« Ich klang wie eine Lehrmeisterin. Schwungvoll legte ich die Serviette ab und fügte betont munter hinzu: »War es nicht Paul Klee, der mal gesagt hat: ›Die Kunst gibt nicht das Sichtbare wieder, sondern macht sichtbar‹?«

»Genau der.« Alex leerte seine Kaffeetasse in einem Zug und fragte ohne erkennbaren Zusammenhang: »Was hast du eigentlich geträumt?«

»Was?« Überrascht blickte ich ihn an.

»Du kennst das doch: Der Traum, den man in der ersten Nacht in einem fremden Bett hat, geht in Erfüllung.«

»Ist das so?«

»Das weiß doch jeder.«

»Ich hatte einen Alptraum.« Aber das stimmte nicht. Ich hatte von ihm geträumt. Irritiert langte ich nach einem neuen Glas selbst gemachter Himbeermarmelade und versuchte angestrengt, es aufzubekommen. Wortlos nahm er mir das Glas aus der Hand und öffnete es.

»Worum ging es in deinem Traum?«, wollte er wissen.

»Ich kann mich nicht genau erinnern. Irgendwas mit einem gesichtslosen Monster, ekligen roten Würmern und einer kopflosen Hexe, die ins Bodenlose gefallen ist.« Vielleicht hatte ich ein bisschen dick aufgetragen, denn Alex zog argwöhnisch eine Augenbraue hoch. Ich hielt jetzt lieber mal den Mund.

»Ich hatte auch einen Alptraum. Ich habe von einem Konflikt geträumt und von meiner Unfähigkeit, ihn zu beenden.« Seine Augen funkelten provozierend, während er seelenruhig eine Scheibe Baguette dick mit Butter und Marmelade bestrich.

Natürlich schluckte ich den Köder nicht. »Warum eigentlich das alles hier? Dieses Haus in der Pampa, der Künstlername, die vehemente Weigerung, dein Gesicht irgendwo abbilden zu lassen?«, lenkte ich stattdessen ab.

Er ließ sein Brot auf seinem bunt gemusterten Teller liegen, lehnte sich zurück und verschränkte die Arme vor der Brust. »Ich brauche kein Lob oder Applaus. Viel lieber will ich in die Kneipe oder nackt baden gehen oder Fallschirm springen, ohne am nächsten Tag Bilder davon in der Klatschpresse sehen zu müssen. Vor allem aber will ich, dass das Werk im Mittelpunkt steht und nicht der Künstler.«

»Wenn dir deine Privatsphäre so viel bedeutet, warum hast du es dir jetzt anders überlegt?«, wollte ich fragen, konnte mich aber gerade noch rechtzeitig bremsen. Bine hatte mir ja schon brühwarm auseinandergesetzt, warum er sich bereit erklärt hatte, die Ausstellung im Dezember persönlich zu eröffnen und damit vor versammelter Presse sein Antlitz zu präsentieren. Aus Mitleid. Auch wenn ich noch immer nicht ganz begreifen konnte, dass er nur deswegen plötzlich seine Prinzipien über Bord geworfen hatte.

Ein bisschen verlegen murmelte ich: »Du musstest das hier nicht tun, Alex. Ich weiß, dass Bine dir erzählt hat, dass uns das Wasser finanziell bis zum Hals steht, aber wir würden es auch ohne deine Hilfe schaffen.«

»Das ist es nicht. Zumindest war es nicht der einzige Grund.«

Ich wollte nicht fragen, doch er machte keine Anstalten,

sich zu erklären, und die Neugier überwog. »Mach es nicht so spannend!«

»Ich glaube, zwischen uns müssen noch ein paar Dinge geklärt werden – und wenn ich dich nicht dazu drängen würde, dich mit mir auseinanderzusetzen, würdest du es nicht tun, richtig?« Er grinste mich an, und mein Herz tat einen kleinen Hüpfer. Ich verabscheute mich dafür. »Tja, jetzt musst du dich zwangsläufig mit mir verständigen.«

Mein Mund war wie ausgedörrt. »Das Ganze hier ist rein geschäftlich, vergiss das nicht.«

»Sicher. Aber ich wollte etwas mit dir besprechen, Lilith. Du wirst nicht begeistert sein, und ich bin es auch nicht, allerdings –«

»Hat es was mit der Ausstellung zu tun?«, schnitt ich ihm brüsk das Wort ab. Irritiert stürzte ich den letzten Rest meines Milchkaffees herunter.

»Nicht direkt.« Er wies auf seinen Mundwinkel, um mir zu signalisieren, dass mir etwas im Gesicht klebte. Ich schien nicht den treffenden Punkt zu finden, denn er nahm seine Serviette, beugte sich zu mir herüber und tupfte an meinem Mund herum. Dabei berührte er mit seiner Hand meine heiße Wange und es durchfuhr mich wie ein Stromschlag. Ich stand so abrupt vom Tisch auf, dass mein Stuhl krachend hintenüberkippte.

»Dann würde ich mich jetzt lieber daranmachen, die Fotos mit Metadaten zu versehen, wenn es dir nichts ausmacht. Heute liegt noch eine Menge Arbeit vor uns.«

»Aber du hast kaum etwas gegessen«, rief er hinter mir her.

»Ich hab keinen Hunger mehr.« Fluchtartig verließ ich die Terrasse und hastete in mein Zimmer, um mein vollgeschmiertes Shirt zu wechseln und mich energisch zur Ordnung zu rufen.

Missmutig musterte ich in dem ellipsenförmigen Badezimmerspiegel mein erhitztes Gesicht. Heute Morgen hatte ich meine Haare nach dem Waschen mit derselben Akribie und Gründlichkeit frisiert, mit der ich mich auch geschminkt hatte. Und zwar so, dass es kaum zu erkennen war und mich trotzdem strahlen ließ. Was für eine Verschwendung von Zeit und Wimperntusche.

Ich rümpfte die Nase. »Du bist ein Schwachkopf«, sagte ich laut zu meinem Spiegelbild. Entschlossen band ich meine roten Haare zu einem omahaften Dutt zusammen, wusch mir die Spuren meines sorgfältig aufgelegten Makeups aus dem Gesicht und kramte das unförmigste T-Shirt aus meiner Reisetasche hervor, das ich finden konnte. Ebenfalls grün, schließlich hatte ich als Rothaarige nicht viel Auswahl.

Doch auch mit dämlicher Frisur und Schlabberhemd war die Stimmung an diesem Vormittag aufgeladen, noch aufgeladener als am Tag zuvor. Alex wirkte ungeduldiger, angespannter, fast schon kopflos, während wir versuchten, uns auf die Gestaltung von Einladungskarten und Plakaten zu einigen, und die Maße der letzten Bilder nahmen. Immer wieder ertappte ich ihn dabei, wie er innehielt und mich mit seinen Blicken durchbohrte, mit einem Ausdruck, den ich nur schwer deuten konnte. Ein paarmal setzte er an, etwas zu sagen, überlegte es sich aber im letzten Moment noch mal anders.

Gegen Mittag klingelte sein Handy. Alex hantierte gerade mit einem Zollstock herum und fischte das Telefon mit der anderen Hand umständlich aus seiner Hosentasche.

Es war Bine. Er machte sich nicht die Mühe, den Raum zu verlassen, sondern fixierte mich mit seinen hellblauen Augen, als er herausfordernd sagte: »Nein, Lilith ist unerbittlich. Die reinste Sklaventreiberin. Warum hast du mich nicht gewarnt?«

Ich verdrehte die Augen und wandte mich wieder meinen Notizen zu. Nie im Leben hätte ich es zugegeben, aber es versetzte mir einen schmerzhaften Stich, die beiden so vertraut miteinander flachsen zu hören. Wenige Minuten später hielt er mir das Handy hin. »Sie will mit dir sprechen. Verrat ihr nicht, dass wir den ganzen Tag auf der Terrasse in der Sonne liegen, italienisch essen und im See schwimmen.«

Sollte das ein Scherz sein? Mit finsterer Miene nahm ich ihm das Telefon aus der Hand.

»Ist er nett zu dir?«, fragte Bine ausgelassen.

»Nein, ist er nicht. Und er ist stinkfaul, der reinste Drückeberger. Warum hast du mich nicht gewarnt?«, spielte ich den Ball zurück. Aus den Augenwinkeln sah ich, dass Alex lachte.

Auch Bine war gut aufgelegt. »Ich sehe, alles läuft bestens und ihr habt viel Spaß miteinander. Dann kann ja nichts mehr schiefgehen. Bin ich froh.«

Ich riss mich am Riemen. »Ja, ich auch.«

Natürlich wusste ich, dass noch eine Menge Arbeit vor uns lag und uns die Zeit davonlief. Morgen am späten Vormittag sollte Alex mich zum Bahnhof in Malente bringen, während er selbst noch hierbleiben und an einem seiner Gemälde weiterarbeiten würde. Doch mittlerweile war es so drückend heiß, dass mir der Schweiß in Sturzbächen über die Schläfen lief. Nachdem ich aufgelegt und Alex sein Telefon wieder in die Hand gedrückt hatte, blickte ich auf den See und den kleinen Strand hinaus und verkündete: »Lass uns eine kurze Pause einlegen. Wenn du schon behauptest, dass ich meine Zeit mit Schwimmengehen verplempere, dann werde ich das jetzt auch tun. In einer halben Stunde können wir immer noch über die Aufteilung des Katalogs sprechen.«

Sofort ließ er mit theatralischer Geste seinen Zollstock fallen. »Nichts lieber als das. Du treibst mich an wie ein Jockey sein armes Rennpferd.«

Ich sparte mir jeden Kommentar. Während ich mein Notebook zuklappte und meine Notizen auf einen Haufen zusammenschob, fuhr er fort, ohne mich dabei aus den Augen zu lassen: »Ich habe auch von italienischem Essen geplaudert. Es gibt da einen wunderbaren kleinen Italiener nicht weit von hier, der hat die besten Risottos. Irgendwann musst du doch mal Hunger haben, Lilith.«

Das klang viel zu romantisch. Ohne es zu wollen, kam mir ein kleines Restaurant in Nizza in den Sinn, wo es die beste Bouillabaisse der Stadt gab. Längst erfolgreich verdrängt geglaubte Erinnerungen an ineinander verschränkte Finger, intensive Blicke, Wein und die drängende Frage, ob ich mich schon mal Hals über Kopf verliebt hatte, waren plötzlich wieder so greifbar, dass sie mich aus dem Gleichgewicht zu bringen drohten. »Besser nicht. Ich will hier schnell fertig werden.« Ich konnte nichts dagegen tun, dass ich ein bisschen atemlos klang.

»Meinen Charme versprühe ich bei dir offenbar vergebens.«

»Messerscharf beobachtet.«

»Du verstehst es wirklich, die Gefühle eines Mannes zu

verletzen. Aber einen Versuch war es wert.« Mit undurchdringlicher Miene ließ er mich stehen.

Nachdenklich schlich ich zurück zu meinem Zimmer. Natürlich hatte ich keinen Bikini eingepackt, schließlich war ich nicht zum Vergnügen hier, also holte ich mir nur ein großes Handtuch aus dem kleinen Bad und warf es mir über die Schulter.

Auf dem Weg zur Terrasse kam ich an der Bibliothek vorbei, aus der Aitanas muntere tiefe Stimme drang: »Ich rücke dem eingetrockneten Rotweinfleck auf dem Teppich mit Rasierschaum zu Leibe, so sollte er ganz einfach herausgehen.«

Ich lehnte mich gegen den Türrahmen und sah, wie sie, auf dem Boden kniend, einige Putzutensilien aus einer roten Schüssel kramte. »Den Trick muss ich mir merken«, sagte ich in einem, wie ich fand, kameradschaftlichen Plauderton.

Als sie aufsah und ihr dämmerte, mit wem sie da gerade geredet hatte, setzte sie wieder ihren abweisenden Gesichtsausdruck auf, den sie offenbar in Perfektion beherrschte. Ich blieb in der Tür stehen und beobachtete, wie sie mit finsterer Miene eine dicke Schicht Schaum auf einen dunklen Fleck sprühte.

Natürlich musste ich mich nicht vor ihr für irgendwas rechtfertigen, doch auf einmal ging es mir wahnsinnig gegen den Strich, dass sie eine so jämmerliche Meinung von mir hatte, ohne mich im Geringsten zu kennen. Also erklärte ich möglichst beiläufig: »Ich habe nur versucht, das Richtige zu tun.«

Sie wusste anscheinend sofort, was ich meinte. Aufgebracht funkelte sie mich an, während sie mit Nachdruck einen nassen Schwamm über der Schüssel auswrang. »Vielleicht war es das Richtige für dich, aber bestimmt nicht für ihn.« In ihrer Stimme schwang spürbare Missbilligung mit.

Ihre Reaktion erschien mir ein bisschen überzogen, schließlich war sie nur seine Haushälterin und nicht sein Kindermädchen. Oder steckte mehr dahinter? Müde wischte ich mir den Schweiß von der Stirn. »Das ist alles so lange her. Alex und ich haben diese alten Geschichten längst hinter uns gelassen.«

»Dann ist ja alles in Ordnung.« Ihr Ton triefte vor Sarkasmus.

Ich schluckte schwer. Die nächsten Worte kamen mir nur mühsam über die Lippen. »Er ist jetzt mit meiner Freundin zusammen und –«

Aitana schnaubte. »Er hatte in den letzten Jahren Hunderte Freundinnen. Guck ihn dir an, er ist ein Bild von einem Mann.« Sie begann, den Schaum voller Inbrunst mit klarem Wasser auszuwaschen. »Doch keine dieser Frauen bedeutete ihm etwas, mit keiner war es ihm ernst. Auch mit deiner Freundin nicht, glaub mir.«

Irgendwie brachte sie es fertig, jedes einzelne Wort wie einen messerscharfen Vorwurf klingen zu lassen. Als hätte ich Alex zu einem Dasein als einsamer Wolf verdammt, weil ich ihn damals für alle anderen Frauen verdorben habe, während ich selbst ein glückliches Familienleben führte und keinen Gedanken mehr an die Vergangenheit verschwendete.

Meine Kehle fühlte sich so ausgedörrt an, dass ich kein Wort mehr hervorbrachte.

Inzwischen hatte Aitana die letzten Schaumreste aus

dem hellen Teppich entfernt – und tatsächlich, von dem Rotweinfleck war nichts mehr zu sehen. Energisch packte sie Plastikschüssel, Schwamm und Rasierschaumdose zusammen und schickte sich an, sich an mir vorbeizudrängeln.

Direkt vor mir blieb sie stehen. Sie war noch kleiner als ich, höchstens eins fünfundfünfzig. »Dir ist doch klar, dass er dir gegenüber entschieden im Nachteil ist. Lass dir nicht einfallen, das auszunutzen.«

»Warum sagst du das?« Es war genau umgekehrt, aber das wollte ich Aitana nicht unbedingt auf die Nase binden. Alex hatte sich seiner Freundin zuliebe aus lauter Barmherzigkeit dazu bereit erklärt, mit Pius und mir zusammenzuarbeiten. Er hatte reichlich Erfolg und Wohlstand und Macht, die Frauen lagen ihm zu Füßen, und eine Partnerin, die ihn liebte, hatte er auch. Und eine ehemalige Geliebte, die auch nach zehn Jahren noch immer an ihn dachte.

Aitana zog eine Augenbraue hoch und ließ mich ohne ein weiteres Wort stehen. Eine Minute später hörte ich, wie in der Küche Schubladen und Schranktüren zugeschlagen wurden, und schlüpfte eilig durch die Terrassentür ins Freie.

Draußen war es noch heißer als drinnen. Mit mäßigem Erfolg versuchte ich, das unerfreuliche Gespräch mit Aitana aus meinem Kopf zu verbannen, während ich barfuß auf dem schmalen Sandweg zum See hinunterlief, vorbei an leicht verwilderten Beeten voll farbenprächtig blühender Stauden, deren Namen ich nicht einmal kannte, und mehreren ungewöhnlichen Statuen und Skulpturen aus Holz, Metall oder Stein, jede von ihnen eine Augenweide.

Das Wasser war kristallklar und spiegelglatt und einladend. Ich legte mein Handtuch in den Sand, warf mein T-Shirt und meine Shorts daneben und rannte, ohne mich wie sonst langsam an die Temperatur heranzutasten, nur mit Unterwäsche bekleidet, einfach in den See hinein. Mit einem Quieken tauchte ich unter und schwamm ein paar kräftige Züge. Es war eiskalt, viel kälter, als ich gedacht hatte. Dennoch zwang ich mich, weiterzuschwimmen, in die Mitte des Sees hinaus. Und vielleicht war es nur die Kälte, die meine Sinne vernebelte, aber in diesem Moment ließ ich alles zurück und fühlte mich fast frei, zum ersten Mal seit Wochen. Seit unserer Mittsommernachtsparty, um genau zu sein.

Bis etwas Dunkles, Schemenhaftes meinen Bauch und die Beine streifte, ein Fisch oder eine Alge, und ich vor Schreck laut aufschrie. Nervös blickte ich mich um. Tatsächlich, irgendwo unter mir machte ich zwei silbrige Schatten aus, die sich durchs Wasser schlängelten. Irritiert tauchte ich unter und erspähte zwei lange, dünne Fische, die träge in meine Richtung schwammen. Waren das etwa Aale? Höchste Zeit, zum Ufer zurückzukehren.

Meine Lunge brannte, und ich tauchte japsend und keuchend wieder auf – gerade als mich etwas hart am Arm packte. Ehe ich aufs Neue panisch loskrakeelen konnte, registrierte ich, dass es Alex war, der seinen Arm diagonal über meine Brust schob und anfing, mich Richtung Ufer zu schleppen.

»Was ist los? Hast du einen Krampf?« Er klang angespannt. »Warum schwimmst du alleine so weit raus? Bist du wahnsinnig?«

Für einen kurzen Augenblick erlaubte ich mir, mich in

seinen Armen zurückzulehnen und dem verlockenden Gefühl hinzugeben, ihm so nah zu sein. Ich verachtete mich selbst dafür. Hastig versuchte ich, seinen Arm abzuschütteln. Doch er machte keine Anstalten, seinen Griff zu lockern, während er den anderen Arm nutzte, um mit kraftvollen Zügen durchs Wasser zu pflügen.

»Ich hatte noch nie einen Krampf. Ich wollte nur sichergehen, dass ich nicht noch mal mit diesen glitschigen Fischen in Berührung komme«, murmelte ich ein wenig kleinlaut.

»Du stößt auf ein paar harmlose kleine Fische und brüllst los, als würdest du absaufen?« Seine Stimme bebte – wahrscheinlich vor Wut, aber genau konnte ich es nicht sagen. Doch er hielt mich noch immer fest.

»Die waren nicht klein.« Kleine Fische waren solche, die wir im Schwimmteich hatten. Dennoch, er hatte natürlich nicht ganz unrecht, und plötzlich war ich ziemlich verlegen. Zum Glück konnte er mein Gesicht nicht sehen, das wahrscheinlich scharlachrot angelaufen war.

Inzwischen schien er wieder festen Boden unter den Füßen zu haben, und ich sagte: »Ich glaube, du kannst mich jetzt loslassen.«

»Bist du sicher? Nicht, dass ein Stichling vorbeikommt und das Geschrei von vorne losgeht.«

»Dann bist du ja da, um mir aus der Patsche zu helfen.«

Er zögerte einen Moment, aber dann zog er seinen Arm weg, und ich stand im schultertiefen Wasser. Mittlerweile zitterte ich vor Kälte, also folgte ich ihm, so schnell ich konnte, zurück ans Ufer. Offenbar hatte er sich in großer Eile ins Wasser gestürzt, denn er hatte sich nicht die Zeit genommen, seine Klamotten auszuziehen. Sein schwarzes

T-Shirt klebte tropfnass an seiner Brust. Ich musste den Blick abwenden, als er es sich über den Kopf zog.

Alex selbst war da weniger zurückhaltend. Sobald ich einige Meter von ihm entfernt endlich im warmen Sand stand, ließ er seine Augen ungeniert von meinem durchweichten BH über meine Beine bis zu meinen Haaren schweifen. Und alles, woran ich dachte, war, ob er wohl bemerkt hatte, dass ich seit unserer letzten Begegnung fast zehn Kilo zugenommen hatte. Und dass meine Unterwäsche von Victoria's Secret stammte und aus Seide war.

»Wenn du nicht verheiratet wärst, würdest du dann mit mir ausgehen?«, rief er völlig unvermittelt zu mir herüber. In seiner tiefen Stimme schwangen tausend Emotionen mit.

Natürlich! »Auf keinen Fall! Ich glaube, du bist einfach nicht mein Typ. Ganz abgesehen davon, dass du mit meiner besten Freundin zusammen bist – die, mit der du vor ein paar Minuten noch telefoniert hast.« Ich gab mir alle Mühe, neutral zu klingen. Seit wir in diesem Haus waren, hatte ich mich wirklich angestrengt, den professionellen Anstrich zu wahren, aber er funkte mir permanent dazwischen.

Er machte eine wegwerfende Handbewegung, während er mit entblößtem Oberkörper langsam auf mich zusteuerte. Irgendetwas schien in den Minuten, in denen er fürchtete, ich würde ertrinken, mit ihm passiert zu sein. »Die Sache mit Bine –«

War er schon immer so muskulös gewesen? »Außerdem sind wir zu unterschiedlich«, fiel ich ihm ins Wort, bevor er etwas sagen konnte, das ich nicht hören wollte. Oder schlimmer noch: das ich viel zu gern hören wollte.

»Warum sagst du das?«

»Du bist impulsiv und unordentlich und unbedacht und hitzköpfig. Und ich –«

»Du bist das auch, Lilith. Das hast du vor einer Minute erst wieder unter Beweis gestellt. Ich hätte es aber eher als temperamentvoll, leidenschaftlich und spontan bezeichnet.« Er stand jetzt ganz dicht vor mir. Bevor ich die Chance hatte, zu meinem Handtuch zu greifen, hielt er meine Hand fest.

Mein Herz schlug schneller und schneller. »Du suchst ständig den Nervenkitzel, ohne dir den Kopf über mögliche Folgen zu zerbrechen. Wie ein kleiner Junge. Außerdem bist du großspurig, störrisch und zügellos, keine Frage –«

»Und du hast eine ganz schön spitze Zunge.« Noch immer hielt er meine inzwischen schweißnasse Hand fest umklammert. »Aber, Lilith, wenn du bei mir bist, fühle ich mich endlich wieder wirklich lebendig. Ich weiß, ich sollte das nicht sagen, doch als ich dich nach all diesen Jahren –«

»Stopp! Du hast recht, du solltest das nicht sagen.« Abrupt zog ich meine Hand weg und wich einen Schritt zurück. Ich konnte ihn kaum ansehen. Wozu all diese Muskeln? Um den Pinsel zu halten?

Lange Zeit sagte keiner ein Wort. Plötzlich fiel mir nichts mehr ein, was ich sagen konnte und was nichts mit ihm und mir zu tun hatte.

Er vergrub seine Hände in den triefnassen Hosentaschen. »Lass uns etwas essen gehen. Nach dem Schreck können wir etwas Warmes im Magen und ein großes Glas Wein gut gebrauchen«, sagte er schließlich und setzte schief grinsend hinzu: »Ich kenne da einen wunderbaren kleinen Italiener nicht weit von hier. Dann kann ich über Steinpilz- oder Safranrisotto all die Gemeinsamkeiten zwischen uns ins Feld führen.«

»Lieber nicht. Wir haben noch einen Haufen Arbeit vor uns.« Und, viel wichtiger, ich war nicht besonders scharf darauf, etwas von irgendwelchen Gemeinsamkeiten zu hören. Erst recht nicht während eines romantischen Restaurantbesuchs. Mir wurde bewusst, dass ich noch immer halb nackt vor ihm stand, und ich griff eilig nach meinem Handtuch.

»Ein bisschen versöhnlicher könntest du schon sein, Lilith, immerhin habe ich dir gerade das Leben gerettet. Ich bitte dich ja nicht, mich zu heiraten – es ist noch nicht mal ein Date.« Ein Ausdruck kompromissloser Entschlossenheit lag auf seinem Gesicht. »Außerdem hast du schon gestern kaum etwas gegessen. Wir treffen uns in zwanzig Minuten vor dem Haus.«

Selbstverständlich hätte ich ihm sagen können, ich träfe meine eigenen Entscheidungen und er sollte sich zum Teufel scheren. Aber irgendetwas hielt mich davon ab. Wahrscheinlich die Tatsache, dass mein Magen mittlerweile tatsächlich knurrte. »Kein Candle-Light-Dinner beim Italiener. Wir fahren in die Stadt und holen uns irgendwo ein Takeaway.« Dann musste Aitana heute wenigstens keine Rücksicht auf meine Geschmacksnerven nehmen.

Er erhob keine Einwände.

»Und keinen Wein.«

»Hast du etwa Angst, dass ich dich verführen könnte, wenn du betrunken bist?« Er grinste frech.

Wirklich, musste er so etwas sagen? »Davon träumst du wohl.«

Natürlich ließ ich ihn warten. Als ich nach vierzig Minuten mit vom heißen Duschen geröteten Wangen auf die Auffahrt schlenderte, ungeschminkt, mit Haaren, die mir in nassen Strähnen am Kopf klebten, und in einem verwaschenen, ausgebeulten Shirt, hatte sich eine steile Falte zwischen seinen Augenbrauen gebildet.

»Ich konnte meine Sonnenbrille nicht finden«, erklärte ich.

»Steig ein!« Unsanft schob er mich auf den Beifahrersitz seines Autos und warf die Tür zu. Mit Vollgas brauste er los, dass der Motor heulte und der Kies um uns herum aufspritzte.

Aus den Augenwinkeln nahm ich wahr, dass er mich von oben bis unten musterte. »Und du meinst, das bringt was?«, fragte er bissig, sobald wir das Tor passiert hatten und mit halsbrecherischem Tempo über den unbefestigten Weg in Richtung Hauptstraße bretterten.

»Wovon redest du?«

»Von deinem Aufzug. Kein Make-up, Schlabberklamotten, zottelige Haare. Denkst du wirklich, dass du mich so einfach von dir fernhalten kannst?«

Ich strich mir eine feuchte Strähne aus dem Gesicht und schwieg. Plötzlich kam ich mir ungeheuer blauäugig vor. Wir waren mittlerweile auf der Hauptstraße angelangt und hielten kurz darauf vor einem rot-weißen Absperrband mit Baustellenschild.

»Lilith –«, begann er und brach dann ab. Ich drehte das Radio an und starrte schweigend aus dem Fenster, ohne die Landschaft dahinter wahrzunehmen. Entschieden setzte er den Wagen wieder in Bewegung und folgte der ausgewiesenen Umleitung.

Mittlerweile hatten sich dunkle Wolken vor die Sonne geschoben. Es kam mir vor, als würde die Fahrt niemals enden. Vor uns tauchten immer neue Straßenbiegungen und gelbe Umleitungsschilder auf. Es begann zu nieseln, gerade als wir die hundertste Kreuzung erreichten. Von hier aus führten nur noch überwucherte Feldwege weiter. Ein Schild war weit und breit nicht zu sehen.

»Am besten, wir drehen um«, schlug ich vor. »Bevor wir uns hier im Land der Holzfäller noch festfahren.« Ich zog mein Handy aus der Tasche, um zu prüfen, ob ich Netz hatte. Fehlanzeige.

»Wir lassen uns doch von so einer kleinen Schikane wie einem fehlenden Wegweiser nicht aufhalten.« Alex griff ins Handschuhfach und holte eine Karte hervor. Er warf einen kurzen Blick darauf, bevor er sie mir in die Hand drückte und entschlossen nach links abbog.

Der Geländewagen rumpelte besorgniserregend holprig über den mit Ackerwildkraut zugewachsenen und mit Schlaglöchern gespickten Sandweg, und ich begann zu glauben, dass er uns ins Nirgendwo führte. Vor einer erneuten Weggabelung fragte Alex: »Welche Richtung?«

Umständlich faltete ich die Straßenkarte auseinander und starrte minutenlang darauf. »Wenn ich das richtig sehe, müssten wir eigentlich gerade durch den Plöner See fahren.«

Alex verdrehte die Augen, doch sein Grinsen entging mir trotzdem nicht. Im Schritttempo fuhren wir weiter. Inzwischen trommelte ein heftiger Sommerregen aufs Dach.

Ich hatte angenommen, dass das Thema erledigt war. Aber offenbar hatte ich mich getäuscht. »Lilith, du weißt genau, dass da noch immer was ist zwischen uns. Du bist nur zu feige, es dir einzugestehen.« Seine Blicke durchbohrten mich wie Nadeln.

»Ich bin nicht feige. Sonst wäre ich wohl kaum hier.«

Er seufzte schwer. Er sah gleichzeitig erschöpft und energisch aus. »Zumindest weiß ich, wie meine Gefühle aussehen. Du könntest ja ganz anders empfinden.« Natürlich glaubte er das nicht wirklich, er war ja nicht blöd. Und richtig, als ich nicht antwortete, setzte er ein wenig leiser hinzu: »Lilith, die Chemie zwischen uns könnte nur einem Idioten entgehen.«

Ich spürte ein unerklärliches Kribbeln auf der Haut.

Aus heiterem Himmel lenkte er den Wagen an den Rand des holprigen Wegs, halb in ein stattliches Gebüsch, und stellte den Motor ab.

»Warum hältst du an?«

Er fuhr sich mit den Händen durch die Haare. Anstatt mir eine Antwort zu geben, sagte er: »Ich dachte, ich könnte einfach nur ein guter Freund sein – für den Anfang –, aber ich schaffe es nicht.«

»Fahr weiter, Alex! Deine Verführungstechnik beruht offenbar darauf, mich in den Wahnsinn zu treiben.« Meine Stimme zitterte und ging im Geräusch des prasselnden Regens fast unter.

»Klappt es denn?«

Gegen meinen Willen musste ich lachen, wurde aber gleich wieder ernst. »Natürlich nicht. Bilde dir bloß keine Schwachheiten ein. Nur weil du halbwegs gut malen und küssen kannst, heißt das noch lange nicht –« Ich hielt die

Luft an. Ich konnte kaum fassen, dass ich das gerade wirklich gesagt hatte.

»Du findest, ich kann gut küssen?«

Ich wusste, ich musste das Ganze jetzt beenden. Ich wusste nur nicht wie.

Er fixierte mich mit seinen viel zu blauen Augen. »Lilith, dir muss doch klar sein, wie viel Überwindung es mich kostet, meinen Stolz zu begraben und zu bekennen, dass ich dir schon wieder auf den Leim gegangen bin.«

»*Du* bist *mir* auf den Leim gegangen? Was soll ich dann sagen? Und ich habe so viel mehr zu verlieren als du.« Warum hatte ich das gesagt? Und meine vorschnelle Zunge spielte auch weiterhin nicht mit. »Es ist dein Körper. Dein Mund, deine Augen, deine Arme. Du siehst aus wie eine Bernini-Statue, und ich reagiere darauf so wie alle anderen Frauen auch.«

Dabei wusste ich genau, dass das nicht stimmte. Wenn es nur sein teuflisch gutes Aussehen wäre, das mich fesselte und immer wieder in Versuchung führte, wäre es weniger riskant. Doch ich merkte, dass sein scharfer Verstand, sein Humor und sein verdammter Charme mir immer gefährlicher wurden.

Langsam, aber sicher bröckelten meine Verteidigungsmauern. Seit zehn Jahren versuchte ich, diese Gefühle auszuschalten, doch ich schaffte es nicht. Und jetzt standen die Tore wieder sperrangelweit offen.

Der Innenraum seines Mercedes war von einem Moment auf den anderen viel zu eng. Ich war mittlerweile so aufgeregt, als würde ich im Inneren einer Raumkapsel sitzen – während des Countdowns.

Der Anflug eines Lächelns umspielte seine Mundwinkel. »Seine echten Gefühle kann man immer nur für eine gewisse Zeit leugnen«, flüsterte er und löste seinen Sicherheitsgurt. Er strich mir über die Wange.

Plötzlich war der Bann gebrochen, und ich erinnerte mich an jedes Detail aus Nizza und Berlin. Ich wusste wieder, wie seine Lippen sich anfühlten, wenn er mich küsste. Weich und warm und wundervoll.

Ich hätte nichts weiter tun müssen, als meinen Kopf wegzudrehen, als er sich zu mir herüberbeugte. Aber ich gestattete mir, seine Küsse und stürmischen Zärtlichkeiten mit derselben Leidenschaft zu erwidern wie damals bei unserer ersten Begegnung. Nur noch dieses eine Mal, versprach ich mir.

Irgendwie brachte ich es fertig, in diesem Moment nicht an meine Familie oder an Bine zu denken. Ich blendete alles um mich herum aus.

Kapitel 13
August 1992

»Ja, wo ist denn der kleine Theo? Ja, wo ist er denn? Ja, da ist er ja!« Wie so viele erwachsene Frauen scheute auch Elsa nicht davor zurück, sich zur Erheiterung eines Babys unbekümmert zum Affen zu machen. Sie zog ein zerknittertes blaues Taschentuch von Theos Gesicht, und er bekam sich gar nicht mehr wieder ein vor lauter Glucksen.

»Ei dei dei dei!«, stieg jetzt auch Bine voller Inbrunst mit ein. Sie schwenkte einen kleinen Plüschhund, mit dem sie ihrem neun Monate alten Patenkind die Nase kitzelte.

»Lalada«, machte Theo auf meinem Schoß und blickte freudestrahlend von der Oma zur Patentante, offenbar entzückt, mal wieder im Zentrum der Aufmerksamkeit zu stehen.

Pius legte seinen Arm um meine Schulter und drückte mich an sich. Es war ein erhebendes Gefühl, im Schatten der großen Rotbuche auf den uralten Holzstühlen zu sitzen, die noch vom Vorbesitzer stammten, und zum wiederholten Mal mit Bine, Pius und seiner Familie auf unser fabelhaftes neues Haus anzustoßen. Währenddessen war Paul damit beschäftigt, mit Walter, meinem Schwiegervater, einen Ball über den Rasen mehr zu rollen, als zu schießen, und ab und zu ein Gänseblümchen zu pflücken. Für Paul war der riesige, halb verwilderte Garten das absolute Highlight unseres neuen Zuhauses.

»Genau wie der Papa siehst du aus«, sagte Elsa zu Theo

und nahm ihn aus meinen Armen, um ihn zu knuddeln und abzuküssen. »Stimmt's, Bine? Der kleine Mann ist Pius wie aus dem Gesicht geschnitten.«

Bine schwieg. Sie war plötzlich schwer damit beschäftigt, einen unsichtbaren Fussel von ihrem Spaghettiträgertop zu wischen. Das erhebende Gefühl war mit einem Schlag verschwunden.

»Findest du?«, rief stattdessen Walter skeptisch zu uns herüber. »Na ja, vielleicht dieses schlitzohrige Grinsen.«

»Ich bin der Meinung, er sieht ihm ganz und gar nicht ähnlich. Die Gesichtsform ist völlig anders, guck doch mal genau hin, vor allem die Augen und der Mund. Und sein Haar ist viel dunkler«, mischte sich nun auch Markus ein.

»Genau genommen bin ich mir gar nicht sicher, wem in der Familie er überhaupt ähnelt«, setzte mein Schwiegervater nüchtern hinzu.

»Aber ist doch ganz egal, auf jeden Fall bist du so unwahrscheinlich süß, ja, dich meine ich, du kleiner Schatz.« Elsa drückte ihr zweites Enkelkind fest an ihre Brust.

»Na, dann habe ich das wenigstens mit meinem Sohn gemeinsam – unwahrscheinlich süß bin ich doch wohl auch«, witzelte Pius gut gelaunt. Er kitzelte Theos speckige Füßchen, bis der vor Vergnügen quietschte. »Aber wer hätte gedacht, dass ich mal mit so einer fabelhaften Familie dastehen würde?«

Mir wurde schwindelig. Ich wich Bines bohrenden Blicken aus und stand auf, um eine Schale mit Bananenkeksen aus der Küche zu holen, die ich am Vormittag mit Pauls tatkräftiger Unterstützung gebacken hatte.

Sobald er registrierte, dass ich, sein Lieblingsmensch oder zumindest diejenige Person, die für pausenlosen Nahrungsnachschub sorgte, Anstalten machte, ihn zurückzulassen, begann Theos zahnlose Schnute kummervoll zu beben, gefolgt von einem dramatischen, crescendoartig anschwellenden Geheul.

»Ja, süß ist er schon, nur den Schalter, mit dem man den Ton abstellen kann, hab ich noch nicht gefunden«, meinte Markus trocken.

Elsa schaute ihren Sohn strafend an.

»Was denn? Erzähl mir nicht, du hättest bei mir früher nicht auch unermüdlich nach einem Hebel gesucht. Ich habe doch noch viel mehr Getöse gemacht als Theo. Sogar mehr als meine Harley.«

»Das hat er jetzt nicht nur aus Höflichkeit gesagt«, erklärte Bine.

»Das weiß ich. Markus sagt niemals etwas aus Höflichkeit.« Pius lachte.

Liebevoll nahm er Theo auf den Arm, und sofort hörte das Geplärr auf. Pius war definitiv sein anderer Lieblingsmensch.

Ich gab beiden einen schmatzenden Kuss und verschwand im Haus. Bine war mir dicht auf den Fersen.

»Du siehst so betrübt aus«, stellte sie fest, als wir uns an stapelweise Umzugskartons, Kinderwagen und Bobby Cars vorbei einen Weg durchs Wohnzimmer bahnten.

»Ich habe ja auch allen Grund, so auszusehen. Oder hast du gerade nicht zugehört?«

»Dann hat es also mit Dings zu tun.« *Dings* war das Synonym für die Sache mit Alex. Wir sprachen seinen Namen nicht aus.

Ich seufzte. In der Küche nahm ich die Schüssel mit den Keksen aus dem Backofen. Im Gegensatz zum Rest des

Hauses war es hier schon einigermaßen heimelig. Ich hatte die Wände und Schränke in hellen Farben gestrichen, einen gewaltigen runden Bauerntisch besorgt und dankbar das Angebot meiner Schwiegermutter angenommen, bunte Kissen für die wild zusammengewürfelten Stühle zu nähen. Ein Großteil der Lebensmittel, Teller und Kochutensilien stand auch schon an Ort und Stelle.

Ich ließ mich am Tisch auf einen Armlehnenstuhl fallen und stopfte mir einen Bananenkeks in den Mund, ohne etwas zu schmecken.

»Pius ist ein toller Vater. Alles andere ist nicht wichtig.« Bine füllte zwei Gläser mit Eistee, setzte sich mir gegenüber und schob mir eins der Gläser zu. »Darüber haben wir doch schon mindestens hundertmal gesprochen, Lilith.«

»Ich weiß. Aber das sagst du so einfach. Es ist trotzdem ein mieses Gefühl, alle anzulügen«, nuschelte ich mit vollem Mund und schob gleich noch einen zweiten Keks hinterher.

»Aber was wäre denn die Alternative? Dass alles auseinanderbricht? Wem wäre damit geholfen? Pius und dir bestimmt nicht. Und den Kindern erst recht nicht.«

Natürlich nicht. Nie wieder würde ich Pius die Wahrheit auflasten. Doch darum ging es mir auch gar nicht. Bevor ich aber genug Gebäckmasse mit Eistee hinunterspülen konnte, um in der Lage zu sein, einigermaßen verständlich zu antworten, fuhr Bine unbeirrt fort: »Lilith, ihr braucht euch!«

»Das weiß ich.« Abwesend starrte ich ins Leere. »Aber sag mal ehrlich, findest du auch, dass Theodor Pius nicht ähnelt? Paul ist seinem Vater wie aus dem Gesicht geschnitten.«

»Lilith, hör bitte endlich auf, dich selbst zu zerfleischen. Ich habe dir schon dutzendfach gesagt, dass ich es nicht genau sagen kann. Und wie Dings aussieht, weiß ich nur aus deinen Beschreibungen.«

Ich schwieg und nahm mir noch einen Keks.

»Und deine Mutter war so glücklich, als du eine eigene Familie gegründet hast, weißt du noch? Sie hat mit ganzem Herzen daran geglaubt, dass Pius' und deine Liebesgeschichte niemals aufhört und dass ihr vier für immer zusammenhalten werdet.«

Ihr war klar, dass sie damit einen wunden Punkt getroffen hatte. Ich spürte einen schmerzhaften Stich, denn ich hatte die Worte meiner Mutter noch gut im Ohr.

Sie fehlte mir wie verrückt. Gleichzeitig wusste ich, dass ihr Tod vor neun Monaten, als ein Stück aus meiner Welt herausbrach und alles um mich herum stehen blieb, mich viel merklicher aus der Bahn geworfen hätte, wenn Pius mir nicht so selbstlos zur Seite gestanden und unermüdlich Rückhalt geboten hätte. Er hatte mich in dieser bleischweren Zeit nie allein gelassen, mir viele Aufgaben abgenommen, aufmerksam zugehört, immer die richtigen Fragen gestellt und mir damit gezeigt, dass ich den betäubenden Schmerz nicht unter den Teppich kehren durfte.

Natürlich waren auch die Verpflichtungen mit Baby und Kleinkind, einer Galerie, die erst noch Fuß fassen musste, und einem riesigen Haus, das mehr oder minder eine Baustelle war, nicht ganz abträglich, um mich wieder mit ganzer Energie dem Leben zuzuwenden und nicht in Höllenqualen zu versinken. Aber in erster Linie war es Pius, mit dessen Hilfe ich es irgendwie bewerkstelligt hatte, mein Leben wieder wertzuschätzen und den Verlust in mein Weltbild einzuordnen. Wie hätte ich ihm da in die Augen blicken und sagen können, dass sein Verständnis von unserer unerschütterlichen Liebe und heilen Familie auf einer Lüge basierte?

Mein Vater war noch längst nicht so weit, sich wieder dem Leben zuzuwenden. Er hatte jedes meiner Hilfsangebote entschieden zurückgewiesen und ließ weder mich noch jemand anders an seinem Elend teilhaben. Aber niemand wusste besser als ich, dass jeder so trauerte, wie er es brauchte, also ließ ich ihn. Und hoffte, dass er seinen Kummer irgendwann überwinden konnte.

»Okay, ich habe noch ein anderes Argument als Theda. Würde es helfen, wenn ich dir sage, dass Pius und Theo ein großartiges Team sind?«, holte mich Bines Stimme an unseren Küchentisch zurück.

»Ja, ich glaube, das würde helfen«, gab ich zu. Auch wenn ich es im vergangenen Dreivierteljahr wahrscheinlich schon oft genug von ihr gehört hatte.

»Sie sind unglaublich zusammen. Selbst ein Blinder sieht, wie felsenfest die Liebe zwischen den beiden ist. Und zwischen Pius und dir genauso.«

»Du hast recht.« Ich griff quer über den Tisch nach ihrer Hand. »Danke, dass du nicht müde wirst, dir mein Gejammer anzuhören. Habe ich dir eigentlich schon mal gesagt, wie froh ich bin, dass ich dich habe? Du bist immer sofort zur Stelle und weißt, was zu sagen ist.« Egal, wie oft wir schon jedes Detail dieser ganzen Geschichte mit Alex und seiner potenziellen Vaterschaft durchgekaut hatten – ich konnte sie trotzdem jederzeit anrufen und mir sicher sein, dass sie selbst mitten in der Nacht ein paar aufmunternde Worte für mich übrighatte. Mit ihr zusammen wurden Berge flacher. Denn obwohl Alex' und meine ungeheure Lüge wahrscheinlich für den Rest meines Lebens in meinem Kopf herumspuken würde, so fühlte ich mich jetzt zumindest wieder deutlich besser.

Bine lächelte. »Dafür hast du mich im Gegenzug in der Uni immer in Rezeptionsästhetik abschreiben lassen. Und, ach ja, du sorgst dafür, dass ich nicht allein durchs Leben gehen muss, wenn schon die Männer dieser Welt allesamt Blindgänger sind.«

»Na ja, wenn du die Flucht ergreifst, sobald ein Typ bekennt, gerne Comichefte zu lesen –«

»Zu *sammeln* – und es war noch nicht mal *Micky Maus*, sondern *Hägar der Schreckliche*. Wie auch immer, du bist einfach mein Seelenbalsam, wir sind also quitt.« Fest drückte sie meine Hand, während sie mit der anderen in die Keksschale griff. Sie verzog den Mund. »Uäh. Was ist das denn?«

»Banane mit Hirseflocken. Ohne Zucker. Damit Paul und Theo sie auch essen können.«

»Erinnere mich daran, die Jungs so bald wie möglich in die Geheimnisse von Brause-Ufos und Raider einzuführen. Dieses staubige Zeug schmeckt nach Viehfutter.« Sie schüttelte sich theatralisch und leerte ihr Eisteeglas in einem Zug.

»Raider heißt jetzt Twix«, belehrte ich sie grinsend. Sie hatte es mal wieder geschafft – ich musste lachen. Gerade fing ich an, in unserem alten blauen Buffetschrank, wie so vieles in diesem Haus ein Vermächtnis des Vorbesitzers, nach einer Packung Spritzkringel zu wühlen, als plötzlich Pius' aufgeregte Stimme durchs geöffnete Fenster tönte: »Lilith, stell den Champagner kalt!«

»Wollt ihr etwa noch mal anstoßen?«, rief ich nach draußen, doch er war schon im Haus verschwunden, polterte durchs Wohnzimmer und den langen Flur und stürzte mit geröteten Wangen in die Küche. Er sah aus wie ein kleiner Junge, dem im Wald der Osterhase begegnet war. Schwungvoll packte er mich an der Taille und wirbelte mich durch die Luft.

»Was ist denn los?«, quietschte ich. Er war so ausgelassen, dass ich lachen musste.

»Du hast recht, wir stoßen noch mal an – aber nicht aufs Haus«, rief er aufgekratzt. Er ließ mich auf den Boden sinken, hielt mich aber noch immer fest im Arm.

»Worauf denn dann?«

»Gerade hat mich ein Herr Schaller angerufen.« Pius legte eine kleine Spannungspause ein. »Er will seine privaten Bankhäuser im ganzen Norden mit jungen, modernen Kunstwerken ausstatten und rate, an wen er dabei gedacht hat!«

»Du meinst ... unsere Galerie hat ihren ersten richtig großen Auftrag?«

»Genau das. Und das ist erst der Anfang. Bald werden wir uns vor Arbeit gar nicht mehr retten können, Lilith.« Seine Begeisterung war ansteckend.

»Wie wir es uns erhofft hatten«, murmelte ich. Nach der erfolgreichen Eröffnung der Galerie vor drei Monaten und der anschließenden Flaute hatte ich insgeheim schon angefangen zu befürchten, wir hätten uns zu viel zugemutet, zu überstürzt den Mietvertrag unterschrieben und uns in zu große Schulden gestürzt, um eine einigermaßen ansehnliche Ausstellung zusammenzubringen. Und als wir dann vor einigen Wochen auch noch das Haus entdeckten und es dank privater Darlehen von verschiedenen Familienmitgliedern gegen alle Vernunft kauften, brachte mich das immer häufiger um den Schlaf.

»Ich hol schon mal den Schampus.« Bine war beinahe ebenso aufgeregt wie wir.

»Sekt muss für den Augenblick reichen, Champagner haben wir gar nicht«, warf ich ein, aber das tat der allgemeinen Hochstimmung keinen Abbruch.

»Bald werdet ihr in Champagner baden«, rief Bine und klemmte sich eine Flasche Schaumwein aus dem Kühlschrank unter den Arm. Pius und ich folgten ihr eng umschlungen nach draußen in den strahlenden Sonnenschein.

«Meine Eltern fragen, ob wir nächstes Wochenende mit den Jungs vorbeikommen wollen. Die beiden können ja gar nicht genug kriegen von ihren Enkelkindern.« Pius stand am sperrangelweit geöffneten Fenster im Kinderzimmer und ließ die angenehm kühle Nachtluft hereinströmen.

»Kein Wunder«, grinste ich und schnupperte an Theodors Haaren, die wie immer nach Zimt und süßer Milch rochen. Davon konnte ich auch nicht genug kriegen. Theo schmatzte laut im Schlaf, als würde er trinken.

»Elsa kocht dann bestimmt wieder dein Lieblingsgericht.« Pius sah mich an, und wir brachen in schallendes Gelächter aus, nur um uns schnell die Hand vor den Mund zu halten. Um keinen Preis wollten wir die Kinder aufwecken – die viel zu kurzen Abendstunden gehörten allein uns beiden.

Vor acht Jahren, als Pius mich zum ersten Mal mit zu sich nach Hause genommen hatte, um mich seinen Eltern vorzustellen, hatte seine Mutter extra für mich Geschnetzeltes mit Pilzen gekocht. Ich hatte aus Höflichkeit vorgegeben, es zu mögen, dabei war das Fleisch abscheulich, gespickt mit Sehnen und Knorpeln. Seither setzte Elsa mir bei fast jedem Besuch mein »Lieblingsessen« vor. Und der Zeitpunkt, ihr reinen Wein einzuschenken, war längst verpasst.

Ich beugte mich zu Paul hinunter und küsste seine Schläfe. Er rührte sich nicht. Auf Zehenspitzen trat Pius neben mich und legte seinen Arm fest um meine Schulter, während wir gemeinsam unsere schlafenden Söhne betrachteten.

»Vielleicht sollten wir nächstes Wochenende lieber eine richtige Einweihungsparty schmeißen, jetzt, wo wir endlich genügend Platz haben«, schlug ich vor. »Das könnten wir doch künftig jeden Sommer machen.«

»Das sagst du nur, um deiner ›Leibspeise‹ zu entgehen.«

Ich kicherte und zwickte ihm spielerisch in die Seite.

»Weißt du, was die beste Entscheidung meines Lebens war?«, fragte er leise.

»Dass du mit Markus damals dieses Panini-Album getauscht hast, das danach plötzlich zigmal so viel wert war? Oder dass du dir endlich deinen gruseligen Oberlippenbart abrasiert hast?«

»Das auch. Und dass ich dich gefragt habe, ob du mich heiraten und den Rest deines Lebens mit mir verbringen willst. Du und die Kinder – ohne euch ist der Schmetterling nur eine Raupe mit Flügeln. Und der Keks schmeckt nach Viehfutter.«

Ich musste grinsen. »Das liegt an der Hirse. Und an dem fehlenden Zucker.«

»Ich bin auf jeden Fall wahnsinnig glücklich, dass du bei mir bist. Als ich dich getroffen habe, damals auf dieser Party, wusste ich sofort, dass ich niemals wieder einsam sein würde.«

Ich lehnte mich gegen seine Brust und sog seinen vertrauten Duft ein. »Ich bin auch glücklich. Über dich und die Kinder, über dieses Haus und darüber, dass wir alles auf eine Karte gesetzt und die Galerie gegründet haben. Der Auftrag von diesem Bankdirektor kam wirklich keinen Tag zu früh.«

»Ich hab es dir doch gesagt, Lilith. Gemeinsam schaffen wir alles! Solange wir nur zusammen sind.«

Ich glaubte mit jeder Faser meines Herzens daran, dass er recht behalten sollte.

Kapitel 14
September 1999

Ich konnte kaum atmen. Er drückte mich neben dem Treppenabsatz gegen die kühle Wand, links und rechts von mir seine Arme an den rauen Putz gestützt. Mein Herz hämmerte hart gegen meine Rippen, als ich meinen Blick von den deutlich hervortretenden Adern an seinem linken Unterarm über seine stählerne Brust bis hin zu seinen leicht geöffneten Lippen wandern ließ, die jetzt nicht mehr, wie noch vor wenigen Augenblicken, zu seinem typischen spitzbübischen Grinsen verzogen waren.

Es war das dritte Mal, dass wir uns in seiner riesigen Dachgeschosswohnung in St. Pauli trafen. Alex hatte mich unter irgendeinem höchst fadenscheinigen Vorwand von der Galerie abgeholt, aber meine Assistentin Julia war vor lauter Aufregung, endlich von Angesicht zu Angesicht mit dem großen Noel Nice ein Pläuschchen halten zu können, dessen Vernissage sie schon seit Wochen penibel vorbereitete, gar nicht erst auf die Idee gekommen, misstrauisch zu werden.

Kein Wunder, auch ich wäre noch vor Kurzem nie im Leben auf die Idee gekommen, dass ich mal hinter dem Rücken meines Mannes eine wilde Affäre mit dem Freund meiner besten Freundin führen würde. Und das über Wochen.

Doch jetzt drückte ebendieser Freund meiner besten Freundin mich in dem geräumigen Eingang eines von außen etwas heruntergekommenen Altbauhauses in der Sternstraße ungestüm an die Wand und drängte sein Knie zwischen meine Oberschenkel, während ich, mit Wackelpudding in den Beinen und nach Luft ringend, meine Hände in seinen weichen Haaren verknotete. Wir hatten es kaum bis in den Hausflur geschafft, geschweige denn in seine Wohnung, ohne übereinander herzufallen.

Er ließ seine Hände von meinen Haaren über den Hals zu meinen Schultern gleiten und beugte sich über mich. Sein Gesicht war nur noch Zentimeter von meinem entfernt und fast schon konnte ich seine warmen, weichen Lippen auf meinen fühlen, als plötzlich direkt neben uns die Haustür aufging. Der Postbote.

Wir sprangen auseinander, als hätte man uns einen Stromschlag verpasst.

Der weißbärtige, bierbäuchige Mann blickte uns wissend an, und ein beinahe unverschämtes Grinsen zuckte um seine Mundwinkel, während er in aller Seelenruhe einen Stapel Briefe in die einzelnen Kästen versenkte. Unbeeindruckt nahm Alex meine Hand und zog mich die Treppen hinauf bis zu seiner Wohnungstür.

Ich hingegen hatte noch immer das unangenehme Gefühl, einen Defibrillator zu brauchen, als wir endlich in dem hellen, weitläufigen Flur seiner Wohnung standen. Elender war mir nur zumute gewesen, als Aitana uns erwischt hatte, letzten Monat in seinem Haus am See, als wir mit erhitzten Gesichtern, zerzausten Haaren und offenen Hemdknöpfen aus Alex' Atelier gekommen und ihr direkt in die mit Staublappen und Wischmopp beladenen Arme gelaufen waren. Ihre Miene hatte Bände gesprochen, und die Heidenangst, sie könnte uns verraten und das Leben von meiner Familie und Bine damit vollständig auseinanderbrechen, hatte mir beinahe den Boden unter den Füßen weggezogen. War das wirklich erst vier Wochen her?

Und dennoch, trotz meiner unaufhörlichen Panik aufzufliegen, trotz meiner inneren Zerrissenheit und der tonnenschweren Schuldgefühle gegenüber Pius und Bine, hatte ich es nicht fertiggebracht, mich von Alex fernzuhalten, ungeachtet aller übermenschlichen Willensanstrengungen und hehren Vorsätze. Jedes Mal, wenn er mich berührte und literweise Adrenalin durch meinen Körper gepumpt wurde, wusste ich, dass das flüchtige Glück, mit ihm zusammen zu sein, durch die nachfolgende namenlose Qual weggewischt würde, meine Familie aufs Übelste zu hintergehen. Es fühlte sich an, als würde ich ungesichert auf einem Hochseil balancieren und könnte bei dem kleinsten falschen Schritt abstürzen. Und alle anderen, die mir lieb und teuer waren, mit in die Tiefe reißen. Aber Alex war wie einer dieser enorm kräftigen Neodym-Magneten, über die Paul mir kürzlich einen Vortrag gehalten hatte und gegen den ich beim besten Willen nicht ankam.

Der Geist ist willig, aber das Fleisch ist schwach, diese Zeile aus der Bibel war mir zu Beginn unserer Liaison in den Sinn gekommen. Aber natürlich war es viel mehr als das schwache Fleisch, das mich in den Abgrund trieb.

Nach dem Zwischenfall mit Aitana im August hatte ich mich in meinem klösterlichen Gästezimmer eingeschlossen und in aller Hast meine Siebensachen zusammengepackt. »Fahr mich zum Bahnhof«, hatte ich mit zitternder Stimme von Alex verlangt. »Wir dürfen das nicht. Ich will dich nicht mehr sehen.«

»Hör zu, Lilith –«

»Die Ausstellung ist mir egal.«

»Darum geht es nicht –«

»Lieber soll es bei uns durchs Dach regnen, als dass ich einen Pakt mit dem Teufel schließe.« Natürlich verhielt ich mich töricht und ungerecht, aber das war mir egal. Schon zweimal hatte ich mit dem Feuer gespielt und war mit schweren Verbrennungen davongekommen. Ich war wild entschlossen, mein Schicksal nicht noch ein drittes Mal herauszufordern.

»Himmel, ich muss dich wirklich lieben, wenn ich diesen ganzen Zirkus mitmache«, hatte er gemurmelt, seinen Schlüssel und meine Tasche genommen und mir mit einem Ausdruck in den Augen, der mich bis ins Mark getroffen hatte, die Beifahrertür aufgehalten.

Er hatte es gesagt, das L-Wort. Mir war schwindelig geworden, als ich die ganze furchtbare Wahrheit erfasste: Auch ich liebte ihn noch immer. Ich hatte ihn nie vergessen. Alexander Favre und seine verdammte Herrlichkeit.

Ohne ein weiteres Wort zu verlieren, hatte ich mich mit einem beängstigenden Engegefühl im Hals und wild klopfendem Herzen in den Zug gesetzt und war zurück nach Hamburg gefahren. Ich hatte meine Kinder von der Schule abgeholt, mir die ausschweifenden Erzählungen über ihren Tag angehört, ohne dass ich anschließend etwas davon hätte wiedergeben können, einige Künstlerportfolios durchgeblättert, von denen mich keins auch nur ansatzweise überzeugen konnte, und am Abend mit Feuereifer Pius' Lieblingsgericht gekocht, ohne selbst etwas davon anzurühren.

Ich hatte keine Vorstellung gehabt, was als Nächstes

passieren würde. Was ich tun sollte oder wie ich Pius erklären konnte, dass die Ausstellung, von der so viel abhing, nicht zustande kommen würde. Außer jemand anders kümmerte sich darum.

Vielleicht hätte ich erst mal gar nichts getan und wider besseres Wissen gehofft, dass sich das Problem von alleine in Wohlgefallen auflöste, doch wenige Tage später hatte ich Alex wieder getroffen. Es war eine zufällige Begegnung in Planten un Blomen, wo ich wie so häufig meine Mittagspause grübelnd auf einer Bank verbracht hatte. Er hatte sich neben mich gesetzt, so dicht, dass unsere Beine sich berührten.

»Hör zu, Lilith. Möglicherweise bin ich nicht besonders gut darin, auszudrücken, was ich empfinde, aber ich weiß, dass die Sache zwischen dir und mir etwas Besonderes ist. So etwas passiert einem nur einmal im Leben, wenn überhaupt. Und du weißt das auch.«

Vielleicht war es verwegen, vielleicht auch einfach unverschämt, aber er hatte sich zu mir heruntergebeugt und mich geküsst. Und mir war klar geworden, dass ich gar nicht anders konnte, als mein Schicksal doch ein drittes Mal herauszufordern. Weil es so sehr wehtat, am ganzen Körper, mich von ihm fernzuhalten. Mehr als ich je für möglich gehalten hatte. Seither hatten wir uns heimlich getroffen, wann immer wir uns davonstehlen konnten – in seiner Wohnung, in einem kleinen Hotel am Stadtrand, im Wald, am See. Nur mein Haus war tabu, und das sollte es auch bleiben. Ich hatte schon viel zu viele Grenzen überschritten.

»Keine Sorge, der Briefträger ertappt mich ständig mit weiblicher Begleitung im Hausflur«, holte Alex mich feixend in die Gegenwart zurück. Er nahm mir den dünnen Mantel ab und zog mich ins Wohnzimmer.

»Ich glaube, er ist derselbe, der hin und wieder auch die Post in die Galerie bringt.« Mein Puls war noch immer in schwindelerregenden Höhen, als ich mich neben ihm auf das riesige hellbraune Ledersofa sinken ließ.

»Mach dich nicht verrückt. Die haben doch ihre festen Bezirke.«

»Aber er hat genau den gleichen Weihnachtsmannbart.«

»Lilith, du bist paranoid«, flüsterte er. Er umfasste meine Hüfte und zog mich auf seinen Schoß.

»Und diese Augen kamen mir auch bekannt vor«, fuhr ich beharrlich fort.

»Und was ist mit der dunkelblauen Uniform? Kanntest du die auch?« Unbeirrt fuhr er mit seiner Zunge von meinem Ohrläppchen zum Kinn.

Seufzend lehnte ich mich in seine Berührung. »Du machst dich über mich lustig, damit ich endlich schweige.«

»Nur leider scheint es nicht zu klappen«, grinste er, und auch ich konnte wieder lachen. »Aber vielleicht fällt mir ja etwas ein, womit ich dich auf andere Gedanken bringen kann.«

Zwanzig Minuten später stand Alex im Adamskostüm vom Sofa auf. »Du hast doch Mittagspause. Wie wäre es, wenn ich endlich meine berühmten Tintenfischstäbchen für dich mache, das habe ich dir ja schon in Nizza versprochen.«

»Das weißt du noch?«

»Natürlich. Du etwa nicht?«

Widerwillig erhob ich mich ebenfalls. »Ich kann nicht, ich muss zurück. Wir können nicht riskieren, dass Julia misstrauisch wird. Aber nächstes Mal unbedingt.«

»Dann begleite ich dich.«

Draußen war es mittlerweile merklich kühler geworden und ein frischer Wind blies durch die um diese Zeit noch ziemlich leeren Straßen des Karolinenviertels. Schon seit Beginn des Jahrzehnts verging in St. Pauli kaum eine Woche, an der es nicht zu einem aufsehenerregenden Gewaltverbrechen kam, doch aus irgendeinem Grund fühlte ich mich mit Alex an meiner Seite unverwundbar. An einer winzigen Bäckerei machten wir Halt und kauften zwei belegte Brötchen, von denen er mir eins mit ritterlicher Geste überreichte.

»Du bist der hingebungsvolle Prinz, der mit seiner Aufmerksamkeit Aschenputtels Zwangslage in Luft auflöst«, stellte ich fest, sobald wir wieder auf der Straße standen, und biss hungrig in mein Käsebrötchen. »Aber nur, solange er bei ihr ist.«

Er zog die Augenbrauen hoch, während wir den kürzesten Weg Richtung Galerie einschlugen. »Wer, ich? Ich bin doch viel zu sehr mit mir selbst beschäftigt, um mich noch um Aschenputtel zu kümmern.«

»Bist du nicht. Was ich aber sagen will: Die ganze Situation fühlt sich noch auswegloser an, wenn du weg bist.« Es war schon spät, und ich rannte beinahe, doch Alex hielt mühelos Schritt.

»Das ist deine Entscheidung, Lilith. Du musst es nur sagen, und ich gehe nie wieder weg.« Die Aufrichtigkeit und Hingabe in seiner Stimme schnürten mir die Kehle zu. Momente wie dieser machten mir jedes Mal bewusst, warum ich ihm niemals offenbaren konnte, dass Theo möglicherweise sein Sohn war.

»Sag das nicht, Alex. Ich bin verheiratet. Und Bine —«

»Mit Bine werde ich reden«, schnitt er mir das Wort ab.

»Du darfst sie nicht verlassen.« Warum hatte ich nur mit diesem ganzen Geschwätz von Aschenputtel und dem Prinzen angefangen?

Alex schnaubte. »Ich werde ihr nicht den wahren Grund auf die Nase binden, keine Angst.«

»Das ist es nicht. Sie ist seit Langem endlich wieder wirklich glücklich.« Vielleicht war es sogar das erste Mal überhaupt, dass ein Mann sie glücklich machte, um genau zu sein.

»Dir macht es also nichts aus, mich mit einer anderen Frau zu teilen? Ein Tiefschlag für mein Ego. Dann geht es dir da anders als mir.« Wir wichen ein paar halbwüchsigen Skateboardern aus, die den Bürgersteig zu ihrer Halfpipe auserkoren hatten.

»Versprich mir, dass du bei ihr bleibst.« Ich blieb stehen. Plötzlich war mir der Hunger vergangen. Auch Alex hatte sein Brötchen noch nicht angerührt.

»Das kann ich nicht. Wie soll das gehen?« Irritiert blickte er mich an.

»Versprich es mir.«

Er griff nach meinem Arm und zog mich weiter. Wir waren inzwischen in Planten un Blomen angekommen und liefen über schmale Sandwege Richtung Teepavillon. »Ich kann ihr doch nicht ewig etwas vormachen, Lilith. Das wäre Bine gegenüber nicht fair.«

»Ich kann nur den Gedanken nicht ertragen, dass ich ihr die große Liebe genommen habe«, murmelte ich leise.

Er rieb sich über die Augen. »Das hast du nicht. Bine war für mich nie etwas anderes als –«

»Sag es nicht!«

Er seufzte tief. Mittlerweile standen wir direkt vor dem kleinen See im Japanischen Garten. »Aber um noch mal auf Dornröschen zurückzukommen –«

»Aschenputtel!«

Er blickte sich um. Es war keine Menschenseele zu sehen. »Jedenfalls musste dieser Prinz sie doch wachküssen, oder nicht?« Alex hatte zu seinem typischen spitzbübischen Grinsen zurückgefunden, das mir mittlerweile so vertraut war.

»Nein, nicht wirklich. Hat deine Mutter dir etwa keine Märchen vorgelesen?« Ich boxte ihn spielerisch in die Seite und setzte mich wieder in Bewegung.

»Das ist zu lange her«, murmelte er, nachdem er mich eingeholt hatte, und ich bemerkte, dass sein Grinsen verschwunden war.

»Wo ist deine Mutter jetzt?«, fragte ich.

»Auf dem Cimetière Montparnasse in Paris.« Die Antwort klang mechanisch.

»Sie ist tot? Oh, Alex, das tut mir schrecklich leid.« Bestürzt hielt ich inne. »Was ist passiert?«

»Keine Sorge, das ist lange her. Sie starb, als ich neunzehn war. Sie war Malerin, wahnsinnig talentiert. Am liebsten malte sie Blumen und das Meer. Als ich klein war, habe ich nichts lieber getan, als ihr bei der Arbeit zuzusehen, bis sie mich darin bestärkte, es selbst zu probieren.«

Er sah aus wie ein kleiner Junge, als er von seiner Mutter erzählte. Anscheinend hatte sie sein Talent, das sie ihm in die Wiege gelegt hatte, schon früh erkannt und ihn nach Kräften gefördert, doch als er älter wurde und den üblichen Drang verspürte, sich von seinem Elternhaus abzunabeln, war er in falsche Kreise geraten und hatte schließlich das Malen und Zeichnen aufgegeben. Stattdessen hatte er sich auf den Straßen von Paris herumgetrieben.

»Sie hat sich große Sorgen gemacht, dass ich auf die schiefe Bahn komme. Zu Recht, wie ich mittlerweile weiß. Hundertmal hat sie mich ermutigt, meiner jugendlichen Wut und Unzufriedenheit mit Farbe und Pinsel entgegenzutreten. Nicht einmal als sie krank wurde, habe ich ihr zugehört.«

»Was hatte sie?« Für einen Augenblick dachte ich an meine eigene Mutter.

»Lungenentzündung. Nie hätten mein Vater oder ich damit gerechnet, dass sie nicht mehr aus dem Krankenhaus zurückkommen könnte. Sie starb, als ich gerade mit ein paar Freunden ein Auto knackte und mit hundertachtzig Sachen durch Paris raste.« Das leichte Zittern in seiner Stimme war kaum zu hören.

Ich hätte ihn gerne in die Arme geschlossen und getröstet, denn auch nach achtzehn Jahren war ihm der Schmerz noch anzusehen. Doch ich konnte am Ende der Straße schon das runde Schild der Galerie sehen und wagte es nicht. Stattdessen griff ich nach seiner Hand und drückte sie fest. »Du bist nicht schuld, dass sie tot ist. Sie ist nicht aus Sorge darüber gestorben, dass du Autos aufgebrochen oder dich geweigert hast zu malen.«

»Es hat lange gedauert, bis ich das verstanden habe. Nach ihrem Tod habe ich wieder angefangen zu malen, denn nur so konnte ich meinen Schmerz verarbeiten. Seither habe ich nicht mehr damit aufgehört. Und ich weiß, dass sie darüber glücklich wäre.«

»Ich bin es auch.«

»Ich stand damals mit einem Bein im Gefängnis, aber

die Kunst hat mich gerettet. Nur das Malen bringt mir die absolute Freiheit im Kopf.«

Lange Zeit standen wir auf dem schmalen Bürgersteig, ließen uns den immer stärker werdenden Wind um die Ohren wehen, ohne auf die anderen Passanten zu achten, und fixierten uns mit Blicken. Ein leichter Nieselregen setzte ein. Ich wollte mich schon verabschieden, als er wie aus dem Nichts leise sagte: »Lilith, ich liebe dich. Und du liebst mich auch.«

Ich schluckte schwer. »Ich weiß. Aber das spielt keine Rolle.«

»Doch, das tut es.« Er klang aufgebracht.

»Du hast recht, natürlich tut es das. Aber ich kann Pius nicht verlassen, das weißt du.« Als er schwieg, fuhr ich mit gedämpfter Stimme fort: »Ohne mich müssten Pius und die Jungs sich mit Dosenravioli und trockenem Knäckebrot durchbringen, und unser Haus würde zu einem kümmerlichen Trümmerhaufen zusammenstürzen.«

»Nicht das Haus. Sein Herz. Und deins auch.« Der Ausdruck in seinem Gesicht ging mir durch Mark und Bein.

Ich schwieg. Wir wussten beide, dass er recht hatte. Wie so oft in den vergangenen Wochen kam ich mir plötzlich ausgesprochen abgebrüht vor. Es war nicht fair, was ich hier tat. Mit Tränen in den Augen drehte ich mich um und ging.

Kapitel 15
September 1995

Endlich Ferien! Nach dem Wasserrohrbruch in der Küche vor sechs Wochen und den langen, arbeitsreichen Tagen in der Galerie in diesem Jahr wurde es allerhöchste Zeit.

Die Kinder quietschten vor Aufregung und machten waghalsige Sprünge über den riesigen Haufen Gepäckstücke, der in dem kleinen Flur der idyllischen Ferienwohnung in der Blumenstadt San Remo an der italienischen Riviera darauf wartete, in die Schränke und Kommoden geräumt zu werden. Auch Pius und ich waren aufgekratzt: Abgesehen von ein, zwei wilden, mehr oder weniger missglückten Campingtrips in den Bergen hatten es unser Terminkalender und unsere Finanzen zum ersten Mal seit unserer Hochzeitsreise vor fast sechs Jahren zugelassen, unsere wenigen Urlaubstage nicht in der Hängematte im Garten, mit Lupe und Kompass im Wald oder im Schlauchboot auf dem Baggersee zu verbringen, sondern richtig zu verreisen. Zwei Wochen lang Sommer, Strand und rauschende Wellen. Keine Arbeit, keine Verpflichtungen, nur Erholung, baden, ein paar Sehenswürdigkeiten abklappern und vor allem mit der Familie zusammen sein.

»Ich will am liebsten gleich ins Wasser«, rief Paul und zog eine Schaufel und ein paar Sandförmchen aus einer der Reisetaschen.

»Und ich will in den Bergen giftige Schlangen sehen.«

Das kam natürlich von Theo. In der Gegenwart von Tieren war er schon immer am glücklichsten gewesen – vollkommen egal, ob es sich dabei um Regenwürmer handelte, die er ausgrub, oder Frösche, die er fing, Ameisenstraßen, die er aufspürte, oder Hunde, denen er unterwegs begegnete. Liebevoll wuschelte ich durch seine strubbeligen dunklen Haare.

»Ich will das tiefste Loch graben, mindestens bis zum Erdkern«, erweiterte Paul die Liste und schwenkte seine kleine rote Plastikschaufel.

»Ich will die Festung Soa Toca angucken«, hielt Theo mit tellergroßen Augen dagegen. Neben Tieren hatten es ihm seit Kurzem auch Ritter angetan.

»San Terza«, korrigierte ihn Paul mit hochgezogenen Augenbrauen.

»Santa Tecla«, warf ich lachend ein und hievte einen der Koffer hoch, um ihn in das winzige angrenzende Elternschlafzimmer zu schaffen.

»Ich will im Valle Argentina wandern«, mischte sich jetzt auch Pius ins Gespräch ein, ehe er sich gleich zwei Taschen schnappte und sie ins Kinderzimmer trug.

»Ich will am Strand liegen und mir die heiße Sonne auf den Bauch scheinen lassen oder in Bussana Vecchia Künstlersouvenirs kaufen. Oder die palmengesäumte Promenade entlangschlendern«, rief ich, während ich den Koffer aufs weiche Bett wuchtete, und konnte förmlich vor mir sehen, wie die Jungs die Augen verdrehten.

»Nur wenn wir dann auch ein Eis dürfen«, empörte sich Theo.

»Es heißt Dschelato«, grinste Paul und drückte seinem kleinen Bruder eine Tube Sonnencreme in die Hand.

»Komm, Theo, wir gehen erst mal zum Strand und danach zur Festung. Okay?«

»Ich sehe, uns wird hier nicht langweilig werden.« Pius strahlte und legte die Arme um seine Söhne. »Aber zuerst mal gehen wir etwas essen. Nach dem Flug seid ihr bestimmt hungrig wie die Bären.«

Zwanzig Minuten später hatten wir die wichtigsten Sachen ausgepackt und versammelten uns fertig umgezogen wieder im Flur.

»Unerschrockene Schuhwahl, mein Schatz.« Diesen Kommentar konnte Pius sich nicht verkneifen.

»Diese Absätze haben nichts mit Statik zu tun, sondern nur mit der eigenen Geisteshaltung.«

Ich hatte den Satz noch nicht zu Ende gebracht, da stolperte ich auch schon über Pauls Buschwusch-Ball und fiel Pius geradewegs in die Arme.

Die Kinder kicherten immer noch, als wir kurz darauf – ich nun in flachen Flipflops und kurzer Jeanslatzhose über einem winzigen Top, schließlich wollte ich die vermaledeite aktuelle Bauchfrei-Mode trotz zwei Schwangerschaften zumindest nicht komplett ignorieren – in einer gemütlichen Pizzeria im Schatten einer großen Platane saßen und tollkühn irgendwelche Pizzakreationen probierten, von denen wir noch nie zuvor gehört hatten.

»Das ist der schönste Urlaub in meinem ganzen Leben«, verkündete gerade mein knapp vierjähriger Sohn und biss genussvoll in seine Touristenpizza mit Nudeln und Würstchen.

»Wir sind gerade erst angekommen. Warte, bis wir erst mal am Strand sind und die allercoolste Burg bauen.« Paul nahm ein Stück Banane von seinem süßen Teigfladen und schob es sich in den Mund.

»Ich bau den Turm«, rief Theo eifrig und verschluckte sich fast an seinem Essen. »Und schmück ihn mit Muscheln und Steinen.«

»Ich grabe den Tunnel«, bot Pius an.

»Und ich hole das Wasser«, zog ich nach.

Hochzufrieden mit der Aufgabenverteilung, blickte Paul von einem zum anderen. »Dann müssen wir jetzt aber schnell aufessen«, trieb er uns an.

Pius und ich lachten gelöst. Wie lange hatten wir uns auf diesen Urlaub gefreut.

Die Galerie war nach ihrer Eröffnung vor mittlerweile mehr als drei Jahren gut angelaufen und hatte sich schon einen festen Platz auf dem Hamburger Kunstmarkt erkämpft, doch wir hatten noch immer einen Berg Schulden für das Haus abzustottern und waren daher unermüdlich im Einsatz und auf der Suche nach neuen Künstlern und Talenten. Die Arbeit bereitete uns unbändige Freude, und wir hatten festgestellt, dass wir uns privat wie beruflich perfekt ergänzten, so dass das Gefühl, auf einem Hochseil zu balancieren, mittlerweile verschwunden war. Oft wünschte ich mir aber, dass jetzt keine größeren Reparaturen am Haus anfielen. Und noch viel häufiger wünschte ich mir, mehr Zeit mit Pius und den Kindern verbringen zu können.

»Mama, wir wollen jetzt los«, holte mich Theos ungeduldige Stimme in die Pizzeria zurück.

Auf dem Weg zum Strand schlang ich meinen Arm um Pius' Taille. »Es fühlt sich auch nach elf Jahren noch immer so an, als wärst du mein Freund, weißt du das eigentlich?«, raunte ich in sein Ohr, während die Jungs damit beschäftigt waren, sich gegenseitig darin zu übertrumpfen, wer sich gleich weiter ins Wasser wagen würde. »Ich liebe dich wie verrückt.«

Er legte seinen Arm fest um meine Schultern und lachte. »Du willst doch nicht etwa, dass ich das Wasser für dich hole, oder?«

»Mist, du bist mir auf die Schliche gekommen.«

»Ich kenne dich besser als du dich selbst, vergiss das nicht.« In heiterer Stimmung und eng umschlungen folgten wir unseren Kindern zum blendend weißen Spiaggia di Porto Sole.

Die nächsten Tage waren gefüllt mit emsigem Planschen, ausdauerndem Brutzeln in der Sonne, dem Errichten riesiger Sandhaufen und dem Aufpusten von Schwimmflügelchen. Wir kauften in den schmalen Gassen der Altstadt La Pigna Eis in jeder Geschmacksrichtung und wischten Eisspuren aus strahlenden Kindergesichtern. Wir genossen jede einzelne Minute.

Für die zweite Urlaubswoche hatten wir einen kleinen Wagen gemietet, mit dem wir Ausflüge in die nähere Umgebung machen konnten. Wir zählten Zitronenbäume in Bordighera, wir machten ein Wettrennen über die Nerviabrücke in Dolceacqua, die vor über hundert Jahren schon Claude Monet zu einem Bild inspiriert hatte, wir wandelten auf geheimnisvollen Hexenpfaden im engen, wilden und steilen Valle Argentina.

Am Donnerstagmorgen, zwei Tage vor der Heimreise, war ich gerade dabei, mir vor dem Badezimmerspiegel kunstvoll die Haare einzuzwirbeln, als Pius seinen Kopf zur Tür hereinsteckte.

»Ich habe eine Überraschung für dich«, grinste er verschmitzt.

»Oh, ich liebe Überraschungen. Was ist es denn?« Ich befestigte das letzte Haargummi und warf einen prüfenden Blick in den Spiegel. Perfekt! Für solche extravaganten Modefrisuren blieb mir im Alltag überhaupt keine Zeit.

»Netter Versuch, Lilith.«

»Wurde der Blumenjahrmarkt in diesem Jahr etwa auf den September verlegt?«

»Natürlich, extra für uns.« Pius zog mich in den Flur, wo die Jungs schon ungeduldig mit einem gepackten Rucksack auf uns warteten.

»Oder sehen wir uns die Villa Ormond an? Da soll es einen himmlischen japanischen Garten geben.«

»Viel besser.« Sein Grinsen wurde noch breiter. Er schnappte sich den Rucksack, und zu viert traten wir blinzelnd in den strahlenden ligurischen Sonnenschein hinaus.

»Hat es etwa was mit dem Corso Matteotti zu tun?« Der Corso Giacomo Matteotti war die Shoppingmeile der Stadt. Um ihn hatten wir bisher einen weiten Bogen gemacht – Pius und die Kinder fingen schon an, demonstrativ zu gähnen, wenn ich das Wort *einkaufen* auch nur in den Mund nahm.

»Ich hab doch gesagt, *besser*!«

»Sag schon, Pius!«

Pius stöhnte und schlug die Hände über dem Kopf zusammen. Mittlerweile waren wir bei unserem winzigen italienischen Mietwagen angekommen und kletterten hinein. »Wie hast du es früher nur geschafft, auf den

Weihnachtsmann zu warten, ohne deine Eltern in den Wahnsinn zu treiben?«, fragte er feixend, als er Richtung Küstenstraße abbog. Der Corso Matteotti schied also aus.

»Ich habe es nicht geschafft. Jedes Jahr im Dezember waren sie und ich nervliche Wracks. Ich hab auf meinen Haarspitzen herumgekaut und Valium wie Bonbons in mich reingeschaufelt. Einmal bin ich tatsächlich losgelaufen, um den Nordpol zu finden. Zwei Straßen weiter bin ich in einer Schneewehe stecken geblieben.«

»Was ist ein nerviges Wrack?«, erkundigte sich Theodor.

»Was ist Valium?«, wollte Paul wissen.

»Habt ihr beiden nachher Lust auf ein Gelato?«, rief Pius dazwischen.

Lächelnd lehnte ich mich in meinem Sitz zurück und ergötzte mich an der malerischen Aussicht auf die schroffen Felsen und grünen Bergausläufer, während die Kinder wie auf jeder Autofahrt mit Feuereifer ein Farbenbingo-Spiel in Gang brachten. So rollten wir an Bordighera und Ventimiglia vorbei, bis ich nach etwa einer halben Stunde zu meiner großen Überraschung in einiger Entfernung ein kleines graues Grenzhäuschen ausmachte.

»Fahren wir etwa nach Frankreich?« Fragend hob ich eine Augenbraue.

Pius grinste und schwieg.

»Hätte ich eine Zahnbürste einpacken müssen?«

Er lachte. »Keine Sorge, wir sind gleich da.«

Wir ließen Menton hinter uns. Als wir kurze Zeit später Monaco passierten, wurde ich langsam nervös. Jeden Moment musste die Abzweigung nach Nizza vor uns auftauchen. Wo fuhren wir hin?

»Pius, jetzt mach es doch bitte nicht so spannend!«, entfuhr es mir schärfer als beabsichtigt. »Wohin entführst du uns? Das macht keinen Sinn.« Das Gefühl des Unbehagens und der Beklommenheit in meinem Bauch wurde immer stechender.

»Es muss auch nicht immer alles Sinn machen. Manchmal reicht es schon, wenn es Spaß macht.« Lächelnd legte er seine Hand auf mein Bein und sofort spürte ich, wie sich mein Pulsschlag wieder etwas beruhigte. Dennoch blieb ich angespannt. Ich lehnte mich in meinem Sitz zurück, schloss die Augen und atmete erst wieder tief durch, nachdem wir Nizza hinter uns gelassen hatten.

Wir fuhren nicht wie damals durch Cagnes-sur-Mer, sondern über Gattières und Saint-Jeannet, so dass ich erst erkannte, wo wir uns befanden, als ich das Schild sah, schwarze Schrift auf weißem Grund. *Vence.*

Pius hielt den Wagen an genau der Stelle, an der ich vor sechs Jahren mit zitternden Knien aus einem zerbeulten roten Cabrio gestiegen war.

»Wo sind wir?«, stammelte ich, obwohl ich es genau wusste. Ich konnte nicht verhindern, dass meine Stimme einen leicht hysterischen Klang angenommen hatte.

»Das ist die Rosenkranzkapelle von Matisse. Du hast damals, als du mit Bine in Nizza warst, gesagt, dass ihr es nicht bis hierher geschafft habt. Aber ich habe darüber gelesen und war mir sicher, dass du das Bauwerk lieben würdest, also sind wir jetzt hier.«

Sichtlich stolz auf seinen glänzenden Einfall beugte er sich zu mir herüber und küsste mich.

»Nicht schon wieder küssen. Wir wollen uns lieber das Schloss ansehen.« Theodor, der ebenso wie Paul des Farbenbingos und langen Sitzens längst überdrüssig war, verdrehte die Augen.

»Das ist eine Kapelle, Theo. Das ist so was wie eine Kirche, nur in Klein, glaube ich«, korrigierte ihn Paul.

»Ein Schloss wär viel cooler.«

Pius lachte und öffnete die Fahrertür. »Wartet, bis ihr das Licht im Inneren seht. Der Reiseführer schreibt, dass es zu jeder Tageszeit anders bricht und immer neue Effekte erzeugt. Schöner kann es in einem Schloss nicht sein.«

Mehr Ansporn brauchten die Kinder nicht. Beide rissen gleichzeitig ihre Autotüren auf und sprangen auf den Parkplatz, der um diese Zeit noch relativ leer war.

»Wo ist mein Sonnenhut?«

»Wer hat die Kamera?«

»Ich muss Pipi.«

»Wann bekommen wir unser Dschelato?«

Das Durcheinander, das Pius in den nächsten Minuten auf Trab hielt, hätte mir nicht gelegener kommen können. Denn es trug dazu bei, dass niemand zu bemerken schien, dass ich mich reichlich eigentümlich aufführte. Stumm wie ein Fisch, mit wild pochendem Herzen und Bildern vor Augen, die ich längst vergessen geglaubt hatte, saß ich wie festgewurzelt auf dem Beifahrersitz, vergrub das Gesicht in meinen Händen, atmete immer wieder tief ein und aus und versuchte nach Kräften, die ohrenbetäubend laut schrillenden Alarmglocken in meinem Kopf zum Schweigen zu bringen. Oder zumindest so weit zu überhören, dass ich endlich aussteigen konnte.

Es war Theo, der meine hilflose Panik durchbrach. Er ruckelte an meiner Tür, bis er sie schließlich mit viel Mühe aufbekam, und starrte mich mit weit aufgerissenen Augen an. Es war, als würde ich aus einem Traum erwachen, als er aufgeregt mit den Armen wedelte und krähte: »Mama, guck doch mal, ich habe endlich doch noch eine Schlange entdeckt. Die ist bestimmt giftig. Und stell dir vor, die hat Beine. Los, Mama, komm, die musst du dir unbedingt ansehen!« Stürmisch griff er nach meiner Hand und zog mich über den halben Sandparkplatz bis zu dem sensationellen Fund.

Es war eine winzige schwarz-gelbe Echse, die sich auf einem flachen Stein in der Sonne aalte. Ich konnte nicht anders, ich musste lachen.

»Die hiesigen Reptilien haben wir also abgehandelt, dann ist jetzt die Architektur dran. Was meint ihr?« Ich hatte gar nicht bemerkt, dass Pius hinter uns getreten war. Mit Schwung packte er Theo und warf ihn sich über die Schulter. Theo kreischte vor Vergnügen, als die beiden den schmalen Sandweg Richtung Kapelle entlanggaloppierten. Paul und ich folgten langsamer, seine kleine Hand fest in meiner. Die detaillierten Fragen zu Henri Matisses letzter Arbeit, mit denen er mich löcherte, waren eine willkommene Ablenkung.

Das schlichte Gebäude war genauso hinreißend, wie ich es in Erinnerung hatte. Zwar versteckte sich die Sonne heute immer mal wieder hinter weißen Schäfchenwolken, doch sobald sie hervorkam, verwandelte sie das Innere der Kapelle dank der bunten Glasfenster in einen leuchtenden Regenbogen. Genau wie damals. Dicht gefolgt von meinen Söhnen, wanderte ich durch den kleinen Raum, bewunderte das beinahe mystische Farbenspiel, die bemerkenswerte Harmonie und die Klarheit der Formen und erklärte ihnen alles, was ich über die Rosenkranzkapelle wusste.

Alles, was Alex mir erzählt hatte. Und plötzlich war es wieder da, dieses unerklärliche Gefühl der Ruhe und des Friedens, das mich schon bei meinem ersten Besuch durchströmt hatte.

Bis Pius, der unterdessen die kleine angeschlossene Matisse-Ausstellung studiert hatte, sich wieder zu uns gesellte und mir leise ins Ohr flüsterte: »Interessante Entstehungsgeschichte, unkonventioneller Künstler. Aber ein bisschen erinnert mich das Ganze an ein etwas zu groß geratenes Badezimmer, in dem ein paar weiße Kacheln mit schwarzen Strichzeichnungen bemalt wurden.«

Seine Bemerkung wirkte wie eine eiskalte Dusche auf mich. Ich warf ihm einen flüchtigen Seitenblick zu und runzelte leicht die Stirn, als ich sein ausgelassenes Grinsen registrierte. Ohne es zu wollen, tauchte unwillkürlich das Bild von Alex vor meinen Augen auf, wie er die Farbwirkung beschrieb, die Lichtreflexe, Matisses Liebe zum Detail, die emotionale und intellektuelle Tiefe dieses Kunstwerks. Wie sich die Farbe seiner Augen in dem intensiven Blau der Fenster widerspiegelte. Sofort überrollten mich wieder diese altbekannten Schuldgefühle, die mich nun schon so viele Jahre verfolgten.

»Du hattest recht, Mama, es ist so schön hier. So schön wie in einem Schloss«, erklärte Theo feierlich.

»Aber können wir jetzt ein Dschelato kaufen?«, erkundigte sich Paul nüchtern.

Mit einem letzten Blick auf die regenbogenartigen Farbstrahlen an den Wänden folgte ich meiner Familie nach draußen. Den ganzen Rückweg nach San Remo dachte ich an den Mann, dem ich vor sechs Jahren das Herz gebrochen hatte.

Kapitel 16
September 1999

»Pius mag ihn auch.« Bine nahm sich eine dunkle Weintraube aus der Tupperdose und ließ sich wieder neben mir auf die gepunktete Picknickdecke sinken, die wir mitten auf dem Deich in Drage an der Elbe ausgebreitet hatten, um an diesem Sonntag die vielleicht letzten warmen Sonnenstrahlen des Jahres auszukosten.

»Ich weiß.« War ja kein Wunder – schließlich half Alex uns mit seinen Bildern und seinem Namen dabei, unseren Hals aus der Schlinge zu ziehen. Aber insgeheim wusste ich, dass es noch mehr war als das.

»Er meint, Alexander sei eine angenehme Abwechslung zu all den anderen Typen, die ich im Laufe der Jahre angeschleppt habe und die kaum zwei Sätze aneinanderreihen konnten, dafür aber mit Waschbrettbauch, Abenteuerlust und holzig-derbem Aftershave gepunktet haben. O-Ton Pius.« Bine lachte gelöst und drehte sich auf den Rücken. Der Himmel war nach viel zu vielen Regentagen in der letzten Woche endlich wieder strahlend blau, nur geschmückt von ein paar watteweichen Schäfchenwolken.

»Außerdem ist er der Einzige, dem du nicht schon nach wenigen Wochen den Laufpass gegeben hast.« Ich winkelte den Ellbogen an und stützte den Kopf auf die Hand, um die beiden Männer beobachten zu können, die gerade dabei waren, das kleine Segelboot zu reparieren, mit dem Pius mich vor ein paar Tagen zu unserem zehnten Hochzeitstag überrascht hatte. Auch wenn es uralt und noch nicht fahrtüchtig war, mit gerissenem Segel, abgeplatzter Farbe, verwahrloster Kajüte und angeschlagener Bordelektronik, war ich aus allen Wolken gefallen, als er mir den Schal von den Augen genommen hatte – wir hatten uns schon immer ein eigenes Boot gewünscht, mit dem wir auf engem Raum, unter herausfordernden Bedingungen die Welt entdecken und den Alltag an Land zurücklassen konnten.

Pius war gerade dabei, mehrere dünne Risse im Rumpf zu schleifen, während Alex Spachtelmasse anrührte. Sie schienen in eine lockere Unterhaltung vertieft.

»Ist es nicht schön, dass wir uns endlich mal alle zusammen treffen?«, fragte Bine und schob sich noch eine Weintraube in den Mund. »Wurde auch Zeit, oder? Jetzt habe ich meine drei Lieblingsmenschen zu guter Letzt doch noch alle auf einem Haufen.«

»Mmmh«, murmelte ich ausweichend. Dabei hatte ich beinahe einen Herzanfall erlitten, als Bine mit Alex im Schlepptau heute Morgen vor unserer Haustür aufgekreuzt war, gerade als wir losfahren wollten. Bisher hatte ich es fertiggebracht, einem »Doppeldate« erfolgreich aus dem Weg zu gehen, doch offenbar hatte Pius die beiden heute heimlich dazu eingeladen, mit uns zu unserem neuen Boot zu fahren, um mir eine Freude zu bereiten.

»Und die Kinder natürlich, die gehören auch zu meinen Lieblingsmenschen«, fügte Bine mit Blick auf Paul und Theo hinzu, die sich gerade auf der anderen Seite des Deichs damit beschäftigten, sich so dicht an die Schafe heranzupirschen, dass sie sie streicheln konnten. Mit mäßigem Erfolg, aber großer Begeisterung. Bine seufzte.

»Glaubst du, ich wäre eine gute Mutter?«, fragte sie plötzlich so leise, dass ich im ersten Moment annahm, ich hätte mich verhört.

»Natürlich wärst du das«, entgegnete ich und richtete mich auf, um mir einen Becher Pfirsichsaft einzuschenken. Mit der anderen Hand plünderte ich die Box mit den Nüssen, nur um etwas zu tun zu haben. Doch ich fühlte, wie mein Herz begann, schmerzhaft schneller zu schlagen. Ich hatte rasende Angst vor dem, was gleich kommen würde. »Du wärst die beste, Bine.«

Und tatsächlich. »Ich möchte so gerne ein eigenes Kind haben.« Ihre grünen Augen glänzten vor Sehnsucht, und ich schluckte schwer. Bine hatte sich schon immer eine eigene Familie gewünscht, nur hatten ihre bisherigen Männerbekanntschaften zumindest in ihren Augen allesamt keine ausnehmenden Vaterqualitäten mitgebracht. Ich stopfte mir eine Handvoll Cashews in den Mund, um einer Antwort zu entgehen, aber sie schien mein nervöses Schweigen gar nicht zu bemerken.

»Und ich glaube, mit Alexander habe ich endlich den richtigen Mann dafür gefunden.«

Obwohl ich es geahnt hatte, verschluckte ich mich und verschüttete die Hälfte meines Safts auf der Decke, als mich ein heftiger Hustenanfall packte.

Als wäre nichts passiert, fuhr Bine seelenruhig fort: »Er ist der geborene Papa, Lilith. Du hättest ihn sehen sollen, wie tatkräftig er diesem kleinen Mädchen im Innocentiapark geholfen hat, das seine Mutter aus den Augen verloren hatte. Und ist es nicht einfach unglaublich, wie er mit Theo und Paul umgeht? Die beiden lieben ihn wie verrückt.«

»Ja, das tun sie«, nuschelte ich undeutlich, nachdem ich mich wieder beruhigt hatte, den Mund noch immer voller Nüsse. Mein Herz wurde bleischwer.

»Manchmal frage ich mich, ob er insgeheim vielleicht schon ein Kind hat, an dem er üben konnte.« Ich erstarrte, doch Bine fing an zu lachen und griff ebenfalls nach der Box mit den Cashews. »Jetzt bleibt nur noch das winzige Problem, wie ich dieses ganze Kinderthema am besten auf den Tisch bringe. Schließlich sind wir noch nicht besonders lange zusammen. Aber ich bin fast vierzig, und meine Eierstöcke fangen bald an zu vertrocknen.«

Trotz der Sonne, die sich heute noch mal von ihrer besten Seite zeigte, fing ich plötzlich an zu frösteln und zog meine grüne Strickjacke enger um meinen Körper. »Du bist sechsunddreißig, Bine. Du hast alle Zeit der Welt. Wer kriegt denn heutzutage noch Kinder, bevor er nicht mindestens neununddreißig ist?« Wie sollte ich es ihr nur sagen, ohne mich verdächtig zu machen? Aber ich konnte sie doch nicht sehenden Auges ins Verderben rennen lassen. Niemals würde Alex einwilligen, mit ihr ein Baby zu bekommen. Stattdessen würde er ihr, wie er bei unseren letzten Begegnungen angekündigt hatte, viel eher den Laufpass geben.

Oder etwa doch nicht?

Als ich den Blick hob, bemerkte ich, dass er uns mit undurchdringlicher Miene musterte.

Bine runzelte die Stirn. »Du hast gut reden, du hast schon zwei und verstehst nicht, wie es ist, wenn das Ticken der biologischen Uhr immer lauter wird und irgendwann einfach nicht mehr zu überhören ist.«

»Ich finde trotzdem, du solltest nichts überstürzen. Du

willst ihn doch nicht abschrecken«, brachte ich hervor. »Und außerdem: Babys kotzen einem auf die Schulter.« Ich versuchte mich an einem Grinsen, doch ich war nicht sicher, ob es mir gelang.

Ein wenig erleichtert nahm ich wahr, dass die Kinder mittlerweile ihr Spiel mit den Schafen aufgegeben hatten und wild gestikulierend ein Wettrennen in unsere Richtung eröffneten.

»Erster«, krähte Paul kurz darauf.

»Gleichzeitig«, johlte Theo eine Sekunde später.

Bine lachte und klopfte neben sich auf die Decke. »Ihr kommt gerade noch rechtzeitig, Jungs. Sonst hätte ich das ganze schöne Picknick alleine aufgefuttert, das Lilith vorbereitet hat. Inklusive der Pizzabrötchen.«

Zum Glück schien das Thema Nachwuchs fürs Erste vergessen. Ich atmete ein paarmal tief durch.

»Pizzabrötchen?«, kreischte Theo, nahm Eddie vorsichtig aus der Kängurutasche seines Kapuzenpullovers und warf sich auf die Decke.

»Papa! Alex! Kommt schnell, sonst isst Bine alle Pizzabrötchen auf!«, rief Paul und winkte den beiden Männern zu, die inzwischen, jeder eine Flasche Bier in der Hand, lässig an der Reling lehnten. Ich musste den Blick abwenden, als sie langsam und noch immer angeregt plaudernd auf uns zuschlenderten.

»Gut, dass du immer so viel Proviant einpackst, dass ein ganzes Bataillon davon satt wird«, grinste Pius und hatte den Anstand, ein wenig schuldbewusst auszusehen, als er sich neben mir auf die Decke sinken ließ. Schließlich hatte er vorher nicht erwähnt, dass wir heute zu sechst sein würden. Wahrscheinlich hätte ich mir sonst eine geeignete

Ausrede einfallen lassen, um zu Hause bleiben zu können. Einen verstauchten Knöchel, Migräne oder eine Magen-Darm-Grippe.

»Sonst kann Alex mein Pizzabrötchen haben«, verkündete Paul großzügig.

»Und meine Wassermelone«, bot Theo selbstlos an. Eine große Geste, denn er liebte Melone.

»Meinen Müsliriegel kriegt er aber nicht«, witzelte ich, ohne darauf einzugehen, dass die beiden nicht auf die Idee gekommen waren, ihr generöses Angebot auf Pius oder Bine auszudehnen.

»Was?« Alex schlug in gespielter Empörung die Hände über dem Kopf zusammen. »Und das, nachdem du von mir Bouillabaisse und Tintenfischstäbchen bekommen hast?«

Ich erstarrte. Was sollte das? »Das war die reine Folter«, murmelte ich schnell. »Ich mag gar keinen Fisch.« Meine Stimme klang atemlos. Wie eigentlich immer, wenn Alex in meiner Nähe aufkreuzte. Nur dass jetzt auch Pius und Bine dabei waren.

»Stimmt, sonst wäre ich längst schon zum Angler geworden. Vor allem jetzt, da wir ein eigenes Boot haben.« Pius lachte. Wenn ich es nicht besser wüsste, würde ich meinen, dass es ein bisschen gezwungen klang.

»Oh, bitte, können wir mal zum Angeln rausfahren? Können wir, Papa?« Theo, der gerade Eddie mit einer Rosine versorgt hatte, bekam große Augen.

»Mama muss unseren Fang ja nicht essen«, setzte Paul hinzu und biss herzhaft in ein Pizzabrötchen.

»Wenn ihr Seeteufel, Knurrhähne und Drachenköpfe an den Haken kriegt und einen Eintopf daraus macht, wird sie sicherlich nicht Nein sagen«, feixte Alex, wurde aber still, sobald er meinen Blick auffing.

Zum Glück überschlugen sich die Kinder mit Fragen zu den ungewöhnlichen Namen der Fische, so dass niemand zu bemerken schien, dass meine Wangen glühten und die Farbe von überreifen Tomaten angenommen hatten.

Ich nahm ein paar Weintrauben und gab mein Bestes, zum Gespräch über Fische und Boote, die Chaosbefürchtungen zum nahenden Jahrtausendwechsel und das neue Album der Red Hot Chili Peppers beizutragen, obwohl ich nichts lieber getan hätte, als zusammen mit Pius die Segel zu setzen und die Welt auszuschließen. Oder für Alex Modell zu sitzen, während er auf diese unnachahmliche Art den Kopf schief legte und den Bleistift über das Papier fliegen ließ. Wie durch Watte nahm ich wahr, dass Pius meine Hand genommen hatte und sanft mit seinem Daumen über meinen Handrücken strich.

»Es ist eine Zusammensetzung aus ›California‹ und ›Fornication‹. Wie hieß diese Art von Wortspiel noch mal?«, fragte Bine gerade.

»Portmanteau«, antwortete ich mechanisch. »Oder Kofferwort.«

»Wie ›Brunch‹ oder ›Denglisch‹ oder ›Smog‹«, führte Pius ins Feld.

»Oder wie ›jein‹«, ergänzte Alex, und ich wich geflissentlich seinem stechenden Blick aus.

»Oder wie ›Seestern‹«, warf Theo ein und griff ungeniert nach dem letzten Pizzabrötchen.

»›Seestern‹ ist doch kein Kofferwort, Theo.« Paul schüttelte den Kopf und wischte sich ein paar Krümel vom Ärmel. »Aber ›Microsoft‹ ist eins, das ist nämlich eine Zu-

sammensetzung aus ›Mikrocomputer‹ und ›Software‹.«
Fünf Augenpaare starrten ihn entgeistert an.

Inzwischen war ein kühler Wind aufgezogen, und ein Blick in den Himmel verriet mir, dass der Horizont voll dunkler Wolken hing, die sich langsam vor die tief stehende Sonne schoben. Ich kramte meine Jeansjacke aus einer der Umhängetaschen und zog sie über.

»Vielleicht sollten wir besser einpacken«, schlug Bine vor, als hätte sie meine Gedanken gelesen, und fing an, leere Becher zusammenzusuchen.

»Ich räume das Werkzeug ein. Helft ihr mir, Jungs?«, fragte Pius und verschwand zusammen mit Paul und Theodor auf dem Boot.

Ich schnappte mir den großen Picknickkorb, um ihn zum Auto zu schleppen, doch Alex nahm ihn mir wie selbstverständlich aus der Hand. »Du kannst die Decke tragen.« Als unsere Augen sich trafen, zog sich etwas in mir zusammen.

»Und ich bringe den Müll zum Container«, rief Bine, die sich schon auf den Weg zum Haus des Hafenmeisters gemacht hatte.

Bei meinem kleinen roten VW angelangt, stellte Alex den Korb im Kofferraum ab, und ich warf die Picknickdecke und die Jacken der Jungs obenauf.

»Was soll das alles?«, zischte ich aufgebracht, nachdem ich mich vergewissert hatte, dass niemand in Hörweite war. »Was tun wir hier? Was soll dieses schauerliche Freundschafts-Schmierentheater?« Ich konnte kaum die Hände bei mir behalten, wie immer, wenn er in meiner Nähe auftauchte, doch heute machte mich das nur noch wütender.

Es schnürte mir die Kehle zu, als ich seinen gequälten

Gesichtsausdruck sah. »Ich will mich nicht mit Pius anfreunden. Auch wenn ich ihn mag, er ist toll. Zumindest würde ich ihn mögen, wenn er nicht gerade dein Mann wäre und ich nicht wüsste, wie viel er dir bedeutet. Wenn es nicht so verdammt wehtun würde, dich mit ihm zusammen zu sehen.«

»Dann stimmst du mir also zu, dass wir uns nicht mehr alle zusammen treffen dürfen.« Härter als notwendig warf ich die Kofferraumtür zu.

»Bine hat mich gezwungen mitzukommen. Außerdem –«

»Seit wann lässt du dich von einer Frau zu etwas zwingen?«, schnitt ich ihm das Wort ab.

»Wie es aussieht, lasse ich mich von dir in die Knie zwingen, Lilith.« Er versuchte sich an einem Lächeln, doch ich sah den Ernst in seinen hellblauen Augen. Fast flehentlich trat er auf mich zu, so dass er jetzt viel zu dicht vor mir stand. »Außerdem will ich keine Gelegenheit verstreichen lassen, mit dir zusammen sein zu können.«

Mit bebenden Knien wich ich einen Schritt zurück. Ich senkte den Blick. »Bitte, Alex. Willst du uns in Teufels Küche bringen?«

Er seufzte schwer. »Natürlich nicht. Aber, Lilith, glaubst du, ich merke nicht, dass du mir in den letzten Tagen erfolgreich ausgewichen bist?«

»Weil die ganze Situation so ausweglos ist, verflucht noch mal.« Entsetzt stellte ich fest, dass mir Tränen in die Augen stiegen. Ungeduldig wischte ich sie mit meinem Jackenärmel fort.

»Unsere Situation ist nicht ausweglos.« Er hob seinen Arm, so als wollte er nach meiner Hand greifen, überlegte es sich aber im letzten Moment anders und ließ ihn wieder sinken. Sein Blick sprach Bände. »Lilith, du weißt, ich bin für klare Fronten. Ich liebe dich. Mehr als alles auf der Welt. Ich will dich nicht drängen, und mir ist klar, dass du dich niemals gegen deine Kinder entscheiden würdest. Das würde ich auch nicht von dir verlangen. Aber wenn du es nur willst, gibt es immer einen Ausweg.«

»Alex –«, begann ich leise und brach ab. Natürlich wusste ich, was er meinte.

»Und, Lilith, ich habe es nicht verdient, dass du mir aus dem Weg gehst oder mich quasi anflehst, Bine nicht zu verlassen und den Anschein von heiler Welt zu wahren. Ich muss diese ganze Farce endlich beenden. Und du musst das auch.«

Ich gab mir alle Mühe, ruhig zu wirken, doch mein Herz raste mittlerweile so schnell, als würde es jeden Moment aus meiner Brust springen. Er hatte recht, ich hatte schon mehr als genug gelogen. Es gab keinen Anlass zu hoffen, dass sich das Problem irgendwie von alleine löste. Ich dachte an das, was Bine mir über ihren Kinderwunsch anvertraut hatte, und spürte, wie meine Atmung immer flacher und mein Kopf immer heißer wurden. Sorgfältig blickte ich mich um und entdeckte Theo, der in einiger Entfernung im Schneidersitz auf dem Deich saß und gedankenverloren mit den Fingern das Gras durchkämmte. Wahrscheinlich hatte er einen Käfer entdeckt.

Nach Luft ringend, kämpfte ich gegen den Schwindel an, der mich packte. Wie konnte ich Alex nur deutlich machen, was ich fühlte? Warum ich nachts nicht schlafen konnte? Was mich davon abhielt, Farbe zu bekennen, und warum mir eigentlich gar keine Wahl blieb? Ich suchte noch immer fieberhaft nach den richtigen Worten, als ich aus den Augenwinkeln wahrnahm, dass sowohl Bine als auch Pius und Paul, schwer beladen mit Werkzeugkoffer und Segeltuch, auf uns zueilten. Pius fixierte mich mit einem Blick, den ich nicht deuten konnte.

Unwillkürlich rückte ich einen Schritt von Alex ab. Und anstatt ihm irgendeine tröstliche Erklärung zu liefern, flüsterte ich hektisch: »Bitte, Alex, häng mein Porträt nicht wieder in dein Atelier. Pius wird in ein paar Wochen persönlich mit einer Tonne Luftpolsterfolie in deinem Haus auftauchen, um den Transport der Bilder zu überwachen, und dann sollte er nicht unbedingt auf ein Aktbild seiner Frau stoßen.«

Er sah aus, als hätte ich ihm einen Kinnhaken verpasst.

»Wie du meinst. Eigentlich ist mein Schlafzimmer ohnehin der passendere Ort«, brummte er und wandte sich ab, um die Tür seines alten Geländewagens aufzuschließen.

»Das Boot ist so schön«, stellte Paul fest, sobald das Werkzeug und das gerissene Segel im Kofferraum verstaut waren und auch Theodor sich auf dem Parkplatz eingefunden hatte.

Ich gab einen quietschenden Laut von mir, als Pius mich unversehens packte, seine Arme um meine Taille schlang und die Nase in meinem Haar vergrub. »Genau wie du«, murmelte er leise, doch nicht leise genug. Mit brennenden Augen und wild pochendem Herzen beobachtete ich, wie Alex sich mit gequälter Miene mit den Händen übers Gesicht fuhr. Der Anblick ging mir durch Mark und Bein.

»Meine Ohren tun weh«, verkündete Theodor. »Und mein Hals auch. Ich will jetzt nach Hause.«

Als es schon anfing zu nieseln und wir uns eilig von Alex und Bine verabschiedeten, um ein warmes Zwiebelsäckchen auf Theos Ohren zu legen und dem drohenden Wolkenbruch zu entgehen, kam mir unwillkürlich in den Sinn, dass Pius seine Zuneigung zu mir für gewöhnlich nicht so offen zur Schau stellte.

Die Rückfahrt verbrachten wir großteils schweigend. Der Regen peitschte jetzt unablässig gegen die Scheiben, und Pius hatte alle Mühe, die Fahrbahn auszumachen. Nur hin und wieder warf er mir einen kurzen Seitenblick zu, sagte aber nichts. Ich lehnte mich in meinem Sitz zurück und schloss die Augen.

Er wollte mich nicht zu einer Entscheidung drängen, die ich nicht treffen konnte, hatte Alex gesagt, und natürlich konnte ich mich darauf verlassen, dass es ihm mit diesen Worten ernst war. Aber ich wusste auch, dass ich, wenn es darauf ankam, eine Entscheidung treffen *konnte*. Ich *wollte* es nur nicht.

Ohne Frage war mir vollkommen klar, wie falsch es war, mich mit Alex zu treffen. Verräterisch und unverzeihlich. In den Momenten jedoch, in denen wir alleine waren und die Zeit stehen blieb, kümmerten mich die Schuldgefühle, die Auswirkungen und Nachwehen nur wenig. In solchen Augenblicken platzte ich beinahe vor Glück und fühlte mich unbezwingbar. Später dann stand mir jedes Mal deutlich vor Augen, dass, auch wenn jede Affäre unfair und unverantwortlich war, eine Liaison mit dem Freund der Freundin und gleichzeitig Geschäftspartner des Ehemanns die absolut unterste Schublade war. Dann übermannten mich Scham und Schuldgefühle mit einer solchen Wucht, dass sich eine beängstigende Enge in meiner

Brust ausbreitete, ich keine Luft mehr bekam und mir schwindelig wurde. Wir konnten nicht einfach so weitermachen wie bisher. Die Erkenntnis, dass es alles oder nichts sein musste, traf mich wie ein Schlag.

Ich musste mich selber zu einer Entscheidung drängen. Doch ich hatte keine Ahnung wie.

Kapitel 17
September 1999

Ich wusste nicht, wie oft ein Herz brechen konnte, doch mir war klar, dass ich seins seit unserer ersten Begegnung vor zehn Jahren wieder und wieder gebrochen hatte. Und meins dazu. Und jedes Mal war es schlimmer geworden.

Es waren die schwersten Sätze, die ich je formulieren musste.

»Man kann doch nichts beenden, was noch nicht einmal richtig angefangen hat«, flüsterte ich und war fassungslos, dass ich so stark sein konnte. Bis ich merkte, dass ich angefangen hatte, am ganzen Körper zu zittern.

Alex und ich standen mit rot geränderten Augen und hochgezogenen Schultern in dem engen, vollgestopften Hinterzimmer der Galerie, eingepfercht zwischen deckenhohen überquellenden Regalen, Bilderrahmen, Wasserkisten und einem ausladenden, unter einem Wust von Papieren versteckten Schreibtisch, und wünschten mit jeder Faser unserer Herzen, dieses Gespräch würde nicht stattfinden. Eigentlich hatte er mich zu einem romantischen Waldspaziergang im Duvenstedter Brook abholen wollen, aber ich wusste, wir konnten der Unterredung nicht mehr länger aus dem Weg gehen. Nicht nach gestern Nachmittag. Und erst recht nicht nach der letzten Nacht.

Julia hatte an diesem Montag zum Glück schon früh Feierabend gemacht, um zum Zahnarzt zu gehen, und Pius war zu Hause und päppelte unser krankes Kind auf.

Eigentlich hatte er sich in einem nahe gelegenen Café mit ein paar Journalisten treffen wollen, um ein wenig Publicity für die Vernissage in ein paar Wochen zu machen. Die Vernissage, von der er sich so viel versprach und die ich gerade mit wehenden Fahnen aufs Spiel setzte.

»Lilith, wovon redest du? Das mit uns beiden hat schon vor zehn Jahren richtig angefangen, das weißt du ganz genau.« Alex griff nach meiner Hand, bevor ich Einspruch erheben konnte. »Ich liebe dich. Ich bin total verrückt nach dir.«

Ich fühlte mich entsetzlich. Mein Kopf dröhnte, mein Mund war wie ausgetrocknet, und auch dieses unkontrollierte, beängstigende Zittern war noch schlimmer geworden. »Alex, das ist –«

»Das ist die Wahrheit, verdammt noch mal! Du bist die einzige Frau, die mir jemals wirklich etwas bedeutet hat.«

Wirklich, musste er so etwas sagen? Mein Hals schmerzte von all den ungeweinten Tränen. »Aber ... du kennst mich doch viel zu kurz, um mich wirklich zu lieben.«

»Das ist Blödsinn, Lilith, und das weißt du genau.«

Meine Haut prickelte, und etwas in mir zog sich zusammen. Ich konnte nicht antworten. Natürlich wusste ich, dass es Blödsinn war.

»Warum jetzt, Lilith? Was hat sich geändert, dass du die Sache zwischen uns so plötzlich beenden willst?« Seine Stimme bebte. Er hielt meine Hand noch immer fest umklammert und machte keine Anstalten, seinen Griff zu lockern. Mit der anderen Hand fuhr er sich durch die Haare und rieb sich die Augen. Er sah aus, als hätte er rasende Kopfschmerzen, genau wie ich. »Nur weil ich dir gestern am Deich gesagt habe, dass es immer einen Ausweg gibt? Wenn ich diesen gemeint hätte, hätte ich das klarer formuliert, das kannst du mir glauben.«

Ich starrte ihn an. Was sollte ich darauf antworten? Weil Pius sich mitten in der Nacht an den Herd gestellt und Hühnersuppe für seinen kranken Sohn vorgekocht hatte? Oder vielleicht war es auch *dein* kranker Sohn?

Die Stimmung war angespannt gewesen am Abend zuvor. Nachdem wir aus Drage zurückgekehrt waren, hatte Theodor sich ins Bett gelegt und jammernd die Decke bis über die Ohren gezogen. Während Pius ein Zwiebelsäckchen vorbereitete und ein Kirschkernkissen aufwärmte, las ich »Michel aus Lönneberga« vor – wie immer, wenn eines der Kinder krank wurde. Dennoch fühlte es sich irgendwie anders an.

»Darf ich morgen in die Schule?«, wollte Theo mit weinerlicher Stimme wissen, als ich mit einer Tasse heißer Zitrone und einem Fieberthermometer aus dem Badezimmer zurückkehrte.

»Morgen bleibst du zu Hause, Schatz. Ich habe einen Termin in der Galerie, den ich nicht verschieben kann, aber Papa kümmert sich um dich und Eddie. Mach dir keine Sorgen, bald geht es dir wieder besser.« Ich dachte, er wäre entzückt, schließlich musste man vor allem montagmorgens mit Engelszungen auf ihn einreden, damit er in den Schulbus stieg. Stattdessen blickte er mich an, als hätte ich ihm tagelangen Hausarrest angedroht.

»Aber das geht nicht, was ist denn dann mit dem Waldkunstwerk?«

»Was denn für ein Waldkunstwerk?«, fragte ich verwirrt und schüttelte das Thermometer.

»Das Waldkunstwerk, Mama! Meins soll aus Astscheiben, Eicheln und Federn bestehen, und ich will es Oma Elsa nächste Woche zum Geburtstag schenken.« Flehentlich griff er nach meinem Arm.

Ich hatte keine Ahnung, wovon er sprach. Fragend schaute ich auf und fing Pius' Blick ein. »Theos Schulklasse veranstaltet morgen einen Waldtag, an dem alle Kinder selber Pfeil und Bogen schnitzen, ein Kunstwerk aus Naturmaterialien anfertigen und eine Schutzhütte aus Holz bauen dürfen«, klärte er mich geduldig auf.

»Davon hab ich dir doch erzählt, Mama.« Die Verzweiflung in Theos Stimme war nicht zu überhören. Seine Augen glänzten fiebrig.

Trotzdem konnte ich mich beim besten Willen nicht an einen Waldtag erinnern. Und wenn ich ehrlich war, war es nicht das erste Mal, dass mir in den letzten Wochen etwas entgangen war. Ich war immer stolz darauf gewesen, trotz meines anstrengenden und zeitaufwendigen Berufs genau über die Pläne, Wünsche und Aktivitäten meiner Kinder auf dem Laufenden zu sein, einbezogen zu werden und an ihren Gedanken teilzuhaben, doch neuerdings war ich offensichtlich zu beschäftigt gewesen, um mich noch um irgendetwas anderes zu scheren. Mit mir selbst und meinem Verhältnis mit Alex.

Als ich jetzt aber sah, wie mein Sohn sich enttäuscht von mir abwandte, um die vorliegende Problematik lieber mit seinem Vater zu diskutieren, wie Pius ihn tröstete und ihm liebevoll über den feuchten Scheitel fuhr, traf mich das wie ein Pfeil. Ich musste mich schwer zusammenreißen, um nicht unnötig die Pferde scheu zu machen, und dennoch konnte ich es förmlich vor mir sehen: Irgendwann wäre ich ausgeschlossen aus dem inneren Kreis, die anderen würden über Menschen sprechen, die ich nicht kannte, über Erlebnisse, bei denen ich nicht dabei war, über Insiderwitze lachen, die ich nicht verstand. Ich würde mich in meiner eigenen Familie wie eine Aussätzige fühlen.

Die rasende Angst, mich noch weiter von meiner Familie zu entfernen, schnürte mir die Luft ab. Ich konnte diesen Platz nicht einfach aufgeben. Doch auch bei dem Gedanken, Alex nicht mehr sehen zu können, ergriff mich eine unbändige Panik.

Als die Kinder schließlich eingeschlafen waren und Pius und ich es uns mit einem Glas Merlot im Wintergarten gemütlich gemacht hatten, war ich gereizt und missmutig. Vielleicht lag es an Theos plötzlicher Krankheit, vielleicht aber auch daran, dass die Schuldgefühle mich zu ersticken drohten und ich keine Ahnung hatte, wie ich die Fassade von Normalität vor meiner Familie noch aufrechterhalten sollte. Irgendwann machte ich mich ein wenig halbherzig daran, ein Programm für eine neu entdeckte Künstlerin zu entwickeln, mit der ich mich für den folgenden Vormittag in der Galerie verabredet hatte, während Pius neben mir auf dem etwas abgenutzten Rattansofa saß und den logistischen Ablauf organisierte, Alex' Bilder in wenigen Wochen von seinem Atelier in der Holsteinischen Schweiz in unsere Galerie zu transportieren. Immer wieder musste einer von uns aufstehen, um nach Theo zu sehen, der mittlerweile glühte wie ein Backofen.

Als ich mir um elf Uhr eingestand, dass ich heute nicht mehr in der Lage war, produktiv zu arbeiten, und aufstand, um nach oben zu gehen und mich schlafen zu legen, machte Pius keine Anstalten, mir zu folgen.

»Ich muss noch den Termin mit den Journalisten auf übermorgen verschieben. Und ich will endlich mal wieder die Buchhaltung auf Vordermann bringen, das ist längst überfällig«, sagte er leise. Mir gefiel nicht, wie er mich ansah. Aber in letzter Zeit gefiel mir so vieles nicht, wurde mir bewusst. Vor allem ich selbst nicht.

»Beeil dich. Ich liebe dich«, murmelte ich und küsste ihn.

»Ich liebe dich auch. Vergiss das nicht.«

Und dann ging ich zum ersten Mal seit Jahren allein ins Bett.

Lange Zeit konnte ich nicht einschlafen. Ich wälzte mich hin und her und gab mir alle Mühe, an nichts zu denken, doch mein Gedankenkarussell drehte sich in Lichtgeschwindigkeit. Erst um ein Uhr morgens fiel ich endlich in einen unruhigen Schlaf.

Als ich wieder aufwachte, orientierungslos und ein wenig benommen, zeigte der kleine Wecker auf meinem Nachttisch halb drei an. Ich wusste nicht, was mich geweckt hatte, doch als ich automatisch die Hand ausstreckte, registrierte ich, dass Pius' Seite des Bettes noch immer leer war. Die Laken waren unberührt.

Die Nacht war kühl, und es hatte mittlerweile wieder angefangen zu regnen. Etwas widerwillig schlug ich die warme Decke zurück und krabbelte aus dem weichen Bett. Barfuß und auf Zehenspitzen schlich ich über den kalten Dielenboden in Theos Zimmer am anderen Ende des dunklen Flurs.

Im Schein des Nachtlichts sah er aus wie ein Engel. Sein Atem ging schnell. Als ich seine Schläfen befühlte, die feucht, aber zum Glück schon etwas abgekühlt waren, öffnete er für einen kurzen Moment seine großen dunklen Augen und starrte mich erschrocken an. Sobald er mich erkannte, entspannte er sich, und ein winziges Lächeln erschien auf seinen Lippen. »Mama«, wisperte er undeutlich. »Du musst bei mir bleiben.«

»Natürlich bleibe ich bei dir. Wo sollte ich denn sonst hingehen?« Ich küsste ihn auf die Stirn und streichelte seinen Arm. Meine Brust wurde eng.

Schon nach wenigen Augenblicken verrieten mir seine ruhigen Gesichtszüge, dass er wieder eingeschlafen war, doch ich blieb noch lange an seinem Bett sitzen und hielt seine kleine Hand fest umklammert. Ich wusste, ich war diejenige, die ihn und Paul beschützen musste. Diejenige, die entweder ein Lächeln in ihre Gesichter zaubern oder tiefste Verzweiflung provozieren würde.

Erst als ich vor Kälte schon am ganzen Körper zitterte, erhob ich mich, zupfte sorgfältig Theos Decke zurecht und schloss das Fenster, durch das mittlerweile ein rauer Wind pfiff. Ein loses Scharnier klapperte bei jeder Böe. Fröstelnd zog ich meinen Pyjama enger um mich und schlich auf leisen Sohlen zurück ins Schlafzimmer.

Es war inzwischen kurz nach drei, doch im Mondlicht, das sich immer wieder einen Weg durch die dicken Wolken bahnte und durch die geöffneten Vorhänge fiel, konnte ich ausmachen, dass unser Bett noch immer leer war. Irritiert holte ich meinen uralten Bademantel aus dem angrenzenden Badezimmer und streifte ihn über, während ich langsam und lautlos durch das unbeleuchtete Treppenhaus nach unten wanderte.

Durch die Ritzen der Küchentür drangen Licht und

gedämpfte Geräusche in den Flur. Ich hatte schon die Hand am Türgriff, als ich plötzlich innehielt. Waren das die Töne von Billy Idols »Eyes Without A Face«? Das war unser Lied. Das Lied, zu dem wir bei unserer ersten Begegnung vor fünfzehn Jahren, auf dieser feuchtfröhlichen Party im ersten Semester, getanzt hatten. Das Lied, das für den Eröffnungstanz auf unserer Hochzeit gespielt wurde.

Vorsichtig öffnete ich die schwere alte Holztür, nur einen Spaltbreit, und spähte in die Küche. Pius stand mit dem Rücken zu mir am Herd und rührte mit stockenden Bewegungen in einem großen Topf herum. Seine Schultern waren weit nach vorne gebeugt, der Kopf gesenkt. Er sah so mutterseelenallein aus, dass mich bei dem Anblick eine Welle von Traurigkeit und Schwermut überrollte.

Er bemerkte mich nicht, als ich vorsichtig die Küche betrat. Es roch nach Hähnchen und Sellerie. Hier unten war es nicht wesentlich wärmer als oben, anscheinend war schon wieder die Heizung ausgefallen, und meine Zähne schlugen klappernd aufeinander.

»I spend so much time believing all the lies to keep the dream alive«, sang Billy Idol gerade, und Pius summte leise die Melodie mit.

»Was machst du hier mitten in der Nacht?«, fragte ich kaum hörbar, um ihn nicht zu erschrecken, und doch fuhr er überrascht herum.

»Ich dachte, du schläfst«, murmelte er, nachdem er sich wieder gefangen hatte. »Ich hoffe, ich habe dich nicht geweckt.«

»Ich wollte nachsehen, wo du bleibst.«

Vage deutete er zum Herd. »Ich bereite Hühnersuppe für Theo vor. Morgen werde ich vor lauter Michel Vorlesen,

Fiebermessen und Wadenwickelanlegen wahrscheinlich nicht dazu kommen.«

Es waren diese beiden einfachen Sätze, die sich tief in mein Inneres bohrten. Die Worte, die Fürsorge in seiner Stimme, die unerschütterliche Liebe. Die Wärme und Sanftmut in seinen Augen. Die Hingabe und der ausgeprägte Beschützerinstinkt gegenüber seiner Familie, den er jeden Tag aufs Neue unter Beweis stellte.

Gleichzeitig erkannte ich noch etwas anderes in seinen honigbraunen Augen. Schmerz und eine unbestimmte Angst. Mein Herz sank mir in die Schlafanzughose.

»Außerdem muss das Ganze laut Rezept meiner Mutter noch vier Stunden bei geringer Temperatur vor sich hin ziehen. Das hätte ich morgen nicht geschafft.«

Ich brauchte einen Moment, um zu begreifen, dass Pius noch immer von dem Suppenhuhn sprach. »Theo kann sich glücklich schätzen, einen Vater wie dich zu haben«, murmelte ich und meinte jedes Wort. Ein wenig unentschlossen hob ich meine Hand und legte sie an seine bartstoppelige Wange. Er schloss die Augen und lehnte sich gegen meine Berührung. Lange Zeit sagte keiner von uns ein Wort.

»Du bist anders«, flüsterte er schließlich, ohne die Augen zu öffnen.

Erschrocken zuckte ich zusammen. Was wollte er damit sagen? Ich hatte geglaubt, mein Geheimnis vor Pius und den Kindern wahren zu können. Doch nun dämmerte mir langsam, wie naiv ich gewesen war. Denn auch wenn niemand Bescheid wusste, was ich hinter ihrem Rücken trieb, so hatte doch offensichtlich jeder erkannt, dass ich mich, ohne es zu wollen, in den vergangenen Wochen von ihnen entfernt hatte.

»Was meinst du? Ich bin doch wie immer«, entgegnete ich betont munter. Es klang, als hätte ich grobkörniges Schleifpapier verschluckt. Langsam ließ ich meine Hand sinken.

»Bist du nicht. Und es macht mich wahnsinnig, nicht zu wissen, was dich von uns forttreibt.« Er hob den Blick und trat einen winzigen Schritt auf mich zu.

Das Herz schlug mir jetzt bis zum Hals. Ich hatte panische Angst vor dem, was als Nächstes kommen würde. Davor, dass er zwei und zwei zusammenzählte. Wenn er mich jetzt fragte, was es war, das mich nicht zur Ruhe kommen ließ, wenn mein Blick während unseres gemeinsamen Abendessens plötzlich leer wurde, oder warum ich in letzter Zeit länger arbeitete als sonst, ob es jemand anderen gab, könnte ich ihn nicht anlügen. Wie betäubt dachte ich an diesen nebligen Mittwochmorgen kurz vor unserer Hochzeit, als er nach drei endlosen qualvollen Tagen zu mir zurückgekommen war und mir gesagt hatte, dass er mir einen solchen Fehltritt kein zweites Mal vergeben könnte.

Doch er fragte nicht. Stattdessen trat er einen weiteren Schritt auf mich zu und griff nach meiner Hand. Erst jetzt merkte ich, dass ich die Hände zu Fäusten geballt hatte.

Mir war immer klar gewesen, dass die Ehe keine Poesie war, keine immerwährenden Flitterwochen, kein Küssen im Sommerregen. Es hieß, auch zehntausend ganz unspektakuläre Freitagabende miteinander zu verbringen. Ich hatte offenbar nur falsch eingeschätzt, was es bedeutete, wenn einem plötzlich jemand anders, eine ganz besondere Person, diese Poesie und die Küsse im Sommerregen bot.

»Wenn es mit dem neuen Dach oder der großen Verantwortung wegen der Nice-Ausstellung zu tun hat, finden wir eine Lösung, Lilith, das verspreche ich dir. Nichts auf der Welt ist es wert, dass wir uns voneinander entfernen«, unterbrach Pius meine Gedanken.

»Pius, ich –« Ich brach ab.

»Wenn alle Stricke reißen, haben meine Eltern angeboten, uns zumindest einen Teil der Summe für die Renovierung des Hauses zu leihen.«

Ich setzte zu einer Antwort an, brachte aber keinen Laut hervor. Meine Zunge fühlte sich irgendwie unnatürlich an in meinem Mund, beinahe wie ein Fremdkörper.

»Es wird nichts schiefgehen, glaub mir.« Sein Blick war wie ein offenes Buch. Er wollte an mich glauben. Mit jeder Faser seines Herzens wollte er darauf vertrauen, dass wir die nächsten zehntausend Freitagabende mit möglichst viel Glück füllen konnten. Gemeinsam.

Ich wusste nicht, was ich sagen sollte, vielleicht zum ersten Mal überhaupt. Die Stille zwischen uns war ohrenbetäubend laut, doch ich fand einfach nicht die richtigen Worte. Stattdessen lehnte ich vorsichtig meine Stirn an seine Brust und sog seinen wohlbekannten Duft ein. Und plötzlich war es, als würde ich zum ersten Mal seit Wochen klarsehen.

Scham und Schuldgefühle durchbohrten mich wie Speere. Ich war dabei, so viele Leben zu ruinieren. Die Leben der wichtigsten Menschen, die es für mich gab. Was war nur in mich gefahren? Wie sollte ich das, was ich getan hatte, jemals wiedergutmachen?

Und dass ich es wiedergutmachen musste, stand außer Frage.

Mir entfuhr ein leiser Schrei, als er meine Hände losließ und mich aus heiterem Himmel in seine Arme riss. Er presste seine Lippen auf meine, und seine Zunge bahnte sich einen Weg in meinen Mund. Er war nicht grob, aber auch nicht gerade sanft, als er mich ungestüm auf die kalten Fliesen hinunterzog.

Und während seine Zunge zu meinem Ohr und von dort weiter zum Schlüsselbein wanderte, wurde mir klar, was ich als Nächstes tun musste. Ich schloss meine Augen, damit Pius meine Tränen nicht bemerkte.

Es machte mich fast wahnsinnig, den Schmerz und die Verzweiflung in Alex' Gesicht zu sehen. Ich wusste, ich bot einen ähnlichen Anblick.

»Bitte, Lilith, erklär es mir, damit ich es verstehen kann.«

»Wir waren uns doch klar darüber, dass es nicht ewig so weitergehen kann. Die ganze Sache mit uns ist viel zu schnell viel zu emotional geworden«, erwiderte ich lahm. Es fühlte sich an, als hätte ich Eiswürfel im Mund, während ich die Worte aussprach. Denn wie wir beide ohne Frage wussten, hatte die ganze Sache schon viel zu emotional begonnen – vor allem wenn man die äußeren Umstände in Betracht zog.

»Was soll der Quatsch? Zum dritten Mal willst du mich abservieren, obwohl du weißt, dass das zwischen uns etwas ganz Besonderes ist? Etwas, was es nur einmal gibt im Leben, und das auch nur, wenn man großes Glück hat.«

Betreten blickte ich auf den Boden, ohne etwas zu sehen. Ein Tränenschleier versperrte mir die Sicht. Er war unwiderstehlich – und doch musste ich es irgendwie fertigbringen, ihm zu widerstehen. Auch wenn es höllisch wehtat, es war die einzige Möglichkeit, die mir jetzt noch blieb.

»Lilith, hör mir zu! Schon als ich dich das erste Mal gesehen habe, damals in Nizza, mit deinen vom Rennen geröteten Wangen, den zerzausten Haaren, dem grässlichen neonpinken Portemonnaie in der Hand und dem abweisenden Ausdruck im Gesicht, habe ich dich geliebt. Aber das ist nichts im Vergleich dazu, wie ich dich jetzt liebe.«

Ich wusste genau, was er meinte. »Ein unglückliches Ende war unvermeidbar, Alex. Ich bin verheiratet und habe Kinder. Und du –«

»Vergiss Bine«, schnitt er mir spürbar aufgebracht das Wort ab. »Seit unserer ersten Begegnung bin ich mit so vielen Frauen ausgegangen, aber keine einzige konnte es mit dir aufnehmen. Du hast dich für immer in meinem Herzen festgesetzt. Für immer, Lilith.«

Ich konnte ihm nicht in die Augen sehen, also richtete ich meinen Blick auf seine Brust. Und hob ihn schnell wieder. Seine Muskeln sahen selbst durch den Pullover noch aus wie die einer Bernini-Skulptur. »Bleiben immer noch Pius und unsere Jungs. Und die Schuld, die mich unter ihrer Last erstickt«, presste ich hervor. Die Tränen liefen mir jetzt ungehindert über die Wangen. Als Alex seinen Zeigefinger hob, um sie wegzuwischen, fühlte es sich an wie ein Stromschlag.

Lange Zeit sagte keiner ein Wort. Er fuhr sich mit den Händen durch die Haare und hatte sichtlich Mühe, seine Emotionen unter Kontrolle zu bringen. »Was ich am meisten will, ist, dass du glücklich bist«, flüsterte er schließlich und griff nach meinem Ellenbogen. »Aber ich weiß, dass es nicht der richtige Weg ist, mich aus deinem Leben auszuschließen. Baust du darauf, mich dieses Mal endlich vergessen zu können?«

War das eine ernst gemeinte Frage? Mein Magen krampfte sich zusammen.

»Lilith, wie stellst du dir das vor? Glaubst du, wir können ohneeinander glücklich sein?«

Tatsächlich, das war es.

»Wir müssen es zumindest versuchen«, murmelte ich und kam mir vor wie ein ausgemachter Schwachkopf. »Bitte, Alex, versuch es wenigstens!«

»Nein, Lilith. Ich kann dich nicht verlieren.« Er starrte mich mit einer solchen Intensität an, dass meine Haut unter seinem Blick anfing zu brennen. Er schluckte schwer, und ein frischer Tränenstrom hinterließ schwarze Wimperntusche-Schlieren unter meinen Augen.

»Bitte hass mich nicht, Alex«, flehte ich. Die Panik schnürte mir die Kehle zu.

»Das tue ich nicht. Ich könnte dich nicht hassen.«

»Ich habe mich nie damit abgefunden, dass du nicht mehr da warst.« Ich konnte kaum glauben, dass die Worte wirklich aus meinem Mund gekommen waren. »Aber –«

Ein knarrendes Geräusch ließ mich zusammenfahren. Im Türrahmen stand Julia und musterte uns sichtlich verwundert. Als hätte man mir einen Elektroschock verpasst, wich ich mehrere Schritte zurück, bis ich mit dem Oberschenkel schmerzhaft gegen den Schreibtisch stieß und sich eine Flut von Papieren über den Betonboden ergoss. Ich fühlte die Wärme von Alex' Hand noch immer auf meinem Arm, obwohl er ihn abrupt losgelassen hatte.

»Ich hoffe, ich störe nicht.« Julia brachte es fertig, zugleich betreten und neugierig dreinzublicken. »Mein Termin ging schneller als erwartet – keine Karies –, daher wollte ich noch kurz die Plakate für die Ausstellung abholen, um sie kopieren zu lassen.«

Ich wusste, ich bot einen schauerlichen Anblick. »Natürlich störst du nicht. Alex und ich hatten nur noch ein paar Dinge wegen der Finissage zu besprechen.« Ich bemühte mich, beiläufig zu klingen, doch meine Stimme hörte sich selbst für meine eigenen Ohren piepsig und schrill an. Zu allem Überfluss spürte ich, wie mir die Hitze in das von Tränen und Make-up verschmierte Gesicht stieg. Um Julias Blick auszuweichen, kniete ich mich nieder und schob umständlich die heruntergefallenen Papiere zu einem Haufen zusammen. »Die Plakate liegen vorne unterm Tresen.«

»Ist gut. Dann lasst euch von mir nicht länger aufhalten, ich bin schon wieder weg.« Mit einem letzten verwirrten Blick auf Alex und mich verschwand Julia in der angrenzenden Galerie. Ich hörte, wie sie am Tresen herumrumorte.

»Wir sind hier ohnehin fertig«, rief ich etwas zu lautstark hinter ihr her, bevor ich mich wieder aufrichtete und gut vernehmbar an Alex wandte. »Gut, also, dann grüß bitte Bine von mir. Wir sehen uns dann in ein paar Wochen bei der Vernissage.«

Doch er ließ sich nicht abschütteln. Als ich mich umdrehen wollte, packte er meine Schultern. »Ich kenne dich besser, als du denkst. Du glaubst vielleicht, es besser zu wissen. Aber, Lilith, lass dir sagen, dass du dich irrst. Dieses eine Mal weiß ich es besser.« Obwohl er flüsterte, dröhnte jedes Wort in meinen Ohren. Er hielt meine Schultern so fest, dass es beinahe wehtat.

Ich warf einen beklommenen Blick Richtung Tür und schwieg. Ich fühlte mich ausgelaugt, leer gepumpt, schuldbeladen.

Als er erkannte, dass ich nicht antworten würde, ließ Alex mich schließlich los. »Ich nehme an, es ist sinnlos, dich weiter überzeugen zu wollen.« Die Trauer und Resignation in seiner Stimme waren wie ein Dolchstoß mitten ins Herz.

»Ja. Ich habe mich entschieden«, flüsterte ich. Meine Stimme war brüchig wie Glas. Mir war gleichzeitig heiß und kalt und schwindelig. Eine neue Träne kullerte mir über die Wange.

Den Ausdruck in seinen Augen würde ich für den Rest meines Lebens nicht mehr vergessen können. Ich konnte ihn kaum verstehen, als er stockend wisperte: »Ich hatte so lange Zeit Angst davor, dass du mir wieder wehtust, Lilith. Und trotzdem, das war es wert.«

Er nahm meine Hände in seine und beugte sich zu mir herunter. Beinahe zaghaft berührten sich unsere Lippen. Nur für einen kurzen Moment. Dann drehte er sich um und ging. Eisige Furcht durchdrang meine Eingeweide. Als er die Tür öffnete und mit eiligen Schritten die Galerie durchquerte, sah ich, dass Julia, schwer beladen mit Ausstellungsplakaten, ihm wortlos hinterherstarrte.

»Lilith? Die Druckerei hat angerufen, die Einladungskarten sind fertig. Kannst du sie nachher auf dem Heimweg abholen? Lilith?«

Ich konnte nicht antworten. Ich konnte nicht atmen. Mein Herz schlug zweihundertmal in der Minute, meine Brust brannte qualvoll. Minutenlang stand ich wie erstarrt im Hinterzimmer meiner Galerie, auf einem Berg herumliegender Zettel, und versuchte, die Alarmglocken in meinem Kopf zum Schweigen zu bringen. Fühlte es sich so an, wenn man seine verwandte Seele fortgehen ließ?

»Das wollte ich nicht. Ich wollte dir nie wehtun. Dir nicht und Pius nicht und meinen Kindern nicht«, flüsterte ich schließlich. »Ich hoffe, du kannst irgendwann wieder glücklich sein, Alex.«

Ich glaubte, ich selbst würde nie wieder glücklich werden. Ich war sicher, die Höllenqualen würden niemals aufhören. Der Schmerz würde mich umbringen. Nichts würde wieder gut werden. Und plötzlich wusste ich nicht mehr, ob ich die richtige Entscheidung getroffen hatte.

Kapitel 18
Vor zwölf Monaten

Ich hatte gar nicht bemerkt, dass wieder ein leichter Nieselregen eingesetzt hatte. Erst als ich ein bedrohliches Gewittergrollen hörte, das sich scheinbar direkt über dem Boot zusammenbraute, blickte ich auf und war überrascht zu sehen, dass die Sonne sich schon wieder hinter dichten dunklen Wolken versteckte. Dennoch blieb ich reglos sitzen, während die kleinen Tropfen sich in meiner Kaffeetasse sammelten.

Auch Paul und Theodor rührten sich nicht vom Fleck. Stumm wie zwei Fische starrten sie mich an, selbst jeder eine Tasse mit mittlerweile eiskaltem Kaffee in den Händen. Niemand machte Anstalten, aufzustehen und Schutz im Trockenen zu suchen.

»Hört dieser Regen denn niemals auf?«, fragte ich schließlich, nur, um etwas zu sagen, und zog meinen flaschengrünen Strickcardigan enger um meinen Körper. Pius hatte schlechtes Wetter nie etwas ausgemacht. Er hatte den Duft des Regens geliebt, das rauschende oder tröpfelnde Geräusch, das ihn besser einschlafen ließ, und wie die Welt sanft hinter dem Regenschleier verschwamm. Und er hatte es geliebt, auf nassen, beschlagenen Oberflächen zu malen, kleine Blumen für mich, die an Kohlköpfe erinnerten, rätselhafte technische Gebilde für Paul und Hamster für Theo, die nicht von Hunden zu unterscheiden waren.

»Dreimal, Mama!«, platzte Paul heraus, ohne auf meine Frage einzugehen, und fuhr sich mit den Händen durch die feuchten dunkelblonden Haare. »Du hast allen Ernstes dreimal etwas mit diesem Typen angefangen, obwohl du mit jemand anders zusammen warst!«

»Aber am Ende hat sie sich jedes Mal für Papa entschieden«, fügte Theo leise hinzu. »Genauer gesagt, für Pius.« Seine Miene war ausdruckslos, als er seinen halb vollen Becher neben sich auf der hölzernen Bank abstellte.

»Mit Pius hattest du einen Vater, der dich wirklich geliebt hat. Vergiss das niemals!«

»Ich weiß. Ich werde aber wohl eine ganze Weile brauchen, um zu begreifen, dass alles anders ist, als es bisher schien.«

Ich suchte noch immer nach einer passenden Erwiderung, als Paul sich plötzlich erhob, den Kragen seiner Jacke aufstellte, um den Sprühregen abzuwehren, und ein paar Brötchenkrümel von der Brust klopfte. »Wir sollten langsam zurückfahren. Ich will hier nicht herumsitzen, bis uns Kiemen wachsen, und außerdem warten die anderen sicher schon ungeduldig auf uns.«

Auch Theo stand auf und schüttelte wie ein Labrador die Regentropfen aus seinem dunklen Haarschopf. Während er die Frühstücksteller einsammelte und an mich weiterreichte, damit ich sie in die Kajüte bringen konnte, hielt er plötzlich inne und sagte: »Weißt du, was Papa mal zu mir gesagt hat, kurz nachdem ich Kimberley kennengelernt hatte? Wir waren siebzehn, und sie hatte diesen hartnäckigen Verehrer, und Papa meinte: ›Merk dir, Theo, ein Mann darf einem anderen Mann nie die Gelegenheit geben, seiner Frau ein Lächeln ins Gesicht zu zaubern.‹ Er hat gelacht, und damals dachte ich, er würde herumalbern. Jetzt wünschte ich, er hätte sich selbst an seinen Ratschlag gehalten.«

Zwanzig Minuten später fädelten wir uns in Pauls Volvo auf die Landstraße Richtung Seevetal ein. Der Regen prasselte mittlerweile wieder wie aus Eimern auf uns nieder. Theo saß am Steuer, um sich nach über zehn Jahren Linksverkehr wieder auf das Fahren auf der »falschen« Seite einzustimmen, also rasten wir auf der schmalen, klatschnassen Fahrbahn viel zu schnell um die engen Kurven. Paul war etwas blass um die Nase, sagte aber nichts, sondern krallte sich stattdessen so fest an seinen Haltegriff über dem Rücksitzfenster, dass seine Knöchel weiß hervortraten.

Mir konnte Theos halsbrecherischer Fahrstil heute, anders als früher, nichts anhaben. Ich schaltete das Radio ein, lehnte mich zurück und blickte stumm aus dem Beifahrerfenster, ohne die Musik zu hören oder etwas vom Deich und den vorbeirauschenden Feldern und Wiesen zu sehen. Mit der Hand umklammerte ich das Marmeladenglas mit Pius' Botschaften. Weil ich gestern zwei seiner Briefchen geöffnet hatte, musste ich heute aussetzen – und bisher hatte ich mich widerwillig an meinen Vorsatz gehalten.

Lange Zeit hingen alle schweigend ihren Gedanken nach. Ich brachte mir in Erinnerung, wie sehr Theodor und Paul als Kinder die Sterne geliebt hatten. So sehr, dass sie Pius und mich etliche Male dazu überredet hatten, unter freiem Himmel zu schlafen. Wir hatten uns dann einfach im Garten auf den weichen Rasen gelegt und, dicht aneinandergedrängt und eingekuschelt in warme Schlafsäcke, beobachtet, wie die Sterne am klaren Nachthimmel von Ost nach West zogen. Einige Wochen vor Pius' Tod, kurz nachdem er aus dem Krankenhaus zurück nach Hause gekommen war, hatten wir es noch mal getan. Ein letztes Mal. Es hatte so viele letzte Male in den vergangenen Wochen gegeben. Wir hatten uns auf der Terrasse gemeinsam in die alte Hängematte gezwängt, eingewickelt in alle Decken, die ich im Haus finden konnte, uns die halbe Nacht hindurch an den Händen gehalten und den Polarstern, die Cassiopeia, den Großen Wagen und die Schulter-, Kopf- und Fußsterne des Orion gesucht, bis Pius schließlich vor Erschöpfung die Augen zufielen. Am nächsten Morgen waren wir ganz und gar erledigt und hatten vor Kälte gezittert. Aber es war eine unvergessliche Nacht gewesen.

»Papa hat also was geahnt oder nicht?«, riss Theo mich aus meinen Erinnerungen, als vor uns die Abzweigung Richtung Winsen auftauchte. Es klang vorwurfsvoll.

Für einen kurzen Moment schloss ich die Augen. »Ich weiß es nicht. Er wollte nie wieder darüber sprechen«, entgegnete ich schließlich. »Er wollte es nicht glauben, das habe ich gespürt. Er wollte nicht glauben, dass etwas zwischen uns stand oder dass ich ihn hinterging.«

»Ich habe es auch nicht geglaubt«, murmelte er so leise, dass ich ihn kaum verstand. Vor uns bog plötzlich ein Mofa in unsere Straße ein, das Theo zwang, das Tempo merklich zu drosseln.

»Ich frage mich, wie du all die Zeit diese ganzen Schuldgefühle ausgehalten hast«, schaltete sich Paul, angesichts der neuen Reisegeschwindigkeit sichtlich entkrampft, ins Gespräch ein. »Ich hätte die Nerven verloren.«

Ich nahm mir einen Augenblick Zeit für meine Antwort. »Es ist ja nicht so, dass mich dreißig Jahre lang tagein, tagaus Angst und Gewissensbisse geplagt hätten. Natürlich war die Schuld ein ständiger Begleiter, aber ich habe gelernt, mit ihr zu leben und trotzdem glücklich zu sein. Denn Pius und ich waren glücklich zusammen. Mehr als das. Wir waren Seelenpartner, eine Einheit.« Meine Stimme klang zittrig. Schon wieder traten mir Tränen in die Augen. Ich konnte mir kaum vorstellen, dass das jemals aufhören würde.

»Aber wäre es dann nicht eine logische Schlussfolgerung gewesen, es ihm zu sagen?«

»Ich wollte ihm die Wahrheit nicht zumuten. Und natürlich hatte ich Angst, dass wir daran zerbrechen würden.« Ich seufzte schwer. »Aber ich habe mich bis zum Ende gefragt, ob es nicht ein Fehler war, es ihm zu verschweigen. Doch manchmal macht man Fehler nicht obwohl, sondern weil man jemanden liebt.«

Trotz des Verkehrshindernisses vor uns hatten wir mittlerweile das Ortsschild von Seevetal passiert. Schon konnte ich in einiger Entfernung die mit Kies bestreute Einfahrt zu unserem Landhaus erkennen. Es goss noch immer in Strömen.

»Was hast du an Papa geliebt?«, fragte Theo gerade, als wir vor unserem Haus zum Stehen kamen. Sein Blick war begierig, fast schon flehentlich, als er den Motor ausschaltete und sich in meine Richtung wandte. »Abgesehen vom Offensichtlichen, meine ich.«

»Also abgesehen davon, dass er umwerfend aussah, klug war wie Einstein und über sich selbst lachen konnte?« Trotz der Tränen, die weiter aus meinen Augen strömten, breitete sich auf meinem Gesicht ein Lächeln aus. Ich atmete ein paarmal tief durch, während ich meinen Blick über die frisch gestrichene Fassade, das Dach, das auch nach zwanzig Jahren noch wie neu aussah, und die erst kurz vor seiner Diagnose von Pius so hingebungsvoll angelegten Kräuterbeete schweifen ließ. »Was mir sofort an ihm aufgefallen ist, war dieser Gentlemancharme, dem man heute kaum mehr begegnet. Als wäre er direkt aus den fünfziger Jahren in unsere Zeit versetzt worden. Jeder, der in seine Nähe kam, hat sich wohl in seiner Haut gefühlt.«

»Ich weiß, was du meinst«, pflichtete Paul mir bei und verzog seinen Mund ebenfalls zu einem kaum wahrnehmbaren Lächeln.

»Seit dem Augenblick, als ich ihn getroffen habe, hatte ich diese wohltuende Gewissheit, meine Zukunft nicht mehr alleine steuern zu müssen. Mit ihm zusammen zu sein fühlte sich natürlich und leicht an. Wir haben einander getragen, und er hat mich immer zum Lachen gebracht, auch bei Flugverspätungen oder in der Warteschlange im Supermarkt. Immer, bis zuletzt. Wir haben uns gegenseitig aufgeregt und auch wieder besänftigt. Er hat mich als Gesamtpaket akzeptiert, mit all meinen Fehlern.«

Hätte in diesem Moment nicht Theos Handy angefangen, rhythmische Didgeridoo-Klänge von sich zu geben, hätte ich wohl noch stundenlang weiterreden können. Davon, wie er mir jeden Morgen einen grünen Smoothie gemixt hatte, weil ich das grässliche Gefühl nicht loswurde, dass meine Hüften im Laufe der Jahre immer mehr die Ausmaße eines Kreuzfahrtschiffes angenommen hatten, oder davon, dass er sich nie davor gescheut hatte, im Haushalt mit anzupacken. Und was gab es Romantischeres, als die Fenster zu putzen oder den Müll rauszubringen?

Theo warf einen kurzen Blick auf seine Armbanduhr. »Das wird Kim sein. Sie und Aaron warten bestimmt schon vor der Grundschule auf mich«, murmelte er, während er in den Gesäßtaschen seiner Jeans nach seinem Telefon kramte und es schließlich in seiner Jackentasche fand.

»Grundschule?«, erkundigte ich mich begriffsstutzig, nachdem er das Gespräch zwei Minuten später beendet hatte.

Theo runzelte die Stirn. »Weißt du nicht mehr? Wir wollten uns doch heute hier in der Nähe ein paar Häuser und eine Schule ansehen.«

»Soll das heißen, ihr wollt trotz allem bleiben?« Dieses plötzlich aufblitzende Gefühl der Zuversicht, des Optimismus hatte ich schon seit vielen Monaten nicht mehr gespürt.

Doch dann erwiderte Theo leise: »Im Moment wissen wir nicht, was wir tun sollen. Das Ganze ist ein ziemlicher Schock für uns.«

Paul brummte etwas Unverständliches, vermutlich eine Zustimmung, von der Rücksitzbank. Für einen kurzen Augenblick blieb mein Herz stehen. »Natürlich. Ich verstehe das nur zu gut. Es tut mir wirklich schrecklich leid«, flüsterte ich. »Ihr müsst jetzt das tun, was für euch am besten ist.«

»Soll einer von uns besser bei dir bleiben?«, fragte Paul und blickte etwas schuldbewusst drein. »Oder können wir dich ein paar Stunden allein lassen? Sonst würden Theo und Kim nämlich heute Nacht mit zu uns kommen. Wir haben ziemlich viel zu bereden.«

»Nein, natürlich, fahrt ihr nur. Macht euch keine Sorgen um mich, ich schaffe das schon.« Ich gab mir alle Mühe, meiner Stimme einen entschiedenen Klang zu verleihen. Aber bei der Aussicht, allein in die bedrückende Einsamkeit des riesigen leeren Hauses zurückkehren zu müssen, wurde mein Herz bleischwer.

Mit seinem weißen Regenschirm, den er sich extra für die Beerdigung angeschafft hatte, begleitete Paul mich zur Haustür. »Morgen sind wir wieder da, Mama«, versprach er und gab mir einen flüchtigen Kuss auf die Wange. »Ruf an, wenn du etwas brauchst.«

»Ich liebe euch, vergesst das nicht«, erklärte ich so leise, dass ich nicht sicher war, ob er mich hörte.

Er war schon wieder fast beim Auto angelangt, als er sich noch einmal umdrehte. »Ach ja, wir haben Bine noch nichts gesagt. Das musst du selbst tun.«

Ich nickte. Mir graute davor. Allein der Gedanke, die bittere Enttäuschung in ihren Augen lesen zu müssen, verursachte mir Magenschmerzen.

Als ich die Haustür aufschloss, schlug mir ein seltsamer Geruch entgegen. Es dauerte eine Weile, bis ich dahinterkam, was es war: der Geruch von Abschied, Melancholie, Verlust und Verlassenheit.

»Pius?«, fragte ich in die Stille hinein, obwohl ich wusste, dass ich keine Antwort bekommen würde. Zum ersten Mal seit seinem Tod war ich alleine in diesem Haus.

Alles sah aus wie immer – die verschnörkelte Holzkommode im Flur, das mit rotem Samt bezogene Sofa in der Küche, das altmodische Klavier im Wohnzimmer –, und doch war alles anders.

Im Wintergarten blieb ich wie so oft vor dem Gemälde

mit den Liebenden stehen. Minutenlang starrte ich auf die beiden ineinanderverschlungenen Figuren und stellte mir vor, alles wäre nur ein böser Traum gewesen. Ich konnte nicht anders, ich brach in Tränen aus. Es öffneten sich alle Schleusen.

Das Abendessen fiel aus, ich hatte keinen Hunger. Der Versuch, all die quälenden Gedanken aus meinem Kopf zu verscheuchen, indem ich die Ärmel hochkrempelte und die Pfannen mit den gestrigen Essensresten, den Herd und alle Arbeitsflächen schrubbte, die Betten ausschüttelte und die Böden wischte, bis man sich in ihnen spiegeln konnte, misslang kläglich.

Ich machte in dieser Nacht kein Auge zu. Während der Regen gegen die Schlafzimmerfenster peitschte, rollte ich mich auf Pius' Seite des Bettes zusammen und versuchte weiterhin verzweifelt, alle Gedanken auszublenden. Vergeblich. Wieder und wieder tauchten die Bilder von jenem Abend vor mir auf, als Pius für Theo Hühnersuppe gekocht hatte. Sein zweifelndes, fragendes Gesicht, das sich für alle Zeiten in mein Gedächtnis eingebrannt hatte. Ich dachte an Paul und Theo und die entsetzliche Enttäuschung in ihren Augen, als sie die Geschichte unserer Familie erfahren hatten. An Bine, deren Reaktion auf meinen Verrat ich mir noch gar nicht ausmalen konnte. Und immer wieder drängte sich Alex' spitzbübisches Lächeln davor.

Das Gedankenkarussell drehte sich immer schneller und schneller, bis das, was als dumpfer Schmerz hinter den Schläfen angefangen hatte, meinen Kopf zum Zerspringen zu bringen drohte. Irgendwann in den frühen Morgenstunden gab ich die Hoffnung auf, noch ein paar Stunden

Schlaf zu bekommen, und stand auf, um den Badezimmerschrank nach einer Schachtel Paracetamol zu durchforsten.

Ein Blick auf die Uhr verriet mir, dass es vier Uhr morgens war. Ein neuer Tag. Wie ein Junkie, der dem nächsten Schuss entgegenfieberte, hastete ich zurück ins Schlafzimmer und riss das Marmeladenglas von Pius' Nachttisch.

Es war ein Zitat von Theodor Fontane: *Mit den Flügeln der Zeit fliegt die Traurigkeit davon*. Ich seufzte schwer. Leider schienen die Tabletten komplett ihre Wirkung zu verfehlen, denn mein Kopf raste schlimmer als vorher, als ich mir, den Zettel wie einen Schatz krampfhaft mit der Hand umklammernd, in der eiskalten Küche eine Tasse Tee aufbrühte. Die Stille im Haus war ohrenbetäubend.

Auch ungeschminkt und im Jogginganzug war sie noch immer eine Erscheinung. Groß und anmutig, die Haut dank regelmäßiger Reisen in den Süden leicht gebräunt, die Lockenpracht dank regelmäßiger Besuche beim besten Friseur der Stadt ebenso blond und glänzend wie früher, die Figur dank diensteifrigem Personal Trainer schlanker denn je. Überrascht trat sie zur Seite, als sie mich im Hausflur erkannte.

Es war sieben Uhr morgens. Bine war, anders als früher, mittlerweile Frühaufsteherin.

Sie stellte keine Fragen, als sie mich in den Eingangsbereich ihres Lofts in Rotherbaum zog und in ihre Arme schloss. Ich wusste, ich bot einen schrecklichen Anblick, mit roten Flecken im Gesicht und violetten Schatten unter den Augen. »Ich habe gerade Kaffee gekocht. Danach wollte ich zu dir fahren.«

»Kaffee klingt gut«, nuschelte ich in ihre Haare hinein.

»Leider ist letzte Nacht die Heizung ausgefallen, und der Handwerker kommt erst in einer halben Stunde. Nimm dir solange einfach eine Decke.« Sie steuerte auf die halb offene Küche zu, während ich mich auf den langen Weg ins fußballfeldgroße Wohnzimmer machte. Ich fühlte nichts von der Kälte.

Fünf Minuten später saßen wir nebeneinander auf einem der großen weichen Ledersofas und beobachteten durch die bodentiefen Fenster die frühmorgendlichen Jogger am Alsterufer, die sich auch von Sprühregen und Temperaturen, die viel zu kühl waren für diese Jahreszeit, nicht abschrecken ließen. Bine hatte sich in eine dicke weiße Decke aus Merinowolle eingewickelt und wärmte ihre Hände an ihrem Kaffeebecher.

»Wie geht es dir?«, wollte sie wissen, nur um gleich darauf hinzuzusetzen: »Vergiss die blöde Frage. Ich weiß, wie es dir geht.« Sie stellte ihre Tasse auf dem Glastisch ab, nahm eine zweite Decke und legte sie fürsorglich über meine Beine.

Ich nahm einen großen Schluck aus meiner Tasse und verbrannte mir schmerzhaft die Zunge. »Ich kann nicht an ihn denken, ohne traurig zu werden. Also versuche ich, gar nicht an ihn zu denken, aber das gelingt mir nicht gut«, murmelte ich wie zu mir selbst.

Behutsam legte sie ihre Hand auf meinen Arm. »Natürlich gelingt dir das nicht. Pius ist –«

»Ich spreche nicht von Pius.« Ich holte tief Luft und

atmete langsam wieder aus. Dann hob ich den Blick und sah ihr direkt in die Augen. »Ich spreche von Alex.«

Fragend runzelte sie die Stirn. »Alex?«

»Alexander Favre.« Ich brachte den Namen kaum über die Lippen.

»Alex? Alexander Favre? *Der* Alexander Favre?« Abrupt ließ sie meinen Arm los.

Ich konnte förmlich dabei zusehen, wie ihr Gesicht jegliche Farbe verlor, während sie zwei und zwei zusammenzählte. Der Anblick war wie ein Schlag in die Magengrube, und trotz der defekten Heizung fing ich an zu schwitzen.

Unvermittelt sprang Bine vom Sofa auf. »Was versuchst du mir da gerade zu sagen, Lilith?«

Ich gab mir Mühe, ihrem stechenden Blick standzuhalten. »Mein Alex aus Nizza und dein Alexander, der Künstler, sind ein und dieselbe Person.«

»Das kann nicht sein!« Immer noch leichenblass fing sie an, hektisch im Wohnzimmer auf und ab zu laufen. Der Anblick zerrte an meinen Nerven. »Was soll das? Lilith, sag, dass das nicht wahr ist!«

»Dieses Herumgerenne macht mich wahnsinnig«, dachte ich und merkte im nächsten Moment, dass ich die Worte laut ausgesprochen hatte.

Bine zögerte kurz, setzte sich dann aber tatsächlich wieder hin, diesmal auf das mir gegenüberliegende Sofa. Sie schien noch immer um Fassung zu ringen.

»Es tut mir unendlich leid. Ich weiß, ich habe dich entsetzlich enttäuscht. Als ich ihn nach so vielen Jahren wiedersah, damals auf unserer Mittsommerparty, war ich maßlos geschockt und hatte einfach zu große Angst, meine Familie zu verlieren, um die Wahrheit zu sagen. Ich war zu feige. Und danach war es zu spät. Danach konnte ich es nicht mehr.«

»Mein Gott, ich war so dumm!« Bine fuhr sich mit den Händen durch die langen Haare. Das Elend in ihren Augen traf mich bis ins Mark. »Sag mir die Wahrheit, Lilith! Habt ihr euch getroffen, als ich mit ihm zusammen war? Als ihr gemeinsam die Ausstellung vorbereitet habt?«

»Ja«, flüsterte ich.

Ich sah, wie sie buchstäblich zusammenfuhr. »Und als er abgehauen ist, war es deinetwegen, nicht wahr?«

»Ja.« Meine Stimme brach.

Sie hielt einen Moment inne. »Er hat mich nie geliebt, richtig?«

Ein scharfer Schmerz durchzuckte mich. Ich rang noch immer nach den passenden Worten, als sie fortfuhr, wie zu sich selbst: »Ich glaube, tief in mir drinnen habe ich immer gespürt, dass die Antwort genau vor meinen Augen lag.«

Sie stand wieder auf und ging zu ihrer kleinen Minibar hinüber. Wortlos schenkte sie sich, die Alkohol schon seit Jahren immer nur zu Geburtstagen oder Silvester trank, um nicht einmal halb acht Uhr morgens einen großen Cognacschwenker ein und leerte ihn in einem Zug. Es tat weh, mitanzusehen, wie sie sich quälte. Alles, was sie zu wissen geglaubt hatte, brach gerade in sich zusammen.

»Bine, bitte hör mir zu. Was ich getan habe, ist unverzeihlich. Ich wollte –«

»Warum erzählst du mir davon? Über zwanzig Jahre hast du keinen Ton gesagt. Warum jetzt?«

»Wegen Aaron.«

Fragend hob sie eine Augenbraue. »Was hat denn Aaron damit zu tun?«

»Das ist eine lange Geschichte.«

»Ich habe nichts anderes vor.« Ein wenig unentschlossen kam sie zum Sofa zurück, wickelte sich wieder in ihre Decke ein und blickte mich ungeduldig an. »Und deswegen bist du doch hergekommen, oder? Ich muss lediglich zwischendurch mal dem Handwerker die Tür aufmachen.«

Ich zögerte nur einen kurzen Augenblick. Und dann begann ich zu erzählen. Ich berichtete von der erschütternden Begegnung mit Aaron auf der Beerdigung, von der Mittsommer-Gartenparty, von meinen Erinnerungen an die Tage in der Holsteinischen Schweiz und den Wochen danach, von meiner Schuld und meiner Reue. Mit jedem Satz wurde Bines Gesicht blasser. Ihre Finger krallten sich krampfhaft um das leere Cognacglas. Ich war mittlerweile in Schweiß gebadet, so als hätte ich hohes Fieber.

»Es war nicht nur die Hühnersuppe, aber es ging einfach nicht mehr«, sagte ich schließlich. Ich fühlte mich so matt und ausgelaugt, als hätte ich einen Triathlon hinter mich gebracht. »Ich musste die Sache zwischen ihm und mir beenden.«

»Und was dann? Was war, nachdem er verschwunden war? Hast du eine Vorstellung davon, wie ich mich damit gefühlt habe?« Ich spürte den Ärger, der in ihrem Inneren anschwoll. Es war leichter, wütend zu sein, als verzweifelt und verwirrt. Wut war weniger schmerzhaft. »Und wo bleibt eigentlich dieser verdammte Handwerker?«

»Ich hatte keine Ahnung, dass Alex abhauen würde. Aber ja, ich weiß, wie es dir ging. Mir ging es nämlich genauso.«

Mit zusammengekniffenen Augen starrte sie ins Leere. Ich war mir sicher, ihre Gedanken wanderten gerade zu einem wolkenverhangenen Tag Anfang Oktober vor mehr als zwanzig Jahren.

Kapitel 19
Oktober 1999

Ich war schon wieder dabei, einen Stapel Einladungen für die Noel-Nice-Vernissage durchzugehen – zum hundertsten Mal in den vergangenen vier Tagen, und das alles nur, um mich ihm ein bisschen näher zu fühlen –, als ich durch das Küchenfenster Bines neuen dunkelblauen Mazda MX-5 erspähte, der viel zu schnell die kiesbestreute Auffahrt hinaufpreschte.

Ich wusste sofort, dass etwas nicht stimmte. Mit wild pochendem Herzen stürmte ich zur Haustür.

Sie sah aus wie ein Gespenst, mit eingefallenen Wangen, bleicher Haut und rot geränderten Augen. Das Schlimmste aber war der verschreckte, irgendwie wilde und gehetzte Ausdruck in ihrem Gesicht.

»Bist du allein?«, erkundigte sie sich stockend, während sie sich an mir vorbei in die Küche drängte. Ich folgte ihr mit staubtrockenem Mund und schweißnassen Händen und panischer Angst vor dem, was ich gleich hören würde.

»Pius ist mit den Jungs im Hallenbad.« Ich war überrascht, wie normal meine Stimme klang.

»Er ist weg!« Mit einem erstickten Seufzer ließ Bine sich auf ihren gepolsterten Lieblingsstuhl direkt am Fenster fallen. »Er ist weg, Lilith!«

Mir war gleich klar, dass sie nicht von Pius sprach. »Was soll das heißen?«, fragte ich trotzdem. Mein Blick fiel auf die Einladungskarten, die ich noch immer in der Hand hielt. Ich sank neben Bine auf die Holzbank, weil ich plötzlich meine Beine nicht mehr spüren konnte.

»Alexander. Erst habe ich vier Tage lang nichts von ihm gehört, keinen Ton, dann stand er heute Morgen plötzlich unangekündigt vor meiner Wohnungstür und hat gesagt, er könne mich nicht mehr sehen, weil er mich nicht liebe. Einfach so. Es täte ihm wahnsinnig leid, das Letzte, was er wollte, wäre, mir wehzutun, aber er müsse fortgehen, irgendwohin, vielleicht nach Südamerika, um sich selbst zu finden. Ich solle nicht traurig sein, weil ich ohnehin etwas Besseres verdient hätte.«

Ich schwieg. Ich wollte etwas sagen, irgendetwas, womit ich sie trösten konnte, aber kein Laut kam über meine Lippen. Noch nie hatte ich mich gleichzeitig so miserabel und hilflos gefühlt.

»Und in drei Tagen findet er sich selbst in den Armen einer milchkaffeebraunen Schönheit.« Sie klang zornig, doch in ihren Augen standen Tränen.

Noch immer brachte ich keinen Ton hervor, aber Bine schien es gar nicht zu bemerken.

»Er meinte, ich solle ihm keine Träne nachweinen, weil ich viel zu gut für ihn wäre. Was natürlich die höfliche Umschreibung dafür ist, dass ich *nicht* gut genug bin für ihn.«

Endlich brachte ich es fertig, meine Schockstarre zu durchbrechen. Ich griff nach ihren eiskalten Händen. »Nein, Bine, sag so etwas nicht! Du bist hinreißend und klug und schön, und jeder Mann sollte sich glücklich schätzen, dich zu haben.«

»Aber wieso lässt er mich dann einfach sitzen? Die südamerikanische Augenweide ist bestimmt nicht zu gut für ihn.«

»Es liegt nicht an dir, das hat er selbst gesagt. Beruhig dich erst mal, Bine. Ich koche dir jetzt eine schöne Tasse Tee.« Es kostete mich beinahe übermenschliche Anstrengung, selber ruhig zu bleiben, aber ich wusste, alles andere würde ihr nicht helfen.

Gerade wollte ich mich an ihr vorbei zum alten Apothekerschrank schieben, als sie mich am Ärmel zurückzog. »Ich mag jetzt keinen Tee. Hast du nicht noch was von diesem Schnaps, den wir zusammen an Pius' Geburtstag getrunken haben?«

»Getrunken« war eine liebevolle Verschleierung für »in vertrauensvoller Gesellschaft ohne Rücksicht auf Verluste hinter die Binde gekippt«. Bine, Markus, Pius und ich waren am nächsten Morgen eng aneinandergedrängt in unserem winzigen, selbst gebauten Teepavillon aufgewacht, ohne Erinnerung daran, wie wir dorthin gekommen waren. Pius' Geburtstag war im April gewesen, als noch alles in meinem Leben in bester Ordnung gewesen war. Ein paar Wochen später hatte Bine Alex getroffen.

Ich habe es nie zuvor dermaßen bedauert wie in diesem Moment, dass Bine und Markus trotz Pius' und meiner kaum verhohlenen Kuppelversuche niemals Interesse füreinander aufgebracht hatten.

Gehorsam ließ ich die Teekanne stehen und schaffte stattdessen die halb leere Flasche mit dem Walnuss-Branntwein herbei, den Markus Anfang des Jahres aus Kalifornien mitgebracht hatte. Daneben stellte ich zwei kleine Gläser, die ich randvoll mit der klaren Flüssigkeit füllte. Ich fühlte meinen Herzschlag im ganzen Körper und verschüttete einen großen Teil des klebrigen Fusels, aber ich machte drei Kreuze, dass ich meinen Körper wieder einigermaßen unter Kontrolle zu haben schien. Vielleicht weil mein Gehirn sich noch immer weigerte, vollends zu begreifen, was es gerade gehört hatte.

»Ich liebe ihn«, schluchzte Bine und leerte ihr Glas in einem Zug.

Nicht so sehr wie ich, dachte ich und stürzte den Inhalt meines Glases ebenfalls hinunter.

»Ich bin total verrückt nach ihm.« Bine füllte die Gläser sofort wieder bis oben hin voll und schob mir meins entgegen.

Ich auch, dachte ich, legte meine Hand auf ihren Arm und prostete ihr mit der anderen Hand zu.

»Was habe ich nur getan?« Die Tränen flossen jetzt ungehindert über ihre Wangen.

Mir drehte sich der Magen um. Aus einer Schublade kramte ich eine Packung Kleenex hervor, bevor ich zügig wieder unsere Gläser vollschenkte. »Fang bloß nicht an, dich selbst zu zerfleischen. Du hast nichts Falsches getan, das musst du mir glauben. Es ist nicht deine Schuld. Du hättest nichts an Alexanders Entscheidung ändern können.«

»Woher willst du das wissen?«

»Ich – ich weiß das, weil ... ich eine Ahnung davon habe, wie ... Künstler ticken. Einige von ihnen sind unberechenbar und nicht interessiert an Konventionen und einem normalen Alltag.« Mein Kopf wurde rot wie Klatschmohn, als ich diese haarsträubende Lüge verbreitete. Aber was sagt man zu jemandem, der einem nahesteht und dessen Welt gerade zusammenbricht, wenn man sich selbst keinen Deut besser fühlt?

Bine legte den Kopf in den Nacken, um einen weiteren Schnaps hinunterzukippen, und schüttelte sich. »Du bist die beste Freundin, die ich habe, Lilith. Wer sonst würde mitheulen, als wäre jemand gestorben, wenn ich Liebeskummer habe?« Sie begann, leicht hysterisch zu lachen.

Beste Freundin! In mir zog sich alles zusammen. Wenn ich nicht wäre, hätte Alex sie womöglich gar nicht erst verlassen. Zumindest nicht jetzt. Dann würde sie nicht gerade mit glasigen, rot geweinten Augen hochprozentigen Alkohol in sich hineinschütten und meinen, die Welt würde untergehen. Er hatte ihr gehört, und ich hatte ihn ihr gestohlen. Eine neue Woge der Scham und der Schuld rollten erbarmungslos über mich hinweg.

Erst da registrierte ich, dass mir in der Tat ebenfalls die Tränen übers Gesicht strömten. Ein wenig verlegen griff ich nach einem Taschentuch, doch der Tränenfluss wollte einfach nicht versiegen.

Minutenlang saßen wir schweigend nebeneinander in der Küche, mit den Händen die kleinen Schnapsgläser fest umklammernd, und hingen unseren Gedanken nach. Nur das Ticken der Pendeluhr war zu hören.

»In ein paar Monaten bin ich über ihn hinweg«, nuschelte Bine schließlich.

Das waren genau die Worte gewesen, die ich damals, nach Nizza, zu ihr gesagt hatte. *In ein paar Monaten bin ich über ihn hinweg.*

»Bist du sicher?«, hatte Bine damals gefragt, und selbst hinter ihren riesigen Sonnenbrillengläsern hatte ich die Skepsis in ihren Augen sehen können.

Nein, ich war nicht sicher gewesen. Absolut nicht. Denn meine Gefühle für Alex waren zwar schwierig und verboten, aber ehrlich, klar und vielschichtig gewesen. Ich hatte ihn aus tiefster Seele geliebt. Genau wie Pius. Und ich liebte ihn noch immer.

Und nun würde ich ihn niemals wiedersehen. Dabei wurde mir plötzlich bewusst, dass es tausend Dinge gab, die ich ihm noch hätte sagen wollen.

»Ich hoffe auch, du bist schnell über ihn hinweg«, erklärte ich Bine und schenkte unsere Gläser wieder voll. »Du kannst jederzeit auf mich zählen, Tag und Nacht, vergiss das nicht.«

»Was ist eigentlich mit der Ausstellungseröffnung? Ihr habt doch jedem Medium der Stadt zu verstehen gegeben, dass er dabei sein wird, zum ersten Mal überhaupt. Was wollt ihr denn jetzt tun?«, fragte sie zusammenhanglos. An die Eröffnung hatte ich noch gar nicht gedacht, und auch jetzt erschien sie mir zweitrangig. Ich konnte nicht antworten. Stattdessen schloss ich die Augen und leerte mein Glas in einem Zug.

Als Pius und die Kinder zwei Stunden später aus dem Hallenbad zurückkehrten, mit roten Wangen, feuchten Haaren und leuchtenden Augen, lagen Bine und ich bäuchlings auf den beiden hölzernen Sonnenliegen auf der Terrasse, die Pius' Eltern mir letztes Jahr zum Geburtstag geschenkt hatten und die nur selten genutzt wurden, weil sie zwar chic, aber fürchterlich unbequem waren. »Ich kann nicht atmen! Ich bekomme hier drinnen keine Luft«, hatte Bine gerufen, und ich hatte einen Haufen Wolldecken zusammengesucht und sie nach draußen geschleift.

Jetzt schien sie mit offenen Augen zu schlafen, während ich ihre Hand festhielt und im Geiste einen Plan aufstellte, um ihr in der nächsten Zeit einsame Wochenenden zu ersparen. Der Plan enthielt viele Shoppingtouren, Spaziergänge, Kochabende, Ausstellungen, alkoholgetränkte, durchtanzte Nächte und zur Not sogar kräftezehrende Sporteinheiten. Die Ablenkung würde mir selbst vielleicht ebenfalls guttun.

Pius ließ seinen Blick von mir über Bine zu den leeren Flaschen schweifen, die zwischen uns auf dem Boden standen – neben dem leeren Walnuss-Branntwein mittlerweile auch eine Tequila- und eine Martiniflasche –, und hob fragend eine Augenbraue. »Euch kann man auch keine drei Stunden allein lassen. Was ist denn hier passiert?«

»Alexander ist fort. Er will irgendwo in Südamerika milchkaffeebraune Herzensbrecherinnen bezirzen.« Ich spürte eine seltsame Enge im Hals. Die Sätze kamen mir kaum über die Lippen.

In dem Moment streckte Paul seinen Kopf zur Terrassentür hinaus und erfasste die Situation mit einem Blick. Missbilligend erklärte er Theo, der ihm dicht auf den Fersen war: »Mama und Bine haben Alkohol getrunken.«

»Sind sie betrunken?« Theo begann geräuschvoll zu kichern.

Ohne auf seine Söhne zu achten, starrte Pius mich mit weit aufgerissenen Augen an. »Was soll das heißen?«, wiederholte er meine Worte von vorhin. »Wovon redest du, Lilith?«

Bine reagierte nicht, sondern stöhnte nur und drehte sich umständlich auf die andere Seite. Also sagte ich leise: »Er hat sie sitzenlassen. Und er wird wohl nicht zurückkommen.« Ich vergrub meine Hände tief in den Hosentaschen, damit Pius nicht sehen konnte, wie sehr sie zitterten.

Ungläubig blickte er von mir zu Bine und wieder zurück. In seinem Gesicht spiegelten sich tausend Emotionen wider. Mitleid und Sorge um Bine, Schock, Enttäuschung, Angst um den Erfolg der Ausstellungseröffnung.

Ich sah aber auch noch etwas anderes in seinen Augen. War es Erleichterung? Aber natürlich konnte das nicht sein.

Kapitel 20
Vor neun Monaten

Es war seltsam, ohne Pius in der Galerie zu stehen. Sechs Wochen lang hatte ich das »Closed«-Schild in die Tür gehängt, doch mittlerweile verbrachte ich wieder fünf Tage die Woche, Dienstag bis Samstag, hinter dem Ladentisch. Wenn auch nur halbherzig.

Der grauhaarige Künstler, der mir gerade mit erwartungsvoller Miene seine Mappe entgegenstreckte, sah mit seiner eckigen Brille, dem akkuraten Seitenscheitel und dem dunkelgrauen Dreiteiler aus, als wäre er Controller bei einer Bank. Er beobachtete mit seitlich geneigtem Kopf jede meiner Bewegungen, während ich mechanisch die Aufnahmen seiner Ölgemälde aus dem schwarzen ledernen Ordner kramte.

Seine Bilder ließen sich wohl am ehesten dem abstrakten Expressionismus zuordnen, der noch nie zu meinen Favoriten gezählt hatte. Ich gab mir redliche Mühe, in diesem Gekleckse etwas zu erkennen, was mich ansprach, aber auch nach intensiver Begutachtung waren es für mich nicht mehr als Tupfer, Flecken, Spritzer und Linien. Ich kam auf Biegen und Brechen nicht dahinter, was der Maler damit ausdrücken wollte. Doch ich meinte, mich daran zu erinnern, dass es viele Leute in unserem Kundenkreis gab, die diese Art von Kunst zu schätzen wussten.

»Sie halten es verkehrt herum«, setzte der Controller mich ein wenig vorwurfsvoll in Kenntnis und tippte mit seinen langen manikürten Fingern auf das Foto in meinen Händen. Ich konnte den mitleidigen Blick meiner Assistentin Melanie im Nacken spüren, die gerade dabei war, eine Lieferung mit Schreibwaren auszupacken.

Was hätte Pius zu den Bildern gesagt?, fragte ich mich wie so oft in letzter Zeit und fühlte einen schmerzhaften Stich in der Brust. Auch wenn er die Einschätzung potenzieller neuer Talente immer mir überlassen hatte, so wünschte ich mir jetzt nichts sehnlicher, als seine Meinung dazu hören zu können.

Denn ich war sicher, ich hatte es verloren. Mein Gespür für gute Kunst. Meine untrügliche Nase dafür, welche Bilder sich verkaufen ließen und auf welchen wir sitzenbleiben würden. Oder vielmehr *ich*.

Ich hatte mich in den letzten Jahren für so ruhig und gelassen gehalten, für jemanden, der mit all den Hürden und Schikanen des Lebens mit einem Lächeln auf dem Gesicht fertigwurde, aber nun musste ich die bittere Erfahrung machen, dass das Leben seine eigene Vorstellung davon hatte, wann es dir eine Lektion erteilte. Meine Einstellung zur Kunst, zu den Menschen und zur Welt hatte sich in den letzten drei Monaten grundlegend geändert.

Vielleicht sollte ich die Galerie einfach aufgeben. Wie konnte es auch weitergehen? Theo war mit seiner Familie vor einigen Wochen nach Australien zurückgekehrt, und Paul unterstützte mich zwar, so gut es ging, bei den anfallenden kaufmännischen Aufgaben, aber seine Firma weigerte sich standhaft, ihm das Sabbatjahr zu gewähren, das er beantragt hatte. Und neben Vollzeitjob und Familie blieb ihm nicht annähernd genug Zeit, Pius' gesamten betriebswirtschaftlichen Part in der Galerie zu übernehmen.

Stattdessen jemanden vollkommen Fremdes ins Boot zu holen, der Pius ersetzen sollte, war für mich unvorstellbar.

Aber natürlich konnte ich nicht alles hinschmeißen. Was würde Pius davon halten?

»Frau Lohse?« Der Controller war sichtlich darum bemüht, sich seine Irritation nicht anmerken zu lassen.

»Ich würde mir die Bilder gern noch mal in Ruhe ansehen, wenn Sie nichts dagegen haben. Können Sie mir die Abzüge dalassen?«, erkundigte ich mich unentschlossen und schob die Fotos in die Mappe zurück.

Wie fast jeden Abend in den letzten Wochen war ich gleichzeitig heilfroh und schwermütig, als ich gegen sieben Uhr wieder zu Hause war. Minutenlang blieb ich mit klopfendem Herzen vor der Veranda in Pius' Auto sitzen – meins hatte Paul für mich verkauft – und fragte mich zum tausendsten Mal, wie es weitergehen sollte.

Das gemütliche, kuschelige Leben an Pius' Seite war endgültig vorbei. Seit drei Monaten fühlte ich mich, als wäre ich von der Zukunft abgeschnitten. *Bis dass der Tod uns scheidet.* Wie sehr hatte ich insgeheim gehofft, dass es nie so weit kommen würde. Dass uns dieser Abschied voneinander, von unserer Liebe, von den gemeinsamen Segelausflügen und Urlauben, den Abenden mit Freunden, unseren Sonntagsspaziergängen und Kochexperimenten, den hitzigen Diskussionen über Kunst und Künstler und alles andere erspart bliebe. Oder dass zumindest nicht Pius der Erste sein würde, der nach fast vierzig gemeinsamen Jahren gehen musste.

Trotz der hochsommerlichen Hitze fing ich an zu frösteln. Ich zog meine dünne Strickjacke enger um meinen Körper und öffnete die Fahrertür, gerade als ein silberner

Kombi mit dem Aufdruck einer Mietwagenfirma die Auffahrt hinaufrollte. Mir stockte der Atem, als nacheinander Theo und Kimberley und Aaron ausstiegen, in abgeschnittenen Jeans und Flipflops, mit gebräunter Haut und entspannter Miene. Und auf einmal war mir gar nicht mehr kalt. Stattdessen überkam mich ein überwältigendes Hochgefühl, das sich in meinem ganzen Körper ausbreitete.

»Was tut ihr hier? Warum habt ihr nichts gesagt? Ich hätte euch vom Flughafen abgeholt. Und ich hätte eingekauft. Ich habe nur Reis und eingelegte Gurken im Haus.« Zum ersten Mal seit Wochen lachte ich, kein verkniffenes, schmallippiges, gezwungenes Lächeln, das ich mir seit Pius' Tod und meinem Geständnis zu eigen gemacht hatte, sondern ein aufrichtiges, optimistisches Lachen, das aus tiefstem Herzen kam.

»Ich liebe eingelegte Gurken«, versicherte Kim und drückte mich fest an sich.

»Und ich erst. Wofür sonst sind wir vierundzwanzig Stunden um die Welt geflogen?« Theo grinste, als er seine Frau und mich mit seinen langen Armen umschlang.

»Und weißt du was, Oma? Wir bleiben hier bei dir«, jubelte Aaron und warf sich an meine Brust. »Für immer. Und ich darf einen Hund haben, hat Papa gesagt, weil ich meinen Freund Howie jetzt nicht mehr sehen kann. Ist das nicht toll?«

»Ihr ... ihr wollt bleiben? Aber ich dachte –« Ich brach ab. Mein Kopf war leer und gleichzeitig randvoll. Ohne es zu wollen, stiegen mir Tränen in die Augen.

»Wie du gesagt hast, Pius ist mein richtiger Vater, ob nun biologisch oder nicht. Und du bist doch wohl meine richtige Mutter, oder? Paul und ich können dich nicht allein lassen.« Theo grinste mich an. »Es hat einige Zeit gedauert, bis wir uns endgültig entschieden hatten, denn deine Geschichte war natürlich ein ziemlicher Schock. Außerdem mussten wir noch unser Haus in Byron verkaufen und uns um alle Formalitäten kümmern, aber jetzt sind wir hier.«

»Theo vermisst euch und seine Heimat schon seit Jahren, und nun, da mein Vertrag ausläuft und Aaron in die Schule kommt, ist einfach der perfekte Moment für uns, herzuziehen«, ergänzte Kim und reichte mir ein Taschentuch, das sie als fürsorgliche Mutter immer parat hielt. Ich hatte gar nicht bemerkt, dass meine Tränen übergelaufen waren.

»Ich will einen Labradoodle. Das ist ein Mix aus Labrador und Pudel.« Aaron hängte sich an meine Hand, als wir, jeder beladen mit einem großen Koffer, ins Haus schlenderten.

»Wir haben für die nächsten Wochen einige Besichtigungstermine für Häuser hier im Umkreis vereinbart. Eine Schule haben wir schon ausgewählt, denn für Aaron geht es ja in zwei Wochen los.«

»Der Container mit unseren Möbeln wird in sechs oder sieben Wochen in Deutschland ankommen.«

»Bis dahin haben wir hoffentlich ein eigenes Haus gefunden.«

»Howie hat auch einen Labradoodle. Er kann sogar morgens die Zeitung reinholen.«

Alle redeten durcheinander, und die Gedanken überschlugen sich in meinem Kopf. Aber ich hörte nicht auf zu grinsen, während wir gemeinsam das Gepäck in die beiden

Gästezimmer schleppten, einen starken Kaffee kochten und das Abendessen vorbereiteten. Ich erinnerte mich daran, was Bine kurz nach Pius' Tod zu mir gesagt hatte. Dass es irgendwann wieder schön würde, nur anders. Und dass erst Sonne und Regen gemeinsam einen Regenbogen bilden könnten. Und auch wenn ich noch immer nicht daran glaubte, so konnte ich mich doch zumindest wieder kurzzeitig über etwas freuen.

»Jetzt bist du nicht länger allein, Oma«, bemerkte Aaron, den Mund voll eingelegter Gurken, als wir schließlich am großen Küchentisch saßen. Ich hatte noch etwas Käse, Tomaten und Knäckebrot auftreiben können, aber keinem schien aufzufallen, wie karg das Mahl ausfiel.

»Na ja, Paul war ja auch noch da. Und Bine«, entgegnete Theo und gähnte.

Bine. Sie hatte mein Leben zeitlebens schöner gemacht. Mit ihrem Lachen, ihrer Loyalität, ihrer unerschütterlichen Liebe. Und ich hatte ihr Leben so viel schwerer gemacht. Nachdem ich ihr an diesem nebligen Sonntagmorgen vor drei Monaten die ganze Geschichte unter Tränen gestanden hatte, war sie aufgestanden und hatte ohne ein Wort die Wohnungstür geöffnet und mich hinausgeworfen. Fast eine Woche lang hatte sie mir weder die Tür geöffnet noch auf meine Anrufe reagiert. Ich war in Panik.

Erst als sie nach all den Tagen des verzweifelten Wartens plötzlich vor meinem Haus aufgekreuzt war, hatte ich es fertiggebracht, wieder tief durchzuatmen und meine Lunge mit ausreichend Sauerstoff zu füllen. »Ich kann dich jetzt nach Pius' Tod unmöglich im Stich lassen«, hatte sie gesagt. »Und außerdem will ich diese lebenslange Freundschaft nicht wegwerfen, nur wegen irgendeines Mannes.«

Aber Alex war nicht nur irgendein Mann gewesen – weder für mich noch für sie. Er war der Grund, dass sie niemals geheiratet hatte und kinderlos geblieben war. Ich war der Grund. Weil ich ihn ihr gestohlen hatte.

»Sei nicht albern, Lilith. Er wäre sowieso nicht bei mir geblieben«, hatte sie gemurmelt. Ich konnte ihr ansehen, wie schwer ihr die Worte über die Lippen kamen. Es hatte mir das Herz zerrissen. »Manche Frauen sind eben einfach nicht für eine Familie gemacht. Meine Mutter hat das immer vorhergesehen. Aber ich habe trotzdem ein sehr erfülltes Leben.«

Ihre Mutter hatte Bines Abenteuerlust und ihr Interesse an verwegenen Männern immer scharf verurteilt. »Sei vorsichtig, sonst sitzt du irgendwann mal richtig in der Tinte«, hatte sie immer gesagt. »Oder du stehst ganz allein da, ohne Mann und Kinder.« Für sie war das immer das Worst-Case-Szenario gewesen.

»Aber weißt du was, Lilith? Ich bin froh, dass du es mir nicht vor zwanzig Jahren erzählt hast. Ohne diese ganze Zeit, die dazwischenliegt, ohne den Abstand und meine abgekühlten Gefühle für ihn hätte unsere Freundschaft das nicht überstanden.«

Ich hatte sie in meine Arme gezogen und nicht mehr losgelassen. »Ich bin so froh, dass du da bist. Und ich will alles daransetzen, dass du mir wieder vertrauen kannst, Bine.«

Seither waren wir auf einem zwar ein wenig holprigen, aber guten Weg, auch wenn vieles vielleicht nicht mehr so war wie vorher.

Das Klingeln an der Haustür holte mich in meine Küche zurück.

»Bleibt sitzen, ich geh schon«, bot Kim an und stand auf. »Ich muss ohnehin Aaron ins Bett bringen, es war ein langer Tag für ihn.« Theo und ich drückten Aaron fest an uns, bevor er schläfrig hinter seiner Mutter hertrottete. Er roch nach Salz und Pfefferminz und Karamell, und mir schwoll das Herz in der Brust.

Während wir gemeinsam den Tisch abräumten, vernahmen wir gedämpftes Stimmengewirr im Flur. Ein paar Minuten später stand Paul in der Küche, in der Hand eine Flasche australischen Cabernet Sauvignon und im Gesicht ein strahlendes Lächeln.

»Der verlorene Bruder ist endlich zurückgekehrt«, stellte er zufrieden fest und grinste genauso verschmitzt, wie Pius es immer getan hatte. »Darauf müssen wir anstoßen.«

»Du wusstest also davon? Warum habt ihr mir nichts gesagt?«

Als wir uns schließlich zu viert in den alten Korbsesseln im Wintergarten zurücklehnten und die Weingläser hoben, fühlte ich mich zum ersten Mal seit Langem nicht mehr so allein wie ein Astronaut, der abgeschnitten auf seiner Raumstation saß und das Leben auf der Erde aus weiter Ferne beobachtete.

Bis Kim auf das Bild der Liebenden zeigte. »Ich liebe dieses Bild. Von wem ist es?«

Mein Mund wurde trocken. Anstatt eine Antwort zu geben, stand ich auf und begann angestrengt in meiner Tasche herumzuwühlen. »Apropos Bild: Ich habe heute in der Galerie eine Mappe mit Abzügen bekommen und würde gern deine Meinung dazu hören, Theo.« Ein bisschen verlegen fügte ich leise hinzu: »Ich war mir nicht ganz sicher, ob sie gut sind.«

Theo musste nur einen kurzen Blick auf die Fotos werfen. »Wow, die sind fabelhaft. Die ungemischten Farben, die forcierte Simultaneität und die aggressive Deformation der Figuren. Die Bilder müssen wir haben. Was hältst du davon, wenn ich mich gleich morgen darum kümmere?« Er wirkte so begeistert wie ein kleines Kind am Weihnachtsmorgen.

Und plötzlich meinte ich, es auch sehen zu können. Die markanten Formelemente und das Wilde, Archaische der Bilder waren wirklich außergewöhnlich. Erleichtert seufzte ich auf. Vielleicht hatte ich doch noch nicht alles verloren.

»Ich bin froh, dass wir uns künftig alle Verpflichtungen teilen können.« Theo lehnte sich wieder in seinem Sessel zurück und prostete Paul und mir zu.

»Du ahnst ja gar nicht, wie froh ich erst darüber bin.« Ich hob ebenfalls mein Glas.

»Ich habe übrigens gekündigt«, warf Paul leichthin ein und nahm einen großen Schluck von seinem australischen Wein.

»Du hast was?«, fragte ich perplex. Theo grinste – offenbar war er Mitwisser.

»Auf Papas Beerdigung habe ich zugesichert, dich zu unterstützen, Mama, und ich halte meine Versprechen. Außerdem ist mein Chef ein Irrer, die Aussicht aus meinem Bürofenster trostlos und die Parkplatzsituation nichts für schwache Nerven. Und die Lasagne in der Kantine schlägt dem Fass den Boden aus.«

Es dauerte einen Moment, bis mein Gehirn seine Worte verarbeitet hatte. Mit weit aufgerissenen Augen, die Hand mit dem Glas auf halbem Weg zu meinem Mund eingefroren, starrte ich ihn an. Ich wollte so viel sagen, doch kein Laut kam über meine Lippen.

»Ihr wisst gar nicht, wie viel mir das bedeutet«, flüsterte ich schließlich. Tränen der Erleichterung traten mir in die Augen.

»Die Familie ist einfach das stärkste Band«, meinte Paul und legte seine Hand auf meinen Arm. Unvermittelt kamen mir mein eigener Vater in den Sinn, der zwei Jahre zuvor gestorben war, und meine Mutter, die ihm bis zum letzten Tag gefehlt hat.

»Aber von wem ist nun dieses wunderschöne Bild an der Wand? Die Signatur scheint irgendwie überpinselt worden zu sein«, hakte Kim nach und schenkte jedem von uns Wein nach. Wenn sie sich erst mal für etwas interessierte, hatte sie sich noch nie leicht abschütteln lassen.

Ich räusperte mich und schloss für einen kurzen Moment die Augen. Wir hatten seit Monaten nicht mehr über dieses Thema gesprochen. »Das Bild ist von Alex. Er hat es mir zum Abschied geschenkt.«

Betreten blickte Paul zu Theo herüber. »Und es hing hier all die Jahre herum, direkt vor Papas Nase? Wusste er, von wem es war?«

»Ich denke nicht. Ich habe nie etwas gesagt. Und er hat nicht gefragt.«

Kim war aufgestanden und fuhr nun mit dem Zeigefinger den schweren, etwas eingestaubten Rahmen entlang. »Ein echter Noel Nice, Lilith! Mein Gott, das Bild ist ein Vermögen wert.«

»Ich weiß. Aber ich würde es nicht verkaufen.« Niemals. Es war das Letzte, was mir von ihm geblieben war.

Theo fuhr sich mit den Händen durchs Haar. Er wirkte

plötzlich angespannt. »Du hast die Geschichte nie wirklich zu Ende erzählt, Mama. Hast du ihn noch mal gesehen, nach diesem Tag in der Galerie, als du ihn verlassen hast?«

»Auf der Vernissage. Das war das letzte Mal, dass ich ihn gesehen habe. Obwohl, eigentlich stimmt das nicht ganz.«

»Am besten, du erzählst alles der Reihe nach«, schlug Theo vor. »Ich hole uns noch eine Flasche Wein aus der Küche.«

Ich stieß einen Seufzer aus. Kurz schoss mir durch den Kopf, dass ich an diesem Tag noch keinen Zettel aus dem Marmeladenglas auf meinem Nachttisch gefischt hatte, weil mein Wecker am Morgen nicht geklingelt und ich es eilig hatte, zur Arbeit zu kommen. Die Aussicht darauf, heute Nacht noch eine Nachricht von Pius lesen zu können, stimmte mich froh.

Durch die weit geöffneten Terrassentüren drangen warme Sommerluft und die vertrauten Geräusche quakender Frösche und zirpender Grillen in den Wintergarten. Ich lehnte mich im Schneidersitz in meinem Sessel zurück und nahm dankbar das bis zum Rand gefüllte Glas aus Theos Hand. »Weil er von einem Tag auf den anderen verschwunden war, dachte ich, ich hätte die Gelegenheit verpasst, ihm all die Dinge zu sagen, die ich ihm noch hatte sagen wollen. Ich glaubte, ich würde ihn nie wiedersehen. Doch dann kam der Tag der Ausstellungseröffnung.«

Kapitel 21
November 1999

Ich hatte eine dicke Schicht Concealer auftragen müssen, um die dunklen Schatten unter meinen Augen zu verstecken. An diesem besonderen Tag sollte mir niemand ansehen, dass ich mich die ganze Nacht unruhig von einer Seite auf die andere gewälzt und mir den Kopf darüber zerbrochen hatte, ob er auftauchen würde oder ob er immer noch in Südamerika in den Armen einer milchkaffeebraunen Femme fatale lag und zu vergessen versuchte, wie übel ich ihm mitgespielt hatte. Ich wusste nicht, was mir lieber war.

Heute war die Ausstellungseröffnung.

Wir saßen zu sechst am Frühstückstisch – Pius' Eltern hatten die Vernissage zum Anlass genommen, uns schon in aller Herrgottsfrühe ihre Aufwartung zu machen –, und während Paul, Theo und meine Schwiegereltern in ausgelassener Stimmung ihre Eier köpften und den Tagesablauf durchgingen und Pius fieberhaft den Kulturteil der Tageszeitung durchforstete, starrte ich auf den Text meiner Eröffnungsrede, ohne irgendetwas davon zu behalten. Mein Gehirn war wie leer gepustet.

»Hast du die Ankündigung gefunden?«, erkundigte sich Walter und biss herzhaft in sein dick mit Marmelade bestrichenes Rosenbrötchen.

»Ja«, antwortete Pius einsilbig. Er war ein wenig blass um die Nase, als er die Zeitung zurück auf den Tisch legte. Nach dem Schock, dass Alex verschwunden war und bei der Eröffnung aller Voraussicht nach nicht dabei sein würde, hatte er noch nicht zu seinem inneren Gleichgewicht zurückgefunden.

»Es werden so oder so alle über diese Ausstellung sprechen«, hatte ich an diesem unglückseligen Nachmittag versucht, ihn zu trösten. »Schließlich haben wir jedem Medienvertreter im Umkreis von zweihundert Kilometern angekündigt, dass Noel Nice zum ersten Mal überhaupt sein Gesicht zeigen wird. Wenn er nun doch nicht kommt, wird zumindest trotzdem jeder darüber berichten.«

»Schaut nur, was für ein langer Bericht es ist«, sagte Elsa gerade mit unverkennbarem Stolz in der Stimme. Wir beugten uns alle weit nach vorne, um den Artikel lesen zu können.

Nice-Ausstellung sorgt für Ausnahmezustand in Hamburg

Er ist eines der rätselhaftesten Phänomene der heutigen Kunstwelt, der mit seinen farbgewaltigen, zumeist gesellschaftskritischen Gemälden immer wieder weltweit für Furore sorgt: der vermutlich französischstämmige Künstler Noel Nice. Trotz seines internationalen Ruhms hat er geschafft, was bisher kaum einer Berühmtheit vor ihm über einen derart langen Zeitraum gelungen ist – niemand weiß, wer er ist.

Die renommierte Hamburger Lohse Art Gallery hat nun angekündigt, dem Rätselraten um die Identität eines der bekanntesten und talentiertesten Künstler unserer Zeit am heutigen ersten Advent ein Ende zu setzen. Bei der feierlichen Eröffnung der Noel-Nice-Ausstellung »Turbulenzen« will sich der öffentlichkeitsscheue Meister, der Rockstar der Kunstszene, höchstpersönlich an sein Publikum wenden.

Aber kommt er wirklich? Und wenn ja, warum? Was hat ihn dazu bewogen, seine Meinung zu ändern? Und nicht zuletzt: Was für eine Person steckt hinter diesem Ausnahmetalent? Diese Fragen stellen sich derzeit zahlreiche Pressevertreter und Kunstfreunde aus ganz Deutschland. Es wird erwartet, dass sich Hunderte hartgesottene Nice-Fans trotz der eisigen Temperaturen schon Stunden vor Beginn der Vernissage auf dem Bürgersteig vor der Galerie um die besten Plätze zanken werden, um einen Blick auf ihr Idol erhaschen zu können.

Wenn auch Sie auf der Suche nach Antworten sind, kommen Sie heute Nachmittag um 16 Uhr in die Broockstraße 164 in der Neustadt.

Neben dem Artikel war eine Fotocollage abgebildet. Zu sehen war eine Reihe von Alex' berühmtesten Bildern, die sich um den geschwärzten Umriss eines Mannes gruppierten, dessen Gesicht von einem weißen Fragezeichen verdeckt wurde.

»Mein Gott. Wenn er nicht auftaucht, sind wir erledigt. Wir machen uns zum Gespött der ganzen Stadt.« Pius fuhr sich immer wieder mit den Händen durch die Haare.

»Mach dir keine Sorgen, Schatz. Zumindest dürfte jetzt jedem der Name unserer Galerie geläufig sein«, erwiderte ich trocken, dabei erreichte mein Puls mindestens hundertachtzig Schläge pro Minute.

»Selbst ohne die Hauptperson hängt der Laden trotzdem voll mit teuren Bildern, die euch eine ordentliche

Provision einbringen werden.« Walter, von Natur aus praktisch veranlagt, klopfte seinem Sohn tröstend auf die Schulter, bevor er sich wieder seinem mittlerweile abgekühlten Kaffee zuwandte.

»Ich will aber, dass Alex kommt. Ich kann mittlerweile zehn Schritte auf den Händen laufen, das muss ich ihm unbedingt zeigen.« Theo bot seinem Hamster Eddie eine Weintraube von seinem Teller an. Zwar lächelte er schief, doch das Unverständnis über Alex' Verschwinden war ihm deutlich anzusehen.

»Ich will ihn auch sehen«, pflichtete Paul ihm bei. Mein Herz krampfte sich zusammen.

Bevor die Stimmung kippen konnte, erkundigte sich Elsa, eine stolze Hausfrau, die ihre Tage damit füllte, Brot zu backen, Böden zu schrubben und Rosen zu schneiden – und Geschnetzeltes mit Pilzen zu kochen –, eilig: »Möchte noch jemand etwas Obstsalat? Ich kann euch auch schnell noch etwas Proviant für unterwegs einpacken.« Und sie begann, in Windeseile Birnen zu hobeln, Weintrauben in zwei Hälften zu teilen und Walnüsse zu hacken.

Pünktlich fünf Stunden vor Beginn der Vernissage bahnten Pius und ich uns einen Weg zur gläsernen Doppeltür der Lohse Art Gallery. Der Zeitungsredakteur hatte recht behalten: Mindestens dreißig eingefleischte Noel-Nice-Fans warteten schon jetzt darauf, dem Geheimnis ihres mysteriösen Idols auf den Grund gehen zu können. Mit zusammengepressten Lippen griff Pius nach meinem Arm und zog mich in die Galerie.

Wir hatten die Kinder in der Obhut meiner Schwiegereltern gelassen, um uns ungestört um die letzten Vorbereitungen kümmern zu können, denn trotz gründlicher Vorarbeit hatten wir noch alle Hände voll zu tun. Schon gestern nach Ladenschluss hatten wir damit begonnen, für die fertig gerahmten und gottlob allesamt signierten Gemälde – wie hätte Alex das nachholen sollen, wenn er am anderen Ende der Welt in der Sonne brutzelte? – die ideale Position im Ausstellungsraum zu finden und sie mithilfe von zwei eigens zu diesem Zweck angeheuerten Trägern an den dafür vorgesehenen Hängevorrichtungen anzubringen, aber noch immer warteten einige Bilder darauf, montiert zu werden.

Nach und nach trudelten Julia, die beiden Helfer von dem Transportunternehmen, die Caterer und der Fotograf ein, und auch ich machte mich an die Arbeit. Aber all das, was mir sonst so viel Spaß bereitete, war heute kaum auszuhalten. Denn die ganze Zeit über schoben sich Alex' unnatürlich blaue Augen und sein spitzbübisches Lächeln, das in seine linke Wange ein Grübchen zauberte, in meine Gedanken. Mit hektischen Flecken im Gesicht legte ich die Echtheitszertifikate anstelle der Visitenkarten und der Handouts mit den Preislisten aus, stieß den Stapel mit den Pressemappen um, suchte händeringend nach den vorgefertigten Kaufverträgen und dem Quittungsblock, die gestern noch auf dem Tresen gelegen hatten, und zerbrach den Stift für das Gästebuch. Ich brachte die Galeriekärtchen durcheinander, die die Bilder kennzeichneten, und stolperte über die Rollen mit Luftpolsterfolie. Zu guter Letzt tropfte ich Kaffee auf den mit einer blütenweißen Tafeldecke überzogenen langen Tisch, auf dem später das

Büfett aufgefahren werden sollte, und handelte mir ungläubige Blicke der beiden jungen Serviermädchen ein.

Ich war ein nervliches Wrack.

Und auch Pius war merklich angespannt. Die Sorge um den Erfolg der Ausstellungseröffnung und das Echo in der Presse ließen seine Stimme brüchig klingen, als er den Trägern genaue Anweisungen gab, wohin die restlichen Gemälde gehängt werden mussten.

»Waren das alle Bilder?«, bemerkte ich ein wenig argwöhnisch, als endlich alles an Ort und Stelle war, und ließ einen Stapel roter Klebepunkte, die später die verkauften Werke kennzeichnen sollten, in die Tasche meines schmalen hellgrünen Strickkleides gleiten.

Pius runzelte die Stirn. »Mehr hatte Alex nicht für die Ausstellung markiert, als ich die Werke abgeholt habe. Warum fragst du?«

»Ich glaube, es ist eins zu wenig.«

»Mach dir keine Sorgen, Schatz, alle Wände sind voll.« Pius war schon dabei, die Träger zu bezahlen und gleichzeitig den Fotografen einzuweisen.

»Du hast recht«, murmelte ich. Doch ich *wusste*, dass ein Bild fehlte. Das Bild von den Liebenden, das mich bei meinem Besuch in Alex' Haus am See derart aus dem Konzept gebracht hatte. Für einen kurzen Moment schloss ich die Augen und war sofort zurück in seinem sonnendurchfluteten Atelier, meine Arme vor dem Schlabbershirt verschränkt, das Herz wie ein Presslufthammer schlagend, sein warmer Körper dicht hinter meinem. Als ich die Augen wieder öffnete, blickte ich direkt in das wachsame Gesicht von Julia, die mich aufmerksam musterte. Betont betriebsam wandte ich mich wieder der Gästeliste zu, während Julia sich ein wenig zögerlich daranmachte, das Mikrophon auf unserer kleinen Bühne anzuschließen, auf der es später das Rahmenprogramm mit kurzen, zum Motto passenden Vorträgen und einem Live-Auftritt von Musikern geben sollte. Ich gab mir alle Mühe, mich zusammenzureißen, bevor auch den anderen mein zweifellos fragwürdiges Verhalten auffiel.

Trotz Pius' Anspannung und meiner zahllosen Missgeschicke war alles geschafft, als wir pünktlich um vier Uhr nachmittags die Türen öffneten und die wartenden geladenen Gäste sich ins warme Innere drängten. Elsa und Walter kamen mit Theo, Paul und Markus, Bine hatte meinen Vater im Schlepptau, eine Reihe alter Freunde und Weggefährten erschienen ebenso wie Sammler, andere Künstler und Journalisten von beinahe jedem Medium der Gegend. Schon nach ein paar Minuten schoben sich mehr Menschen als je zuvor durch die Räume.

Nur die Hauptperson fehlte.

Pius und ich hatten alle Hände voll damit zu tun, die Besucher zu begrüßen, mit Champagner anzustoßen und ungezwungenen Small Talk zu halten, und niemand schien zu bemerken, dass wir alle paar Minuten voller Unruhe zur Tür blickten.

So gut es ging, ignorierte ich die fragenden Blicke unserer Gäste, doch während ich gerade mit Bine und einem Feuilletonredakteur, dessen Namen ich vergessen hatte, der aber eine beträchtliche Ähnlichkeit mit Mr. Bean hatte, über das Bild mit den Kindern diskutierte, die auf einer Brücke mit bunter Kreide malten, wusste ich plötzlich, dass er da war.

Bine war stocksteif stehen geblieben und starrte Richtung Eingang. »Mein Gott!«

»Was ist los?«, fragte ich, obwohl mir längst klar war, was diese Reaktion bei ihr provoziert hatte.

»Er ist hier. Er ist tatsächlich gekommen.« Ich zuckte zusammen, als ich den Hoffnungsschimmer in ihren Augen sah, und mein Magen verkrampfte sich.

Vollkommen unbeeindruckt legte der Journalist den Kopf schief, starrte auf den wild um sich schießenden Panzer und meinte: »Seit ich das erste Mal seine Kunst betrachtet habe, in einem Museum in London, kommt mein Gemüt immer in positive Schwingungen, wenn ich eines seiner Werke sehe. Es fühlt sich so an, als würde ich zur Ruhe kommen und Stress abbauen. Einfach einzigartig! Und es wird auch beim tausendsten Bild nicht langweilig.«

Ich hörte kaum zu. Meine Arme und Beine kribbelten, als wäre ich in einen Ameisenhaufen gefallen. Langsam, wie in Zeitlupe, drehte ich mich um. Allein sein Anblick genügte, meinem Körper die typischen Reaktionen abzuzwingen. Würde das niemals aufhören?

Er sah müde aus, abgekämpft und angespannt, mit erschöpften Augen, zerzausten Haaren und blasser Haut, und dennoch strahlte er eine eigentümliche Energie aus. Er trug eine schwarze Jeans und ein zerknittertes schwarzes Shirt unter seiner dunklen Lederjacke, so als wäre er gerade aus dem Flugzeug gestiegen – was er auch war, wie sich später herausstellte. Niemand wusste, wer er war, während er sich quälend langsam einen Weg durch die Menge in meine Richtung bahnte, ohne mich dabei aus den Augen zu lassen, aber jede Frau verrenkte sich den Hals, um ihm hinterherstarren zu können.

Ich zwang mich wegzusehen. Es war nicht zum Aushalten. Meine Beine hatten angefangen zu zittern und drohten unter mir nachzugeben, und ich konnte von Glück reden, dass Bine sich an mir festklammerte und mich damit stützte. Ich blickte konzentriert in das Sektglas in meiner Hand, doch ich hätte nicht sagen können, ob es voll oder leer war.

Auch Pius hatte ihn bemerkt. Wie durch einen Schleier nahm ich wahr, dass er Alex abfing, bevor er mich erreichen konnte, und atemlos auf ihn einredete, während er ihn entschlossen zum Verkaufstresen in der Nähe unserer kleinen provisorischen Bühne lotste.

Das Stimmengewirr und Gläserklirren erstarben schon, als Pius das Mikrophon aufhob und sich verhalten räusperte. Er warf ein scheinbar gelassenes, beinahe abgeklärtes Lächeln in die Runde, doch die ungeschminkte und aufrichtige Erleichterung in seiner Miene blieb mir nicht verborgen. Zahllose neugierige Augenpaare richteten sich auf ihn, während Alex ein paar Schritte weiter einer der Serviererinnen ein Champagnerglas vom Tablett nahm und unbeirrt die Menge scannte, bis sein unbewegter Blick schließlich an meinem Gesicht haften blieb. Auch Pius suchte meinen Blick und zwinkerte mir verschwörerisch zu.

»Ist er hier?«, fragte Mr. Bean neben mir. »Das will Ihr Mann doch verkünden, oder? Ist Noel Nice wirklich hier?« Ohne eine Antwort abzuwarten, schob er sich den letzten Rest seiner Galette Bretonne in den Mund und griff zur Sicherheit nach seiner Kamera.

»Er ist hier«, flüsterte Bine nach einer kleinen Pause so leise, dass man sie kaum verstehen konnte. Sie hatte sich extra herausgeputzt für diesen Tag. Mit ihren vielen eingezwirbelten Miniknötchen und den dünn gezupften Augenbrauen sah sie aus wie Gwen Stefani in einem dieser Videoclips auf MTV. Ich stand noch immer dicht an ihrer Seite und konnte mich nicht rühren. Ich schaffte es kaum, zu atmen.

»Liebe Freunde und Kollegen, liebe Gäste«, begann Pius. »›Turbulenzen‹ – das ist das Motto dieser Ausstellung. Und turbulent waren auch die langen Vorbereitungen auf den heutigen Tag. Aber das Warten hat sich gelohnt, denn heute ist er hier und präsentiert sich zum ersten Mal der Öffentlichkeit: der wahrscheinlich begnadetste Künstler unserer Zeit. Ich freue mich sehr, dass Noel Nice, dessen Werke wir alle –«

Der Rest seiner Worte ging in dem donnernden Applaus des Publikums unter. Es dauerte eine ganze Weile, bis die Besucher sich wieder so weit im Griff hatten, dass Pius fortfahren konnte.

»Noel wird gleich persönlich zu Wort kommen, doch vorher möchte meine wundervolle Frau Lilith, ohne die diese Ausstellung niemals zustande gekommen wäre, noch ein paar Sätze loswerden.« Erwartungsvoll winkte er mir zu.

Bine gab mir einen kleinen Schubs, sonst wäre ich vermutlich wie angewurzelt stehen geblieben. Wie ein Aufziehroboter bahnte ich mir einen Weg durch die Menschenmassen Richtung Bühne. Mein Kopf war vollkommen leer.

Ich hatte eine flammende Rede vorbereitet, die Wörter wie »versteckte Botschaften«, »Institutionskritik«, »Sozialpolitik« und »moralischer und ökologischer Rückschritt« enthalten und deren offenes Ende einen perfekten Übergang wahlweise zu Alex' Auftritt oder bei dessen Nichterscheinen zur Eröffnung des Büfetts bieten sollte, aber ich konnte mich an nichts erinnern. Zweihundertfünfzig Gäste blickten mich erwartungsvoll an. Kein Ton kam über meine Lippen. Pius legte sanft seine Hand auf meinen Rücken, und ich spürte Alex' Blick auf meinem heißen Gesicht.

Ich schluckte verlegen. »Wir wollten Ihnen eine nie zuvor gesehene Perspektive auf Noel Nice präsentieren ... und das ist uns wahrscheinlich gelungen«, hörte ich mich endlich viel zu laut ins Mikrophon sagen, obwohl mein sorgfältig einstudierter Text ein ganz anderer war, und ich spürte, wie Pius neben mir erleichtert aufatmete. Meine Stimme klang fremd, irgendwie atemlos und gleichzeitig schrill. »Ich ... ich bin sehr glücklich, dass er heute hier ist. Er ist extra den ganzen langen Weg aus Südamerika gekommen, um bei uns sein zu können.« Fragend warf ich einen kurzen Blick in Alex' Richtung. Stimmte es? Hatte er die letzten Wochen in Südamerika verbracht? Und hatte er zu sich selbst gefunden, wie er es Bine angekündigt hatte, oder sich lieber die Zeit mit einer temperamentvollen Sambatänzerin vertrieben? Und wie sahen seine weiteren Pläne aus?

Aber warum interessierte mich das überhaupt? Schließlich war ich diejenige gewesen, die ihn aus meinem Leben verbannt hatte. Und dabei musste es auch bleiben.

Seine hellblauen Augen wirkten distanziert. Ich konnte sehen, wie viel Mühe ihn das kostete.

Mein Blick fiel auf Bine, die noch immer am hinteren Ende der Galerie stand und unruhig von einem Fuß auf den anderen trat. Sie sah abwechselnd zu Alex und zur Bühne hinüber.

»Oft sind die Dinge nicht, wie sie scheinen«, fuhr ich langsam fort. Meine Hände zitterten, und ich klammerte mich fester ans Mikrophon. »Und auch in der Kunst kann der erste Blick manchmal täuschen. Manchmal muss man ganz genau hingucken, um zu erkennen, was hinter der äußeren Form steckt und was zwischen den Zeilen gelesen werden kann.« Mir entging nicht, dass Alex sich mehrmals durch die strubbeligen Haare fuhr.

Pius hatte offensichtlich lange genug darauf gehofft, dass ich zu meiner ursprünglichen Rede zurückfinden würde. Er beugte sich zum Mikrophon herunter und erklärte: »So auch bei Noel Nices Arbeiten, die die Spaltung der Gesellschaft in einer turbulenten Zeit zeigen, versteckt in farbgewaltigen, spektakulären Bildern. Wenn Sie nur kritisch hinsehen, werden die Gemälde Sie ohne Frage zum Nachdenken anregen.« Grinsend legte er eine kleine Spannungspause ein. »Ich sehe es Ihren Gesichtern an: Wir haben reichlich Spannung aufgebaut. Aber jetzt bitten wir Noel Nice auf die Bühne, auf den Sie alle nun lange genug gewartet haben.«

Ich wusste, dass er nicht gerne im Rampenlicht stand, aber man sah es ihm nicht an. Souverän und scheinbar unbeeindruckt legte Alex die wenigen Schritte zur Bühne zurück und nahm mir mit einer fließenden Bewegung und einem professionellen Lächeln auf den Lippen das Mikrophon aus der Hand, ohne mich dabei zu berühren. Ich gab mir alle Mühe, die Mundwinkel zu heben, wie es jede vernünftige Galeristin bei der Präsentation eines begnadeten Künstlers tun würde.

Der Applaus war lauter als ein Düsenjet im Tiefflug. Unzählige Kameras wurden gezückt, und ein einziges

Blitzlichtgewitter brach über Alex herein. Diskret zogen Pius und ich uns an den Verkaufstresen zurück.

Auch die Schaulustigen, die draußen vor den Fenstern warteten, schienen mittlerweile bemerkt zu haben, was im Inneren vor sich ging. Ihr lautstarkes Gejohle war nicht zu überhören. Viele pressten ihre Nasen gegen die Scheiben, um etwas erkennen zu können. Auf ein Zeichen von Pius schnappten sich Julia und eines der beiden Serviermädchen ein paar Flaschen Sekt und Orangensaft, stapelten noch einige Becher aufs Tablett und brachten alles nach draußen. Sie wurden empfangen wie Rockstars.

Der Leiter des Kulturressorts einer großen überregionalen Tageszeitung, ein kugelrunder Koloss mit wachen Augen, die durch lupendicke Brillengläser aufmerksam die Umgebung scannten, hob sein fast leeres Orangensaftglas und grinste mich wissend an. »Ein publizistischer Geniestreich, liebe Frau Lohse. Erst macht die Meldung die Runde, dass sich Monsieur Nice zum ersten Mal überhaupt auf einer seiner Ausstellungen persönlich die Ehre geben wird, dann keimen Gerüchte auf, er hätte endgültig das Land verlassen, und nun dieser gelungene Überraschungsauftritt.« Er lachte glucksend, wobei die Fettrollen an seinem gemästeten Bauch auf und ab wippten. »Die ganze Stadt wird morgen von nichts anderem reden. Was sage ich, das ganze Land wird spätestens morgen den Namen Ihrer Galerie kennen.«

Seine magere, spärlich bekleidete Begleiterin legte ihren schmalen Zeigefinger an die purpurroten Lippen und brachte ihn mit einem ungeduldigen »Pst! Ich will hören, was er sagt« zum Schweigen.

Ich sagte nichts. Ich konnte nicht aufhören, Alex anzustarren.

Ebenso wie augenscheinlich jeder andere im Raum. Keine Spur von den sonst während der Laudatio oder der Rede des Künstlers auf Vernissagen üblichen verstohlenen Blicken auf die Uhr, kein Zähnezusammenbeißen, kein Davonstehlen zur Toilette oder einer Zigarettenpause.

»Es geht dabei nicht um vorübergehende Ereignisse. Es geht um Ereignisse, die jede Epoche überschreiten«, sagte Alex gerade und wirkte so souverän und seelenruhig, als hätte er noch nie etwas anderes getan, als im Mittelpunkt der Aufmerksamkeit zu stehen und sich in aller Öffentlichkeit in Szene zu setzen. Er warf mir einen kurzen Seitenblick zu, und mein Puls schnellte in die Höhe. »Aber es geht auch um Veränderung und darum, unsere Zukunft – und die unseres Planeten – endlich in die eigenen Hände zu nehmen.«

Es war jetzt so still im Raum, dass man eine Stecknadel hätte fallen hören können. Mir drehte sich der Magen um, als ich sah, wie die weiblichen Besucher, egal, welcher Altersstufe, ihn mit gierigen Blicken verschlangen.

»Dabei suchen wir alle nach Freiheit. Denn nicht nur für einen Künstler ist die Freiheit im Kopf das Wichtigste. Wir alle sehen, wenn wir an ›Freiheit‹ denken, ein anderes Bild vor unserem geistigen Auge. Es kann mit einem speziellen Ort, einem Gefühl oder einem ganz bestimmten Menschen verbunden sein.«

Es machte mich wahnsinnig, ihn anzusehen. Wie von allein tauchten die Bilder unserer ersten gemeinsamen Nacht vor meinen Augen auf. Der Nacht aller Nächte an der Côte d'Azur. War das denn nie vorbei?

»Ich sehe schon die morgige Schlagzeile vor mir: ›Noel-Nice-Vernissage spektakuläres Top-Event‹«, raunte Pius in mein Ohr und sah dabei so vergnügt aus wie ein Kleinkind im Streichelzoo. Was ich vor mir sah, erwähnte ich lieber nicht.

Alex war mittlerweile am Ende seiner knappen Rede angekommen und die Leute tobten wie bei einem R.E.M.-Konzert. Ich bemerkte den beleibten Kulturressort-Leiter und seine unterernährte Begleitung, die sich in die erste Reihe geschoben hatten und vor Begeisterung auf und ab hüpften wie Flummis. Auch Paul und Theo hatten sich einen Platz direkt vor der Bühne erkämpft und umarmten Alex jetzt mit all ihrer Kraft, so als ahnten sie, dass sie ihn heute das letzte Mal zu Gesicht bekommen würden. Mein Herz zog sich bei dem Anblick zusammen. Nur mein Vater und meine Schwiegereltern, allesamt keine großen Kunstkenner, schienen für das Treiben auf der Bühne nicht allzu viel Interesse aufzubringen und nutzten stattdessen die Gelegenheit, sich ungehindert am Büfett bedienen zu können. Ich wusste, dass es ein großes Zugeständnis war, dass mein Vater überhaupt hier aufgetaucht war, schließlich war seine Vorstellung von einem gelungenen Tag mittlerweile, eine einsame Angelpartie an einem abgelegenen See zu unternehmen. Dafür wirkte er überraschend unbeschwert.

Die halbe Stadt drängte sich inzwischen vor den Schaufenstern zusammen und versuchte, einen Blick auf den geheimnisvollen attraktiven Künstler zu erhaschen. Was dann folgte, war ein beispielloser Ansturm auf die Bilder. Schon bevor Alex aufgetaucht war, hatten einige der Gemälde den Besitzer gewechselt, aber nun war innerhalb von Minuten alles ausverkauft. Wohin ich auch blickte, schmückten rote Punkte die Wände unter den Rahmen. Die ersten Rufe nach einer Warteliste wurden laut, als ich gerade einer drallen, gut betuchten Investmentbankerin, einer bekannten Sammlerin, den letzten Kaufvertrag ausgehändigt hatte.

Währenddessen gab Alex sich ganz offensichtlich alle Mühe, abwechselnd die Avancen der selbstbewusstesten, entschlossensten Ausstellungsbesucherinnen und die hartnäckigen Fragen aller anwesenden Pressevertreter abzuwehren. Ich ahnte, dass er nicht mehr lange bleiben würde, und der Gedanke schnürte mir die Kehle zu.

»Er gibt in keinem der Interviews private Details preis.« Wie aus dem Nichts war Mr. Bean neben mir aufgetaucht. Resigniert schob er seine Kamera zurück in die Tasche. »Keine pikanten, schlüpfrigen Einzelheiten über sein Liebesleben oder die Familiengeschichte.«

Ich wurde rot wie eine Tomate und verschluckte mich an meinem Sekt.

»Ihr habt auch so schon eure grandiosen Titelstorys, ganz ohne Sex, Drugs und Rock 'n' Roll.« Pius stand plötzlich auf meiner anderen Seite und rieb meinen Rücken, um den Husten zu stoppen. Mein Blick fiel auf Bine, die sich, sonst kaum zum Schweigen zu bringen, in der letzten Stunde auffallend zurückgehalten hatte. Sie klammerte sich in einer ruhigen Ecke an einem Champagnerglas fest und beteiligte sich zögerlich an einer Unterhaltung mit meiner Schwiegermutter und ein paar exzentrischen Künstlerinnen.

»Noel Nice wird ja nicht über Nacht vom zurückgezogenen Individualisten, der um jeden Preis seine Identität unter Verschluss halten will, zum extrovertierten Alleinunterhalter, der sein letztes Hemd für eine gute Schlagzeile gibt.«

»Die guten Schlagzeilen sind uns auf jeden Fall sicher, da haben Sie recht, Herr Lohse, aber meine Kollegen und ich hätten gerne etwas mehr über ihn herausgefunden. Tja, aber daraus wird wohl nichts – ich glaube, er verabschiedet sich gerade.«

Pius und ich folgten seinem Blick. Und tatsächlich, Alex war dabei, mit einem unverbindlichen Lächeln im Gesicht viele Hände zu schütteln und Schultern zu klopfen, seine Jacke schon wieder über die Schulter gehängt. Die unverzagtesten Besucherinnen steckten ihm kleine Zettelchen zu. Kaum jemand achtete auf die eigens für heute engagierte Band, die sich sichtlich Mühe gab, die Aufmerksamkeit auf sich zu lenken.

»Er muss zum Flughafen. Heute Abend geht seine Maschine zurück nach Cartagena«, erklärte Pius ein wenig tonlos und trat einen Schritt zur Seite, weil sich ein paar Interessenten, die heute leer ausgegangen waren, nach den Ausstellungskatalogen erkundigten.

»Cartagena. Ist das nicht in Spanien?«, wollte Mr. Bean wissen.

»Kolumbien«, murmelte ich heiser und leerte mein Glas in einem Zug.

»Meins ist auch schon wieder leer. Ich kümmere mich mal um Nachschub.« Mit federnden Schritten machte er sich auf die Suche nach einer der Serviererinnen mit ihren gut gefüllten Tabletts. Ich sah, dass er sich auf halber Strecke von einer der exzentrischen Künstlerinnen in ein Gespräch verwickeln ließ.

Suchend sah ich mich nach den Kindern um, konnte sie aber nicht entdecken. Stattdessen fiel mein Blick erneut auf Bine, die sich noch immer etwas abseits an die Wand drückte, ihr Champagnerglas wie eine Trophäe umklammernd. Die Künstlerinnen und meine Schwiegermutter waren verschwunden, doch an ihrer Stelle stand Alex jetzt viel zu dicht vor ihr und sprach leise auf sie ein. Ich konnte meinen Blick nicht abwenden, als er sie umarmte. Auch zwei prominente Schauspielerinnen waren stehen geblieben und starrten sie tuschelnd an. Er flüsterte ihr noch etwas ins Ohr und wandte sich dann um, weil Paul und Theo, die ihn ebenfalls erspäht hatten, mit enthusiastischem Geplapper seine Aufmerksamkeit für sich beanspruchten. Bine war blass geworden und sah aus, als würde sie jeden Moment in Tränen ausbrechen.

Mein Herz setzte mehrere Schläge aus, als ich erkannte, dass Alex, links und rechts flankiert von meinen noch immer unermüdlich quasselnden Söhnen, geradewegs auf mich zusteuerte. Gleichzeitig mit ihm stand plötzlich auch Pius wieder an meiner Seite und legte den Arm schützend um meine Schultern.

»Danke, Alex! Von allen Menschen dieser Welt bist du mir der liebste!«, rief Theo gerade mit glänzenden Augen und fügte, an Pius und mich gewandt, hinzu, nachdem er unsere fragenden Blicke aufgefangen hatte: »Alex will mir eine Staffelei, seine alten Leinwände, Pinsel und Farben überlassen. Nach Südamerika kann er das Zeug nicht mitnehmen, meint er. Und er schickt mir einige seiner Zeichnungen, von denen ich mir ein paar Tricks abgucken kann. Ist das nicht wahnsinnig cool?«

Alex lächelte und strich ihm sanft mit der Hand über

den Kopf. »Theo hat riesiges Talent. Er ist unkonventionell, schwimmt gegen den Strom und hat schon jetzt ein unglaubliches Auge fürs Detail. Ihr könnt wirklich stolz sein auf euren Sohn.«

Ich schluckte. Ich konnte nicht mit ihm über Theo sprechen. Doch Pius grinste ungezwungen. »Das sind wir. Und danke noch mal, dass du gekommen bist. Du kannst dir gar nicht vorstellen, was das für die Galerie bedeutet.«

»Musst du jetzt schon wieder los?«, wollte Paul wissen. Er sah bestürzt aus.

»Du bist doch gerade erst gekommen«, stellte Theo mit tellergroßen Augen fest.

»Warum kannst du nicht noch etwas bleiben?«

»Wie lange bist du fort?«

»Sehen wir uns wieder?«

Alex' Lächeln gefror. »Ich fürchte nicht, Jungs. Aber ich werde euch nie vergessen, niemals. Und denkt immer daran, was ich euch gesagt habe.«

»Versprochen, Alex.« Keinem schien in den Sinn zu kommen, näher darauf einzugehen, was genau er ihnen gesagt hatte, das so wahnsinnig wichtig war, aber natürlich konnte ich nicht nachfragen. Ich musste meinen Blick abwenden, als er sich hinunterbeugte und beide Kinder fest an seine Brust drückte.

»Pius, kannst du bitte mal mitkommen? Die ersten Gäste wollen sich verabschieden, und ich kann die illustrierten Programmhefte, die wir als Give-aways verteilen wollten, nicht finden.« Wie aus dem Nichts war Julia neben uns aufgetaucht. Ihre Stimme klang atemlos. Mit ausdrucksloser Miene starrte sie mich an.

»Natürlich, ich bin schon unterwegs.« Pius drehte sich

noch einmal zu Alex um. »Alles Gute, Kumpel. Ich hoffe von Herzen, du findest dein Glück, wo auch immer du danach suchen wirst.«

»Komm, Paul, wir holen uns noch mehr von dieser Mousse au Chocolat«, rief Theo, kaum dass Pius uns den Rücken gekehrt hatte, und stürmte mit seinem Bruder in Richtung Büfett davon.

Und dann waren wir plötzlich allein. Und ich wusste weder, wohin ich meinen Blick richten noch was ich denken sollte.

»Ich weiß jetzt, dass du recht hattest«, sagte Alex so leise, dass ich mich weit nach vorne beugen musste, um ihn zu verstehen. Er roch nach Seife und Flugzeug und Zitronengras.

»Womit?« Ich presste mein leeres Glas so fest an mich, dass ich Angst haben musste, es würde zerspringen. War sein Duft schon immer so betörend gewesen?

»Damit, dass es falsch war.«

»Was meinst du?« Natürlich wusste ich, was er meinte. Aber mir fiel nichts anderes ein, was ich hätte sagen können, obwohl ich ihm noch so vieles zu sagen gehabt hätte. Mir drängte sich das unangenehme Gefühl auf, dass hundert aufmerksame Augenpaare jede unserer Bewegungen verfolgten und zweihundert Ohren jedes einzelne unserer Worte mithörten.

Alex senkte noch weiter die Stimme. Ich konnte ihn kaum verstehen. »Uns. Wir. Dass wir zusammen waren. Das war falsch. Es war der falsche Zeitpunkt.«

Ich schwieg. Auf einmal fand ich nichts falscher, als *nicht* mit ihm zusammen zu sein. Ich schaffte es kaum, die Hände bei mir zu behalten.

Ich hasste mich dafür. Ich war wütend auf mich selbst, dass ich so etwas dachte.

Alex seufzte schwer, während er seine abgewetzte Lederjacke überstreifte. »Gibt es hier einen Hinterausgang?«

Fragend blickte ich zu ihm hoch.

»Ich muss zum Flughafen und würde mich nur ungern durch die Menschenmassen drängeln, die sich vor dem Eingang angesammelt haben. Wenn ich mich erst mal unbemerkt von hier fortgeschlichen habe, halte ich irgendwo ein Taxi an.«

»Ja ... ja, natürlich. Ich zeige ihn dir.« Ich war überrascht, wie normal meine Stimme klang. Als würde sich mein Magen nicht drehen wie eine Waschmaschine im Schleudergang.

Und auch meine Beine schienen ohne Einschränkungen zu funktionieren. Ohne größere Zwischenfälle lotste ich ihn zu der schmalen Glastür neben dem Hinterzimmer, die zum Hinterhof führte und die wir nur benutzten, wenn sperrige Waren angeliefert wurden. Insgeheim hatte ich damit gerechnet, dass wir aufgehalten würden. Doch auch wenn viele Blicke jedem unserer Schritte folgten, versuchte erstaunlicherweise niemand, die letzte Gelegenheit wahrzunehmen, den großen Künstler vor seinem Aufbruch in ein Gespräch zu verwickeln.

Ich öffnete die Tür, und Alex schlüpfte hinaus. Ein Schwall eisiger Luft strömte durch den Spalt ins Innere, doch ich konnte die Tür nicht schließen. Ich wusste, ich würde ihn nie wiedersehen, wenn er sich jetzt umdrehte. Meine Panik wuchs. Es war nicht einfach, meine Gesichtszüge unter Kontrolle zu halten, als Elsa und Walter an uns vorbeischlenderten und neugierig in unsere Richtung spähten.

»Tja, also dann –«, begann ich leise und brach dann verunsichert ab.

Auch Alex sah aus, als wollte er noch etwas sagen und wüsste nicht, wie er es anstellen sollte. »Willst du noch einen Moment mit rauskommen?«, fragte er schließlich abrupt.

Ich warf einen kurzen Blick über meine Schulter und blickte direkt in das unergründliche Gesicht meines Vaters, der uns augenscheinlich aufmerksam gemustert hatte. Neben ihm stand Julia und redete unermüdlich auf ihn ein. Ohne weiter darüber nachzudenken, huschte ich in die Kälte hinaus. Wie selbstverständlich traten wir ein paar Schritte von der Tür weg und ließen uns von der Dunkelheit umfangen, damit man uns von drinnen nicht sehen konnte.

Trotz all meiner Gelübde, mich für alle Zeiten von ihm fernzuhalten, stand er jetzt viel zu dicht vor mir. So dicht, dass ich seinen heißen Atem in meinen Haaren fühlte. Wieder konnte ich seinen Duft, die betörende Mischung aus Seife und Zitronengras, riechen. Ich hob meinen Kopf und sah ihn an, seine hellblauen Augen, die langen, schwarzen Wimpern, seine kleine Narbe, sein Grübchen in der linken Wange.

Keiner sagte ein Wort. Das mussten wir nicht, denn wir wussten beide Bescheid. Mir war heiß, obwohl es nicht wärmer als zehn Grad war und ich nur mein dünnes Strickkleid trug, und ich fühlte mich benommen und wie betäubt. Alex zog seine Jacke wieder aus und legte sie mir um die Schultern.

Plötzlich, aus heiterem Himmel, überkam mich das

drängende Bedürfnis, ihm zu sagen, wie sehr ich ihn liebte, dass er bei mir bleiben musste, dass ich niemals wieder ohne ihn sein könnte. Dass ich den Rest meines Lebens mit ihm verbringen wollte. Doch als ich meinen Mund öffnete, fühlte sich meine Kehle so trocken an, dass ich keinen Ton hervorbrachte.

»Ich werde dich nie vergessen, Lilith«, murmelte er rau und hob seine Hand an meine Wange. Es tat weh, zu wissen, dass ich nicht mehr die Frau sein durfte, die er auf diese Weise ansah.

Ich brachte noch immer kein Wort heraus. Hatte er schon immer so gut gerochen?

»Aitana wird dir noch etwas geben, was dich an mich erinnern soll.«

»Das ist nicht notwendig«, wollte ich sagen. »Ich werde mich für immer an dich erinnern. Und selbst wenn du irgendwann deinen Pinsel nicht mehr halten kannst, werde ich dich noch lieben.« Stattdessen flüsterte ich: »Danke.« Und brachte es irgendwie fertig, heldenhaft das Verlangen niederzuzwingen, mich an ihm festzuklammern.

»Macht er dich glücklich? Denn darauf kommt es doch wohl an, oder?« Aufmerksam musterte er mein Gesicht.

Lange Zeit ließ ich mir die Bemerkung durch den Kopf gehen. »Ja«, antwortete ich schließlich kaum hörbar. Es war mehr eine Bewegung der Lippen als ein gesprochenes Wort. Es war wie ein Dolchstoß mitten ins Herz, als ich den Schmerz in seinem Gesicht erkannte. Warum konnte er nicht wütend sein? Oder abweisend? Ich wandte mich ab, damit er meine Tränen nicht sah.

»Ich muss jetzt wirklich los. Hör zu, ich – Scheiße.« Unversehens packte er mich und presste seine Lippen auf meine. Niemals davor war ich so geküsst worden und auch danach nicht wieder. Ich glaube, ich hatte auch niemals etwas so sehr gewollt wie diesen einen Kuss. Der Kuss war grob und wild und temperamentvoll und überwältigend. Und viel zu schnell vorüber. Er löste seine Lippen von meinen und blickte mich an, fast flehend, als würde er nach etwas suchen. Dann wandte er sich ab und ging, ohne sich noch einmal umzudrehen.

Ich hob die Hand an meine Lippen. Noch immer konnte ich seinen Mund auf meinem spüren, ein herrliches und zugleich qualvolles Gefühl.

Eine Welle enormer Traurigkeit spülte über mich hinweg. Die Vernissage war vorüber, er hatte uns gerettet, und jetzt gab es für ihn keinen Grund mehr zurückzukommen. Es schmerzte mehr, als ich jemals für möglich gehalten hätte.

Ich musste mich am Griff der Hintertür festhalten, um ihm nicht zu folgen und mich in seine Arme zu werfen. Oder ihn zu schlagen, mit aller Kraft.

Erst als ich wieder in der Galerie stand, belagert von fremden Gesichtern, die ich mechanisch und mit einem festgefrorenen falschen Lächeln auf den Lippen verabschiedete, fiel mir auf, dass ich noch immer seine Jacke um die Schultern trug. Beinahe widerwillig schüttelte ich das Teil ab. Als ich den Blick hob, war es wieder mein Vater, der mich mit undurchdringlichen Augen beobachtete. Eilig wandte ich mich ab und gab vor, die Liste zum Eintragen für zukünftige Mailings zu vervollständigen. Ich konnte kaum den Stift halten, weil meine Hände so sehr zitterten.

✱

Die darauffolgenden Tage verschwammen wie Farben in einem Aquarell. Ich lag im Bett und tat, als sei ich krank – und gewissermaßen war ich das auch. Mein Herz war gebrochen, und es tat weh, es tat tatsächlich körperlich weh, zu wissen, dass ich ihn nicht wiedersehen würde. Weil ich es so gewollt hatte. Ich hatte ihn von mir fortgetrieben.

Wann immer ich in die forschenden Gesichter von Pius und unseren Söhnen sah, durchdrangen Reue, Scham und Gewissensqualen meine Eingeweide. Selbstverständlich gab ich mir alle Mühe, mir nichts anmerken zu lassen.

»Natürlich kannst du mich allein lassen, Pius. Mach dir bitte keine Sorgen, ich habe mir einfach irgendein Virus eingefangen.« Eine weitere Lüge. Noch eine Woge der Scham. »Fahr du ruhig zur Arbeit. Denn auch wenn die Bilder verkauft sind, geht die Ausstellung ja trotzdem noch fünf Wochen weiter.« Mit einem Seufzen ließ ich mich zurück in meine Kissen sinken und schloss die Augen, bis Pius gegangen war.

Nach drei Tagen klingelte es an der Haustür. Ich war allein und mittlerweile emotional wieder so weit beieinander, dass ich mich mit dem nachdrücklichen Schrubben der Wandfliesen im Badezimmer ablenken konnte. Wahrscheinlich stand mir meine Überraschung ins Gesicht geschrieben, als ich draußen auf der Natursteintreppe in die dunklen Augen von Aitana blickte. Hinter ihr auf der Kiesauffahrt parkte ein weißer Lieferwagen, aus dessen Laderaum zwei muskelbepackte Typen gerade umständlich ein hohes flaches Paket zogen.

Ich muss einen scheußlichen Anblick geboten haben in meinem uralten ausgebeulten Jogginganzug, mit strähnigen Haaren, blasser Haut und dunklen Ringen unter den

Augen, denn Aitana musterte mich mit hochgezogenen Augenbrauen reichlich unverblümt von oben bis unten. »Ich vermute, Alex hat mein Kommen angekündigt«, verkündete sie schließlich sachlich. »Wo sollen die Männer das Bild abstellen?«

Mein Herz begann wie wild zu pochen. »Einfach irgendwohin«, entgegnete ich tonlos, dabei wollte ich eigentlich fragen: »Wo ist er? Wie geht es ihm? Was macht er? Wird er irgendwann wieder zurückkommen?«

Ich trat einen Schritt zur Seite, um die beiden Kerle vorbeizulassen, und wies ihnen mit ausgestrecktem Arm den Weg den langen Flur hinunter Richtung Wohnzimmer.

»Was wird jetzt aus dir?«, fragte ich wieder, an Aitana gewandt.

»Ich bleibe bei ihm. Schon meine Mutter hat sich um ihn gekümmert, und jetzt bin ich dran. Ich fahre direkt weiter zum Flughafen.« In ihrer Stimme schwangen Triumph und Stolz mit. Aber auch ein bisschen Melancholie, wenn mich nicht alles täuschte.

Ohne ein Wort zu verlieren, hatten sich die beiden Träger wieder an uns vorbeigedrängelt und waren im Lieferwagen verschwunden. Einer von ihnen warf Aitana durch das Beifahrerfenster einen ungeduldigen Blick zu.

»Du Glückliche«, bemerkte ich betont freundlich. Ich schaute in den tristen, von schweren Regenwolken verhangenen Himmel und die kahlen Beete. »Ein bisschen Sonne auf der Haut kann ja nicht schaden.« Eigentlich hatte ich anhand ihrer Reaktion in Erfahrung bringen wollen, ob er tatsächlich in Südamerika war, doch sie sah mich nur mit ihren undurchdringlichen Augen an.

Sie war schon halb die Stufen hinuntergestiegen, als sie

sich doch noch mal zu mir umdrehte. Ihre Stimme war emotionslos, als sie sagte: »Ich habe dir doch gesagt, Lilith, nutze seine Gefühle für dich nicht aus. Du hast ihn mit deinem rücksichtslosen, unbedachten Verhalten in die Flucht geschlagen.«

Natürlich wusste ich, dass sie recht hatte. Trotzdem begann meine Kopfhaut unangenehm zu prickeln. »Ich wollte nicht, dass es so endet. Das musst du mir glauben.«

»Ich muss gar nichts.« Sie war jetzt beim Wagen angekommen und hatte die Beifahrertür geöffnet, um sich auf die Sitzbank zu schieben.

»Warte! Warum hasst du mich so sehr?«

Sie antwortete nicht. Und das musste sie auch nicht, denn schlagartig begriff ich es: Sie liebte ihn. Und in ihren Augen war es meine Schuld, dass er ihre Gefühle nicht erwidern konnte. Was musste es sie gekostet haben, hierherzukommen und mir Alex' letzten Gruß zu überreichen? Der Kies spritzte auf, als der Lieferwagen mit durchdrehenden Reifen davonbrauste.

Langsam, wie in Zeitlupe, ging ich zurück ins Haus, den breiten Flur entlang bis ins Wohnzimmer. Das in braunes Packpapier gewickelte Paket lehnte unscheinbar an einer Wand und strahlte doch eine unerklärliche Hitze aus. Ich verschwendete keinen Gedanken daran, wie ich dieses Gemälde heute Abend Pius erklären sollte, sondern riss und zerrte an dem Papier, am Klebeband, an der darunterliegenden Luftpolsterfolie, ohne mich damit aufzuhalten, aus der Küche eine Schere zu holen.

Wie eingefroren starrte ich auf das Bild, das darunter zum Vorschein kam. Und es brachen alle Schleusen. Ich heulte und heulte und konnte nicht mehr damit aufhören.

Es war das Bild mit den beiden ineinander verschlungenen Liebenden, das mich im Sommer in seinem Atelier in der Holsteinischen Schweiz so sprachlos gemacht hatte.

Erst Stunden später, als ich mich wieder gefasst und alle Spuren von Packpapier und Folie beseitigt hatte, entdeckte ich den kleinen Briefumschlag, der auf der Rückseite der Leinwand befestigt war.

Seine Handschrift war klar und schnörkellos: *Ich weiß, wie sehr dir das Bild gefällt, daher bin ich zuversichtlich, dass du es als Geschenk von mir akzeptieren wirst. Sieh es als Abschiedsgeschenk. Ich wünsche dir von Herzen alles Gute. Werde glücklich, Lilith.*

Dein A.

PS: Dich zu lieben war das Beste, was mir passiert ist.

Ich weinte nicht mehr. Meine Trauer ging zu tief für Tränen. Denn auch wenn ich genau das beabsichtigt hatte, als ich Alex vor zwei Monaten verlassen hatte, schien ich erst jetzt zu begreifen, was es bedeutete, dass es wirklich endgültig vorbei war. Und ich wusste nicht mehr, ob er irgendwann tatsächlich da sein würde, der Augenblick, in dem ich den Schmerz ertragen konnte.

Nach dem Tag in Berlin hatte ich jede Nacht von ihm geträumt. Realistische Träume, in denen ich mit ihm zusammen war. Wenn ich dann schweißgebadet aufgewacht war, war die Erkenntnis, dass ich ihn wohl nie wiedersehen würde, jedes Mal ein Schock gewesen. Ich hatte geweint, dann war ich ins Bad gerannt, um mich zu übergeben, schließlich war ich schwanger gewesen, dann hatte ich die Zähne zusammengebissen und für meine Familie das Frühstück vorbereitet. Dasselbe musste ich jetzt wieder tun – ohne das Übergeben, hoffte ich. Schließlich hatte ich einen Mann und zwei wundervolle Söhne, auf die ich mich verlassen konnte.

So tief, wie ich heute liebte, so tief war morgen meine Wunde. Und mit Pius würde es keine Wunde geben, dessen war ich mir sicher.

Kapitel 22
Vor sechs Monaten

Es war herrlich, endlich wieder Leben im Haus zu spüren. Auch wenn ich einen anderen Ordnungsanspruch hatte als meine neuen Mitbewohner, mir das permanente australische Frühstück mit Eiern, Würstchen und Speck langsam zu den Ohren rauskam, Aarons neuer Labradoodle-Welpe noch nicht annähernd stubenrein und ich zu keinem Zeitpunkt des Tages mehr ungestört war, war ich doch heilfroh, mich in meinem eigenen Zuhause nicht länger fremd und einsam zu fühlen.

Mittlerweile waren wir ein eingespieltes Team. Kimberley hatte, bis sie in einigen Wochen ihren neuen Job antreten würde, die Haushaltsführung in ihre energischen Hände genommen, Theo und Paul waren voller Tatendrang dabei, die Galerie in ein künstlerisches Elysium mit Malschule, angeschlossenem Atelier und langfristig auch massenhaft Events wie Symposien, Seminaren, Diskussionsrunden und Preisverleihungen zu verwandeln. Ich durfte vormittags weiter in der Galerie den Ton angeben und nutzte an den Nachmittagen die Gelegenheit, mir die Zeit mit Aaron und seiner kleinen Hündin Emma zu vertreiben.

»Weißt du was, Oma? Meine Kunstlehrerin hat heute allen Kindern mein Herbstbild gezeigt und gesagt, dass sie noch nie so einen schönen bunten Laubwald gesehen hat«, sprudelte es eines sonnigen Nachmittags Anfang November aus ihm heraus, als ich ihn mit dem Fahrrad von der

Schule abholte. »Ich habe ihr erzählt, dass ich Maler werden will, genau wie Papa.«

Ich musste lächeln, während ich ihm mit meinen Handschuhen durch die strubbeligen dunklen Haare wuschelte. »Dein Papa war nicht viel älter als du jetzt, als auch er diesen Entschluss gefasst hat.«

Stolz reckte Aaron seine schmale Brust. »Papa meint immer: ›Mach dein Hobby zum Beruf, und du musst nie arbeiten.‹ Das hat ihm mal ein berühmter Künstler gesagt, als er noch ein Kind war.«

Ein wenig abwesend schloss ich unsere Fahrradschlösser auf. Mit dem enthusiastisch plappernden Aaron an meiner Seite fühlte es sich plötzlich so an, als wäre es gestern gewesen, dass Alex Theo bei seiner Abreise nach Südamerika seine Malutensilien überlassen hatte. Theo hatte sich in der Folge Tag für Tag, Stunde um Stunde mit seinen neuen Farben und Leinwänden beschäftigt. Ich hatte angenommen, das würde früher oder später wieder aufhören. Aber das hatte es nie getan. Als im darauffolgenden Sommer sein innig geliebter Hamster Eddie starb, verbrachte er sogar noch mehr Zeit als zuvor mit seinen Bildern, und entfernt hatte ich mich an Alex' traurige Geschichte erinnert gefühlt, der nach dem viel zu frühen Tod seiner Mutter Trost und Zuflucht in der Malerei gesucht hatte.

»Ich will ein supercooles Weihnachtsbild für Opa malen«, unterbrach Aaron meine Erinnerungen. »Mit einer Herde Rentiere, die sich alle vordrängeln, um den Weihnachtsschlitten zu ziehen.«

»Für Opa?« Ich hielt mitten in der Bewegung inne. Meine Stimme hallte schrill über den Pausenhof. »Wie kommst du darauf?«

»Weil er doch jetzt bei den Engeln ist und nicht mit uns zusammen Weihnachten feiern kann.« Mit zusammengekniffenen Augen, offensichtlich verdattert über meine Reaktion, blickte Aaron zu mir hoch, während er sich seinen Helm aufsetzte.

»Da wird Opa sich freuen.« Um meine Verwirrung vor ihm zu verbergen, nahm ich seinen Schulranzen und schnallte ihn auf meinem Gepäckträger fest, ohne Aaron dabei anzusehen. »Komm, wir fahren nach Hause, trinken einen heißen Kakao und machen dann mit Kim und Emma einen Spaziergang am Junkernfeldsee.«

Es war ungewöhnlich warm für diese Jahreszeit, als wir eine Stunde später in der Unteren Seeveniederung einen Gummiball für den unermüdlichen Hundewelpen warfen. Nicht weniger unermüdlich schmiedete Aaron umfassende Pläne für seine Laufbahn als international erfolgreicher Maler.

»Das Malen liegt bei uns in der Familie«, stellte er gerade zufrieden fest und versuchte nach Kräften, Emma den kleinen Ball abzuringen, den sie fest im Maul hielt.

Wortlos setzte ich mich auf eine Bank. Auch Kim sagte nichts, aber ich spürte ihren intensiven Blick auf meinem Gesicht. Zögernd zupfte sie an ihrem Ohrläppchen herum – ein untrügliches Zeichen dafür, dass sie nervös war. Gleich würde sie etwas sagen, was ich nicht hören wollte.

Und richtig. »Ich weiß, dass dir schon jetzt davor graut, bald das erste Weihnachtsfest ohne Pius zu feiern«, begann sie. Ihr Deutsch war in den letzten Jahren perfekt geworden. »Deswegen wird Theo vorerst nichts sagen. Aber ich wollte ... Ich wollte, dass du dir darüber klar bist, dass ...« Sie brach ab.

»Was meinst du? Worüber soll ich mir im Klaren sein?«, fragte ich und gab mir alle Mühe, mir meine Anspannung nicht anmerken zu lassen.

»Wir haben uns alte Bilder angesehen, von der Vernissage. Im Internet. Aaron sieht Alexander wirklich zum Verwechseln ähnlich. Und … Theo will ihn finden. Das heißt nicht, dass er Pius nicht von ganzem Herzen geliebt hat«, beeilte sie sich zu ergänzen. »Aber er ist sicher, dass Alex sein leiblicher Vater ist. Und Aarons leiblicher Opa. Und … ich werde ihm bei der Suche helfen.« Sie klang jetzt beinahe entschuldigend.

Die darauffolgende Stille wurde nur hin und wieder von Emmas hellem Gebell, dem Quietschen des Gummiballs und Aarons leisem Gelächter unterbrochen.

Schließlich räusperte sich Kim und murmelte vorsichtig: »Ich wünschte, du könntest uns verstehen, Lilith. Wir wollen nicht, dass du uns deine Unterstützung anbietest, aber –«

»Ich verstehe euch. Wirklich, das tue ich. Aber ich kann euch nicht helfen. So viele Jahre war ich Teil eines Wir, dass ich manchmal glaube, mich selbst dabei aus den Augen verloren zu haben. Und ich muss mich selbst erst mal wiederfinden, bevor ich mich auf die Suche nach jemand anders machen kann«, sagte ich wie zu mir selbst. Dabei war es viel mehr als das. Wie sollte ich ihm jemals wieder gegenübertreten nach alldem, was war?

Außerdem war ich mir nicht sicher, ob ich mich selbst überhaupt jemals wiederfinden konnte. Seit Pius' Tod vor einem halben Jahr ging das Leben nur stockend weiter. Immer wieder blieb es einfach stehen. Dann musste ich still halten und mich darauf konzentrieren, alle Gedanken an die Zukunft, diese Zukunft ohne Pius, auszublenden, um nicht wieder unter dieser unermesslichen Trauer verschüttet zu werden.

»Mama, Oma, guckt doch mal, Emma kann schon Pfötchen geben«, rief Aaron begeistert dazwischen. »Sie ist wahrscheinlich der klügste Hund der Welt!«

»Aaron und die Tiere«, murmelte Kim mit einem breiten Grinsen auf den Lippen, als sich die Aufregung gelegt hatte. »Genau wie sein Papa.«

Auch ich musste unwillkürlich lächeln, als ich mich an die vielen Anlässe zurückerinnerte, als Theo uns mit seinem Herz für kleine und große Vier-, Sechs- und Achtbeiner verrückt gemacht hat.

»Weißt du noch, als Theo dieses verlassene verletzte Babykaninchen mit nach Hause gebracht hat?«, fragte Kim, noch immer grinsend. »Er hat mir erzählt, dass Pius und Opa Ludwig sich beinahe ein Bein ausgerissen haben, um das kleine Tier zu verarzten und ihm einen monumentalen Stall zu bauen.«

»Sie haben alle zusammen zwei Tage lang gesägt und gehämmert«, gab ich zu, obwohl ich ahnte, worauf sie hinauswollte.

Und richtig. Sie warf mir einen langen Seitenblick zu, während sie ihren Rucksack nach der Thermoskanne durchwühlte und erklärte: »Du weißt also genau, was es bedeutet, seinem Vater und seinem Opa nahezustehen. Ludwig hat seine beiden Enkel bis zu seinem letzten Tag auf Händen getragen. Und dich auch.«

»Das war aber nicht immer so«, murmelte ich beinahe trotzig.

»Wie meinst du das?« Kim goss heißen Tee in einen Becher und reichte ihn an mich weiter.

»Das ist nicht mein Geheimnis, sondern seins. Und er hat es mit ins Grab genommen.«

Sie hob eine Augenbraue, fragte aber nicht weiter. Stattdessen füllte sie zwei weitere Becher voll.

»Das Kaninchen ist nach drei Wochen gestorben, weißt du«, erinnerte ich sie und nahm einen großen Schluck von meinem Tee. Ich verbrannte mir schmerzhaft die Zunge.

»Weil es von eurem Nachbarn überfahren wurde, richtig? Nicht, weil Pius' und Ludwigs Einsatz halbherzig gewesen wäre.«

»Halbherzig vielleicht nicht, aber vergeblich.« Ich wusste selbst nicht, warum ich das sagte.

»Trotzdem ist die Familie das stärkste Band.« Lächelnd prostete Kim mir zu und rief dann nach Aaron, um ihm auch einen Becher anzubieten.

In dieser Nacht träumte ich nicht von Pius. Auch nicht von Alex. Stattdessen träumte ich von meinem Vater und einem eisigen Wintertag auf dem Friedhof vor mehr als zwanzig Jahren.

Kapitel 23
Dezember 1999

Drei Wochen lag die Vernissage schon zurück, und noch immer erwachte ich jeden Morgen mit dem miserablen Gefühl, auf Watte herumzukauen. Heute, am vierten Advent, beschloss ich, dass das aufhören und ich mich wieder meiner Familie zuwenden musste. Denn wenn ich mir über irgendetwas sicher war, dann darüber, dass ich Pius und die Kinder liebte und dass sie mich liebten. Und dass es für immer so bleiben würde. Das sollte jahrelang alles sein, was zählte.

An diesem Morgen saß ich schon um acht Uhr mit geschlossenen Augen auf einem flachen Stein am scheinbar unberührten Ufer der Seeve, dick eingewickelt in meine Daunenjacke und Pius' Fellmütze, und atmete tief die klare, eisige Luft ein. Efeu rankte sich an den kahlen Baumstämmen hoch, und überall verstreut wuchsen Rohrkolben, Goldruten und Schilfrohr, alles bedeckt von Raureif. Hinter dem Zaun konnte ich in der Morgendämmerung Theos rote Lieblingshandschuhe auf unserem Grundstück ausmachen, die er schon seit Tagen vermisste. Es war wie ein Stich ins Herz, als ich realisierte, dass ich nicht die Energie aufgebracht hatte, ihm meine Hilfe bei der Suche anzubieten. In diesem Moment wurde mir bewusst, dass sich etwas ändern musste. Ich würde alles daransetzen, die Gedanken an Alex und die Vergangenheit aus meinem Kopf und meinem Herzen zu verbannen.

Bald schon würden die Lastwagen der Dachdecker mit ihren Gerüsten, Holzbalken, der Dämmung und den neuen Tonziegeln in Anthrazitgrau anrollen, doch im Moment strahlte alles um mich herum Ruhe und Frieden aus. Und ich würde dafür sorgen, dass sich endlich auch der Sturm in meinem Inneren legte.

Gerade heute sollte es nicht mehr um Alex gehen, sondern nur um meine Mutter. Seit ihrem Tod hatte ich es mir zur Angewohnheit gemacht, jedes Jahr am vierten Advent einen Kranz aus Mistelzweigen, Efeu und anderen immergrünen Gewächsen zu flechten und ihn auf ihr Grab zu legen, um ihr frohe Weihnachten zu wünschen. Meine Finger schmerzten in den unablässigen eiskalten Windböen, während ich auf dem unebenen Gelände die Pflanzen mit den dicksten, glänzendsten Blättern pflückte, die ich dazu brauchte.

Schon um viertel vor zehn stand ich auf dem Waldfriedhof in Geesthacht. Meine Ohren waren rot und taub vor Kälte, und ich spürte meine laufende Nase nicht mehr, während ich auf ihren Grabstein starrte. Die Wörter verschwammen vor meinen Augen.

Schmerzlich wurde mir bewusst, dass seit ihrem Tod schon so viele Dinge verblasst waren. Ich wusste nicht mehr, wie sie ihre Frühstückseier am liebsten aß, welchen Duft ihr Shampoo hatte, warum sie so gern alte Schwarz-Weiß-Filme sah.

»Ich habe geahnt, dass du ihr wieder einen Kranz flechten würdest«, hörte ich plötzlich hinter mir eine heisere Stimme. »Ich habe die passende Kerze dazu mitgebracht.«

Überrascht blickte ich auf. Es war mein Vater, der mit geröteter Nase dicht neben mich trat, in der Hand ein weißes Grablicht. Kleine Nebelwölkchen stiegen auf, wenn er sprach.

Seit der Vernissage hatte ich ihn nicht mehr zu Gesicht bekommen. Irgendetwas an ihm wirkte anders als sonst. Trug er eine neue Frisur? Und auch die dunkelgrüne Cabanjacke hatte ich noch nie zuvor gesehen, dabei war mein Vater einer von denen, die sich erst in ein Kaufhaus wagten, wenn die alten Kleidungsstücke auseinanderfielen – und auch dann nur widerwillig.

Gemeinsam stellten wir die Kerze in der Mitte des Kranzes auf und zündeten sie an. Lange Zeit standen wir schweigend nebeneinander und beobachteten die tänzelnde kleine Flamme. Erst als sich ein Schwarm Wacholderdrosseln mit einem Höllenlärm über die vom Herbst übrig gebliebenen kleinen Früchte eines Zierapfelstrauchs hermachte, blickten wir wieder auf.

»Ich habe wahnsinnige Angst, sie zu vergessen«, murmelte ich wie zu mir selbst. »Alle Erinnerungen an sie verschwimmen, und ich kann nichts dagegen tun.«

»Du wirst sie nicht vergessen, Lilith. Vielleicht kannst du dich nicht mehr daran erinnern, aus welchem Grund sie sich für Gregory Peck begeistert hat, aber sie wird für immer in deinem Herzen verankert bleiben. Genau wie in meinem.« Er putzte sich geräuschvoll die Nase. »Und übrigens habe ich sowieso nie verstanden, was sie an diesem Schmalspurcasanova fand. Warum nicht James Dean, der war eine Ikone.«

Überrascht hob ich eine Augenbraue. Das war eine ziemlich lange Ansprache für jemanden, der seit mehr als acht Jahren kaum ein Wort über seine verstorbene Frau verloren hatte.

Während die Wacholderdrosseln unüberhörbar zum nächsten Strauch weiterflogen, las ich die Inschrift auf dem Grabstein zum bestimmt tausendsten Mal. Ermutigt von den unumwundenen Worten meines Vaters, hatte ich zum wahrscheinlich ersten Mal das Gefühl, mit ihm über den Tod meiner Mutter sprechen zu können.

»Sie fehlt mir so, Papa. Wie sehr ich mir wünschte, ich hätte mir in den Jahren vor ihrem Tod mehr Mühe gegeben, mit ihr zu reden. Wirklich zu reden.«

Mein Vater schwieg. Minutenlang starrte er auf seine schwarzen Winterschuhe. Waren die auch neu? Beinahe dachte ich schon, er hätte sich wieder in sein Schneckenhaus zurückgezogen, als er schließlich doch noch zögernd das Wort ergriff. »Dann hättest du ein paar Dinge erfahren, die ich dir gerne erspart hätte, Lilith. Aber mir ist inzwischen klar geworden, dass du ein Recht auf die Wahrheit hast.«

»Welche Wahrheit? Wovon redest du?« Irritiert schob ich ein paar verirrte Haarsträhnen zurück unter meine Mütze.

Er seufzte schwer und rieb sich mit beiden Händen über die Augen. Als er schließlich antwortete, sprach er so leise, dass ich mich weit vorbeugen musste, um ihn zu verstehen. »Davon, dass sie vielleicht noch leben würde, wenn ich nicht so selbstsüchtig und rücksichtslos gewesen wäre.«

»Wovon redest du?«, wiederholte ich tonlos und trat unwillkürlich einen Schritt zur Seite.

Wieder schien es ihn viel Mühe und Überwindung zu kosten, die richtigen Worte zu finden. »Es war nicht immer alles so, wie es schien, Lilith. Deine Mutter und ich waren lange Zeit glücklich miteinander, aber in den letzten Jahren vor ihrem Tod haben wir angefangen, uns aus den

Augen zu verlieren. Das wussten wir beide, doch trotzdem war ich wie vor den Kopf gestoßen, als sie mir eines Morgens aus heiterem Himmel eröffnete, mich verlassen zu wollen, weil ihr unser Leben nicht mehr reichte. Sie wollte ihre Sachen packen und gehen.«

»Was ist passiert, Papa?«, fragte ich automatisch, obwohl ich nicht sicher war, ob ich noch mehr hören wollte.

»Ich konnte sie nicht gehen lassen. Ich habe mich ihr in den Weg gestellt. Ich habe gebettelt und gefleht, sie beschworen, ihr Versprechungen gemacht. Alles umsonst. Als sie schließlich einräumte, dass es einen anderen Mann gab, verlor ich komplett die Fassung. Ich fing an, ihr zu drohen. Dass ich niemals zulassen würde, dass sie mich verlässt. Dass sie mit diesem Schritt unsere Familie zerstört. Dass du dich auf meine Seite schlagen und dich von ihr abwenden würdest.« Er vergrub sein Gesicht in den Händen. »Und plötzlich griff sie sich an die Brust und kippte um. Einfach so.«

Ich hatte Schwierigkeiten, meine Lunge mit ausreichend Sauerstoff zu füllen. Auf einmal passten alle Puzzleteile zusammen. Sie war auf den Dachboden geklettert, der ihr so zuwider war, um ihre Koffer zu suchen. Mein Vater hatte sie nicht zufällig gefunden, sondern er war bei ihr gewesen, als es passiert war. Seit ihrem Tod hatte er nie wieder über sie gesprochen, weil Scham, Reue und Schuldgefühle ihn unter sich begraben hatten.

Ich wusste genau, wie sich das anfühlte. Mein Mund war wie ausgedörrt, und ich musste mich zwingen, die nächsten Worte laut auszusprechen. »Sie hatte ein enormes Blutgerinnsel, das ihre Herzkranzgefäße verstopft hat, Papa. Der Arzt hat gesagt, dass es nur eine Frage der Zeit war, bis ihr Herz aufgab. Du bist nicht schuld an ihrem Tod.«

»Aber ich bin immer noch hier und sie nicht.« Ich konnte regelrecht dabei zusehen, wie seine Gefühle und sein Verstand mit gleicher Kraft am Tau zogen. »Habe ich dir mal von dem Phänomen erzählt, das in der Quantenphysik als ›Unbegrenzte Verschränkung‹ bezeichnet wird? Wenn zwei winzige zusammengehörige Partikel voneinander getrennt werden, bleiben sie auch über riesige Entfernungen hinweg für immer miteinander verbunden.«

Hinter uns knackte es leise im Gebüsch, und wir machten zwischen den kahlen Zweigen eine kleine getigerte Katze aus, die uns hocherhobenen Hauptes misstrauisch beäugte.

»Ich wünschte, du hättest es mir früher erzählt«, murmelte ich schließlich und beobachtete abwesend, wie die Katze, offenbar in der Gewissheit, dass wir keine Gefahr darstellten, sich wieder dem Unterholz zuwandte und zu einem einwandfreien Mäuselsprung ansetzte.

»Ich hatte riesige Angst, dass du mich verurteilen würdest, weil ich dich all die Jahre für eine Bilderbuchehefrau und einen bedingungslosen Familienmenschen gehalten habe.«

»Und jetzt tust du das nicht mehr?« Ich konnte meine Irritation kaum verbergen.

»Jetzt ahne ich, dass du weißt, wie es ist, ein Geheimnis mit sich herumzutragen.«

Ich hielt mitten in der Bewegung inne. Wovon redete er? Doch bevor ich nachhaken konnte, fuhr er fort: »Und außerdem hat mir jemand geraten, reinen Tisch zu machen, um endlich in die Zukunft blicken zu können.«

Jemand. Jemand, dem er offensichtlich ausreichend Vertrauen entgegenbrachte, um ihm die ganze Geschichte brühwarm zu erzählen. Also daher die neue Frisur. Und die Jacke, die er niemals alleine ausgewählt hätte.

»Wie heißt sie denn?«, nahm ich ihn unverblümt ins Verhör, obwohl mir hundert wichtigere Fragen unter den Nägeln brannten.

»Julia.« Zumindest hatte er den Anstand, ein bisschen rot zu werden.

»Julia. Wie meine Assistentin.«

Mittlerweile sah er aus wie ein Radieschen.

»Du meinst *Julia*?«

»Also –«

»Aber sie arbeitet für mich! Und sie könnte deine Tochter sein! Mein Gott, Papa!«

»Du weißt selbst am besten, dass das Geheimnis der Liebe manchmal unergründlich ist.«

Sie hatte es ihm erzählt. Dass sie Alex und mich in dieser emotional aufgeladenen Verfassung im Hinterzimmer der Galerie erwischt und was sie daraus für Schlüsse gezogen hatte.

Schon lange waren Pius und ich uns einig, dass eine neue Frau an seiner Seite meinem Vater dabei helfen könnte, seine Energie und Lebensfreude zurückzugewinnen. Dass es aber ausgerechnet Julia sein musste, die ihn dann auch noch in meine dunkelsten Geheimnisse eingeweiht hatte, war natürlich nicht Teil des Plans gewesen. Aber möglicherweise war es all das wert, wenn er dadurch endlich den Mut aufgebracht hatte, dafür *seine* düsteren Geheimnisse offenzulegen und über eine Zukunft nachzudenken.

»Ich glaube, ich werde ein paar Tage brauchen, um mich an diesen Gedanken zu gewöhnen«, murmelte ich. »Das heißt aber nicht, dass ich mich nicht für dich freue. Es sei denn natürlich, du überzeugst meine Assistentin davon, zu dir in die Pampa zu ziehen, so dass ihr gar nichts anderes übrig bleibt, als ihren Job zu kündigen. Oder, noch schlimmer, ihr verlangt von mir, dass ich sie zukünftig ›Mama‹ nenne.«

»Keine Sorge, Hummelchen, dazu ist sie definitiv zu eitel«, sagte er und grinste.

Etwas in mir zog sich zusammen, als unsere Augen sich trafen. Hummelchen hatte er mich nicht mehr genannt, seit ich als spindeldürre Elfjährige vom Baum gefallen und in den Brennnesseln gelandet war. Ich hatte gar nicht gewusst, wie sehr mir das gefehlt hatte.

Als er jetzt seinen Arm um mich legte, war es beinahe wie damals, als er meine brennenden Schienbeine mit Spitzwegerichsaft eingerieben und mir einen Ostfriesenwitz nach dem anderen erzählt hatte, bis der Schmerz von der unfreiwilligen Brennnessel-Kollision nachgelassen hatte und ich wieder lachen konnte. Ein wenig zögerlich vergrub ich mein Gesicht an seinem Hals. »Und übrigens: Sie hat für Gregory Peck geschwärmt, weil er einfach der mit Abstand attraktivste und begabteste Held der US-Filmgeschichte ist. Und weil er auf Richard Nixons schwarzer Liste von Feinden stand.«

Mein Vater lachte, wurde aber sofort wieder ernst, als er sagte: »Ich habe ihn besucht, diesen anderen Mann. Vor sechs Jahren, zwei Jahre nach ihrem Tod. Er war mit einer neuen Frau verheiratet und hatte mit der Vergangenheit abgeschlossen.«

Als wir uns zehn Minuten später vor den Friedhofstoren verabschiedeten, bemerkte er, während er in den Jackentaschen nach seinem Autoschlüssel kramte, wie nebenbei: »Was hältst du davon, wenn ich die Weihnachtstage bei euch verbringe?«

Verblüfft blieb ich stehen. Er hatte sich in den letzten Jahren an Weihnachten kaum bei uns blicken lassen. Die Kinder hatten ihm schon mehr oder weniger scherzhaft den Beinamen *Grinch* verpasst, nach dieser uralten Kinderbuchfigur, weil er die Feiertage seit dem Tod meiner Mutter so sehr gehasst hatte. »Brotpapiersterne basteln, ›Kevin – Allein zu Haus‹ angucken, sich mit Tannennadeln und dem Weihnachtsbaumständer herumplagen und vergeblich auf den Schnee warten?«, fragte ich mit hochgezogener Augenbraue.

»Nichts lieber als das.« Mein Vater grinste verschmitzt.

Ich fühlte mich zehn Kilo leichter, als ich meine Autotür öffnete. Natürlich konnte mir die Ironie nicht entgehen – ein Mann war für immer aus meinem Leben verschwunden, ein anderer war zurückgekehrt. Aber ich hatte mich für meine Familie entschieden. Und zum ersten Mal spürte ich tief in mir drin die absolute Gewissheit, dass es die richtige Entscheidung gewesen war.

Kapitel 24
Vor drei Monaten

»Ich will ihn sehen!« Theos erhobene Stimme hallte energisch durch den Raum. Es war Samstagabend weit nach Ladenschluss, und ich war überrascht gewesen, als ich nach einem Abendessen mit Bine zufällig an der Galerie vorbeikam und feststellte, dass noch Licht brannte. Theo und Paul standen mit dem Rücken zu mir am Tresen, offensichtlich so in ihre Diskussion vertieft, dass sie nicht zur Kenntnis nahmen, dass jemand den Laden betreten hatte.

Ich blieb in der Tür stehen und wollte mich gerade bemerkbar machen, als ich Theos nächste Worte hörte und mein Herz für ein paar Schläge aussetzte. »Er ist wahrscheinlich mein Vater, Paul. Was würdest du tun?«

Paul ließ schwer seufzend die Schultern nach vorne fallen. »Dein Vater ist tot! Wir haben ihn vor einem Dreivierteljahr beerdigt. Der Mann, der nachts deine Hand gehalten hat, wenn du mal wieder Angst vor Gespenstern hattest, der dir Pausenbrote geschmiert und dich bei Backgammon immer hat gewinnen lassen, war dein Vater.«

»Das weiß ich. Keine Angst, Pius wird immer mein Vater sein. Aber –«

»Und was ist, wenn Alex dich gar nicht sehen und keinen Sohn haben will? Wenn er eine eigene Familie hat, die du mit deinem plötzlichen Auftauchen erschütterst? Oder wenn er Mama Vorwürfe macht, dass sie es ihm nicht gesagt hat? Wenn er ein griesgrämiger alter Mann geworden ist, der sich nicht mehr an sie erinnert und sich einen Teufel um dich schert?« In Pauls Stimme schwang Resignation mit. Genau wie ich war er sich darüber im Klaren, dass Theo sich nicht beirren ließ, wenn er sich einmal etwas in den Kopf gesetzt hatte.

Und tatsächlich. Theo legte seine Hand fest auf Pauls Arm und sagte eindringlich: »Dann will ich trotzdem versuchen, ihn zu finden. Weil ich wissen muss, wo meine Wurzeln sind. Wo Aarons Wurzeln sind.«

»Aber das Leben findet im Hier und Jetzt statt. Was du vorhast, würde so viel Staub aufwirbeln, dass wir für lange Zeit nicht mehr klarsehen könnten.«

»Du hast leicht reden, Paul. Du weißt genau, wo du herkommst. Du bist dir darüber bewusst, warum du bist, wie du bist, warum du glaubst, was du glaubst, woher all deine Eigenheiten und Charakterzüge kommen. Ich weiß das nicht. Seit ich diese Gewissheit vor neun Monaten verloren habe, fällt es mir auch schwer, zu erkennen, wohin ich will. Ich wünsche mir nichts sehnlicher, als dass diese verdammten Selbstzweifel wieder aufhören. Denn im Augenblick fühlt sich das Leben wie ein Rätsel ohne Lösung an.«

Mein Puls begann zu rasen, und eine bleierne Schwere erfasste mich. Erschöpft und ausgelaugt stützte ich mich am Türgriff ab, als Tränen mir die Sicht versperrten.

»Es tut mir leid, Theo. Ich glaube, so habe ich das Ganze noch nie betrachtet.« Paul vergrub seine Hände tief in den Hosentaschen. Seine Stimme klang bedrückt, als er sagte: »Bist du deswegen nach Deutschland zurückgekommen? Um deinen leiblichen Vater zu finden?«

»Sei nicht albern, Paul. Ich bin wegen dir und Mama

hier.« Immer wieder fuhr Theo sich mit den Händen durch die dunkelbraunen Haare. Er wirkte genauso müde, wie ich mich fühlte. »Außerdem glaube ich nicht, dass er in Deutschland lebt. Im Prinzip könnte er überall auf der Welt sein.«

»Dann bitte ich dich, es Mama zumindest vorher zu sagen. Du kannst sie nicht einfach vor vollendete Tatsachen stellen.«

Mit dem unangenehmen Gefühl, mich als der sprichwörtliche Lauscher an der Wand zu outen, räusperte ich mich verlegen, und beide Köpfe flogen überrascht herum. Meine Stimme klang piepsig und so leise, dass ich Angst hatte, sie würden mich nicht verstehen. »Finde ihn, Theo. Finde heraus, wo deine Geschichte einst begann. Erfahre alles, was nötig ist, um nicht länger das Gefühl zu haben, im Dunkeln zu tappen. Um wieder mit Klarheit in die Zukunft blicken zu können.«

Tausend Emotionen spiegelten sich in den Gesichtern meiner Söhne wider. Schweigend und wie gelähmt starrten sie mich an, während ich meine Handtasche umständlich nach einer Packung Taschentücher durchforstete. Ich hatte gar nicht bemerkt, dass meine Tränen übergelaufen waren.

»Ich will nicht, dass du auf mich oder irgendwen sonst Rücksicht nimmst«, schluchzte ich unkontrolliert in mein Taschentuch. »Mir war nicht klar, was es dir bedeutet, Alex gegenüberzutreten.«

Beinahe gleichzeitig erwachten Paul und Theo aus ihrer Starre. Während sich auf Pauls Gesicht ein erleichterter, gefasster Ausdruck breitmachte, legte Theo mit langen Schritten die wenigen Meter zur Ladentür zurück und zog mich in eine kräftige Umarmung.

Und ich fragte mich unwillkürlich, wie ich das, was ich meiner Familie angetan hatte, jemals wiedergutmachen konnte.

»Du musst nicht dabei sein, Mama, aber ich habe keine Wahl. Ich muss alles daransetzen, ihn zu finden«, flüsterte er. »Und wenn er keinen Kontakt will, habe ich es zumindest versucht.«

»Kommt, wir fahren zu mir. Sandra ist mit den Mädchen übers Wochenende bei ihren Eltern«, murmelte Paul, der plötzlich dicht neben uns auftauchte.

In dieser mondhellen, sternenklaren Nacht saßen wir noch lange zu dritt auf Pauls Veranda, wärmten unsere Füße an der Feuerschale und unsere Hände an Tassen mit heißem Glühwein und beobachteten den Polarstern, der wie festgewachsen seine Position beibehielt, während alle anderen Sterne an ihm vorbeiwanderten. Eine Eule hatte ihre Winterruhe unterbrochen, um im nahe gelegenen Wald auf nächtliche Jagd zu gehen, und stieß immer wieder lang gezogene heulende Rufe aus. Mit jeder Faser meines Herzens wünschte ich, Pius könnte jetzt bei uns sein.

Bis Theo, das Kinn auf die Hände gestützt, wie nebenbei erklärte: »Es wird nicht leicht, ihn zu finden. Es gibt zwar viele weitere Gemälde und Infos über nachfolgende Ausstellungen, aber keine Webseite, keine Profile in den sozialen Medien, keine Fotos, keine Interviews. Er ist nie wieder persönlich an die Öffentlichkeit getreten. Als wäre er nach der Vernissage Ende 1999 einfach vom Erdboden verschwunden.« Mit abwesender Miene starrte er in die prasselnden Flammen.

»Vielleicht hat er sich in Costa Rica oder Botswana oder der Antarktis zur Ruhe gesetzt und lebt jetzt, abgeschottet vom Rest der Welt, ohne Strom und Telefon in einer Hütte aus Bananenblättern oder in einem Iglu. Ich meine, wie alt ist er jetzt, Mitte sechzig? Zeit für die Rente, würde ich sagen«, warf Paul wenig hilfreich ein.

»Am 1. Februar ist er einundsechzig geworden«, antwortete ich automatisch und hätte mir am liebsten auf die Zunge gebissen. Für einige Zeit war nur das Knacken und Knistern des Feuers zu hören, unterbrochen von den monotonen Abfolgen traurig klingender Eulenlaute.

»Vielleicht sollte ich es über seine ehemalige Haushälterin versuchen, die scheint ihm ziemlich nahegestanden zu haben. Bestimmt lebt sie weniger zurückgezogen. Wie hieß sie noch mal?«

»Aitana Jiménez«, erwiderte ich nach kurzem Zögern und stellte unwillig fest, dass meine Wangen rot anliefen und die Tasse, hinter der ich mein Gesicht zu verstecken beabsichtigte, schon wieder leer war. Wie von allein tauchte das Bild der sirenenhaften Fünfundzwanzigjährigen vor meinem geistigen Auge auf, deren dunkle Mandelaugen mich so argwöhnisch musterten. »Ich bleibe bei ihm«, hatte sie bei unserer letzten Begegnung triumphierend verkündet und damit verraten, wie es um ihre eigenen Gefühle für ihn bestellt war.

Mein Puls raste noch immer, als Paul meinen Becher aufgefüllt und ich mir gehörig die Zunge am kochend heißen Glühwein verbrannt hatte.

»Aitana Jiménez«, wiederholte Theo andächtig und setzte dann scheinbar zusammenhanglos hinzu: »Ich frage mich, ob Alex in der Zwischenzeit eine Familie gegründet hat.«

Paul, der gerade dabei war, die letzten Tropfen aus der

Thermoskanne in seine eigene Tasse zu leeren, blickte unvermittelt auf. »Erinnerst du dich noch daran, was er uns damals auf der Vernissage kurz vor dem Abschied zugeflüstert hat, Theo?«

Theo lehnte sich in seinem Stuhl zurück, die Arme verschränkt, die Beine übereinandergeschlagen. »Er hat genau das gesagt, was auch Papa bekräftigt hätte. Er sagte so etwas wie: ›Glaubt fest an euch und eure Ziele. Der direkte Weg muss nicht immer der einzige oder der beste sein. Lebt genau so, wie ihr es für richtig haltet, ohne euch von den Urteilen anderer abhängig zu machen.‹ Ich habe oft an seine Worte gedacht.«

»Ich finde, das klingt wie jemand mit Familiensinn, jemand, der wie geschaffen dafür ist, eigene Kinder in die Welt zu setzen und sie zu selbstbewussten, verantwortungsvollen Menschen zu erziehen, findest du nicht?«

Mein Magen begann sich zu drehen.

»Und dann hat er noch gesagt: ›Passt immer auf eure erstaunliche Mutter auf. Sie liebt euch mehr, als ihr euch vorstellen könnt‹«, ergänzte Theo mit einem Lächeln auf den Lippen. Er warf ein paar weitere Holzscheite ins Feuer, das mittlerweile so gut wie niedergebrannt war, und murmelte nach einer kurzen Pause wie zu sich selbst: »Morgen gleich nach der Hausbesichtigung mache ich mich auf die Suche nach Aitana. Irgendwelche Spuren muss sie doch hinterlassen haben.«

Mein Magen drehte sich mittlerweile schneller als eine Waschmaschine im Schleudergang. Ich zwang mich, keine Miene zu verziehen, und erklärte betont beiläufig, obwohl ich eigentlich etwas ganz anderes sagen wollte: »Du weißt, dass ihr so lange bei mir wohnen könnt, wie ihr wollt. Ich freue mich, wenn ihr mir noch ein bisschen länger Gesellschaft leistet.«

»Das weiß ich, Mama. Aber wir können dir ja nicht ewig auf der Tasche liegen. Irgendwann willst du schließlich auch mal wieder deine Ruhe haben, ohne ständig Fish and Chips essen, vor dem Badezimmer anstehen und kleine Hunde und Kinder im Zaum halten zu müssen.«

Dieses Thema hatten wir im letzten halben Jahr zur Genüge durchgekaut. So kurz nach Pius' Tod wollten Theo und Kim ein Auge auf mich haben, aber mittlerweile wähnten sie sich immer mehr als Ballast und wurden nicht müde, Häuser in der Umgebung zu besichtigen, um mir »meine Privatsphäre wiedergeben« zu können. Dabei graute mir vor dem Tag, an dem sie mich allein in meinem viel zu groß gewordenen Haus zurückließen. Um ehrlich zu sein, hatte ich jedes Mal erleichtert aufgeatmet, wenn es an einem der Häuser wieder etwas auszusetzen gegeben hatte – Schimmelbefall im Bad, eine vierspurige Straße vor der Tür, ein marodes Dach, zu weit abgelegen. Doch das sagte ich lieber nicht. Schließlich wollte ich nicht, dass sie sich mir und meiner Einsamkeit verpflichtet fühlten.

Eine Weile beobachteten wir schweigend das Spiel der tanzenden, flackernden Flammen, die eine beinahe hypnotisierende Wirkung zu entfalten schienen.

»Und du hast ihn seit über zweiundzwanzig Jahren nicht mehr gesehen?«, fragte Paul plötzlich ohne ersichtlichen Zusammenhang.

Ich zuckte zusammen. Prompt fing ich trotz des Feuers an zu frösteln. »Nur noch einmal, vor vierzehn Jahren. Und ich bin mir nicht sicher, ob das zählt.«

Kapitel 25
April 2008

Die ersten warmen Sonnenstrahlen des Jahres waren immer die schönsten. Leider ließen sie in diesem Jahr lange auf sich warten.

»Sollte es im April nicht eigentlich schon sonnig und warm sein? Stattdessen haben wir Schnee zu Ostern und nun das hier!«

Bine und ich hatten uns wie so häufig für meine samstägliche Mittagspause zu einem Spaziergang entlang der Außenalster verabredet, doch jetzt standen wir dank eines plötzlichen Wolkenbruchs wie die begossenen Pudel dicht gedrängt mit vielen anderen überraschten Ausflüglern unter der Markise einer winzigen Imbissbude und wärmten unsere Hände an Kaffeebechern aus Pappe.

»Vielleicht sollten wir Theo einen spontanen Besuch in Australien abstatten und ein bisschen Sonne auf Vorrat tanken. Dann könnte ich ihm seinen Farbkomponisten mitbringen, den er vergessen hat. Obwohl mir scheint, dass ihm Mischfarben momentan herzlich egal sind, weil er nur noch Augen für seine neue Klassenkameradin Kimberley hat«, lachte ich.

»Unser kleiner Theo hat sich verliebt?«, fragte Bine abwesend, während sie wie gebannt zu einer jungen durchnässten Mutter hinüberstarrte, die umständlich ihr schreiendes Kleinkind aus dem Buggy hievte.

»Bisher scheint sie aber noch nicht auf seine Avancen

einzugehen. Ist vielleicht auch besser so, schließlich ist sein Austauschjahr in drei Monaten vorüber. Und wie sollten zwei Teenager eine Liebe über sechzehntausend Kilometer am Leben erhalten? Inklusive beziehungsfeindlicher Zeitverschiebung?«

Bine gab einen gedämpften Laut von sich, strich sich eine blonde Haarsträhne aus dem Gesicht und blickte dann wieder zu der Mutter hinüber, die sich mittlerweile abmühte, für das Kind auf ihrem Arm eine Reiswaffel aus der Packung zu fischen.

»Sag mal, hörst du mir überhaupt zu?«, fragte ich leicht irritiert.

Anstatt mir eine Antwort zu geben, sagte sie gedehnt: »Ich habe ihn gesehen.« Ihre Stimme klang unnatürlich hoch, beinahe piepsig.

Sie hätte von allem und jedem sprechen können – ihrem Vater, der vor mehreren Jahren mit seiner blutjungen Zahnärztin durchgebrannt war und seither kaum ein Lebenszeichen mehr von sich gegeben hatte, ihrem Wagen, der ihr vor Kurzem aus der Tiefgarage gestohlen worden war, ihrem ehemaligen Fitnesstrainer, der unheimlicherweise neuerdings überall da auftauchte, wo sie hinkam –, aber ich wusste sofort, wen sie meinte. »Wovon redest du?«, hörte ich mich trotzdem fragen und hoffte, meinem Gesicht waren der Schock und die Verwirrung nicht allzu deutlich anzusehen.

»Wie du weißt, war ich diese Woche wegen der neuen Produktlinie mit meinem Chef in Kiel. Gestern Abend nach den Verhandlungen haben wir uns mit dem Kunden noch in einem dieser hippen Läden in der Nähe der Förde getroffen, um auf den Vertragsabschluss anzustoßen. Ich war schon ziemlich betrunken, als ich mich gegen Mitternacht verabschiedete, um ins Hotel zurückzugehen, aber ich bin absolut sicher, dass es Alexander war, der da zur Tür hereinkam.«

»Alexander?«, flüsterte ich. Meine Kopfhaut begann zu kribbeln. Was tat er in Kiel? War er zurück? Lebte er in seinem Haus in der Holsteinischen Schweiz? Wie war es ihm ergangen? War er allein?

Als hätte sie meine ungestellte Frage gehört, fuhr Bine schleppend fort: »Und er war in Begleitung. Natürlich, er war ja noch nie ein Kind von Traurigkeit.« Sie verzog das Gesicht, als hätte sie in eine Zitrone gebissen. »Schon damals, als ich mit ihm —«

»Wer war bei ihm?«, unterbrach ich hastig, bevor sie sich in eine ihrer Tiraden über Alex' Fertigkeiten als Frauenflüsterer hineinsteigern konnte. Mein Puls raste.

Sie hob eine Augenbraue. »Was glaubst du wohl? Typ südeuropäisches Unterwäschemodel, ein Gesichtsausdruck, der keinen Zweifel daran lässt, wie sehr sie ihn anbetet, jung genug, um ihm ein Kind zu schenken.« Wieder schaute sie zu dem Baby hinüber, das jetzt wieder ruhig in seinem Buggy saß und auf etwas herumlutschte, das aller Wahrscheinlichkeit nach mal eine Reiswaffel gewesen war. Dass sie nie eigene Kinder bekommen hatte, schien ihr für gewöhnlich nicht mehr viel auszumachen, aber jetzt, einen Tag nach der unerwarteten Begegnung mit dem Mann, mit dem sie eine eigene Familie hätte gründen wollen, war es, als wären alle verpassten Chancen wieder in den Brennpunkt gerückt.

»Der Regen hat aufgehört. Komm, wir gehen ein Stück«, schlug ich vor, damit sie nicht weiter das fremde Kind anstarren musste. Und fügte hinzu, nachdem wir einige Minuten lang schweigend, jede ihren eigenen Gedanken nachhängend, nebeneinander die Pfützen umschifft hatten: »Ich dachte, du bist über ihn hinweg.« Dabei ging mir durch den Kopf: *Ich dachte, ich bin über ihn hinweg.* Und: *War es Aitana, die ihn begleitet hat?*

Warum setzte es mir nach all den Jahren immer noch so zu, seinen Namen zu hören? Warum gingen mir plötzlich wieder all diese Gedanken durch den Kopf, an eine lauwarme Spätsommernacht an der Côte d'Azur, an das Gemälde einer Frau, die splitterfasernackt auf dem Teppich einer Berliner Wohnung lag, an unnatürlich hellblaue Augen, die mich in einem vollgestellten Hinterzimmer so voller Schmerz betrachteten?

Mit einem lauten Schnäuzen holte Bine mich an die Alster zurück. »Das bin ich auch, wirklich. Wahrscheinlich war es nur ein Schock, ihn nach all den Jahren wiederzusehen. Nach allem, was damals passiert ist.« Ich suchte in ihren Augen nach Anzeichen eines Bluffs, während sie energisch ihr Taschentuch zusammenknüllte. Ich wollte ihr unbedingt glauben.

»Hat er dich auch gesehen?«

Sie überlegte einen Augenblick. »Das war seltsam. Als sein Blick auf mich fiel, blieb er plötzlich wie angewurzelt stehen, und ich konnte geradewegs dabei zusehen, wie jede Farbe aus seinem Gesicht wich. Da war etwas in seinen Augen, eine so einschneidende Wehmut und Traurigkeit, die ich nicht verstanden habe. Er hatte so lebendig ausgesehen, bevor er mich entdeckt hat, und war dann plötzlich ganz leer. Dafür, dass er derjenige war, der mich, ohne mit der Wimper zu zucken, sitzengelassen hat, weil seine Gefühle für mich nicht stark genug waren, war seine Reaktion ziemlich intensiv.«

Ich schluckte schwer. Mein Puls konnte sich gar nicht mehr beruhigen. »Habt ihr miteinander gesprochen?«, erkundigte ich mich vorsichtig.

»Mir fiel nichts ein, was ich ihm hätte sagen sollen. Außerdem war mein Make-up verschmiert, und seine Begleitung hat ein bisschen scheel geguckt. Also habe ich mich umgedreht und bin gegangen.« Sie klang, als würde sie diese Entscheidung mittlerweile bereuen.

»Wie sah er aus? Schien er glücklich?«, wollte ich fragen, konnte mich aber gerade noch rechtzeitig bremsen. Stattdessen zwang ich mich, in munterem Tonfall zu bekräftigen: »Sei froh, dass du im richtigen Moment single warst, denn sonst hättest du nicht an diesem Speed-Dating-Dings teilgenommen und Ingolf mit all seinen Leistungsschwimmer-Muskeln getroffen.«

»Ingolf ist ein Narr, Sixpack hin oder her. Habe ich dir erzählt, dass er abends immer seine Puschen so vor dem Bett platziert, dass er morgens direkt hineinschlüpfen kann? *Puschen*?«

»Ist das so schrecklich?«

Sie warf mir einen Blick zu, der jede Antwort überflüssig machte. Ingolf war wohl die längste Zeit neben Bine seine Bahnen geschwommen. »Aber weißt du was? Ich sollte wohl trotzdem froh sein, dass Alexander und ich früh genug die Reißleine gezogen haben, denn im Nachhinein fühlt es sich an, als wäre er die ganze Zeit über nicht wirklich bei mir gewesen. Nie mit seiner vollen Aufmerksamkeit und erst recht nicht mit seinem Herzen.«

Meine Kehle war wie zugeschnürt. Eine Weile gingen wir schweigend nebeneinanderher, den Blick auf ein paar Höckerschwäne geheftet, die unter lautem Schnattern auf der Außenalster landeten, umklammerten unsere mittlerweile abgekühlten Pappbecher und hingen unseren Gedanken nach. Normalerweise mochte ich das an unserer Freundschaft: dass wir auch mal einträchtig schweigen konnten, ohne das Gefühl zu haben, mit unnützem Geplapper die Lücken füllen zu müssen. Jetzt aber suchte ich händeringend die richtigen Worte und konnte sie nicht finden.

»Es hat mich fast umgebracht, als er damals einfach gegangen ist.« Bine lachte bitter und richtete ihren Mantelkragen auf. »Tja, aber das alles ist längst Schnee von gestern. Und auch wenn es gerade danach aussieht, dass der Weg zur wahren Liebe für mich ein steiler Bergpfad mit vielen Schlaglöchern, Kurven und Steinen ist und keine glatte Autobahn mit Flüsterasphalt, so habe ich doch die Hoffnung immer noch nicht aufgegeben, dass ich irgendwann mit dem einen am Gipfelkreuz stehen und wir zusammen ins Tal hinunterblicken werden.«

Den Großteil der darauffolgenden Nächte brachte ich damit zu, mich im Bett hin und her zu wälzen und das Gespräch mit Bine wieder und wieder in meinem Kopf durchzuspielen. Alex in dieser Bar. Seine verführerische Begleitung. Der Schock, als er Bine erkannt hatte.

Am nächsten Freitag beim Frühstück, eine Woche nach Bines unerwarteter Begegnung mit ihm, war ich noch immer in meine Gedanken vertieft, während Pius Paul, der gerade kurz vor seinen schriftlichen Abiturprüfungen stand, zur Rolle des Staates in der sozialen Marktwirtschaft abfragte.

War es nicht seltsam, dass ich nach all der Zeit noch immer an Alex dachte? Und ich hatte so oft an ihn gedacht, in den unpassendsten Momenten. Während ich auf den Bus wartete, auf dem Zahnarztstuhl saß, mit den Kindern Monopoly spielte, schoss mir plötzlich durch den Kopf, auf welche Weise Alex den Kopf schief legte, wenn er besonders konzentriert zuhörte, welche Farbe seine Augen hatten, wenn die Sonne sich in ihnen spiegelte, oder wie er den Mund verzog, sobald er, anders als so viele seiner Landsleute, das Wort »Froschschenkel« hörte.

Damals, nach seinem Abschied, habe ich natürlich weiterhin verfolgt, was er tat. Er lebte nach wie vor vollkommen zurückgezogen, und auch wenn die Welt seit der Vernissage sein Gesicht kannte, war sein Bild kaum jemals in der Zeitung zu sehen. Ich suchte im Internet und bei Ausstellungen fieberhaft nach Informationen über seine neuen Werke und glaubte eine Entwicklung ausmachen zu können. Anfangs wirkten seine Pinselstriche, als wäre er innerlich erstarrt und der kreative Funke erloschen. Als würde er seinen Schmerz malen. Doch in den letzten Jahren hatte er wieder zu seinem farbgewaltigen, kraftvollen Stil zurückgefunden.

»Einen Groschen für deine Gedanken, Lilith«, sagte Pius gerade.

Ich fuhr zusammen. Natürlich konnte ich ihm nicht erzählen, was mir durch den Kopf spukte. Stattdessen hörte ich mich betont munter sagen: »Ich komme heute

Abend später. Bine und ich wollen diese neue Sushi-Bar im Schanzenviertel austesten.«

Ich hatte einfach keine Energie mehr übrig, um mich länger dagegen zu wehren.

Die *Beatbar* mit Blick auf die Kieler Förde war erfreulicherweise keine dieser typischen Studentenkneipen, die hier in den letzten Jahren wie Pilze aus dem Boden geschossen waren. Ich fiel kaum auf mit meinen vierundvierzig Jahren, der Boot-Cut- statt der Skinny-Jeans und dem Anti-Age-Bob anstelle der gestuften Wallemähne, als ich mich strategisch in einer dunklen Ecke an einem kleinen runden Tisch niederließ, von dem aus ich gleichzeitig die Tür und die Bar im Blick hatte.

Ich bestellte einen Milchkaffee und wartete. Und wie schon auf der gesamten Autofahrt hierher fragte ich mich, woher um Himmels willen plötzlich wieder all die Unsicherheit, die Zweifel, die Zerrissenheit gekommen waren? War ich wirklich nur hergekommen, wie ich mir seit Stunden einzureden versuchte, um endgültig mit der Vergangenheit abzuschließen und mich zu vergewissern, dass es ihm gut ging? Um ihm seine Jacke zurückzugeben, die ich seit der Vernissage in der hintersten Ecke meines Schrankes versteckt hielt und nur hin und wieder hervorholte, um seinen herben Geruch nach Zitronengras aufzusaugen?

Oder steckte ich nun offiziell in einer handfesten Midlife-Crisis? Ich war sicher gewesen, dass ich mich mit der Geschichte arrangiert hatte, dass ich mit beiden Beinen fest in meinem Leben mit Pius, den Kindern und unserer

Galerie stand, dass ich selbstbewusst und voller Zufriedenheit einer erfüllten Zukunft entgegenblickte. Und dann, von einer Sekunde auf die nächste, warf ich alles über den Haufen?

Ich spielte abwechselnd nervös mit meinem Ehering und trommelte ungeduldig mit den Fingern auf dem Tisch. Ein wenig unschlüssig gab ich dem pausbäckigen Kellner ein Zeichen und orderte noch einen Kaffee.

Obwohl neben mir ein Fenster geöffnet war und kühle Abendluft hereinströmte, war ich mittlerweile in Schweiß gebadet. Aus den Augenwinkeln nahm ich wahr, dass das Pärchen am Nebentisch mich neugierig beäugte. Wahrscheinlich sah ich für sie aus wie eine verzweifelte Hausfrau in den besten Jahren, die von ihrer Affäre versetzt worden war.

Was wollte ich hier? Warum hatte ich Pius angelogen? Was dachte ich mir dabei, jemandem aufzulauern, dem ich schon dreimal das Herz gebrochen hatte? Woher nahm ich die Gewissheit, dass er heute wieder hier auftauchen würde? Und wonach suchte ich überhaupt?

Und plötzlich traf mich die bedrohliche Wahrheit wie ein Paukenschlag: Insgeheim hoffte ich noch immer. Darauf, dass ich eines Tages wieder mit Alex zusammen sein könnte. Ich war dabei, meine erfüllte Zukunft aufs Spiel zu setzen, weil in der Peripherie ein Mann aufgetaucht war, den ich seit mehr als acht Jahren nicht gesehen hatte, der mir aber nie aus dem Kopf gegangen war.

Es war schon fast zehn, als ich wie ein gehetztes Reh, mit rasenden Kopfschmerzen und einem schalen Geschmack im Mund, auf die nur spärlich beleuchtete Straße trat. Es hatte angefangen zu regnen und war merklich abgekühlt, so dass ich mir Alex' Lederjacke über die Schultern hängte und mich beeilte, zu meinem Wagen zu kommen.

In meiner Hast, so schnell wie möglich nach Hause zu meiner Familie zu gelangen, hätte ich ihn beinahe nicht bemerkt. Als ich ihn schließlich erkannte, mit tief ins Gesicht gezogener Kapuze und Fünf-Tage-Bart, war ich nur noch wenige Schritte von ihm entfernt. Wäre er nicht in eine Unterhaltung mit seiner Begleiterin vertieft gewesen, hätte er mich problemlos entdeckt. Ohne nachzudenken, zog ich mich in einen dunklen Hauseingang zurück und hielt unwillkürlich die Luft an.

Er war groß, größer, als ich ihn in Erinnerung hatte. Seine Gesichtszüge waren, soweit ich das unter seiner Kapuze ausmachen konnte, entspannt und gelassen. Ich hörte ihn lachen und bekam eine Gänsehaut, als ich für einen kurzen Augenblick das kleine Grübchen in seiner linken Wange ahnen konnte. Aber es klang anders als früher, irgendwie kontrollierter und verschlossener.

Als Alex an dem Hauseingang vorüberkam, wurde mein ganzer Körper wie von einem Magneten in seine Richtung gezogen. Ich musste mich an einem Briefkasten festhalten, um nicht aus meinem Versteck zu kommen und ihm zu folgen wie ein dressierter Hund. Für einen kurzen Moment hielt er inne und blickte sich suchend um, doch dann hakte seine Begleiterin sich bei ihm unter und zog ihn weiter. Meine Arme und Beine kribbelten, meine Kehle war wie ausgedörrt, mein Herz hämmerte so laut gegen meine Rippen, dass ich Angst hatte, er könnte es hören.

Darauf war ich nicht gefasst gewesen.

Ich hätte nur die Hand ausstrecken müssen, um ihn zu berühren. Aber es gab keinen Grund, mich ihm zu zeigen. Er war nicht mehr Teil meines neuen Lebens, und ich war nicht mehr Teil von seinem. Die Welt, in die Alex und ich in diesen ungewöhnlichen Wochen vor so vielen Jahren abgetaucht waren, gab es nicht mehr. Jetzt war alles anders.

Ich wagte mich erst zurück auf den Gehweg, als das Stimmengewirr und die Musik aus der Bar lauter wurden und einige Sekunden später wieder verklangen, so dass ich sicher sein konnte, dass er mit seiner Begleitung im Inneren verschwunden war. Ich wusste nicht, warum ich so erleichtert war, dass es nicht Aitana war, die ihm Gesellschaft geleistet hat.

Zitternd zog ich seine Jacke enger um mich. Der Regen hatte zugenommen und trommelte jetzt geräuschvoll auf den Asphalt. Binnen Sekunden war ich durchnässt, aber ich konnte mich nicht vom Fleck rühren.

Ich schluckte ein paarmal, während ich versuchte, mich selbst davon zu überzeugen, dass jetzt und für immer der einzig richtige Ort für mich an Pius' Seite war – an der Seite des einzigen Menschen, von dem ich wusste, dass ich ihn lieben würde, bis dass der Tod uns schied. Der verstehen konnte, was es bedeutete, seine Familie über alles andere zu stellen. Der mich noch an dem zehntausendsten Freitagabend, den wir miteinander mit Sushi vor dem Fernseher verbrachten, glücklich machen würde.

Also drehte ich mich um und ging, diesmal endgültig. Obwohl ich tief drinnen vielleicht schon ahnte, dass ich diese Entscheidung für viele Jahre bereuen würde.

Vor drei Tagen

»Ich habe ihn gefunden, Mama. Er lebt in der Nähe von Kopenhagen in einem kleinen Dorf am Meer. Er malt noch immer.« Theos dunkle Stimme überschlug sich fast vor Aufregung.

Ich wusste nicht, warum ich so erschüttert war. Schließlich war mir bewusst, dass mein Sohn Alex schon seit Monaten suchte. Und nach allem, was ich bei seinem Gespräch mit Paul belauscht hatte, hatte ich mir regelrecht gewünscht, dass er ihn schnell ausfindig machte. Trotzdem musste ich mich an dem Spaten festklammern, mit dem ich das Beet umgraben wollte, um zu verbergen, wie sehr meine Hände zitterten.

Ich hatte gerade angefangen, bei beinahe sommerlichen Temperaturen und schönstem Sonnenschein Pius' Gemüsegarten auf Vordermann zu bringen, als Theo aufgekreuzt war und es geschafft hatte, mit wenigen Worten dunkle Wolken aufziehen zu lassen und meinen Tag, mein Leben auf den Kopf zu stellen.

Dabei hatte dieser Mittwoch so gut angefangen. Theo und Kim hatten vorgehabt, nach dem Frühstück den Kaufvertrag für ein eigenes Haus ein paar Dörfer weiter zu unterschreiben, als Theo plötzlich seinen Kaffeebecher auf den Tisch stellte und sagte: »Mama, versprich mir, dass du nicht wieder damit anfängst, jeden Morgen unter der Rotbuche oder in diesem riesigen Haus im Wintergarten zu sitzen und auf den leeren Platz neben dir zu starren, wo einst Papa saß und die interessantesten Meldungen aus der Zeitung für dich zusammengefasst hat.«

Ich hatte einen Stich verspürt, denn beinahe dieselben Worte hatte ich nach dem Tod meiner Mutter einst zu meinem Vater gesagt. Trotzdem hatte er acht Jahre lang auf ihren leeren Platz gestarrt, bevor er es endlich fertigbrachte, sich neu zu binden. Dafür hatte seine Beziehung zu Julia für den Rest seines Lebens gehalten.

Kim hatte sich angeschickt, Theos Aufforderung etwas hinzuzufügen, aber Aaron schnitt ihr sichtlich empört das Wort ab: »Warum können wir nicht einfach alle zusammen hier wohnen bleiben? Oma hat doch genug Platz für uns, und dann ist sie nie wieder allein und muss auf leere Stühle starren.«

»Aaron, darüber haben wir doch schon so oft geredet«, versuchte Kim ihn zu beschwichtigen.

»Ihr habt gesagt, dass ihr Oma nicht zumuten wollt, unseren Lärm und das viele Chaos noch länger in Kauf zu nehmen, und dass sie ihre Ruhe haben will und einen Rückzugsort braucht. Und Oma meint, dass sie von uns nicht verlangen kann, aus lauter Rücksicht auf ihr Glück hierzubleiben, nur damit sie nicht morgens beim Frühstücken und abends und an den Wochenenden einsam und allein die Wände anstarrt. Und dass wir unser eigenes Leben führen wollen.« Mit tellergroßen Augen blickte er in die Runde. »Aber das passt doch alles gar nicht zusammen.«

Für ein paar Augenblicke war nichts als das leise Ticken der Küchenuhr zu hören, während wir uns gegenseitig verdutzt anstarrten. Dann prustete Kim laut los, und wir anderen stimmten in ihr Gelächter ein.

»Soll das heißen, du willst uns wirklich nicht loswerden?«, wollte Theo wissen, nachdem wir uns wieder beruhigt hatten. »Trotz des Trockenfutters, das Emma im ganzen Haus verteilt, und der allmorgendlichen Schlange vor der Badezimmertür?«

»Wollt ihr etwa wirklich hier wohnen bleiben, ohne richtigen Rückzugsort für euch ganz allein?«, hatte ich gleichzeitig gefragt und mir die Freudentränen aus den Augen gewischt.

»Dann packe ich jetzt meinen Koffer wieder aus«, meinte Aaron und stand sofort auf, um seinen Worten Taten folgen zu lassen. Emma lief wie immer schwanzwedelnd hinter ihm her.

»Und ich sage dem Makler ab«, warf Kim zufrieden lächelnd ein.

Ich hätte schreien können vor Glück und Erleichterung.

Und nun das hier.

Damit Theo mein Gesicht nicht sehen konnte, beugte ich mich tief über die Tomatensetzlinge, die ich später ins umgegrabene Beet pflanzen wollte, und gab vor, einige vertrocknete Blättchen abzupfen zu müssen.

»Das ist schön, Theo. Wirst du ihn anrufen?« Überraschenderweise klang meine Stimme beinahe normal.

»Ich werde hinfahren. Am Wochenende.«

»Oh!«, sagte ich. Mehr nicht. Ich konnte deutlich spüren, wie mir das Blut in den Adern gefror.

Dabei hatten sie gerade aufgehört, diese düsteren Nächte, in denen ich schweißgebadet aus dem Schlaf hochschreckte, ohne zu wissen, was mich geweckt hatte, und ich in den seligen Minuten, in denen ich mich orientieren musste, vergessen hatte, dass Theo sich auf die Suche nach Alex gemacht hatte und sich damit unser aller Leben erneut umkrempeln würde.

Beinahe wäre ich vornüber in den Kompost gekippt, als ich Theo vorsichtig sagen hörte: »Ich dachte, du willst vielleicht am Samstag dabei sein. Aaron wird auch mitkommen.«

»Irgendjemand muss doch in der Galerie die Stellung halten«, entgegnete ich automatisch, während ich mich mit beiden Händen fest auf dem Boden abstützte. Ich musste ein paarmal schlucken, weil mein Mund plötzlich wie ausgetrocknet war.

»Sei nicht albern, Mama. Wann warst du zuletzt samstags bei der Arbeit? Melanie kann sich kümmern, und Paul wird ihr sicher gern helfen.«

Ich merkte, dass ich die Erde um die Setzlinge so festgedrückt hatte, dass die zarten Wurzeln vermutlich kaum eine Überlebenschance hatten. Doch ich scherte mich nicht darum. Langsam richtete ich mich wieder auf und blickte in die vertrauten Augen meines Sohns. »Ich glaube, das ist etwas, was du und Aaron allein tun solltet.«

»Wir hätten dich aber gern dabei. Nicht nur, damit du Aaron auf der Fähre Gesellschaft leisten kannst, während ich meinen Kopf über die Kloschüssel halte.«

Gegen meinen Willen musste ich lächeln. Theo war früher der geborene Wassersportler gewesen, und kein noch so starker Seegang hatte ihm etwas anhaben können. Seit ein paar Jahren aber wurde er schon seekrank, wenn er nur in die Nähe eines Schiffes kam. Doch schnell wurde ich wieder ernst. »Es geht trotzdem nicht, Theo. Aaron kann Emma mitnehmen, die ihm sicher gern Gesellschaft leistet.«

Aber Theo ließ sich nicht abschütteln. »Du willst mir doch nicht erzählen, dass du ihn nicht sehen willst? Dass du ihn vergessen hast?«

Ich seufzte schwer und stützte mich wieder auf meinen Spaten. Natürlich hatte ich ihn nicht vergessen. Ich hatte nicht nur stundenlang in einer schummrigen Kieler Bar auf ihn gewartet, um nur einen einzigen Blick auf ihn werfen zu können, sondern in den vergangenen Jahren jede einzelne seiner Ausstellungen im Umkreis von Tausenden Kilometern besucht.

Mir lief ein Schauer über den Rücken, als ich mich an eine Schau in London vor über zwanzig Jahren erinnerte, nur ein Jahr nach unserer Trennung. Den gesamten Hinflug über hatte ich wie gelähmt in meinem Sitz gesessen, unfähig, auch nur einen klaren Gedanken zu fassen.

Als ich die Galerie betreten hatte, einen großen hippen Laden in Marylebone unweit des Hyde Parks, hatte es sich fast angefühlt, als stünde er direkt neben mir. Mir war sofort ein Bild ins Auge gefallen, bei dessen Anblick sich meine Nackenhärchen aufstellten. Es war eine hochschwangere Frau mit karottenroten Haaren zu sehen, die Hände auf dem runden Bauch abgelegt, das verträumt zur Seite blickende Gesicht halb vom Schatten eines Stegs verborgen. Im Hintergrund konnte man verschwommen einen dunkelhaarigen Mann erkennen, der aus einem glitzernden See auftauchte.

Langsam, Schritt für Schritt, habe ich mich dem Bild genähert, bis ich direkt davor zum Stehen gekommen bin. Wie von allein streckte ich meine Hände aus, um den Bauch der Frau zu berühren. Ich fühlte die glatte Leinwand, gespickt von einigen Rinnsalen und Farbnasen, während ich über den gewölbten Bauch der Frau strich, erst mit der einen, dann mit der anderen Hand. Erst durch das lautstarke Räuspern eines Sicherheitsmannes wurde ich daran erinnert, dass ich mich in einer Kunstgalerie befand. Schnell war ich einen Schritt zurückgetreten, bevor er mich hinauswerfen konnte.

Ich hatte am ganzen Körper gezittert, als ich ein Taxi heranwinkte, das mich zurück zum Flughafen brachte. Als ich an diesem Abend völlig erschöpft zu Hause ankam, habe ich Pius nicht erzählt, wo ich den Tag über gewesen war.

Ich wusste jetzt, dass ich damals gehofft hatte, ihn dort zu treffen. Ich war gleichzeitig niedergeschmettert und heilfroh gewesen, dass er sich nach unserer Ausstellung wieder aus der Öffentlichkeit zurückgezogen hatte und ich keine Möglichkeit sah, ihn zu erreichen.

»Du hintergehst Papa nicht, wenn du mitkommst, Mama. Er ist seit einem Jahr tot«, unterbrach Theo meine konfusen Gedanken.

Ein wenig ungeduldig streifte ich meine Gartenhandschuhe ab und pfefferte sie mit Schwung zu den Rankhilfen in die Schubkarre. Die übrigen Setzlinge würde ich einpflanzen, sobald sich die Wogen in meinem Inneren geglättet hatten und das Zittern meiner Hände nachließ. »Ich kann nicht mitkommen, Theo. Mal ganz abgesehen von allem anderen: Was sollte ich ihm schon sagen? Als wir uns das letzte Mal gesehen haben, habe ich ihn nicht gerade sehr anständig behandelt. Ich glaube also nicht, dass er besonders erpicht darauf ist, mich wiederzusehen.«

Anstatt mir eine Antwort zu geben, hob Theo seine Augenbrauen so hoch, dass sie fast unter seinem Haaransatz verschwanden. Ganz offensichtlich teilte er meine Ansicht nicht.

»Und wie sollte ich es Bine erklären? Und Paul? Sie würden mir nie verzeihen. Es gibt tausend Gründe, die dagegensprechen.« Nervös kaute ich auf meiner Unterlippe herum. Ich hatte das Gefühl, kaum noch klar denken zu können. Und warum meinte ich eigentlich, mich noch weiter rechtfertigen zu müssen?

»Paul und Bine würden es verstehen. Aber du hast einfach Angst.« Der Klang seiner Stimme, der so gar nicht zu der unaufgeregten Nüchternheit dieser Feststellung passte, ließ mich aufblicken. Und da erst sah ich es in seinen Augen: Auch Theo hatte Angst. Er wollte mich an seiner Seite haben, wenn er Alex zum ersten Mal seit über zwanzig Jahren gegenübertrat. Zum ersten Mal als potenzieller Sohn.

Er schien das Wechselbad meiner Gefühle zu erkennen, denn seine Augen blitzten, als er seine Trumpfkarte ausspielte: »Ich finde, du solltest dabei sein, wenn ich meinem Vater das erste Mal begegne. Das bist du mir schuldig, Mama.«

Der kleine Stich in meiner Brust blähte sich zu einem ausgewachsenen Schmerz auf. Doch bevor ich etwas erwidern konnte, fügte Theo hinzu: »Aaron und ich werden Samstagmorgen um sieben Uhr losfahren. Wenn du mitkommst, würden wir uns freuen.« Damit drehte er sich um und ließ mich allein zurück.

Langsam, mit rasendem Puls sank ich auf meine Lieblingsbank unter der großen Rotbuche und atmete ein paarmal tief ein und aus. Mit noch immer rasendem Puls rief ich mir den gestrigen Morgen ins Gedächtnis, als ich wie so oft in letzter Zeit in meinem alten Korbsessel im Wintergarten gesessen hatte und abwesend im Wirtschaftsteil der Zeitung blätterte, der mich noch nie sonderlich interessiert, für Pius aber zum täglichen Pflichtprogramm gehört hatte. Vollkommen unerwartet war plötzlich Alex' Gesicht vor mir aufgetaucht. Ich war überrascht, mich an den exakten Blauton seiner Augen erinnern zu können, an die Form der kleinen Narbe über seiner linken Augenbraue, an seine geneigte Kopfhaltung, wenn er malte oder konzentriert zuhörte. Noch überraschter war ich, mich dabei zu ertappen, wie ich mir mit jeder Faser meines Herzens wünschte, er wäre bei mir. Vor Schreck hatte ich mich an meinem kochend heißen Kaffee verschluckt und konnte erst nach Minuten wieder aufhören zu husten.

Das jähe Geräusch eines Rasenmähers schreckte die Spatzen in der Rotbuche über mir auf. Ich folgte den hektisch flatternden Vögeln mit den Augen, bis sie sich in einem benachbarten Apfelbaum niederließen. Blinzelnd lehnte ich mich zurück und ließ die blendende Frühlingssonne warm auf mein Gesicht scheinen.

Mit aller Kraft zwang ich mich, jeden Gedanken an Alex zurückzudrängen. Stattdessen dachte ich an die unglaubliche Freundschaft, die Liebe, das Gefühl von Heimat, das mich beinahe mein ganzes Leben lang mit Pius verbunden hat. Schon bei unserer ersten Begegnung hatte ich gewusst, wir würden einander glücklich machen – auch noch an dem zehntausendsten Freitagabend.

Ich las den Wirtschaftsteil, weil Pius Kaufmann war. Ich säte Kürbis und Karotten aus, weil er sich über selbst geerntetes Gemüse gefreut hat. Ich sah mir den Sonnenuntergang an, weil er die Farbspiele am Himmel so liebte. Ich stellte mich in den Regen und malte für ihn Blumensträuße auf beschlagene Scheiben, die an Kohlköpfe erinnerten. Ich ließ seine Lieblingsjacke an der Garderobe hängen.

Sein Tod war eine Zäsur. Er würde für immer den kilometertiefen Einschnitt markieren, der mein Leben in eine Zeit davor und eine danach aufteilte. Lag er wirklich schon ein Jahr zurück? Dieses ganze Auf und Ab der Gefühle seither, all die Tränen, die Trauer, die Panik. Die Einsamkeit, die Wut. Und die Schuld, die an manchen Tagen alles andere in den Schatten stellte.

Wieder tauchte Alex' Gesicht vor mir auf. Es traf mich unvorbereitet, aber ich konnte es nicht mal mehr vor mir selbst verleugnen: Auch wenn ich Pius mit jeder Faser meines Herzens liebte, war Alex der Gedanke, der mir seit beinahe fünfunddreißig Jahren keine Ruhe ließ.

Es kostete mich eine fast übermenschliche Willensanstrengung, als ich aufstand und meinen Autoschlüssel aus dem Haus holte.

Kapitel 27
Heute

Es ist Samstag, genau ein Jahr danach. Am Tag seines Todes und in den darauffolgenden Wochen hat es nicht aufgehört, in Strömen zu regnen. Heute strahlt die Sonne schon um sieben Uhr morgens von einem aquamarinblauen Himmel, als gälte es, das, was vor mir liegt, in ein besonders gutes Licht zu rücken.

Mein Puls rast, als ich, in einem dunkelgrünen knielangen Frühlingskleid und Alex' alter Lederjacke über dem Arm, die Treppe hinuntersteige, und auch Theo, der ungeduldig in der Diele auf und ab läuft, ist sichtlich nervös. Ich erkenne sofort, wie ein Teil der Anspannung von ihm abfällt, sobald er mich erspäht.

»Aaron ist schon im Auto und sucht händeringend nach einem Drei-Fragezeichen-Hörspiel. Beeil dich, Mama, die Fähre wartet nicht.« So aufgeregt habe ich Theo nicht mehr erlebt, seit er sich als Neunzehnjähriger dazu entschlossen hat, nach Australien auszuwandern, um bei seiner großen Liebe zu sein.

Auf der Fahrt nach Puttgarden hängen Theo und ich schweigend unseren Gedanken nach, während Aaron auf der Rücksitzbank hin und wieder ächzt oder lacht oder sonst irgendwie sein Hörspiel kommentiert. Die Landschaft rauscht unbemerkt an mir vorbei. Wir haben dank Theos halsbrecherischem Fahrstil schon fast die Fehmarnsundbrücke erreicht, als er völlig unvermittelt verkündet:

»Ich war gestern Abend auf dem Friedhof. Um Papa zu erklären, was ich vorhabe.«

Ich fahre zusammen. Ich bin so perplex, dass mir für ein paar Augenblicke die Worte fehlen. »Ich habe am Mittwoch das Gleiche getan«, murmele ich schließlich.

Theos Blick ist undurchdringlich, als er mich von der Seite mustert.

»Was hast du ihm denn gesagt, Oma?«, erkundigt sich Aaron, dessen Hörspiel angesichts dieser neuen Information scheinbar seinen Reiz verloren hat. Vielleicht ist es aber auch zu Ende.

»Ich habe ihm versichert, dass ich die Verbindung zu ihm niemals kappen, sondern für den Rest meines Lebens tief in meinem Herzen pflegen und beschützen werde. Und dass ich weiß, dass die Liebe bleibt, weil sie stärker ist als der Tod.« Dass er immer an meiner Seite bleiben wird wie ein stiller Begleiter und Beschützer, füge ich im Stillen hinzu, und ich ihn in mir trage wie einen Schatz, den ich niemals verlieren kann. Aber dass mir nun klar geworden ist, dass ich es schaffen werde, ohne ihn weiterzuleben. Denn der Rest meines Lebens darf nicht nur eine Pflicht sein, die ich verzweifelt über mich ergehen lasse, sondern ich will auch mit dem Herzen hierbleiben.

»Und was hat Opa geantwortet?« Aaron beugt sich jetzt so weit nach vorne, wie es sein Gurt zulässt, um nichts von meiner Antwort zu verpassen.

Fest umklammere ich den kleinen weißen Zettel, den letzten aus dem Marmeladenglas. Von nun an werde ich ohne Pius' Botschaften, seine tägliche Unterstützung, auskommen müssen. »Er hat gesagt: ›Der Tod hat nicht das letzte Wort. Lebe, Lilith! Gib dich nicht der Trauer hin.

Wir werden uns wiedersehen, wenn es so weit ist.«« Ich habe die Worte so oft gelesen, dass ich sie auswendig kenne. Für einen Moment halte ich inne, um die Tränen niederzukämpfen und mich zu sammeln, als ich daran denke, was er noch geschrieben hat. *Ich hatte nie Angst davor, der zu sein, der mehr liebt. Du hast noch einen langen Lebensweg vor dir. Versprich mir, dass du ihn nicht alleine gehst.*

Als ich das Blatt heute Nacht kurz nach Mitternacht ausrollte, hat mein Herz tatsächlich für mehrere Schläge ausgesetzt.

Meine Stimme klingt unnatürlich hoch, als ich fortfahre: »Er hat ein Zitat von Anatole France hinzugefügt, das besagt: ›Alle Veränderungen haben ihre Melancholie. Denn was wir hinter uns lassen, ist ein Teil unserer selbst. Wir müssen einem Leben Lebewohl sagen, bevor wir in ein anderes eintreten können.‹«

»Was soll denn das bedeuten?«, fragt Aaron. Erfreulicherweise komme ich um eine Antwort herum, denn eine Sekunde später ruft er mit kindlicher Begeisterung: »Guckt mal! Ist das unser Schiff? Das ist riesig!«

Auf der kurzen Überfahrt nach Rødby ist die See zum Glück so ruhig, dass Theos Magen nicht verrücktspielt. Meiner hingegen wird immer unruhiger, während ich gemeinsam mit Aaron Wienerbrød esse und die Möwen zähle. Dabei lasse ich die gestrigen Gespräche mit Paul und Bine in meinem Kopf Revue passieren, die sich beide, Bine mehr als Paul, von meiner Überlegung, Theo und Aaron nach Kopenhagen zu begleiten, weniger fassungslos gezeigt haben als befürchtet. Meine größte Sorge, dass sie bestürzt und betroffen reagieren und alles daransetzen würden, meine ohnehin schon ausgeprägten Zweifel weiter zu schüren, hatte sich damit in Luft aufgelöst.

Nur dass das nicht meine größte Sorge ist. Bei Weitem nicht.

Erst als wir gegen halb zehn wieder im Auto sitzen, um den letzten Streckenabschnitt zu bewältigen, und aus den Lautsprechern die schrille Titelmusik eines neuen Kinderhörspiels schallt, lehne ich mich in meinen Sitz zurück und versuche von Neuem, dieses seltsame Gefühl, das mich seit Theos Eröffnung vor drei Tagen fest im Griff hat, zu ergründen. Eigentlich ist es eher eine Zusammensetzung mehrerer Gefühle, deren Untergliederung mir bisher nicht gelingen will.

Nur die dominierende Emotion kann ich mit einem eindeutigen Etikett versehen: Angst. Ich habe rasende Angst davor, Alex nach all den Jahren wieder gegenüberzutreten und beichten zu müssen, dass ich ihm ein Kind verschwiegen habe. Ich fürchte mich vor meinen eigenen Gefühlen, wenn ich in seine Augen blicke. Ich habe Panik, er könnte sich einfach umdrehen und weggehen, ohne uns anzuhören. Er könnte Theo und Aaron ablehnen. Und ich zittere bei dem Gedanken daran, dass mein Sohn und mein Enkel aus diesem kilometertiefen emotionalen Loch ihr Lebtag nicht mehr hervorkommen würden.

Außerdem beunruhigt mich noch ein Gefühl, das ich am ehesten als Verwirrung darüber bezeichnen würde, dass ich kaum Schuld empfinde, zum ersten Mal seit meiner ersten Begegnung mit Alex in Nizza vor mehr als dreißig Jahren. Vielleicht ist dieses plötzliche Zerrinnen von Scham, Reue und Schuld auf Pius' Marmeladenglas-Botschaft zurückzuführen, vielleicht aber auch auf die Erkenntnis, dass die Liebe über den Tod hinaus lebendig bleibt und die Liebe, die Pius mir geschenkt hat, noch lange nicht aufgebraucht ist. Ich bin sicher, sie wird für den Rest meines Lebens ausreichen.

Doch neben der Angst, der Verwirrung und der fehlenden Schuld ist da noch etwas anderes, etwas, was ich nicht benennen kann, was mich aber unerklärlicherweise gleichzeitig beflügelt und aufwühlt. Etwas auf unbegreifliche Weise Vielversprechendes.

»Ich hoffe, er ist zu Hause«, murmelt Theo wie nebenbei, als wir in rasantem Tempo die Brücke über den Guldborgsund von Lolland nach Falster überqueren.

»Soll das heißen, dass du dich vorher nicht vergewissert hast, dass wir ihn heute nach stundenlanger Fahrt auch antreffen werden? Dass vielleicht alles umsonst ist?« Ungläubig reiße ich die Augen auf, während ich versuche zu entschlüsseln, warum ich bei dem Gedanken, vor verschlossener Tür zu stehen und Alex nicht gegenübertreten zu müssen, nicht vor Erleichterung anfange zu schweben, sondern mein Herz beginnt, unangenehm, beinahe schmerzhaft zu rasen. Und plötzlich weiß ich, wie ich dieses sonderbare Gefühl bezeichnen kann, für das ich zuvor keinen Namen gefunden habe: Sehnsucht und Vorfreude. Energie und Euphorie. Denn wie mir nun mit einem Schlag klar wird, auch Alex hat, selbst nach all den Jahren, noch immer einen bleibenden Platz in meinem Herzen, und die Vorstellung, ihn in weniger als zwei Stunden wiederzusehen, ist kaum auszuhalten. Ich habe ihn nie losgelassen.

Schwer atmend ringe ich um Fassung. Jetzt habe ich nur

noch mehr Angst. Ich nehme seine Jacke, die auf meinem Schoß liegt, und versenke meine Nase darin.

»Mach dir keine Sorgen, Mama, so viel ich in Erfahrung bringen konnte, lebt er noch immer sehr zurückgezogen auf dem Land und bereitet gerade eine neue Ausstellung vor. Er wird bestimmt zu Hause sein.«

»Wie hast du ihn gefunden?« Ich bin überrascht, dass ich diese Frage noch nicht eher gestellt habe.

»Über Aitana. Eine tolle Frau, sehr herzlich und hilfsbereit. Und sehr aktiv in den sozialen Netzwerken. Ich hatte recht mit meinem Verdacht, dass die beiden noch immer in Kontakt stehen.«

Herzlich und hilfsbereit? Aitana Jiménez?

»Aitana lebt mittlerweile mit ihrem Mann und ihren vier gemeinsamen Kindern als Reitlehrerin in Andalusien. Ich vermute, sie kann die ganze Sache von damals nun, da sie selbst ihre große Liebe gefunden und eine eigene Familie gegründet hat, etwas nüchterner betrachten«, ergänzt Theo, als hätte er meine Gedanken gelesen. »Sie klang ziemlich zerknirscht, dass sie sich dir gegenüber so herzlos aufgeführt hat. Sie sagte, dass es ein besonderes Band war, das dich und Alex verband.«

Meine Ohren beginnen zu klingeln. Wir haben mittlerweile die letzte große Brücke passiert und sind auf Seeland angekommen. Nur noch hundert Kilometer. Ich will Theo gleichzeitig drängen, noch mehr Gas zu geben und langsamer zu fahren.

»Hast du ihr gesagt, wer du bist und warum du Alex suchst?«, frage ich nach einigen Minuten, in denen ich nach Kräften versucht habe, den Aufruhr in meinem Inneren niederzukämpfen.

»Ich habe ihr erzählt, dass ich dein Sohn bin. Darüber, was sie daraus geschlussfolgert hat, kann ich nur spekulieren.«

»Sind wir bald da?«, ruft Aaron ein wenig ungeduldig von der Rücksitzbank.

»Noch eine knappe Stunde«, entgegnet Theo. »Leider darf man auf dänischen Straßen nur im Schneckentempo dahinrollen.« Was ihn nicht davon abhält, noch beherzter aufs Gaspedal zu treten.

Ich schalte ein neues Hörspiel ein. Es dauert eine Weile, bis mir die nächsten Worte über die Lippen kommen. »Und hat Aitana etwas darüber ... Ist Alex inzwischen –«

Theo legt seine Hand auf meinen Arm, als meine Stimme bricht. »Er hat nie geheiratet. Wie es scheint, hat er zeit seines Lebens seiner großen Liebe nachgetrauert.« Als ich keine Reaktion zeige, wirft er mir einen aufmerksamen Seitenblick zu, ohne dabei das Tempo zu drosseln. Das Klingeln in meinen Ohren wird immer lauter.

»Pius war immer mein größter Halt im Leben«, murmele ich wie zur Rechtfertigung, nachdem ich mich wieder gesammelt habe. »Und er fehlt mir wie die Luft zum Atmen.« Aber ich konnte Alex nie vergessen. Ich habe nie vergessen, wie wundervoll er war, wie talentiert, wie sensibel, humorvoll, attraktiv.

Ich denke an all die Gelegenheiten zurück, an denen ich aus heiterem Himmel an ihn dachte und wünschte, er wäre bei mir, um mit mir zu reden. An dem Tag auf dem Friedhof, als mein Vater mir eröffnete, dass er sich schuldig am Tod meiner Mutter fühlte, wollte ich nicht mit Pius sprechen, auch nicht mit Bine, die meine Mutter ebenfalls gekannt hat, sondern mit Alex. Ich gab mir Mühe, mich selbst davon zu überzeugen, dass es natürlich daran lag, dass seine Mutter ebenfalls früh gestorben war und er sich schuldig an ihrem Tod fühlte. Dass er mich verstehen würde. Aber es war so viel mehr als das.

»Ich hab Hunger«, tönt es von der Rücksitzbank.

»Im Rucksack sind Äpfel und Kekse, Aaron.«

»Ich muss mal.«

»Wir machen gleich eine Pause.«

»Wann sind wir endlich da?«

»Bald.«

»Und dann treffen wir Alex, der auch mein Opa ist, genau wie Opa Pius und Pop James?«

Während Theo einige Lastwagen überholt und den Wagen in letzter Sekunde auf die Abbiegerspur lenkt, hört mein Herz für einige Sekunden auf zu schlagen – entweder wegen Aarons Worten oder Theos halsbrecherischer Fahrweise.

Sobald wir die Autobahn verlassen haben und es nur noch eine Frage von Minuten ist, bis wir unser Ziel erreichen, nehme ich trotz meiner Unruhe paradoxerweise zum ersten Mal seit Beginn unserer Reise die Landschaft wahr. Die Sonne strahlt auf sattgrüne Wiesen, die sich mit gelben Kornfeldern abwechseln, und spiegelt sich in gleißenden Seen. Auf immer kleiner werdenden Straßen passieren wir saftige Weiden, auf denen Pferde und Kühe grasen, und winzige, verträumte Dörfchen, in denen sich bunte Holzhäuser aneinanderreihen wie Perlen auf einer Schnur. Und immer wieder können wir am Horizont einen Blick auf endlose Dünen erhaschen, die zum tiefblauen Meer hinabfallen.

Meine Hände zittern, und meine Kopfhaut fühlt sich beinahe taub an, als ich in einiger Entfernung das gesuchte

Ortsschild ausmache. Mein Gedankenkarussell dreht sich in Lichtgeschwindigkeit immer wieder um dieselben Fragen. Wie ist es ihm ergangen? Was wird er zu Theo sagen? Wird er erschüttert sein, plötzlich seinem erwachsenen Kind und seinem Enkelsohn gegenüberzustehen? Und wird er mir jemals verzeihen können, dass ich es ihm verschwiegen habe? Immer stärker trommelt mein Herz gegen meinen Brustkorb, bis ich Angst habe, es könnte zerspringen.

Viel zu schnell biegt Theo in eine lange unscheinbare Einfahrt ein, und wir fahren, vorbei an knorrigen Kiefern, bunt blühenden Büschen, ausgedehnten Rasenflächen und verschwenderischen Blumenbeeten, direkt auf ein hellblau angestrichenes, verwinkeltes riesiges Holzhaus mit vielen weißen Sprossenfenstern und einer weitläufigen Veranda zu. Alles sieht ein wenig verwildert aus, aber idyllisch und einladend und überwältigend schön. Hinter dem Haus erkenne ich das Meer, das kristallklar in der Sonne glitzert.

Im Gegensatz zu seinem extravaganten Wohnsitz in der Holsteinischen Schweiz, der gesichert war wie Fort Knox, gibt es hier weder eine Mauer noch Überwachungskameras. Nicht einmal einen Bewegungsmelder kann ich entdecken. Offensichtlich fühlt er sich hier vollkommen sicher und unerkannt. Oder er hat seine unbezahlbaren Gemälde an einem anderen Ort untergebracht.

Auf dem kopfsteingepflasterten Hof, unmittelbar neben einem ebenfalls hellblau angestrichenen Schuppen, hält Theo den Wagen an und schaltet den Motor aus. Die plötzliche Stille ist ohrenbetäubend. Selbst Aaron verhält sich ungewöhnlich ruhig.

»Ich bin bei dir«, raune ich meinem Sohn zu, als wir

schließlich genug Anlauf genommen haben, um auszusteigen, doch was als ermunternder Zuspruch gedacht war, klingt wie ein verzagter Hilferuf.

Wird er mich überhaupt erkennen mit all den Spuren, die das Leben in meinem Gesicht hinterlassen hat? Oder kann er meine Falten als Zeugen dafür betrachten, dass ich in all den Jahren viel gelacht habe?

Langsam, Seite an Seite, schlendern wir über den Hof und klettern die hölzernen Stufen zur dunkelblauen Haustür hinauf. »Favre« steht in verschnörkelten Buchstaben auf dem etwas verwitterten Briefkasten. Theo atmet mehrere Male tief ein, bevor er auf den Klingelknopf drückt. Ich ringe nach Luft wie eine Ertrinkende, während wir warten, doch keiner öffnet die Tür. Ich klingele erneut, aber noch immer bleibt die massive Holztür verschlossen, und kein Laut dringt nach draußen.

»Ist Opa Alex nicht da?« Aarons Worte jagen mir einen eisigen Schauer über den Rücken.

»Vielleicht kauft er gerade ein. Oder er hält einen Mittagsschlaf«, spekuliert Theo, doch hinter seinem scheinbar munteren Tonfall registriere ich eine würgende Unruhe. »Am besten, wir warten hier einen Augenblick auf ihn.«

»Dann könnten wir doch so lange am Strand eine Burg bauen«, schlägt Aaron vor. »Ich will nicht noch länger herumsitzen. Papa, darf ich meine Schaufel aus dem Auto holen?«

Während Theo und Aaron zurück zum Wagen laufen, schlendere ich auf einem schmalen, ebenfalls kopfsteingepflasterten Weg langsam um das Haus herum, das überall neue Winkel, Veranden und Anbauten zu haben scheint. Durch bodentiefe Fenster scheint die gleißende Mittagssonne hell in die Räume. Ich muss mich zwingen, nicht stehen zu bleiben und meine Nase gegen die Scheiben zu pressen, um ins Innere spähen zu können.

Als ich die Rückseite des Hauses erreicht habe, stockt mir der Atem: Hinter einer weitläufigen Wiese, die über und über mit farbenfrohen Blumen bewachsen ist, erstreckt sich eine weiße hügelige Dünenlandschaft, die sanft zur dunkelblauen glitzernden Ostsee hinabfällt. Nachbarn scheint es nicht zu geben.

Ich bleibe wie angewurzelt stehen. Ich kann gar nicht genug bekommen von dieser Aussicht. Erst als ich im hinteren Teil des Gartens im Schatten einer Kiefer einen Mann ausmache, der auf einer Gartenbank sitzt und sich über etwas beugt, das aus der Entfernung nach einem Zeichenblock aussieht, setze ich mich behutsam wieder in Bewegung. Schweißperlen treten mir auf die Stirn, und mein Herz hämmert mindestens zweihundertmal in der Minute, doch ich werde wie ein Magnet in seine Richtung gezogen.

Langsam, wie in Trance, gehe ich auf ihn zu. Seine dunkelbraunen Haare sind von silbernen Fäden durchzogen, doch noch immer rettungslos zerzaust, und er ist kräftiger geworden, aber unter seinem dunkelblauen T-Shirt erkenne ich, dass er immer noch schlank und muskulös ist.

Ich stehe jetzt so dicht hinter ihm, dass ich einen ungehinderten Blick auf seinen Block werfen kann. Die Venen an seinen Armen treten deutlich hervor, während der Bleistift förmlich über die Seite fliegt.

Er hat nie damit hinterm Berg gehalten, dass er mit seinen Zeichnungen und Gemälden seine eigene Gefühlswelt ausdrückt und seine Emotionen verarbeitet.

Und was ich auf dem Bild sehe, könnte gefühlvoller nicht sein.

Es ist eine zerbrechlich wirkende ältere Frau zu erkennen, mit Sommersprossen, einer leicht schiefen Nase und geschwungenen Lippen, die in strahlendem Licht durch ein Labyrinth irrt, ohne den Ausgang zu finden. Das Bild strahlt eine kompromisslose Intimität aus, denn allein durch ihre Mimik gibt die Frau alles über ihren Kern preis. Die Augen sind wie Spiegel, durch die man direkt in ihre Seele blicken kann.

Und obwohl es eine Bleistiftzeichnung ist, kann ich die tizianroten, von silbriggrauen Strähnen durchsetzten Haare und die glänzenden grünen Augen, die den Maler nicht direkt anblicken, sondern an ihm vorbei in eine unbestimmte Ferne schauen, geradezu vor mir sehen.

Ich wage es nicht, mich zu rühren. Fest presse ich die Lederjacke an mich, die ich über den Arm gehängt habe.

Sein Auge fürs Detail ist noch immer ungetrübt. Er scheint alles um sich herum auszublenden und alle Sinne zu benutzen, während er in souveränen geübten Strichkaskaden kreativ mit Licht und Schatten spielt. Kein Wunder, dass die Kunstszene noch immer nicht genug von ihm bekommt und die Warteliste für seine Werke immer länger und länger wird.

Er ist so versunken in seine Arbeit, scheint buchstäblich über dem Blatt zu träumen, dass er mich noch nicht bemerkt hat. Und auch ich versinke in dieser Zeichnung, denn plötzlich verstehe ich es: Meine Liebe ist sein Überlebensproviant. Er bewahrt die Erinnerungen und nutzt sie als Halt gebende Krücken auf seinem Weg.

Genau wie ich.

Pius' Leben hatte einen Sinn. Und ich werde nach einem neuen für mein Leben suchen. Ich bin achtundfünfzig. Ich habe noch Zeit, bevor wir uns wiedersehen.

Ein unerwartetes Geräusch lässt mich zusammenfahren, und auch Alex dreht sich abrupt um. Und erstarrt, als sein Blick auf mich fällt.

Auf diese Welle von Gefühlen, die mich unter sich begräbt, war ich nicht vorbereitet. Es fühlt sich an wie bei unserer ersten schicksalhaften Begegnung, damals in Nizza, als mich Amors Pfeil direkt ins Herz traf. Ich kann förmlich spüren, wie mein Adrenalin in die Höhe prescht. Ein einziger Blick genügt, und schon fängt mein Herz an, immer schneller und schneller zu schlagen, alles in meinem Magen beginnt sich zu drehen, die Knie werden weich wie Pudding und der Kopf schwindelig.

Diese Augen. Als wäre es gestern gewesen. Ich schaffe es nicht, meinen Blick abzuwenden. Alles an ihm – die prominenten, viel zu blauen Augen, die dichten, geschwungenen Augenbrauen mit der kleinen l-förmigen Narbe, die markanten Wangenknochen, die langen schwarzen Wimpern, die vollen Lippen – ist mir sofort wieder vertraut.

Hinter uns sind auch Theo und Aaron, bis eben in ein munteres Gespräch vertieft, schlagartig stehen geblieben und verstummt. Alex' Augen wandern von mir zu Theo und bleiben schließlich an Aaron haften. In der abrupten Totenstille kann ich geradewegs dabei zusehen, wie alle Farbe aus seinem Gesicht entweicht, während er die allzu offensichtlichen Zusammenhänge herstellt. Die Emotionen, die sich in seinen hellblauen Augen widerspiegeln, die Erkenntnis, der entsetzliche Schmerz, die Bitterkeit und der Ärger treffen mich bis ins Mark.

Er wendet seinen Blick wieder mir zu. Und seine Augen drücken nicht länger Schmerz und Trauer aus. Ich halte die Luft an, während er mit sich kämpft, während er ganz offenbar nach Kräften versucht, eine Lösung für den Konflikt zu finden, der tief in seinem Inneren tobt. Es ist noch immer totenstill, selbst die Wellen scheinen sich nicht mehr auf dem Strand zu brechen, und die Möwen haben aufgehört zu kreischen. Wahrscheinlich waren es nur Sekunden, doch mir kommt es vor, als wären Stunden vergangen, bis sich seine Gesichtsmuskulatur entspannt und sich der Ausdruck in seinen Augen schließlich wandelt. Ich konzentriere mich auf nichts anderes als die ungewöhnliche Farbe seiner Augen, um nicht in Tränen auszubrechen, als ich in ihnen so etwas wie Erleichterung, Glück und Hingabe erkenne.

Noch immer sagt niemand ein Wort. Wir müssen nichts sagen. Die Art, wie er jetzt den Kopf neigt, während er mich anstarrt. Wie sich seine Pupillen weiten. Wie sich in seiner linken Wange ein Grübchen bildet, als er anfängt zu lächeln. In der rechten nicht. All das sagt mehr als tausend Worte.

Die Einsamkeit ist nicht vergangen, auch nach zwölf Monaten nicht. Aber sie würde vergehen, so viel wusste ich jetzt.

Alex ergreift mein Handgelenk und hält es so fest, dass es beinahe wehtut. Als wolle er mich nie wieder loslassen. Mir kommt dieses Phänomen in den Sinn, das mein Vater mir vor vielen Jahren erklärt hat: In der Quantenphysik bleiben zwei winzige zusammengehörige Elementarteilchen, auch wenn sie getrennt werden, trotzdem für alle Zeit und über weite Entfernungen eng und unmittelbar miteinander verbunden.

Und ich weiß jetzt, dass es wieder schön wird. Es wird eben einfach nur anders. Denn erst Sonne und Regen gemeinsam können einen Regenbogen bilden.

LESEPROBE

1

Eigentlich habe ich mich abenteuerlustiger in Erinnerung. Und furchtloser. Aber hier, im Angesicht meines neuen alten Lebens, ist es mit sämtlicher Abenteuerlust und Furchtlosigkeit vorbei. Und das liegt nicht zuletzt an den entsetzlichen Ausdünstungen des Schweinestalls, der sich auf der anderen Seite des Ortsschildes hinter einer Reihe alter Eichen versteckt und die Luft von hier bis zum Deich verpestet. Der Duft nach Blumen, Honig und Wildkräutern wäre mir für meine Rückkehr aufs Land willkommener gewesen. Aber ich will ja nicht wählerisch sein.

Ich sollte nicht neues Leben sagen, das macht nur depressiv. Besser klingt Lebensabschnitt – und ein ziemlich kurzer Abschnitt dazu. Nicht mehr als drei Monate, hat mein Vater gesagt. Neunzig Tage. Dann ist die Episode in diesem gottverlassenen Nest vorüber und ich werde mein Leben aufgeräumt haben. Ich werde schneller als das Licht wieder in Hamburg sein, zurück in der Zivilisation, mir einen neuen Job ohne teuflische Chefin suchen und eine aparte kleine Altbauwohnung im Schanzenviertel mieten. Meinetwegen auch mit stillem Örtchen auf halber Treppe.

Eigentlich müsste es in Strömen regnen, das würde besser zu meiner Gemütslage passen. Stattdessen strahlt die Sonne von einem ultramarinblauen Himmel auf die umliegenden grünen Wiesen und gelben Felder, auf denen runde Strohballen gestapelt sind. Ein ziemlich hübscher Anblick, muss ich zugeben. Schnell schiebe ich den Gedanken beiseite. Auf einer Weide stehen ein paar halbwüchsige hellbraune Pferde, die abwechselnd grasen und neugierig zu meinem quietschroten VW Käfer hinüberblicken. Sie fragen sich wohl, warum ich hier nun schon seit einer geschlagenen Viertelstunde am Fahrbahnrand im Auto sitze und mich weder dazu durchringen kann auszusteigen noch weiterzufahren. Das Ortsschild zu passieren.

Natürlich weiß ich, was mich in Süderbüll erwartet. Ich habe lange genug hier gewohnt, wenn auch in einem anderen Leben. Und natürlich weiß ich genauso, was mich davon abhält, den »Neubeginn«, wie meine Freundin Helena mir voller Enthusiasmus mein Leben auf dem Land zu verkaufen versucht, in Angriff zu nehmen. Lieber atme ich noch einmal tief durch, auch wenn dabei übler Güllegeruch meine Nasenflügel attackiert, und lasse meine Augen ziellos umherwandern.

Zwischen den Ponys entdecke ich plötzlich eine irgendwie hippiemäßig aussehende, feiste junge Frau in bunter Blumentunika und mit seitlich geflochtenem, dunklem Zopf, der unter einem übergroßen Strohhut hervorguckt. Die Frau bückt sich hinter einem der Tiere und verschwindet aus meinem Sichtfeld, doch bevor ich meinen Blick abwenden kann, kommt noch eine zweite Frau mit blonder Kurzhaarfrisur zum Vorschein, die mir trotz der Distanz vage bekannt vorkommt. Gerade, als die Blonde sich völlig unvermittelt ihr blaues Spaghettiträgerkleid über den Kopf zieht und den Blick auf ihren schlanken, vollkommen unterwäschefreien Körper freigibt, taucht auch die Brünette wieder auf – ebenfalls splitterfasernackt. Ich muss schlucken. Doch bevor ich weiter darüber nachgrübeln kann, ob ich nun ein zweites Mal innerhalb weniger Tage ungewollt Zeugin frivoler Handlungen werde, stellen sich die beiden in einigem Abstand einander gegenüber und strecken ihre Arme seitlich nach oben, bis sich die Handflächen über ihren Köpfen berühren. Nach wenigen Sekunden bücken sich die zwei Frauen so weit nach vorne, dass ihre Hände auf dem Boden aufliegen. Jetzt bleibt mir wirklich nichts mehr verborgen.

Das ist doch der Sonnengruß. Die machen Yoga zwischen Pferdeäpfeln und Kleeblumen. Nackt, ungeniert und nahtlos braun gebrannt.

Wie gebannt starre ich zur Wiese hinüber. Früher ging es hier noch nicht so freizügig zu. Zumindest ein paar Dinge scheinen sich geändert zu haben, seit ich Süderbüll vor zwölf Jahren den Rücken gekehrt habe. Andere Dinge sind vermutlich beharrlich gleich geblieben, eine unverrückbare Konstante. Das flimmernde Sonnenlicht ist schlagartig so grell, dass ich die Augen schließen muss. Und sofort sind sie wieder da, diese Bilder. Ein Knäuel nackter, sich windender Gliedmaße und der überraschte, ja beinahe vorwurfsvolle Gesichtsausdruck meines Langzeitfreundes Tom. Nunmehr mein Ex-Freund.

Kaum zu glauben, dass meine Welt noch vor sechzehn Tagen vollkommen heil schien. Ich hatte einen unbefristeten Job, eine gemütliche Wohnung in der vielleicht schönsten Stadt der Welt und einen fabelhaften Freund, von dem ich annahm, dass es ihm ernst war, wenn er sagte, er liebte mich. Noch immer erscheint es mir undenkbar, dass ein Haufen Hundekacke diese Welt aus heiterem Himmel zum Einsturz brachte.

Es war wieder einer dieser Tage. Ich hatte den Wecker überhört, wie neuerdings so häufig, so dass mir keine Zeit blieb, meine Haare zu waschen und ein sauberes Outfit zusammenzusuchen, geschweige denn zu bügeln. Schließlich wollte ich pünktlich in der Agentur auf der Matte stehen, um meiner bärbeißigen Chefin Imme (genannt *die Schlimme* oder auch schlicht *das Stück*) keinen weiteren Anlass zu bieten, mich vor versammelter Mannschaft abzukanzeln. Außerdem wollte ich Toms wohlverdienten Schlaf nicht dadurch stören, dass ich polternd in unserem Kleiderschrank herumwühlte, denn er hatte so starke Kopfschmerzen, dass er sich für den Tag krankmelden musste. Zum zweiten Mal in diesem Monat. Schon allein deswegen hätte ich misstrauisch werden müssen.

Als ich mit fettigem Haaransatz, nahezu ungeschminkt und im zerknitterten zitronengelben Noa-Noa-Blusenkleid des Vortags bei Starbucks in der Kümmellstraße für meinen allmorgendlichen Caffè Americano anstand, schnappte mein Vordermann mir den letzten Triple Chocolate Muffin vor der Nase weg. Und zur Krönung trat ich direkt am Eingang zur U-Bahn-Station Eppendorfer Baum in einen gewaltigen Hundehaufen. Mit meinen nagelneuen Velours-Sandaletten von Michael Kors, die Tom mir erst kürzlich zu unserem zweiten Jahrestag geschenkt hatte. Zwar waren sie eine Nummer zu groß und genau genommen habe ich nicht gerade ein Faible für Hacken, aber trotzdem war es eine Riesensauerei.

Im trockenen Gras vor der Haltestelle versuchte ich angewidert, den gröbsten Dreck abzuwischen, während ich leise über nachlässige Hundehalter fluchte. Natürlich fuhr mir die U-Bahn direkt vor der Nase davon – zu spät im Büro wäre ich also trotzdem.

Der Tag konnte wohl kaum mehr schlimmer werden. Dachte ich.

Nach einer quälenden U-Bahn-Fahrt, bei der die anderen Fahrgäste über den offensichtlichen Fäkalienmief die Nase gerümpft und sich demonstrativ umgesetzt hatten, erreichte ich die Agentur in der Hafencity. Ich war gerade auf dem Weg zu den Waschräumen, um – Velours hin oder her – meinen linken Schuh unter den Wasserhahn zu halten, als sich mir die schöne Ella aus der Grafikabteilung in den Weg stellte. Mit einem verschwörerischen Grinsen raunte sie mir zu: »Fee, unsere spezielle Freundin ist bei den Radiofuzzis in Kiel. Und das Beste: Sie bleibt den ganzen Tag. Einer langen Mittagspause bei *Luigi* steht also nichts im Weg.«

»Das klingt hervorragend.« Die ganze Misere um meinen Lieblingsmuffin und die Hundekacke war schlagartig vergessen. Jeder Tag, an dem ich das Stück nicht sehen musste, war ein guter Tag.

Doch bevor sich zu viel Euphorie breitmachen konnte, fügte Ella unbarmherzig hinzu: »Himmel, was stinkt denn hier so bestialisch? Das ist ja scheußlich.« Geziert hielt sie sich eine ihrer perfekt manikürten Hände vor Mund und Nase und musterte mit hochgezogenen Augenbrauen meinen schlampigen Aufzug, den sie erst jetzt wahrzunehmen schien.

Natürlich bekam ich einen roten Kopf. Zu meinem unaufhörlichen Leidwesen verfärben sich, solange ich denken kann, am laufenden Band meine Wangen, sobald ich in Verlegenheit gerate – nicht niedlich und entzückend, wie bei der grazilen Heldin einer romantischen Komödie, sondern tief karmesinrot, fast schon purpurfarben, so als hätte ich hohes Fieber.

»Ich fürchte, das sind meine Schuhe. Aber wenn die Schlimme heute einen Auswärtstermin hat, kann ich ja noch mal kurz nach Hause fahren und sie wechseln. Und nebenher nach Tom schauen und ihm etwas aus der Apotheke mitbringen.« Und vielleicht sogar ein wenig Lipgloss auftragen.

»Dein schöner Musterschüler feiert krank? Es geschehen noch Zeichen und Wunder!«

Ich musste schlucken. Natürlich war mir klar, dass Tom von einigen meiner Kolleginnen als karriegeiler Super-Banker wahrgenommen wurde. Schließlich war es ein-, zweimal vorgekommen, dass er mit der Begründung, sich noch um irgendwelche Losgrößen- oder Risikotransformationen kümmern zu müssen, eine abendliche Verabredung sausen ließ, nachdem ich mich schon in der Damentoilette umgezogen und sorgfältig mein Make-up aufgefrischt hatte. Dennoch bereiteten mir Ellas ironischer Tonfall und das spöttische Lächeln Unbehagen.

Als ich vierzig Minuten später mit einer Schachtel Dolormin und einer Tafel von Toms Lieblingsschokolade in der Hand unsere Wohnungstür aufschloss, spürte ich gleich, dass etwas nicht stimmte. Ich hörte ein lautes Poltern aus dem Schlafzimmer, ganz so, als wäre jemand aus dem Bett gefallen, gefolgt von einem noch lauteren Lachen. Einem Frauenlachen.

Wie ferngesteuert ging ich den Flur entlang bis zum Schlafzimmer. Die Tür stand offen. Auf dem Flokati vor dem Bett – *meinem* dunkelgrauen Designer-Polsterbett, das ich erst vor wenigen Monaten, direkt nach meinem Einzug, eigens für *unsere* Zweisamkeit ausgesucht hatte – entdeckte ich zwei nackte Leiber, ein ineinanderverschlungenes Gewirr von Armen, Beinen, Brüsten, Kissen und verwuschelten Haaren. Ich muss einen erstickten Laut von mir gegeben haben, denn gleich darauf tauchten zwei Köpfe aus dem Knäuel auf – und unweigerlich trat ich einen Schritt zurück. Mein ganzer Körper fühlte sich taub an, mein Gehirn weigerte sich, die Bilder zu verarbeiten, die sich direkt vor meinen Augen abspielten.

Tom und Imme.

Wie vor den Kopf gestoßen starrte Tom mich an. Erstaunt, fassungslos, bestürzt, schließlich beinahe anklagend. Dann wurde sein Blick plötzlich leer. So, wie er manchmal guckte, wenn ich ihn bat, das Altpapier zum Container zu bringen oder mich auf meinen längst überfälligen Besuch bei meinem

Vater zu begleiten. Als würde er sich aus der Wirklichkeit zurückziehen, sobald es unangenehm wurde.

Ich hatte das schreckliche Gefühl zu fallen, und mein Herz pochte so heftig, dass ich fürchtete, es würde herausbrechen. Ein eisiger Schauer jagte durch meinen Körper, sogar in meinen Haarspitzen spürte ich ein Frösteln. Ich sollte nicht hier sein.

»Felicitas! Was machst du hier?« Endlich schien Tom seine Worte wiedergefunden zu haben. Auch wenn es nicht gerade erquickliche Worte waren. Felicitas nannte er mich nur, wenn ich ihm furchtbar auf die Nerven fiel. Zum Beispiel, als ich mir seinen heiligen Alfa Romeo ausgeliehen hatte, nachdem mein Käfer mal wieder nicht angesprungen war, um ihn dann gegen einen Poller vor der Reinigung zu setzen (der wirklich nicht zu sehen gewesen war). Normalerweise hieß ich für ihn Hase oder zumindest Fee.

»Dasselbe frage ich dich.«

Rückblickend lege ich mir immer wieder tausend Dinge zurecht, die ich unbedingt hätte loswerden müssen, bevor es zu spät war, bevor ich auch das letzte Fünkchen Selbstachtung verlor. Aber auch mir fiel in dem Moment nichts Besseres ein.

Am liebsten hätte ich ihn gerüttelt, ihm mit den Fäusten auf die Brust getrommelt, aber ich konnte mich nicht von der Stelle rühren. Wie erstarrt versuchte ich, in seinen Augen, in seiner Mimik Hinweise darauf zu finden, dass ich alles irgendwie falsch verstanden hatte, dass alles wieder in Ordnung kommen könnte. Aber natürlich war da nichts. Es gab nicht das Geringste falsch zu verstehen und gar nichts würde jemals wieder in Ordnung kommen.

»Fee, es tut mir leid. Es ist einfach so passiert«, flüsterte er schließlich so leise, dass ich ihn kaum verstand.

Ich fiel immer weiter, immer tiefer. Es war wie in einem

dieser schlechten Filme: Ich ertappte meinen Freund in flagranti mit einer anderen Frau – und nicht irgendeiner anderen Frau – und er sagte *Es ist einfach so passiert.* Was für ein Klischee! (Aber wenigstens machte er halt vor *Es ist ganz anders, als es aussieht.*) Und er schien nicht gewillt, in irgendeiner Form Stellung zu beziehen, sondern begann stattdessen, stoßweise zu atmen und zu zittern, ein kleines, kaum vernehmbares, monotones Schluchzen. Ersatzweise schickte sich das Stück an, *mein* grünes Eulenkissen vor die Brüste gedrückt, zu einer Erklärung anzusetzen, aber auch ihr fehlten, möglicherweise zum ersten Mal überhaupt, die Worte.

Sie würden ohnehin lügen, dass sich die Balken biegen. Oder, noch schlimmer, sie könnten die Wahrheit sagen.

Da setzte endlich mein natürlicher Fluchtinstinkt ein.

Zu meiner Schande muss ich gestehen, dass mir gar nicht in den Sinn kam, Teller und Tassen zu werfen oder jemandem die Augen auszukratzen. Dazu fehlte mir jegliche Energie. (Und um ehrlich zu sein, ein solches Diva-Gehabe liegt sowieso nicht in meiner Natur.) Stattdessen hörte ich mich selbst mit bebender Stimme sagen: »Das ist so niederträchtig. Ihr seid niederträchtig. Das war's! Zwischen uns ist es vorbei, Tom! Und ich kündige fristlos! In dieses verdammte Apartment und auch in die Agentur setze ich keinen Fuß mehr.« Ich fürchte, dann fügte ich auch noch hinzu: »Hoffentlich fallen euch alle Haare aus. Und die Zähne.«

Die Worte hingen in der Luft zwischen uns und gingen nicht mehr weg. Dann endlich drehte ich mich um, mit hochrotem, glühendem Kopf, und verließ ohne ein weiteres Wort die Wohnung, in die ich erst zwei Monate zuvor eingezogen war, um mir mit Tom ein gemeinsames Leben aufzubauen. Wie zum Hohn fiel die Tür mit einem besonders leisen Klicken hinter mir ins Schloss.

Ich war erst einunddreißig und mein Leben war vorbei – und das schon zum zweiten Mal.

Ein unsanftes Klopfen an meine Autoscheibe holt mich abrupt ins Hier und Jetzt zurück. Ich sehe einen ziemlich muskulösen Arm, an dem ein groß gewachsener Körper in einem kurzärmeligen karierten Flanellhemd und, soweit ich das erkennen kann, Cordhosen und Gummistiefeln hängt. Ein wenig widerwillig kurbele ich die Scheibe herunter.

»Moin! Fee, richtig? Herzlich willkommen zurück, ich freue mich, dich zu sehen«, sagt ein großer, freundlich aussehender Mann in seinen Zwanzigern mit tiefer Stimme.

»Ähm, danke. Und ich, äh, freue mich, nun ja, wieder da zu sein. Wenn auch nur für ein paar Monate«, füge ich hastig hinzu. Wer ist dieser blonde Typ? Und woher kennen wir uns? Sollte es sich in den kommenden Wochen immer so verhalten, dass die Leute mich erkennen und ich keine Ahnung habe?

Er scheint mein Dilemma bemerkt zu haben und sagt hilfsbereit: »Leo Büttelmeyer, der kleine Bruder von Ole. Als wir uns zuletzt gesehen haben, war ich zwölf, klein und schmächtig. Aber ich habe dich sofort erkannt.«

»Leo, wie schön! Natürlich erinnere ich mich«, sage ich und hoffe, ich klinge nicht allzu lustlos. Schließlich will ich niemanden vor den Kopf stoßen.

»Ole wird ganz aus dem Häuschen sein, wenn er hört, dass du zurück bist.«

Zumindest einer aus der alten Truppe hat also nicht das Weite gesucht, sobald sich die erste Gelegenheit bot. Doch nun, da Ole schon mal in meinen Gedanken aufgetaucht ist, wird mir bewusst, dass ich mich ebenfalls freuen würde, ihn wiederzusehen. Denn er hatte mit der Sache damals nichts zu tun.

»Du bist genau zur rechten Zeit gekommen, um diese Jahreszeit ist die Landschaft hier besonders schön. Aber das weißt du ja sicher noch«, fährt Leo unbeirrt fort.

»Da hast du vermutlich recht.« Auf dem Weg hierher ist die Landschaft unbemerkt an mir vorbeigeschwommen, viel zu sehr war ich damit beschäftigt, in Selbstmitleid zu baden. Und natürlich habe ich auch allen Grund dazu: Vom Freund sitzen gelassen, arbeitslos, ohne Wohnung, Geld oder Perspektive, das muss mir erst mal einer nachmachen. Was wissen die Dorfbewohner wohl über mein beispielloses Scheitern in der Stadt? Dass es hier nur wenig Privatsphäre gibt, ist kaum ein Geheimnis.

»Dann will ich dich mal nicht länger aufhalten. Den Weg kennst du ja sicher noch. Und noch mal, schön, dass du wieder da bist.«

Ich bedenke Leo mit einem freundlichen Lächeln, bevor er sich umdreht und im gegenüberliegenden Schweinestall verschwindet.

Noch länger tatenlos vor dem Ortsschild herumzulungern hinterließe zweifellos einen fragwürdigen Eindruck, also starte ich nun, da ich weiß, dass ich unter Beobachtung stehe, den Motor. Als mein Blick ein letztes Mal zur Pferdewiese wandert, sehe ich, dass die beiden offenherzigen Yoginis mittlerweile Gesellschaft von zwei kleinen Kindern in wild gemusterten Pumphosen bekommen haben, die ausgelassen um die Frauen und die Ponys herumtanzen. Die seltsame kleine Gruppe scheint mehr einer Esoterik-Reklametafel entsprungen als dem nordfriesischen Flachland.

Ich kann nicht anders, ich muss trotz allem lachen. Vielleicht wird meine Stippvisite in Süderbüll doch interessanter als erwartet – solange es mir nur gelingt, die Vergangenheit und *das große Debakel* ruhen zu lassen. Ich setze den Blinker und kehre auf die holprige Fahrbahn zurück, die hoffentlich kein Sinnbild für die kommenden Monate ist.

2

Tom und das Stück. Das hätte Aristoteles dann wohl als ausgleichende Gerechtigkeit bezeichnet. Ich habe mich seit vielen Jahren darauf gefasst gemacht, dass mir eines Tages etwas Derartiges passiert, so dass ich mich schon halbwegs darauf eingestellt hatte – schließlich musste die Rechnung irgendwann mal kommen. Nun war ich selbst der bemitleidenswerte, verschlafene Einfaltspinsel. Und trotzdem kam das Ende viel zu plötzlich und überraschend.

Im Nachhinein frage ich mich, warum ich die Zeichen nicht gesehen habe, die eigentlich nicht übersehen werden konnten. Verhielt sich Tom nicht zuletzt auffallend diskret, wann immer ich den Raum betrat, klappte seinen Laptop zu und nahm zu mehr als einer Gelegenheit sein Handy mit aufs Klo? Falls er überhaupt mal zu Hause war, denn er hatte neuerdings noch mehr Überstunden als sonst geschoben und war plötzlich auf diversen Geschäftsreisen unabkömmlich, verbrachte er Stunden im Bad und nebelte sich ausgiebig mit Aftershave ein. Ich entdeckte sogar eine neue Bodylotion, die er diskret im Waschbeckenunterschrank aufbewahrte. Und eine neue Krawatte mit geschmacklosem Bananenmuster hing in unserem Kleiderschrank. Bananen! Aber ich hielt meine Augen fest verschlossen.

Und hatte Imme die Schlimme – schon immer desinteressiert in guten Zeiten, geradezu sadistisch in schlechten – sich nicht in letzter Zeit besonders auf mich eingeschossen? Nun, da ich darüber nachdachte, wurde mir bewusst, dass sie ungefähr zu dem Zeitpunkt beinahe unerträglich geworden ist, als ich mit Tom zusammengezogen bin. Es ist mir immer schwerer gefallen, auf Durchzug zu schalten, denn die Schmähvorträge, die sie vom Stapel ließ – etwa bei einer zehnminütigen Verspätung am Morgen oder einem nicht gleich von den ersten Entwürfen überzeugten Kunden, selbst wenn er nachweislich besonders schwierig und verhasst war –, wurden immer haarsträubender. Ich hatte es so gedeutet, dass sie eine unzufriedene, frigide Jungfer war, die so durch und durch einsam war, dass sie das Liebesglück anderer nicht aushalten konnte. Fast hatte sie mir schon leidgetan. Von wegen einsam und frigide!

Wann, wo, wie und vor allem warum hatte das Ganze mit den beiden angefangen? Hatten sie sich schon auf der Weihnachtsfeier verstohlene Blicke zugeworfen? Oder sogar bereits bei dieser Segway-Schnitzeljagd zum zehnjährigen Firmenjubiläum im letzten Sommer? Was fand Tom nur an dieser sauertöpfischen Frau? Oder zeigte sie sich ihm von einer ganz anderen Seite? Lieber Gott, war es etwa etwas Ernstes? Stundenlang irrte ich ziellos und wie benommen, mit einem pochenden Schmerz im Hinterkopf durch die Straßen, rempelte Fußgänger an, die mich beunruhigt musterten, und wurde um ein Haar von einem wild hupenden Auto gerammt. Es war schon später Nachmittag, als ich mich schließlich vor einer vertrauten dunkelgrünen Haustür wiederfand – nur drei Querstraßen von Toms und meiner Wohnung entfernt. Auf dem Klingelschild standen zwei säuberlich gedruckte Namen: *Färber* und *Sturm*. Ein handgeschriebener Zettel mit der Aufschrift *Schaller* war mit transparentem Packband an die darüberliegende Wand geklebt worden.

Auf mein Sturmklingeln öffnete eine hochgewachsene, gertenschlanke Rothaarige in Leggings und Tanktop. Allein ihr Anblick war Balsam für meine verwirrte Seele.

»Mein Name steht ja noch immer auf dem Schild«, sagte ich anstelle einer Begrüßung. Ich wusste, dass ich einen schauerlichen Anblick bot, leichenblass, bis auf die roten Flecken im Gesicht. Und dann war da ja noch die Sache mit den ungewaschenen Haaren und der Hundekacke an den Schuhen.

»Ich habe Gin da. Und Zitronen.« Helena, meine langjährige Freundin und ehemalige Mitbewohnerin, die ihrer Namensvetterin aus der griechischen Mythologie in Sachen Schönheit in nichts nachsteht, zog mich in die Wohnung, ohne weitere Worte zu verschwenden.

Sobald ich in dem wohlbekannten, gelb gestrichenen Flur stand, merkte ich, wie sich mein Körper ein klitzekleines bisschen entspannte. Vier herrliche Jahre lang hatte ich gemeinsam mit Helena in diesem Apartment gewohnt. Erst vor acht Wochen war ich ausgezogen, um ein neues Leben mit Tom zu beginnen, und hatte damit gleichzeitig das Feld für Helenas Partner Ingo geräumt, einen talentierten, warmherzigen Musiker, der noch am Tag meines Auszugs seine wenigen Habseligkeiten hierhergebracht hatte.

»Ingo ist im Brauhaus«, schien Helena meine Gedanken zu erraten. Bis seine Musikkarriere richtig Fahrt aufnimmt, muss er als Kellner sein Zubrot verdienen. Das kam mir nicht ungelegen – mir stand gerade nicht der Sinn nach Gruppendiskussionen.